El ajustador
de clepsidras

El ajustador de clepsidras

Novela bizantina moderna. Aventuras y desventuras en el Mediterráneo medieval.

Juan Ignacio Villarías

Para ordenar copias adicionales de este libro, contactar:
Palibrio
1-877-407-5847
www.Palibrio.com
ordenes@palibrio.com
330440

Índice

Capítulo primo

La torre encantada

Desde las almenas grises de lo más alto de la torre atalayando está, como suele, Rosamunda toda la isla verde, de azul en calma rodeada, más que nada vigilando el camino interminable y empedrado, por ver si se divisa en la lejanía la figura confusa de su novio Teódulo, que hace ya más de un mes que se puso en camino desde el puerto de Zalasiópolis hasta esta torre lejana, y todavía es el momento en que no ha llegado, ni se le vislumbra siquiera allá donde alcanza la vista por el camino derecho y solitario.

La torre del reloj la mandó levantar el rey Atenógenes, primero de este nombre, para aviso de la población, más que por otra cosa, por que no se olvidasen de la hora de ponerse a encender una vela a Palas Atenea, diosa de la guerra y protectora de los héroes, en cumplimiento de una promesa hecha por el mismísimo rey para que tan benéfica deidad le sanase de unas fiebres malignas que allá se le arrimaron en ocasión de un viaje marítimo al estrecho de Helesponto, lo que pasa es que ya no hay dioses paganos, aquello ya pasó a la historia, pero es que los sacerdotes modernos han propuesto y conseguido que la vela se aplique ahora, o desde un tiempo a esta parte, a santa Perseveranda de Antioquía, que tampoco carece de nombradía como sanadora de males infecciosos, así como de lanzadas y de mazazos, siempre y cuando no hayan hecho sangre, pues en caso contrario deberán confiarse al cuidado y a la mediación de san Desiderato de Siracusa, especialista en esa clase de vulneraciones.

Pero es que vamos ya por el tercero de los Atenógenes y todavía persiste la costumbre, hecha ya ley por lo que se ve, de dar las horas mediante una figura de bronce articulada, representante de un muy feroz guerrero hoplita del tamaño natural, tocado de casco con cimera y escudo en la mano, y en la otra una especie de martillo de mango largo con el que golpea, con preciso ritmo no carente de gracia y gentileza, una campana también de bronce, arriba en las almenas, una campanada a la una de la mañana y otra a la misma hora de la tarde, y así sucesivamente, tantas campanadas como horas el reloj dé, si no es cuando sobre el azul inestable se divisa una vela lejana, y si finalmente, cuando se va acercando a la distancia conveniente, se la puede reputar como una embarcación desconocida, pirata por las trazas o contrabandista, que eso se sabe nada más verlo, tanto como si se trata de un naufragio, entonces y en esos casos Rosamunda le da fuerte a una manivela y a continuación el hoplita de bronce se pone a pegar unos estacazos en la campana que al momento lleva la alarma y la desazón a todo el personal, tanto militar como civil, de la isla completa.

Lo malo de este sistema es que las campanadas dan la alarma pero no aclaran más ni especifican el motivo, y el personal alarmado no sabe a qué atenerse por lo tanto, pues por el momento no tiene cabal conocimiento de lo que no conviene ignorar, esto es, si se trata de un barco pirata o de una hidra marina de siete cabezas, y además de no estar al tanto por consiguiente de la clase de peligro que se cierne, tampoco podrá saber por qué parte de la costa de la isla se presenta. No han faltado proposiciones tendentes a remediar esta inconveniencia, entre las cuales se desechó la consistente en dar a las campanadas distintos tonos musicales según la naturaleza de la alarma por una parte, y según su localización por otra, pues no se consideró de provecho la realización de la idea de instalar diferentes campanas con distintos sones, y es que además la gente se tropezaría con las dificultades propias de la correcta interpretación de la música de campanario.

Más dio que hablar la proposición del sabio entre los sabios Domiciano de Neápolis, que quiso aplicar al caso el principio funcional del teléfono, el sonido a distancia, un invento no se sabe si moderno o no, y que consiste, como hasta el más lerdo sabe ya, en un hilo de cobre, bien estirado, a cuyos extremos se acopla una chapa metálica, preferentemente también de cobre, mejor en forma cóncava, o convexa si se mira del otro lado, la cual se aplica a la boca o a la oreja, según se quiera hablar u oír, y que sirve para comunicarse entre dos interlocutores, sin tener que gritar, a considerable distancia, y es que por lo visto el misterio consiste en que a través del metal el sonido corre mejor que por los aires, rarezas en fin que tiene la naturaleza. Y así el sabio sin segundo se propuso sacar del taller un hilo de cobre que cubriese la distancia entre la torre de la campana y el cuartel de la policía de Zalasiópolis, pero es que sus detractores, que no hay sabio que no los tenga, se empeñaban en sostener la opinión de que un cable tan largo saldría muy caro de fabricar en primer lugar, y en el segundo de los lugares resultaría que no habría forma de tensarle convenientemente, pues más que sabido está ya a estas alturas que el hilo metálico tiene que estar bien tenso para que las ondas sonoras le recorran acertadamente, para lo cual el tal Domiciano había diseñado los planos de unos enormes cilindros con sus ejes fijos al suelo y con ruedas dentadas, los triángulos dentales escalenos de tal forma que, accionada la palanca, no se pudiera la rueda volver atrás, pero es que entonces el maestro latonero de la ciudad salió diciendo que no habría fuerza en cincuenta hombres, ni siquiera en otras tantas bestias de carga, para tensar tan larguísimo hilo, y es que además es imposible que sin apoyos intermedios no se rompa por su propio peso.

De modo que se tuvo que quedar irresoluto, al menos por el momento, el problema de los detalles de la alarma dada, los cuales hay que ir a buscarlos después de oídas las campanadas alarmantes.

Todo este tinglado se acciona mediante un mecanismo adaptado a un reloj de agua, mandado traer, dicen, nada menos que de Alejandría, y que dejó instalado en la torre el maestro Amenofis, y que desde entonces ha seguido funcionando sin contratiempos durante todos estos años, tan sólo hay que ajustar la hora cada año bisiesto, porque el caño por donde sale el agua, con el tiempo, no se sabe por qué, da de sí y se ensancha, de tal modo que adelanta nueve segundos y medio, está comprobado, cada cuatro años, por lo cual se hace preciso mandar venir a Cucufate, el maestro ajustador de relojes de agua, para que proceda a volver la hora a su natural.

Tampoco falta en la torre un reloj de sol, se conoce que como complemento del hidráulico, junto a la puerta en la fachada que da al mediodía, pero esos artilugios para gaznápiros, además de no dar la hora de noche ni en tiempo nublado, es que ni siquiera la dan casi nunca con exactitud y precisión, pues la sombra que proyecta el palo que sale oblicuo del muro de piedra varía mucho a la misma hora según las distintas estaciones, y entonces hacen falta multitud de líneas grabadas en la piedra, para tener en cuenta sólo la precisa en el mes de que se trate, pero es que además lleva ya tantos años la piedra lisa expuesta a la intemperie, que ya se están gastando las líneas y borrando los números grabados, se conoce que utilizaron una piedra blanda por mejor aplicar el buril, y entonces un día a la vieja Antagónica, la antecesora de la actual Rosamunda en el cargo, no se le ocurrió cosa mejor que proteger la piedra del reloj de sol con una mínima tejavana sostenida en la pared por dos palos transversales, con lo cual no se pudo evitar que de paso cayera la sombra sobre el reloj de sol y le inutilizase así y dejase sin efecto. Vaya una salida, un reloj de sol a la sombra, sólo a una vieja tarumba o a un cumplido mentecato se le podría ocurrir. Sin embargo hay quien asegura que la autoría de tal despropósito no corresponde sino a la mismísima Rosamunda, que deja adrede que la gente ande diciendo que tal desatino no fue suyo sino ajeno.

Está la torre rodeada de una alta tapia de piedra gris, con un portón de verja cerrado con siete llaves, desde donde no se deja ver más que un tramo de un camino estrecho, el suelo de cantos rodados de la playa traídos, las paredes de cipreses bien cortados, hasta el recodo a menos de no sé cuántos pasos del arco abierto en el muro de cal y canto. Como quiera que la torre misteriosa se alza en la cima de un alcor de suaves laderas verdes, no hay manera de ver desde una inexistente posición superior el interior del recinto tapiado, ni resultan escalables las tapias, por tan altas y lisas y verticales, para ningún cristiano, como no se vuelva lagartija por arte de encantamiento.

La guarda el paje Nicodemo, que anda siempre vestido con un coleto de cuadros rojos y negros, y tocado con un gorro de tres cúspides, en cada una de las cuales suena un cascabel al andar, que ya no hay más que pedir en cuanto a gracia y galanura.

El paje Nicodemo gasta mucha cortesía y finura con los visitantes, mas no abre la puerta si no es por orden directa de su principal, la doncella encargada del gobierno de la torre y del funcionamiento del reloj y de la campana avisadora. En cuanto Rosamunda le manda proceder a su apertura, le falta tiempo para ir corriendo a coger las siete llaves de detrás de la puerta trasera, la que da al cuarto de los aperos y herramientas, y se pone a abrir sin pérdida de tiempo las siete cerraduras una por una, y es muy de ver cómo se quita el gorro y le baja hasta la rodilla cuando el visitante traspasa el umbral del misterioso recinto. Si no hay orden al respecto, no abre la puerta ni a su mismísimo padre que se presentara, si es que le conoce, pues las lenguas de escorpión aseguran que no tiene ni idea de quién pueda ser.

Desde lo alto de la torre encantada vislumbra por fin Rosamunda a su novio Teódulo, que viene a pie por el camino sin fin, aunque ya sabe que no se trata de él mismo precisamente, pues no es posible que en tanto tiempo que hace desde que salió de Zalasiópolis haya recorrido tan sólo la mitad del trayecto, sino que lo más probable será que se haya despeñado allí donde el sendero se angosta al pasar al borde del acantilado, y acaso se hayan comido lo que quedase de él los cangrejos verdes o las gaviotas patiblancas, o que le hayan devorado los lobos por el camino solitario, que casos ya se han dado. Al cabo de casi una hora desde que se le divisara desde allá arriba en las almenas, llega por fin un doncel con los enseres en un saco al hombro, ante la cancela de las tapias que rodean la torre encantada, y Rosamunda entonces baja hasta la mismísima puerta, diciendo que ya era hora, y manda a Nicodemo que abra, la gorra en la mano, como mandan la cortesía y la hospitalidad, para que haga su entrada un mozo muy pulido y bien encarado, el pelo castaño cubriéndole las orejas, la gorra verde con una pluma blanca muy lucida y aparente.

—¿Eres el afinador de cítaras, o el capador de pollos?

—Soy el ajustador de clepsidras, también llamadas relojes de agua.

—Pero, hombre, no seas modorro, ¡mira que venirme a mí con esas aclaraciones...! Sube —a Rosamunda le hubiera placido más la llegada del afinador de cítaras, o por lo menos del capador de pollos —hasta la última planta y no digas más simplezas, si no quieres que te pegue con el mango de la escoba de barrer las hojas caídas de los árboles del jardín.

—Mil perdones, pero es que, como no tenía el gusto...

—Pero tú no eres el viejo Cucufate...

—Bien se echa de ver que eres observadora y sagaz. Yo soy Heliodoro, su único hijo, para servirte, pero en toda la isla no hay uno, como no sea mi mismo padre, claro está, que no me llame Cucufate.

—Se conoce que esa gracia ha devenido en nombre comercial. Pero conmigo no gastes ironías ni sarcasmos, que corro a buscar la escoba, ya te lo he dicho y ya no te lo digo más.

Escaleras arriba los dos por el interior de la torre mágica, interminables y en espiral, Rosamunda las sube, se nota la fuerza de la costumbre, a buen paso y llega arriba sin apenas jadear, mientras que a Heliodoro le cuesta llegar hasta lo más alto, sobre todo ahora, después de tan larga caminata.

—Vamos, vamos, ¿qué te pasa, que ya no puedes con unas escaleras un poco prolongadas? Cuando llegues, si llegas, a la edad de tu padre, si es que es tu padre verdadero, no podrás subir ni los cien primeros escalones.

—Ahí te quisiera ver yo, después de una legua cumplida de caminata.

—¿Y a eso llamas tú caminata? Ese recorrido me le hago yo todos los días, y hasta dos veces si a mano viene. Y si se me hace enfadoso el viaje, es por el tiempo que me lleva y por la soledad del camino, que no por el cansancio que me proporciona.

—¿Pues por qué no te vistes de hombre y participas en los juegos atléticos?

—Pues porque los atletas corren en cueros, ya lo sabes tú, y no me tomes el pelo, porque...

—Porque coges la escoba, ya me lo has dicho.

—Lo que voy a coger va a ser el badil de la lumbre, que es más duro y se aguantan peor sus tientos. La espada sólo la sacaría en el caso hipotético de tenerla que usar contra algún caballero de mucha calidad, caso muy distinto del presente, y que no se ha dado nunca ni se espera que se dé. Y para el año que viene, más preferiría yo recibir a tu padre, que es más serio y gasta más acatamiento y consideración con las personas más principales que él.

—Le tendrás que disculpar, pero es que, desde que se cayó del burro, ya no se siente proclive a ponerse en camino si no es hasta no más de doce estadios de distancia, y eso a pie, nada de caballerías ya.

Pregunta Rosamunda por el asno, que le vendió responde él.

—No se saca mucho de ajustar clepsidras, ¿eh?

—Más que tú de cuidar esta torre.

—No seas insolente, o te arrimo una somanta con una vara de las que tengo ahí en el suelo clavadas para que suban las alubias.

Ante tales muestras de bravuconería y hostilidad, Cucufate siempre se siente más propenso a callarse y perder de su derecho, antes que a aceptar el reto y ponerse a reñir, y mucho más cuando está de visita profesional.

La clepsidra está instalada en el último piso de la torre encantada, y consiste en un barreño de latón muy historiado, con unos bajorrelieves de mucho mérito, representantes de guerreros espartanos en la batalla de Heliópolis, donde el tirano de Tebas, aliado con Esparta, derrotó a las terribles falanges macedónicas del general Atenodoro, que encima acabó cosido a saetazos en los combates; de agua lleno, que se va lentamente por un tubo angosto hasta otro recipiente, el cual, a medida que se va llenando, va bajando al ceder el mecanismo al peso del agua recibida, y cuya fuerza se aprovecha, a través de un mecanismo complicado, todo lleno de palancas, muelles, poleas, que no parece sino la máquina de abrir las puertas del mismísimo infierno, para que la misma agua allí contenida se eleve hasta volver a caer, ya vaciado, en el depósito primigenio y principal, que no parece sino obra del mismísimo maligno en persona, la máquina del movimiento continuo la llamaba el que en buena o mala hora la inventó, hombre o demonio, que ya ni se sabe, un tal maestro Asurnasirpal, que dicen que llegó de Babilonia y que de allí trajo lo que tantos otros antes habían intentado y que ninguno, sino él, llegó nunca a conseguir, ni siquiera el mismísimo Celso de Halicarnaso, ni mucho menos Agatángelo de Samos, ni Asclepiodoro de Tesalónica, ni ninguno de esos pedantes que se dicen sabios, un mecanismo que se mueve por sí mismo, a favor de la fuerza de gravedad, y que no se para nunca. Porque es que al principio había que estar muy al tanto de que se acabase de vaciar la pila, para volverla a continuación a llenar, menudo fastidio, pero es que había que rellenarla justo en el momento en que se vaciaba la última de las gotas, ni un instante antes, ni uno después, pues en caso contrario se descompensaría la hora por lo menos en una centésima de segundo o más.

En los tiempos antiguos, menos mal que ahora ya no es así, el día se dividía en veinticuatro horas, lo mismo que hoy, eso sí, pero es que entonces había que dividir la noche en doce horas, y en otras tantas el día, con lo cual las horas diurnas en invierno duraban menos que las nocturnas, y al revés en verano, tan sólo la actual división entre veinticuatro de todo el día completo se cumplía cada día vigésimo primero de marzo y de septiembre, menos mal que vino un rey avisado y discreto, atento a la bienandanza de su pueblo, Demetrio Quinto, y mandó dividir cada día en veinticuatro horas iguales, como Dios manda, sin distinción entre la noche y el día.

En los tiempos afortunadamente ya pasados, el nivel del agua del reloj, al ir bajando, señalaba la hora en una escala en el interior de la pila, pero es que eso planteaba complicados problemas, de no fácil solución, por cuanto la presión del agua, y por tanto el volumen evacuado por el orificio, no son los mismos con el depósito lleno, que cuando se va vaciando, y esto es fácil de comprobar si se practica un horado en un balde lleno, pues observar podrá entonces el buen observador que el chorro del agua será más impetuoso y de mayor alcance al principio, el nivel hasta arriba, que no al final, cuando ya quede lo último del agua en el recipiente.

Para compensar esta diferencia en la evacuación del agua, hubo que construir el depósito más estrecho por arriba que por abajo, pero entonces los cálculos para determinar las anchuras se complicaron hasta tal punto que los diferentes matemáticos sostuvieron unas polémicas muy encendidas y acres, que dieron mucho que decir en su tiempo.

Más adelante los ingenieros hidráulicos de Menfis inventaron otro sistema, o modificaron el anterior, y desde entonces el agua evacuada del primer depósito pasa a otro, alto y angosto, que marca la hora sobre una escala por medio de una aguja que se va elevando por efecto de un flotador, en fin, el non plus ultra ya de la finura y la precisión cronológicas.

El joven Cucufate, así llamado, se ha tirado tres días, entre cálculos aritméticos, comprobaciones, comparaciones mediante un reloj de arena, mediciones, todo el día con calibres, barómetros holostéricos y de mercurio, reglas y compases, y por fin ha conseguido afinar la clepsidra y reducirla a su justa medida y condición, ni medio segundo de variación, ni tan siquiera la mitad de la mitad, así hasta la próxima revisión anual, pues el aparato infernal se revisa de año en año, aun cuando no sea necesario ningún ajuste general y completo hasta pasado el cuarto.

—Es que —explica —la evacuación por el fondo depende tanto del diámetro del tubo como de la presión del líquido, y ésta depende a su vez de la altura del nivel, independientemente de la anchura del recipiente. Si tú coges un barril y le llenas de agua, comprobarás que no pasa nada, para aguantar eso está hecho, pero si le quitas la espita y por el horado le introduces una caña hueca que se eleve hasta el balcón del segundo piso, y si la llenas de agua hasta la boca, el barril verás que revienta, al no poder resistir tanta presión.

—¡Ah! ¿Sí? No me digas...

—Sí tal, y eso a pesar de los dos dedos de diámetro de la caña. Los que no entendéis de hidrodinámica, no sabéis nada de estas cosas.

—¿Quieres que te diga de lo que entiendo yo?

No quiere saber Cucufate de qué entiende Rosamunda. O de qué va a decir que entiende. Durante estos tres días le ha dejado dormir sobre la alfombra turca, y eso que a aquélla no le hace ninguna gracia que se tumben encima de su mejor alfombra; en la última planta, junto a la máquina medidora del tiempo, y es que no ha considerado del todo moderado y puesto en razón obligarle a dormir sobre las losas de piedra, y no sólo le ha dejado comer las naranjas del jardín, sino que le ha venido suministrando conveniente cantidad de unas tortas de maíz que prepara con miel y con una pizca de canela, y que todo el que las prueba las reputa de excelentes, lo cual constituye tal maravilla que nadie se acierta a explicar cómo se las arregla, pues el nuevo mundo ni siquiera está descubierto todavía. A cambio, eso sí, él la tuvo que ayudar a doblar las sábanas y a dar de comer a las gallinas, y hasta tuvo que afilar el cuchillo grande de la cocina en una piedra blanda y mojada al pie de la torre. Lo que no quiso hacer la bellaca fue matar un capón, con el pretexto de que tienen que engordar más todavía, pero es que entonces Cucufate entró en recelo y sospechó que en realidad lo que no quiso fue considerarle a él merecedor de tanto obsequio, y que los capones se reservan en esta casa para visitas de mayor mérito y consideración.

Ha gastado Cucufate en estos tres días hasta cuatro pliegos de papel y buena parte de un lápiz, al que ha tenido que sacar punta lo menos tres o cuatro veces, todo el tiempo echando cuentas de multiplicar y hasta de dividir.

—Si me enseñas a hacer una raíz cuadrada —le había propuesto Rosamunda—, te dejo pasar un placentero rato conmigo.

—Raíces cuadradas, ni mucho menos cúbicas, no se precisan para estos cálculos.

Con esta respuesta no se sabía si es que no sabía hacerlas, o sí sabía mas no se las quería enseñar, o no quería más tratos con ella en todo caso, o todo a un tiempo.

El jardín conoce el triunfo de los naranjos, de cuyas ramas pende razonable copia de bolas de oro, pero de un oro un tanto rubescente, como el traído de Asia Menor, que dicen que viene rebajado con un sí es no es de cobre, los mercaderes orientales sostienen que por darle mayor consistencia y temple. Pero que cuando se cogen del árbol y se comen, resulta que no están, como parecen, de tan precioso metal hechas, sino que se trata de puras naranjas exquisitas, que da gloria catarlas. Al paje Nicodemo le encantan, pero se las tiene que alcanzar Rosamunda, pues él todavía no llega tan arriba, debido sin duda a su menor edad, lo menos tres años y medio más joven que su principal.

Al cabo del tercer día de su venida, se despide Cucufate, el ajustador de clepsidras, muy por lo fino, tanto de la torrera Rosamunda como del paje Nicodemo.

—¿A quién le tengo que presentar la factura?

—Pues al rey, como siempre, ¿a quién, si no? Vaya pregunta tonta...

—Es que todavía me debe la del año pasado.

—¿Y a mí qué me cuentas, te debo algo yo? Si te crees que te la voy a pagar yo, aviado vas.

—Hombre, yo lo decía, más que nada, por si te hubiera dejado seis sólidos para pagar las dos facturas, ésta y la anterior.

—Seis sólidos juntos no se han visto en esta torre jamás en la puta vida.

—Pues sí que estamos apañados...

Y en camino se pone. Lo que se pone la torrera son las antiparras entretanto, por mejor ver cuando a continuación se sube a las almenas a vigilar el sendero, por ver si ve venir a su novio Teódulo, aunque ya sabe que no va a volver, a saber Dios lo que le habrá pasado a aquel saltabardales. Al único que ve es a Cucufate alejarse lentamente por el camino sin fin, hasta perderse en la lejanía y confundirse con el paisaje, mientras las nubes ya se están empezando a arrebolar al poniente, justo en la dirección del camino, que queda ahora al contraluz de los fulgores rúbeos de las últimas luces del día que se acaba.

Rosamunda la torrera gasta un brial rojo intenso y subido, muy lucido y rozagante, apretado a la cintura mediante una faja negra, con unas faldamentas muy cumplidas que casi las arrastra por el suelo, subidas las mangas en verano. Se recoge el pelo dorado y rubicundo en ancha trenza baja y trasera rematada en un lazo negro, y no le gusta llevar gorro ni sombrero, ni mucho menos capucha ni caperuza. Cuando quiere divisar desde las almenas el suelo verde y el agua azul, se suele poner unas antiparras que tuvo que mandar traer de la mismísima metrópolis de Constantinopla, mercadas en casa de un judío ladino, por medio de un mercader fenicio que hace la ruta de aquella ciudad con esta isla y algunas de las vecinas y que trafica con esparto y borra.

Su padre es viudo. Y conocido, que en estos tiempos de relajo no todos pueden decir lo mismo del suyo, pero lo que no se conoce es su actual paradero. Canuto es su gracia, y no es originario de estos mares, sino de otros mucho más septentrionales y fríos y procelosos. No se sabe cómo vino a recalar por aquí, dicen las lenguas de sierpe que fue un pirata normando que se extravió y no acertó a dar con la ruta de vuelta. Dicen quienes alcanzaron a conocerle que era alto y rubio, pulido en extremo, algo cascabelero, un saltaparedes y un cantamañanas estaba hecho en opinión de no pocos opinantes, y le gustaba el vino. Se casó con una criada de un dentista, y cuando enviudó, a la niña Rosamunda no la quedaba nadie en la vida sino su adorado padre, mas lo último que de él se supo es que se embarcó con unos comerciantes que traían yesca para mecheros y llevaban varas para varear los olivos, o al revés, que ya ni se sabe, pero que en la siguiente ocasión en que recaló su barco por esta isla, sus antiguos colegas ya no supieron dar razón de él, tan sólo que se desembarcó en el puerto de El Pireo y que ya no le volvieron a ver el pelo. Se sospecha, tal dijeron aunque no lo pudieron asegurar, que se quedó con la viuda de un escribano, la cual se ganaba la vida confeccionando ungüento amarillo para los marineros según receta secreta, tanto que no se sabe ni se sospecha de dónde la pudo haber sacado.

A la niña, cuando se quedó sola, el rey Atenógenes Tercero la alojó en la torre del reloj, de ayudante de la vieja Antagónica hasta la edad de su jubilación, coincidente con la pubertad de Rosamunda, operación perfectamente calculada, que el rey lo tiene todo muy bien pensado y no da puntada sin hilo, como si dijéramos.

Lo que pasa es que se trata de un rey más nominal que efectivo, y que se mantiene en el trono más por tradición y por inercia que por otra cosa, pues esta isla, lo mismo que todas las demás, pertenece al imperio, y todos los reyes de esta parte del mundo, ya insulares, ya continentales, a su vez vasallos del emperador son sin excepción, por la cuenta que les tiene, y es que, el que no lo quiera entender así, apañado va, según está la situación.

Y así al rey Atenógenes ya le está empezando a faltar el cumquibus, como si dijéramos, y cada vez se le pone más cuesta arriba esto de acudir al sostenimiento de la torre del reloj, hasta tal punto que a Rosamunda ya le debe por lo menos no sé cuántos meses de sueldo, y a Nicodemo no digamos, menos mal que se sostienen de la huerta y del corral, porque es que si no, ya estaría la torre más que cerrada y en situación de abandono, y privados todos los isleños de la audición de sus campanadas precisas que avisan de la hora y de la presencia de piratas y de naufragios, aunque, para lo que se lo agradecen... Y es que a nadie le importa ya si son las doce y cuarto, o menos cuarto, y la presencia de barcos piratas ha disminuido mucho desde que el emperador se arregló con el gran turco, y los normandos hace ya tantísimo tiempo que no llegan hasta estos mares, desde que una de sus naves cayó capturada y todos sus tripulantes, desde el capitán hasta el grumete, fueron pasados a cuchillo con mucha maestría y muy buen arte, que el verdugo de aquel puerto pasa por ser uno de los mejores, si no el mejor, de todo el imperio, desde donde sale el sol hasta casi las columnas de Hércules, pues de allí no llegan noticias de verdugos, ni de buenos ni de malos. Hogaño, y tan sólo de vez en cuando, algún barco con artículos de contrabando recala por aquí, todo lo más, como pueden ser, por verbigracia, horquillas para el pelo provenientes de Samotracia, o flores secas y tintadas auténticamente originarias de la Arcadia; y para eso no se precisa tanta torre de vigilancia ni tantos torreros y vigilantes, que salen más caros que el importe de los aranceles que dejaren de pagar los contrabandistas.

—Vaya negocio —ironizan las lenguas viperinas que nunca han de faltar —que tiene montado el rey. Se gasta miles de sólidos para impedir que le dejen de abonar unos cuantos cientos de ellos.

Cuando no tiene nada que hacer, a Rosamunda le gusta tocar la cítara, a veces también la vihuela, arte en el que destaca al decir de sus admiradores, que los tiene, si bien no son capaces de precisar sobre quién o quiénes destaca, y cuando tiene ganas y está de buen humor, que no siempre, se muestra propicia incluso a arrancarse a cantar unas baladas y unas rapsodias, acompañándose de cualquiera de sus instrumentos de cuerda, que quien las oiga ya no tendrá más que pedir a ese respecto, si es que las oyese alguien, pues sólo las canta en la casi completa soledad, ni siquiera le gusta ponerse a cantar cuando sabe que Nicodemo anda por ahí cerca y a los alcances acústicos.

Antes le place que a su ventana llegue alguno de los cuervos que revolotean alrededor de la torre, que no alguna ave canora, como puede ser algún ruiseñor que de tarde en tarde alcanza con su vuelo lo más alto de la isla; porque tiene Rosamunda para sí que los cuervos saben hablar, y la esperanza mantiene todavía de que alguno de ellos se arranque a decirle alguna cosa que no convenga ignorar, como podría ser, por verbigracia, qué pasó con su novio Teódulo y por qué no llegó a la torre después de haberse puesto en camino desde el puerto de Zalasiópolis, la ciudad del mar, si acaso feneció en el camino, o es que se fue con alguna de las egipcias que se vieron por la isla y que ya desaparecieron, más o menos por aquellas fechas. Pero el cuervo que pone sus uñas en el alféizar de la ventana se queda mirándola como alelado y no dice nada, por más que se le pregunte, se conoce que a los cuervos no les gusta hablar con cualquiera, sino tan sólo con alguien con quien tengan ya algo de trato y de llaneza. En cuanto al cuervo de la ventana, se ve que cada vez se trata de uno distinto, aun cuando parezcan todos el mismo, y así no hay forma de coger confianza con ninguno de ellos.

No de una manera cotidiana, pero sí de vez en cuando, pues en estas cosas Rosamunda gasta un genio más bien variable e inconstante, lo mismo en verano que en invierno, de noche o de día, haga sol o esté nublado, con viento o en calma, lluvioso el día o sereno, y hasta nevando, que el caso se dio, se baña en el estanque en lo más bajo de la pendiente, gradas de mármol blanco que se sumergen en el agua mansa, al fondo los colores visibles, a favor de la claridad del agua, de un mosaico romano muy lucido, representante de unos delfines muy propios haciendo piruetas en el agua. Pero no permite que la vea nadie en el baño, para lo cual tiene cerradas con llave todas las ventanas de la torre que dan a ese lado, y con llave cierra también la cancela que da entrada al recinto balneario cerrado con setos muy altos y de lo más espeso.

—Como me veas en cueros—le tiene dicho a Nicodemo—, se te quedan los ojos de cristal, como esas muñecas de porcelana que traen de Persia.

Como quisiera Nicodemo saber algo más del efecto de semejante maldición, tuvo que aclarar Rosamunda:

—¿A ti te parece que las muñecas ven? ¡Pues entonces...!

Y por no quedarse sin vista para in sécula, a Nicodemo no se puede decir que se le quitaron de repente las ganas de ver a su colega in púribus, pues la verdad es que ni siquiera las tuvo nunca.

—¡Ah! Y no se te ocurra meterte en la misma agua donde yo me meto, porque la piel mojada, cuando se te seque, se te quedará de plata, lo mismo que la de los salmones que ahí se crían, argentados por fuera y sanguíneos por dentro, y para contrarrestar el efecto te tendrás que poner al sol durante seis días seguidos, siete si coincide por medio el solsticio.

Renuente se muestra Nicodemo, aun cuando como paje viene obligado, a creerse lo que le dice su principal.

—¿Y por qué a ti el pellejo no se te pone también de plata?

—Pues porque yo estoy hecha de plata, precisamente. Yo no vengo del mismo linaje que vosotros, yo soy venida de las heladas costas hiperbóreas, y allí la gente se tiene que componer de otra naturaleza, pues en caso contrario no aguantaría aquellos rigores térmicos y se quedaría convertida en témpanos de hielo.

No se quiere privar Nicodemo de rebajar la naturaleza especial de su colega, pues ya sabe que la madre no era extranjera, sino muy al contrario, indígena como todos los demás.

—Sólo la mitad te cumple a ti de aquella composición.

—Con la mitad me basta. ¿Tú no has visto...? Bueno, visto no, pero ya sabes que un día me bañé cuando estaba nevando. ¿Tú serías capaz de otro tanto?

—Ni por pensamiento. Que sólo de verte... Bueno, verte no, sino que sólo de pensar que te estabas bañando durante la nevada, me entraba un frío por el cogote abajo, que me tuve que subir a la cocina y arrimarme a la lumbre.

—¿Lo ves? Ahí queda bien claro que todas personas del mundo no estamos hechas del mismo material. Los meridionales como vosotros tenéis un natural solar, como si dijéramos, estáis hechos a semejanza del sol, que os comunica su ardor y sus fulgores, y para eso quedabais todos bajo la advocación del dios Helios; mientras que los septentrionales venimos de una generación lunar, digamos, que nos participa de su palidez y su gravedad, y para eso hemos siempre estado, hasta que se acabó el paganismo, protegidos por la diosa Selene. Y siendo la luna una esfera de argento, y si nosotros estamos hechos a su imagen, pues entonces está claro que somos de su mismo material, eso hasta el más zote lo comprende. Y como no hay cosa más susceptible de contaminarse que el agua, ni más proclive a admitir las cualidades de todo aquello con lo que entre en contacto, no hace falta estar muy avisado para darse cuenta de que, donde alguien de nuestra clase y condición se baña siete veces seguidas, el agua habrá adquirido las cualidades de la plata fundida, y que otro que en las mismas aguas a bañarse se atreva, de plata quedará cubierto igual que un espejo viviente e informe, o tal como una estatua de vivo azogue.

Ya que no se quiere mostrar Nicodemo, siempre tan cortés y bienmandado, esta vez inclinado a creerse lo que le dice, se ve obligada Rosamunda a contarle lo que le pasó a Filadelfo, el colega torrero del faro de Oicolampadio, que vino un día de visita, y de paso para traer unos berberechos y llevarse unas ciruelas damascenas, que a Rosamunda por lo visto no le deben de hacer mucha gracia, pues no las cata, se conoce que no le place lo agrio, pero en cambio se pirra por los percebes, lo que pasa es que, a falta de ellos debido a un cierto oleaje de fuerte marejada que no había parado en todos aquellos días, le trajo el colega Filadelfo unos berberechos de arena, que tampoco se portan nada mal en la cazuela, si bien, a diferencia de aquéllos, a éstos hay que echarles pimentón y bien de cebolla, y mejor todavía si se añade un sí es no es de guindilla picante. Cangrejos, en cambio, no quiere, y no es que no le gusten, muy al contrario, lo que pasa es que no evita considerar que acaso esos crustáceos maldecidos se hayan comido a su novio Teódulo, si es que se cayó por el acantilado y allí feneció, lo cual, por otra parte, permanece todavía a falta de comprobación. Pues bien, a lo que íbamos diciendo, el tal Filadelfo quiso visitar toda la torre y sus jardines y huertas adyacentes, y no se privó de bajar hasta el pozo, o el estanque si se quiere llamar así, y a tanto llegó su atrevimiento, que metió el dedo índice de la diestra mano en el agua.

—Cuando le sacó, quedado se le había de un color tan metálico y brillante, y tan terso y bruñido, que si fuera plano se hubiera bien podido mirar en él, como en un espejo, vale decir, que se le quedó el dedo hecho lo que se dice un espejo. Se asustó tanto que, si allí no me llega a tener a mí para consuelo y consejo, igual habría acabado tirándose desde lo más alto allá en las almenas.

—Ya sería menos.

—Le vendé el dedo como si le tuviera injuriado, por que no se le viera nadie, y después me enteré de que tardó siete días, el dedo al sol en lo alto del faro, donde nadie le veía, en volver a su natural. Y es que el esplendor áureo del sol es el único antídoto contra la lividez argéntea de la luna.

De momento se queda el paje Nicodemo prevenido e indeciso acerca de lo recién oído, para más adelante ir despacio y gradualmente desechando la verosimilitud de tan increíble historia.

Pasan dos mirlos raudos volando sobre sus cabezas, y acaban posados en las ramas del castaño de Indias. Cacarea una gallina lejana y calla la oropéndola invisible en la fronda del nogal cercano. Se oculta el sol de repente y se pone a cantar el grillo invisible en la hierba.

—En suma, ¿qué es lo que tienes que hacer cuando bajes al pozo?

—Andar con mucho cuidado de no mojarme.

—O mejor todavía...

—No bajar hasta allí.

—Niño listo. ¿Y qué has de hacer si un día aparezco en pura naturaleza delante de ti?

—Taparme los ojos para no perderlos.

—No se te vaya a olvidar.

—¿Y qué harás tú si un día el que anda en pura naturaleza soy yo?

—Nada, pues correrías a vestirte con tanta celeridad, que serías algo visto y no visto.

—Niña lista.

—¡A ver si te arrimo una tunda con la vara de medir las pieles de conejo...! ¿Se habrá visto mayor impertinencia y desfachatez?

Capítulo segundo

La torre abandonada

Los sábados acostumbra Rosamunda a ponerse en marcha después del mediodía hacia la ciudad, por el camino que no tiene fin, o al menos así es como se le figura, pues desde el punto de partida no se alcanza a ver el de llegada, y eso a pesar de su rectitud, que no tiene ni un solo recodo, tan sólo algunas ligeras desviaciones, compensadas unas con otras, que sólo se aprecian cuando se mira, no de través, sino en sentido longitudinal, tal como se hace para comprobar la derechura de una regla, y eso que el camino pasa al mismo borde del acantilado batido por el oleaje, de donde se infiere que la línea de la costa no va recta ni en curva saliente, sino ligeramente entrante, sin llegar a formar lo que se dice una bahía en regla.

Hoy como todos los sábados ha llegado Rosamunda a la ciudad del mar tras larga caminata, y se ha tenido que retraer un tanto al pasar cabe lo más bajo del acantilado, pues hoy está la mar agitada y el oleaje salpica hasta el mismo camino en algunos tramos.

Ya por la tarde acude como suele a un edificio de una sola planta en el puerto, frente a la escollera donde atracan las embarcaciones de vela que cargan mercancías o las descargan, y por una puerta amplia bajo los soportales entra como todos los sábados en la discoteca, el depósito de discos, que no es que sea una invención de ahora mismo, como si dijéramos, pero sí se trata de algo que no conocieron ayer los padres de hoy, y que se basa en un ingenio venido de fuera de la isla, como todos los inventos, un disco de pizarra fina de un diámetro de hasta un codo, con un horado justo en el centro, y que colocado convenientemente dentro de un aparato diabólico, pues cosa del diablo al decir de muchos tiene que ser, resulta que por una especie de cono de latón, hueco y sin base, salen unas músicas fantásticas, como venidas de diferentes instrumentos, ya de cuerda, de viento, o de percusión, y hasta voces humanas, el non plus ultra ya de la técnica acústica, que cantan con gritos armoniosos y bien timbrados, lo mismo en latín que en griego, que ya no hay más que pedir.

Los siete sabios de Sión ya pretendieron en su día inventar un cuervo mecánico parlante, hecho de plata por fuera, por dentro complicadísimos mecanismos de acero al cromo y al níquel, y todo eso quedó finalmente en el secreto del tempo del rey Salomón, para lo cual se valieron de todos los antiquísimos conocimientos arcanos de los hierofantes menfitas y tebaicos, pero fracasaron de una manera tan estrepitosa, pues del pico del cuervo maravilloso al cabo tan sólo consiguieron sacar unos sonidos ásperos y disonantes, como graznidos; que desde entonces nadie fue osado de volverlo a intentar, hasta que hace tan sólo unos años los magos del templo del sumo sacerdote de Babilonia consiguieron sacar adelante, ellos sabrán cómo, este invento de los discos, para solaz de todos los moceríos presentes y de la posteridad.

Muy variadas y diferentes láminas circulares de pizarra pulimentadas, negras y con visos azules, van sonando, una tras otra, en el salón de la discoteca, con sus columnas corintias y sus ventanas cerradas, por cuyos cristales coloreados se filtra la luz solar, poniendo reflejos fantásticos sobre los semblantes de los concurrentes y sobre la totalidad del recinto entero, y hasta sobre el mostrador de mármol blanco donde se sirven bebidas suaves, tales como vino del Peloponeso y cerveza de las riberas del Nilo, pero lo que más se solicita y se consume son bebidas espiritosas, tales como un aguardiente de anís hecho en la misma ínsula, y también un licor de guindas traído del archipiélago de las Baleares, no del todo lejanas ya de las columnas de Hércules, allá donde dicen que se acaba el mundo, aunque no será para tanto.

Rosamunda se arrima al mármol blanco horizontal y demanda una copa de aguardiente, mientras busca con la mirada a alguna de sus amigas de la ciudad, y ya está solicitando la segunda copa cuando se topa de frente con Cucufate, el ajustador de clepsidras, que casi se tropiezan físicamente ambos a dos.

—A ti, ¿de qué te conozco yo?

Con estas mismas palabras pensaba Rosamunda manifestarle su desdén, pero él se la adelantó, con lo cual la ha dejado un tanto confusa e irresoluta, que ya no sabe ni por dónde salir del aprieto en que la acaban de poner.

—¿No has visto—opta por aparentar indiferencia—a mi novio Teódulo?

—Ni siquiera tenía el gusto de conocerle.

Ha hablado en tiempo gramatical pretérito adrede, como para dejar claro que lo que fue ya no es.

—A ti no te pregunto si has visto a mi novia, porque ya sabes que no la tengo.

Ya sabe que ella no puede saber si él tiene novia, o si la deja de tener, pero lo dice para dejarlo bien claro, y bien claro queda, la una sin novio, pues el que tuvo ya no figura en la nómina de los vivos, y el otro sin novia, ¿hace falta decir más?

—Recibiré grande satisfacción si te avienes a considerarte invitada a tomar unos suaves.

—¿Unos suaves? Hombre, no me jodas... Anda y tómate una copa de aguardiente, que invito yo.

—Vaya, pues muchas gracias, asaz eres cortés y sobradamente cumplida. Y después nos iremos a bailar juntos a la pista coreográfica, si te place.

—Placeráme. O no. Ya veremos.

Saca de la faja negra una moneda de cobre para pagar el gasto, al mismo tiempo que no se priva de decir una simpleza que se le acaba de ocurrir.

—Cuando yo era pequeña, me creía que las monedas de cobre así se llaman porque sirven para cobrar.

—Eso es completamente cabal, una moneda de cobre para que cobre el camarero. ¿Pero cómo se tienen que llamar entonces las que sirven para pagar?

—Pero, hombre, no seas zopenco, no me jodas, ya te he dicho que eso lo di en cavilar cuando era pequeña y no tenía conocimiento.

Y a continuación, como para querer dar mayor énfasis a lo dicho, coge la copa y se pega un latigazo. Para no ser menos, Cucufate se ve en la precisión de hacer otro tanto.

—Con tanta gente, y con puertas y ventanas cerradas, a veces me parece como si me costase respirar.

—Pues menos mal que todavía no está el nuevo mundo descubierto, amigo mío, pues en tal caso todo este aire estaría pleno de humo de hojas secas quemadas, encima, que eso sí que sería enojoso y molesto.

—Y eso, ¿cómo lo sabes tú? Lo que yo sí sé es que estas discotecas modernas sirven de pesadumbre a los viejos, entendiéndose esta categoría en su sentido más lato...

—Un viejo para un adolescente es todo aquél que tenga veinte años más.

—De veinticinco en adelante —concede Cucufate, o corrige, a saber—, pero lo que yo iba diciendo es que hasta los viejos más jóvenes, dicho así y si vale la contradicción, no se privan de censurar la presencia y el funcionamiento de estas discotecas y la asistencia a ellas de todo lo más señalado y notable de la juventud.

—Sobre todo tú y yo.

Esta frase la pensaba en un principio Rosamunda expresar sin las dos últimas palabras dichas, pero en última instancia las añadió para quitarle su sentido peyorativo, pues acaso haya llegado a considerar que no se encuentra del todo a disgusto aquí charlando con este cantamañanas de Cucufate.

—Y digo yo —dice él —que aquí en la discoteca se cumple el mismo principio igualitario que en el cementerio, vale decir, que, lo mismo que la muerte a todos iguala, aquí la diversión en paz y compaña, la alegría colectiva y la mocedad común, a todos nos iguala y equilibra, no hay clases sociales aquí ni hay distancias que guardar, iguales todos al menos en lo que duran la música y el baile, que así debería ser el mundo, una discoteca infinita, sin reverencias y sin quites de gorra.

—A propósito de gorra, ahora te toca a ti pagar otra ronda de copas de aguardiente.

—Pues no faltaría más. A ver, niño, despabila y rellena aquí estas dos copas. Estos camareros, es que están dormidos...

—¿Llamas niño a ése, que es mayor que tú?

Ha sacado Cucufate del bolsillo del calzón amarillo una moneda de plata que va a parar a la superficie marmórea, y se queda esperando a que le reintegren la vuelta.

—¿Menor yo que ése, pero qué dices, ya estás beoda, o qué te pasa, por quién me tomas?

—¿Beoda yo, antes de la sexta copa, pero tú que te crees?

—Mil perdones, no ha sido mi intención. Menos mal que aquí no tienes a mano el palo de la azada...

—Que si a mano le tuviera, bien creas que no hubiera dejado de ponerme a considerar la posibilidad... Pero no pongas esa cara, hombre, acaso lo hubiera pensado, mas no me habría decidido a ponerlo en práctica.

—Pues menos mal —y se pega a continuación otro latigazo de aguardiente.

Mientras es Rosamunda ahora quien se pega su latigazo correspondiente, sigue Cucufate con su discurso.

—¿Sabes que yo también puedo pensar en arrimarte a ti una muy recia tunda con un palo aparente? Puedo pensarlo, mas no hacerlo.

—El pensamiento es libre —concede, por decir algo, para pegarse otro latigazo seguidamente.

—No, sino que no puedo ni siquiera pensar en proceder de tan inconveniente manera contra una doncella que cuenta con mi estima y consideración.

—Hombre, pues muchas gracias por no pensarlo siquiera.

—No faltaría más.

Dicho queda. La que quiera entender, que entienda. Es que, bien mirado, esta Rosamunda está hecha lo que se dice una real moza, de las que entran pocas en docena, muy bien proporcionada y rubicunda, la faz tersa y sonrosadas las mejillas, labios finos y rubescentes, perfectos dientes albugíneos que no parecen sino hechos de la más fina porcelana de Catay, los ojos glaucos casi talmente como las praderas de la ínsula, el pelo como los tallos de la mies en primavera, cara de plata en fin y cabellos de oro, la obra de un orfebre divino, la cual ha cobrado vida por no se sabe qué extraño encantamiento y se ha puesto a habitar entre el linaje humano, a saber con qué propósito, como no sea el de volver locos en particular a los mozos casaderos y a todo el elemento masculino en general, quién sabe si en justa punición por sus muchos yerros.

—¿Y qué tal ahora un baile?

—Después de otra copa. Esta ronda me toca pagarla a mí, y a ti la siguiente. Y, para que su número no sea impar...

No acaba de entender Cucufate por qué el número de rondas no puede ser impar, igual resulta que si no es así al bebedor le podría sobrevenir algún contratiempo recóndito y cabalístico, cualquiera sabe.

—Pues porque tú y yo somos pares. Y si las rondas no lo son, no habremos apoquinado cada uno lo mismo.

—¡Ah, claro! No había caído en ese detalle. Pues si es por eso, no te tienes que preocupar, que las dos últimas rondas, ya sean pares o nones, las pago yo.

—Vaya, da gusto en los tiempos que corren encontrarse con mozos tan rumbosos.

—No, sino que todavía soy yo quien te queda obligado y a deber, pues yo tan sólo pongo unas míseras monedas, de las que existen millones de ejemplares iguales por todas estas costas y tierra adentro, mientras que tú pones tu presencia incomparable, pues otra que en perfección y donosura te pueda igualar, no ya en lo que queda del imperio, sino el mundo entero conocido...

—¡Serás zalamero...! ¿O serás guasón?

Compone Cucufate el semblante propio de quien se dispone al punto a declarar una absoluta falta de zalamería y de guasa en lo dicho.

—¡Pero serás...!

No sigue diciendo lo que según ella él sería, sino que se echa al coleto otro latigazo de aguardiente que le interrumpe precisamente el discurso, quién sabe si de propósito.

Entran ambos a dos en el corro y se unen al baile con los demás mozos, cogidos de la mano unos con otros y formando filas cerradas, más o menos circulares, en alto los brazos y trazando figuras en el suelo con los pies. Al cabo de un rato se cansan y hasta se marean, y vuelven entrambos al tablero de mármol a reponerse. Dos copas más echadas al coleto, y ya se les confunde la vista.

—Amigo mío, estoy borracha. Me tienes que ayudar a ponerme en camino. Llévame hasta las afueras de la ciudad, y allí me dejas, en adelante ya me las arreglaré yo, como otras veces.

—¿No sabes lo que le pasó a un ciego que guió a otro ciego? Pues que se cayeron los dos en la zanja.

—Es natural, pero tú conoces mejor la ciudad.

—Pero si yo también estoy entre dos luces, como aquél que dice...

—Por lo menos a ti te guía la inercia y la fuerza de la costumbre.

Andan los dos dando tumbos y apoyándose en las paredes y el uno en el otro, por las calles de la parte alta de la ciudad, estrechas callejas en cuesta, quebradas o retuertas, escalinatas, arcos y pasadizos, plazoletas desde donde se contempla la mar en su inmensidad, a lo lejos alguna vela pasante, las paredes blanquísimas de cal, azules las puertas y las cúpulas hemisféricas de las capillas, cuando de pronto, al atravesar un pasadizo cubierto, sale de casa el padre de Cucufate, vale decir, el mismísimo Cucufate en persona, el auténtico y verdadero, el maestro ajustador de clepsidras, y al hijo, cuya gracia real es Heliodoro, le coge, le pega dos trompicones, y le mete adentro, al parecer muy discorde y soliviantado.

—¿Y quién es esa perdida? Otra que tal baila, ¡reniego de tal! Como te vuelva yo a ver con ésa...

La cual sigue sola su rumbo, ni sabe cómo llegó al camino real, por el que avanza sin saber adónde, como el burro que sigue la ruta por rutina o por resabio.

Al caer la noche se aparta del camino y se engurruña sobre lozana hierba debajo de las frondas de un roble, no sin un cierto cuidado, no la vayan a pisar o a embestir unos novillos blancos que se divisan en las laderas suaves de un alcor no lejano, y sobre el lecho herboso se acaba de dormir del todo, tal como en ocasiones anteriores.

Cuando se despierta, el sol está ya, si no en lo más alto, por lo menos a media altura o más, y no encuentra impedimento, ni físico ni anímico, para levantarse y seguir el camino, en el cual oye las once campanadas, esta vez sí que se le ha hecho tarde de verdad. Hace calor hoy, menos mal que una brisa suave y moderadamente fresca le orea la cara y los brazos descubiertos, mientras que del sol tibio no tiene con qué protegerse, ni falta que hace. Oyendo va los cantos de los pintacilgos mientras avanza sobre el camino gris y solitario entre praderas verdes. Mucho se extraña y se sorprende de no oír las doce campanadas, aun cuando calcula que ya habrá pasado una hora, y aun más, desde que sonaron las once, ¿qué habrá podido pasar? Ese galopo de Nicodemo, ¿qué habrá hecho para que la campana no suene? En cuanto le ponga la vista encima, lo primero que va a hacer será arrimarle una buena tunda, así de entrada, para empezar, y ponerse a averiguar lo sucedido será lo segundo que habrá de hacer. Mas cuando llega ante el portón de hierro de la torre encantada, se encuentra al paje Nicodemo por fuera, sentado en la hierba y apoyado en la tapia gris.

—¡Ay de ti, grandísimo bergante!

—Tú ya no eres el ama, ni yo el criado.

—¿Pero qué está diciendo ahí don bellaco?

Le explica Nicodemo que han venido los nuevos dueños a hacerse cargo de la torre, y que al paje y a la torrera los han echado, y han cerrado la verja y guardado las siete llaves. Rosamunda se hace cruces y se da a todos los demonios. No puede ser que el rey les haya endilgado este súbito vejamen y esta infamia tan inesperada, no puede ser que haya vendido la torre y les haya dejado en la santa calle.

—¿Y ahora qué vamos a hacer? ¿Y por qué no has venido a la ciudad a avisarme?

—Pues porque supuse que estarías borracha, como todos los sábados.

—¡Yo no me emborracho todos los sábados, voto a los ajenos de Dios!

—Pero no jures.

—De cualquier forma, si yo me emborracho, eso en todo caso sería tan sólo los sábados, y no todos, ¿pues qué te habrás creído tú?

—Que el orden constituye una cualidad de lo más importante en la vida, y no hay por qué dejarle de observar, aun en los más desordenados comportamientos.

Fuera de la torre se encuentran sin pensarlo ambos a dos, los cuervos revoloteando alrededor, alas negras ante piedras grises y ante azul celeste, no hay manera de entrar si no es llamando a la puerta y consiguiendo que desde dentro les abran.

—¿Están ahora mismo los nuevos amos dentro?

Como quiera que le contestase que no, declara Rosamunda que no hay más remedio que quedarse a esperar a que vuelvan.

—A menos que te atrevas a saltar la tapia, para cuyo propósito yo misma te ayudaría a subir desde abajo.

—¿Esta tapia tan alta? Ni por pensamiento. Como no trepes tú...

Callando da a entender que no está dispuesta a ponerse a trepar por tan elevadas tapias, ni se siente capaz. Óyense desde fuera los cantos de las oropéndolas posadas en las ramas de los tilos del interior.

—Yo nada tengo ya que hacer aquí. Ya no me queda sino volverme a casa con mi madre y con mi abuela. Válgate Dios y ampárete, y hasta la próxima vista, si es que te vuelvo a ver.

—Pues si te quieres ir ahora, bendito de Dios te vayas. Y vete por la sombra, no te vayas a insolar.

—Descuida. Tú, genio y figura siempre. No cambies.

Esto se atreve a decírselo ahora, que ya no son colegas, y cuando se encuentran uno del otro a conveniente distancia.

Todo el día y toda la noche se ha pasado Rosamunda al pie de la torre, sin comer ni beber, y a la mañana siguiente divisa a alguien en las almenas, se conoce que mientras dormía han llegado los nuevos dueños. Llama a la puerta con la campanilla, y se dispone a esperar.

—Yo era —declara un rato más tarde, cuando al otro lado de la puerta se presenta la nueva dueña —la torrera hasta ayer, y como vuesarcedes ya no me necesitan, antes de irme preciso entrar a coger mis cosas, que tengo ahí dentro.

—No hace falta, ya te las he traído yo aquí.

Un hato atado al extremo de un palo es lo que ha traído, pero no cabe entre los barrotes férreos de la puerta.

—Muchas más cosas son mías, además de la ropa.

—Por ejemplo...

—Pues casi todo lo que hay dentro. Todo menos los muebles y el inmueble, es a saber, los utensilios de cocina y el contenido de la despensa, los aperos de labranza, las hortalizas de la huerta y las naranjas de los naranjos, las gallinas del gallinero y los capones de la caponera, los conejos del conejar, y hasta los salmones del estanque. Y, sobre todo, lo más valioso, mis instrumentos musicales.

—El rey nos ha vendido la torre con todo lo que hay dentro. Es decir, más que vender se puede decir que nos la ha cedido en pago de parte de sus deudas, ni siquiera de todas. Nos la cede en propiedad con todo lo que haya dentro, todo menos tú, que no nos interesas, ni tu ropa, que te la doy porque a mí no me interesan estas zarrias que gastas, que si fueran finos vestidos, ya veríamos.

—Pero el rey no os puede vender lo que es mío.

—Pues vas y reclamas. Y a mí no me trates de tú, no seas descarada.

Entreabre la puerta para hacerle entrega del hato, momento que aprovecha Rosamunda para acabar de abrir del todo la verja de un empellón, atropellando de paso a la nueva ama, a cuyos gritos acude el amo, que se lleva una tunda bastante cumplida con el palo del hato, después de lo cual cavila Rosamunda que cómo habrá de hacer ahora para llevarse lo suyo de contado, para lo cual sería preciso el día entero y una carreta con su tiro correspondiente, ya sea equino, ya bovino, y deduce que tan sólo se podría llevar de momento lo que pudiese cargar a cuestas, de modo que se determina de dirigirse a la cocina para yantar antes que nada, lo primero es lo primero, y luego se echa al hombro en bandolera un zurrón lleno de víveres y una bota de vino llena al otro hombro, el palo del hato en la mano.

Al salir por la puerta le sale al paso otra vez el amo, se conoce que no ha quedado del todo tundido de la pendencia anterior ni ha escarmentado, pero Rosamunda le asusta con el palo y el otro se achanta, por la cuenta que le tiene. No se la olvida recoger el hato para llevarle al hombro en el extremo del palo, y se echa al camino, esta vez de vuelta para no volver a venir más.

—Y ahora, ¿qué voy a hacer yo, y qué será de mí?

Ha dormido por el camino, al raso como ayer y anteayer. Muy de mañana se presenta en el convento de las hermanas de San Juan de Jerusalén, que acogen transeúntes sin techo, pero no a cualquiera, que en esto son muy miradas, ni para siempre, tan sólo mientras consiguen deshacerse de ellos de una manera o de otra. Con esas pintas que trae, el pelo en desorden y la cara de no dormir bien, el vestido arrugado y el hato al hombro, la bota de vino vacía en bandolera, ya no sabe si la tendrán por una niña extraviada y de calidad, o por una gallofera indigna.

Hablando con la madre abadesa, declara su intención de profesar como novicia, ¿qué otra salida tiene, si no? Cavila que de volverse atrás y escaparse del convento, ya habría tiempo. De momento, aquí está bien, y techo y mesa no le faltan. Después, Dios dirá.

No se sabe cómo se habrá podido enterar en el convento, pero el caso es que ha llegado al conocimiento de que un barco turquesco al muelle acudido ha para convocar unas oposiciones para cubrir no se sabe cuántas plazas de odaliscas para el sultán, y ha decidido presentarse después de cavilarlo con mucho detenimiento, pues tiene entendido que en los harenes de los sultanes se vive con un lujo asiático, muy propiamente dicho, la más regalada vida que se puede pensar, sirvientes eunucos a su disposición tanto de día como de noche, en fin, el non plus ultra ya de la vida muelle, el desiderátum como si dijéramos. Además, después de presentada, opción tendría de rechazar la plaza en el caso, muy poco o nada improbable por otra parte, de haber quedado aceptada.

De modo que se escapa del convento y acude al muelle, donde en el mismo barco se examinan las candidatas, una por una. Pasa la primera selección, y la mandan volver a la tarde a recoger las notas.

Ahora lo que ha de hacer es presentarse en el palacio real, a ver si hay manera hablar con el mismísimo rey en persona, con el único propósito de saber si queda alguna contingencia de cobrar los atrasos del sueldo de encargada de la torre, que todavía se le deben, y de paso, aunque eso ya no sabe si sería mucho pedir, reclamar el pago de los importes de sus pertenencias que en la torre maldita guardaba y que se las vendió el rey a terceros, o se las embargaron, a saber.

Pero al llegar ante la fachada de columnas jónicas, no se encuentra con los guardias de rigor en la puerta, sino con los encargados de una empresa de mudanzas que sacando están los muebles y cargándolos en un carro de bueyes.

—¿Qué quieres, saber lo que pasa? Pues que el rey ha vendido el palacio y se va a vivir de alquiler.

—¡Hay que joderse...!

—Es que por lo visto ya no le quedaban ni guardias ni criados, ni nada, que no los podía ya pagar, y ha tenido que subastar hasta el palacio para poder hacer frente al pago de todas las deudas y pufos que dicen que tenía.

—Pues sí que estamos aviados.

—¿Y tú para qué le querías ver?

—Para nada, para ver si habría manera de cobrar un pufo. Pero no os riáis, que ya sabía yo que mi venida para nada habría de servir.

—Ahí en el ágora estaban diciendo —tercia otro —que con lo que ha sacado de la subasta de sus bienes de fortuna no le alcanza para quitar todos los petardos y todas las trampas que tiene.

Paseando está ahora por la marina, un arenal inmenso donde descansan las barcas menores, las de remos, y aun de remo y vela, algunas con la quilla al sol, unos pecadores pintando un casco están, olor a salitre y a olas, a algas marinas secándose, y a brea. Otros pescadores, descalzos y con los calzones remangados, empujan un bote hacia las ondas blancas y azules arrastrando la quilla sobre la arena.

Andando entre las barcas varadas se divisa el calzón amarillo subido y el jubón azul turquí inconfundibles de Cucufate, con la gorra verde y todo, el cual andando va con desgana y despreocupación, y al verle de lejos entonces Rosamunda, no sabe por qué, se dispone a atajarle para con él toparse de manera casual. Le encuentra apoyado en una de las barcas, hablando con alguien que acierta en ese momento a pasar ante él. Y ante él pasa también Rosamunda, que le sonríe al encontrarle así al azar y por acaso.

—Amiga, ¿de qué modo vales?

—¡Vaya sorpresa, tú por aquí...!

—Estoy esperando a un piloto de altura para ajustar un viaje a las islas de Dodecaneso, adonde tengo que acudir para ajustar unas clepsidras.

—A ver si allí no te dejan a deber el ajuste, lo mismo que aquí.

—Dos ajustes me debe ya el bellaco.

—Pues hazte la cuenta de que las tiene apuntadas en la arena de la playa.

—¿Qué te parece, se puede concebir mayor abominación?

—¿Y me lo vas a decir a mí? Ya se sabe en toda la ciudad que le han embargado la torre por impago de deudas, con lo cual a mí me ha dejado en la puta calle.

—Si te digo que de verdad lo lamento profundamente, igual te crees que lo digo sólo por decir y por quedar bien.

—Bien sé yo que tú sinceramente lamentas los motivos de mis lamentos, más que los mismos lamentos en sí.

—No te lamentes de tus penas, y así no tendrás penas, como dijo aquél.

—A aquél no le dejaron en la calle y encima a deber un año entero de sueldo. ¡Qué poco cuesta ponerse a consolar al triste cuando el consolador está contento!

—Como dijo aquél.

Quédanse entrambos frente a frente, mutuamente mirándose, el uno apoyado o casi sentado en una barca invertida, enhiesta la otra y de pie sobre la arena, levantada la barbilla y ligeramente bajando la vista para mirarle. Pasa una gaviota volando por encima de la escena, y siguen ellos con su plática.

—Pues ahora, ya lo ves, me encuentro de repente en la calle, el cielo arriba y la tierra abajo, en cueros como quien dice, con este vestido y otro más de respeto, azotando calles y sin un puto sólido en la faja, y sin oficio ni beneficio, que ya no sé por dónde salir de ésta.

—La salida para toda moza casadera es el casamiento. Tú lo que necesitas es un galán liberal y franco, que te sepa apreciar en lo mucho que vales, no hace falta que sea muy rico, que ésos gastan mucha altivez y muy poca generosidad y miramiento, bastará con que cuente con un razonable grado de suficiencia y que sea trabajador y cortés.

—¿Y dónde está ése?

—Le tienes mucho más cerca de lo que tú te crees.

Ya no hace falta decir más, quien tenga oídos, que oiga, y quien quiera entender, que entienda. En esto se presenta Focas, el patrón de altura, para tratar del viaje a no sé qué isla maldita, allí donde Dios es servido. Del todo equivocado anda Cucufate si se cree que la doncella no se da cuenta cabal de lo que él quiere insinuar, todavía se podría decir más, lo ha comprendido perfectamente incluso antes de que él lo haya dejado caer así, como quien no quiere, para que lo recoja quien recogerlo quiera.

Y como quiera que el cargante de Focas, el pelo al rape y la perilla negra apuntando hacia adelante, pañuelo azul a la cabeza, los picos del nudo por detrás colgando, aro de oro en la oreja, la gumía en la faja negra, no para de garlar, a Rosamunda ya se le hace tarde y declara su propósito de continuar la conversación en otro momento.

—Pues entonces nos veremos a la tarde, en la taberna del puerto.

—Pero más bien pronto, que a las seis tengo una entrevista para ver si me dan un trabajo.

Menos mal que no le pregunta a qué clase de trabajo aspira, así no le tiene que meter cuentos ni se tiene que poner a inventarlos.

A tales horas no hay mucha gente en la tasca, tan sólo la tabernera y cuatro más, contando a Rosamunda, que se ha hecho esperar lo justo, y a Cucufate, que asaz se ha holgado de verla llegar, y que ahora mismo están entrambos a dos echándose al coleto sendos vasos de vino peleón de Creta con azúcar y limón con especias.

—En lo que me has dicho he estado pensando, y a la conclusión he llegado de que no te falta razón, pues lo que voy ya necesitando es una buena proporción para tomar estado, un pollo tal como el que has descrito esta mañana, que no es otro sino tú mismo, no sé si te habrás dado cuenta de que tú mismo te has retratado...

—Pues no había caído en ese detalle, pero, ahora que lo dices, me parece que eso no es del todo incierto, pues yo no dejo de cumplir, una por una, todas esas condiciones que expuse, es curioso...

—Es una particularidad que no deja de constituir una circunstancia del todo curiosa y poco ordinaria. Pensando en el mancebo ideal para mí, inconscientemente pensabas en ti mismo.

—Pues ahora que lo dices, y puesto a cavilarlo con detenimiento y sosiego, acaso no dejes de estar en lo cierto. ¿Tú crees que yo podría llegar a alcanzar la condición de tipo ideal, o adecuado al menos, para ti? Es decir, mientras no se te presentare mejor proporción o no apareciese entretanto tu novio Teódulo, que en paz descanse.

—Pues, hombre, no se me había ocurrido pensarlo, pero, ya que lo dices, y a poco que me detenga a contemplar esta eventualidad, habré de llegar a la conclusión de que tú no me resultarías del todo contrario a lo que yo espero de un galán, y ya que estamos ambos a dos en la mocedad casadera, y como no quisiera quedarme para tía, y es que ni eso, pues ni siquiera tengo hermanos, pues entonces resulta que, muy bien aconsejada de ti, por cierto, no desdeño la idea, antes al contrario, quiero decir...

—Quieres decir que te quieres casar, hablando en plata.

—Eso es, por decirlo pronto. Sólo me falta ya por saber, pues el casamiento es cosa de dos, si tú también estarías dispuesto a tomar estado ya sin más demoras, y en caso de respuesta afirmativa, saber conviene también si no considerarías del todo improcedente el designio de casarte conmigo precisamente, a falta de otra mejor. Pero no me digas nada ahora, que las precipitaciones no son aconsejables en negocios de tanta trascendencia y alcance, como es el caso. Esto hay que cavilarlo con mucho detenimiento y sin ninguna prisa, por lo tanto mañana te veré otra vez y me dirás lo que has cavilado a este respecto, y así de paso yo también tendré tiempo y lugar de ponerlo en cavilación, más que nada por reafirmarme en mi idea inicial, en ningún modo, supongo y espero, precipitada ni impetuosa.

Ya despedida de su novio, si es que se puede considerar que el nombre le cuadra, acude Rosamunda al bajel de los turcos, a recoger el resultado de los exámenes de esta mañana. En el caso, más que probable, de haber resultado admitida, a países lejanos se irá para más no volver por esta ínsula desventurada nunca jamás, ni por ninguna otra, sino para siempre en el palacio del sultán, la quinta esencia del refinamiento y de las delicias. Y en caso contrario, pues siempre conviene dejar abierta una puerta a retaguardia, no tendría más remedio que casarse con ese primavera de Cucufate, a ver qué remedio, si no.

Las candidatas finalistas, seis o siete mozanconas nada más, ocho a todo tirar, en la cubierta de madera esperan el resultado de los exámenes, sentadas en el borde de la amura o sobre una especie de bancos macizos que no son en realidad sino el techo de las bodegas bajo cubierta. Sale el del turbante y se pone a pasar lista, con su lengua de trapo: Agatónica, Anonimata, Apolinaria, Burgundófora, Escolástica, Estefanía, Perseveranda, y Rosamunda. No falta ninguna. Las va mandando pasar a todas las candidatas, una por una y en orden alfabético. Al salir, por el semblante que pone cada una se nota si ha quedado admitida, o rechazada. Por fin la toca pasar a la última de las esperadoras.

El del turbante la conduce hasta una mesa donde sentados están tres turcos, el chaleco rojo muy abierto y corto, fez del mismo color con borla negra colgante, y camisa blanca muy cumplida, el uniforme de la marina de guerra, se conoce, los examinadores anteriores por lo que se ve.

—¿Rosamunda?

—Servidora de vuesarcedes.

—Siéntate ahí. El examen teórico de música le has superado con creces, la prueba práctica consistente en tañer el laúd te ha quedado a satisfacción de los maestros examinadores, los exámenes orales de bajo latín y de griego ático los has aprobado también, de turco ya esperábamos que no supieses ni una palabra, el dictado te ha quedado bordado, en geografía también andas razonablemente ducha, la danza tampoco se te da mal, en la entrevista personal has quedado bien...

Aquí detiene el maestro su discurso y se queda como cavilando qué más decir. A Rosamunda le vienen de repente unos atisbos o unos presagios nada favorables, no sabe por qué.

—Pero...

Dicho lo cual, se queda en espera, a ver si se confirman sus temores.

—Pero has quedado finalmente rechazada por demasiado flaca.

Aquí Rosamunda brama y se amontona, hasta ha saltado de la silla, hecha una fiera, tanto es así, que en tierra firme el arrebato todavía le dura. Demasiado flaca, ¿pues qué querrán esos bárbaros turcos, cuál será para ellos el canon de la belleza femenina? Se conoce que las prefieren gordas como focas, antes que gráciles y esbeltas como garzas reales, tal cual ella misma. En fin, otro fracaso que hay que asumir, a ver qué remedio, si no. Hay quien dice que las desgracias nunca vienen solas, que no hay mal que por bien no venga aseguran otros, majaderías, en fin, que no tienen ningún fundamento y que las repiten ex cátedra todos los estultos de todo el imperio, tal como si se tratase de sabias sentencias de sobra comprobadas, no se sabe lo que se dirá más allá de las fronteras, seguro que tantas memeces allí no se dirán.

A la mañana siguiente se tiene que volver a escapar del convento donde la dejan pernoctar, y eso que estaba recluida en celda de castigo por la escapatoria anterior, pero es que no hay tapia ni ventana que se le resista, lo que pasa es que esta vez lo más probable será que la madre abadesa mande que la echen a la calle, que ya está bien de escaparse y de contravenir las reglas conventuales, a ver qué se habrán creído estos galloferos indignos, encima de que se les recoge por caridad cristiana, después no se saben comportar.

Y se encuentra con Cucufate allí donde habían quedado, vale decir, en la marina donde por azar se vieron ayer.

—Ya me ves aquí con el hato al hombro, dispuesto a embarcarme hacia isla lejana, pero presto volveré, tal espero, pues al menos hasta hoy, siempre que me he embarcado, Dios se ha servido de permitirme el regreso sin mayores contratiempos, trece días o dos semanas completas esta vez, y a la vuelta... ¿Ya has pensado en lo que haremos a mi vuelta?

—Yo sí, ¿y tú?

—En otra cosa no he meditado en todo el santo día. Y excuso decir más, pues de sobra ya sabes lo que pensado he. ¿Y tú qué dices?

—Pues yo...

Y aquí compone Rosamunda una expresión como de afectada dubitación, o un dengue de sonrisa contenida, el dedo índice a los dientes blancos y prietos, levantando la mirada hacia las gaviotas que vuelan y graznan ante el azul fulgente del mediodía. Por fin le mira a los ojos, el semblante resplandeciente.

—Pues yo también.

—No es decible la satisfacción que me causa esta tu decisión, aunque, a decir verdad, diferente respuesta no esperaba ni por asomo, pues otra distinta contestación me hubiera originado, no sólo ya una decepción crudelísima, sino también una inimaginable sorpresa.

—¡Vaya! Pues no eres tú arrogante, ni nada...

—Aunque ya sé que al lado de ti no valgo mucho, tampoco cedo ventaja a ninguno de los demás mozos casaderos de toda la ínsula entera, ni aun a los de las más próximas.

—Pues entonces, contraeremos nupcias en cuanto vuelvas del viaje, si te place y si Dios es servido.

—Cosa inimaginable sería para mí aquélla que me pluguiera, no digo ya tanto, sino ni tan siquiera la mitad de la mitad. Deo volente, de aquí a menos de un mes, casados estaremos y unidas para siempre nuestras venturas y desventuras.

—Amén. Pero antes tendremos que vencer ciertas dificultades, a saber, tu padre no me quiere ni ver, ya lo dijo aquel día, cuando a casa llegaste borracho...

—Borrachos íbamos los dos.

—Pues por eso me llamó perdida, acuérdate, y te advirtió muy seriamente de que no quería volverte a ver conmigo.

—¡Bah! Por eso no hay que desazonarse. Si bien es cierto que la oposición paterna un grave impedimento supone para estos casos, no menos cierto es que mi padre no es ya mi padre, sino mi abuelo a partir de ahora y en adelante.

—¿Pero qué dislates estás ahí diciendo, cómo que tu padre es tu abuelo?

—Casóse de viejo, como si dijéramos, y al día de hoy yo no he cumplido los veinte y él ya no cumple los sesenta. Entre él y yo nos falta una generación intermedia, el padre que no tengo por lo tanto, y que por lo tanto mal se podría oponer a mis decisiones en la vida.

—¿Cómo vas a dejar de reconocer a tu padre como tal? Y con respecto a mí, no me dirás que no habrá de ser mi suegro en regla... De todos modos, esperemos que no represente para nosotros un obstáculo totalmente insalvable.

—Que no hay obstáculo alguno, niña, que te lo digo yo...

—Mira tú quién me ha ido a llamar niña. Dijo la corneja al cuervo: quítate allá, negro.

—¿Es que tú no has reparado bien en la circunstancia de que yo soy por lo menos medio año mayor que tú, o más todavía?

—Bueno, pues entonces quedamos en eso. Cuando vuelvas, nos casamos, ¿de acuerdo?

—Más de acuerdo no estuve jamás. ¿Y qué pasó con la entrevista, te dieron el trabajo?

—No, pero no importa. Se trataba —aclara antes de que le demanden aclaración —de un empleo, muy mal pagado, por cierto, para limpiar los cubiertos de plata y regar las hortensias y echar de comer a los periquitos en casa del pretor de Veteporay, pero se le dieron a otro.

—¿Y cómo te vas a valer mientras yo vuelvo?

—Me han prometido una boleta para ir a comer la sopa boba al monasterio de San Ireneo al mediodía.

—¿Y dónde vas a pernoctar?

—¡Bah! Ya me arreglaré.

—No se te ocurrirá hacer la calle, ¿eh?

Lejos de sentirse ultrajada por la pregunta, no solamente no la echa a mala parte, sino que incluso parece que le hace gracia.

—¡Qué va!

Capítulo tercio

La mitad y otros tantos

—Antes puta que ladrona —le solía decir la vieja Antagónica allá en la torre.

¿Por qué se acordaría ahora Rosamunda, en su soledad y en su aflicción, de aquella vieja tarumba y de sus acertados consejos? Porque es que ahora mismo, si se pone a mirarlo con detenimiento y atención, resulta que se encuentra metida en un aprieto nada baladí, en la calle y sin techo ni lecho, a la intemperie y sin mesa ni mantel, y sin medios por el momento de buscar la vida.

A la santa casa de misericordia ya no se puede acudir, pues cerró sus puertas. Es que por lo visto el personal no cobraba, y los proveedores mucho menos, de modo que las cocineras y las camareras se marcharon llevándose los enseres y dejando la casa desmantelada y triste. Queda tan sólo el monasterio para ese propósito, pero es que, aun en el caso, del todo probable por otra parte, de que no dejaren de darle la boleta para ir allí a comer de gorra, se encontrará con que la sopa boba la dan una vez al día, un cazo de gallofa para cada gallofero, y nada más. Con eso malamente se alcanza al sostenimiento de una persona joven y dinámica en todo el día, tan sólo sirve de ayuda, algo es algo, que todo lo que sea manducar de balde bien viene en estos casos, y es que encima los domingos y fiestas de guardar no dan, y además no les gusta no ver al personal mendicante y gorrista en la misa solemne, que no parece sino que pasen lista, y al día siguiente les reprochan su ausencia a los ausentes de la víspera, de modo que hay que subir hasta allí en balde, y además eso, hay que subir por lo menos no sé cuantísimos escalones de piedra hasta llegar al convento, que a veces se gastan más energías en subir y bajar, que sustancia se saca del cazo de gallofa que se recibe, y por si fuera poco, hay que pasarse muchísimo tiempo en la cola, horas en ocasiones, hasta que salen por la puerta de servicio los bellacos de los frailes del hábito pardo con la perola y el cazo, más el tiempo que se tarda en servir a los que están por delante en la cola, y como quiera que no hay una hora fija para esto, sino que no se rigen por normas exactas en cuanto al horario, más vale venir pronto y esperar todo lo que fuere menester, antes que exponerse a llegar tarde y quedarse con la escudilla vacía y con cara de gaznápiro.

—El que llega tarde, come hostias en vinagre —no se priva de declarar, así mismo lo dice, el bribón del padre refitolero.

La mitad del día, perdida por un cazo de bodrio, y encima no hay quien lo coma, y es que además a aquél a quien no le guste no le asiste ningún derecho de reclamación, sino que no le queda otro recurso sino el consistente en elegir entre echárselo al coleto o no catarlo, pues lo que se da de balde no se discute, sino que se toma o se deja. Los manjares finos se conoce que se los reservan para sí, es natural, y a los pobres que les den morcilla, pero en sentido figurado, lógicamente, no fuera malo que dieran morcilla de verdad en el recto sentido de la palabra...

—En este convento —se atrevió a declarar cierto día un impertinente —hay más mierda que cera bendita.

Le oyeron los frailes, u oyeron a quien les vino con el cuento, y desde ese día aquel lenguaraz ya no volvió a yantar de la perola del convento.

Y es que encima la sopa boba no se la dan a cualquiera, pues sólo faltaría eso ya, sino que se precisa antes obtener una boleta al efecto, expedida por las damas catequistas del barrio bajo de la ciudad, que están al cabo de la calle de la vida de todo el vecindario en general, las cuales examinan de doctrina cristiana al aspirante y también de historia sagrada, y el que no se sepa de carretilla los novísimos o postrimerías, o no tenga ni idea de lo que pasó cuando aquello del diluvio universal, en el convento no come, eso lo saben hasta los negros. Y, desde luego, hay que declararse devoto de san Ireneo de Tesalónica, presbítero y confesor, eso por descontado.

A Rosamunda no le negaron la boleta, algo es algo, pero con esto no tiene, ni mucho menos, resuelto el más elemental entretenimiento, y eso por no hablar de los gastos superfluos, los cuales tampoco hay por qué dejar de tener en consideración, ni siquiera durante las dos semanas que tardará en volver Cucufate, sino que necesita obtener más ingresos de donde fuere menester. Y por eso se acuerda ahora de los atinados consejos de la vieja Antagónica, allá cuando le decía que en un caso de extremada carestía, tal como el presente, echarse al monte o andar al camino habría de ser lo último, antes otras soluciones que aquella vieja lerda reputaba como mejores o menos inconvenientes.

De modo que se recompone como puede el peinado con las manos, se lava la cara en la fuente de la plaza, se estira el vestido rojo, y se encamina hacia la oficina del desempleo. Siempre le plugo salir de casa bien compuesta, y hasta para quedarse en la torre no se desdeñaba de componerse, nunca salía si no iba perfectamente arreglada, lo que se dice hecha un pincel, bien peinada y perfumado el pelo rubicundo, el vestido en perfecto estado de revista, como cumple a una moza de su calidad. Siempre hasta ahora se cambió de vestimenta los días uno y quince de cada mes, y se bañó en el estanque de la torre de vez en cuando, sin regularidad pero con la conveniente frecuencia, una vez al mes por lo menos, hasta en invierno y todo. Hasta que se ha visto en la situación presente, que cada vez se está pareciendo más a una pordiosera desaliñada e infame, a ver si se pueden pasar de la mejor manera posible los días que faltan para el reencuentro con ese fatuo de Cucufate, de sus cuitas remedio.

El personal oficinesco le da a conocer las ofertas que tiene ahí registradas en estos momentos.

—Necesitan un profesor de árabe clásico en una academia de idiomas.

—Pues que le sigan necesitando.

—Veamos qué más tenemos por aquí. Un tenedor de libros.

—¿Y yo qué sé cómo se tienen?

—Yo te ofrezco lo que hay, yo no tengo la culpa si luego tú no sabes hacer nada. ¿Sabes confeccionar nóminas? No, claro. ¿Eres ingeniera química o perita mercantil? No me contestes. ¿Sabes echar suelas a los zapatos? Claro que no, y no me digas que puedes aprender, porque precisan personal experto, que para admitir a cualquiera no necesitan oficinas de desempleo ni pregoneros. ¿Sabes guisar paellas occidentales? O se sabe, o no se sabe, no me digas más. ¿Sabes navegar?

—¿Tengo yo pinta de marinero?

—Pues eso es lo que hay, y no me mires así, porque yo no tengo la culpa si los demás no ofrecen lo que tú buscas. Al menos por el momento. Vuelve otro día, a ver si hay más suerte.

—Otro día, otro día... ¡Maldita sea mi estampa!

—Pero no te amontones, y no hagas pucheros. La esperanza mantén, que el día empieza a medianoche.

—¿Y no hay trabajos corrientes, como por verbigracia, de fámula, de camarera, de fregona, de moza de cuadra...?

—Para eso no necesitan los empresarios acudir a la oficina del desempleo. Jornaleros sin especialización los hay para dar y tomar. Tocas el timbre, y salen veinte.

Como la viera tan contrariada y confusa, la funcionaria se arroja a ofrecerle una posibilidad un tanto especial.

—Únicamente...

Se queda Rosamunda mirándola atenta, entre esperanzada y expectante.

—Bueno, yo te lo voy a decir para que lo sepas, pero luego, si no te acomoda lo que se te ofrece, no te siente mal...

—Dígame lo que sea, estoy dispuesta a todo.

—¿También a aceptar una plaza de artista, vamos a decirlo así, en una sala de fiestas nocturna y de alterne?

Como quiera que no dice que no, créése autorizada la funcionaria a seguir con la proposición.

—Pues piénsalo, y si te decides, te presentas en la calle de los Delfines, esquina con el callejón de los Desengaños, y hablas con Atanasio Tebano.

Y a ese domicilio se dirige, como una bala, tan pronto como sale de la oficina del desempleo. "Entre el honor y el dinero, lo segundo es lo primero. Como decía mi padre, que en paz descanse, ¡ojalá, amén!"

En el refectorio del monasterio, las paredes todas pintadas de figuras hieráticas y polícromas, vidas de santos más que nada, todos los frailes yantando están si no es uno, que le toca hoy leer la vida y milagros del santo del día mientras los demás despachan las viandas, ya se despachará él en el segundo turno. El padre prior, gorro cilíndrico y luengas la barba y la pelambrera, se levanta y acalla con el gesto al cargante del lector en voz alta, ya está bien de tostón, que esto se hace, no tanto para que los frailes estén atentos a lo que oyen, siempre lo mismo más o menos, como para que entre sí no se entreguen al palique fútil y que no aparezca la bulla más mínima, que no se asemeje este santo recinto a un mesón de marineros y de carreteros lleno.

—Quiero que sepan, hermanos, que nuestro rey Atenógenes Tercero, a quien Dios guarde, ha firmado un edicto mediante el cual se concede un plazo de una semana a partir de la fecha de su publicación, a todos los galloferos para que abandonen la isla.

Muestras de agrado y satisfacción, y aun de júbilo, entre todo el concurso.

—Se acabó la sopa boba, menudo embolado, en tan buena hora.

—Hermanos, nadie les ha dado beneplácito para hablar.

Cuando se entera Rosamunda, se queda sumida en profunda inquietud y desasosiego, que ya no sabe qué hacer. El rey por lo visto corre con el gasto del pasaje, lo cual no deja de asombrar a más de cuatro intonsos lenguaraces, que por ahí andan diciendo que a qué viene ahora este dispendio tan de repente y tan evitable, ahora que las arcas reales están poco menos que en quiebra, mas no aciertan a comprender los muy gárrulos que ese gasto viene considerado por el administrador del real tesoro como una rentable inversión a corto plazo, pues este desembolso de una sola vez evitará otros mayores y permanentes, pues permitirá suprimir costosos puestos de funcionarios, tales como alguaciles, jueces y carceleros, y de paso evitará que probos y cabales ciudadanos en el futuro lleguen a ser objeto de robos y atracos, algo también muy de tener en cuenta.

Cavila Rosamunda que si se va de la isla no volverá a ver a Cucufate, eso sí que está claro, pero es que, si se queda, los esbirros del rey la meterán al calabozo, y en tal caso, ¿qué pasará cuando vuelva aquél y se entere? Por el mismo motivo no se ha acabado de decidir a prestar sus servicios en una sala de fiestas, lo cual poco menos que equivaldría a decir una casa de tolerancia, ¿pues qué diría cuando lo viniere a saber quien no convendría que lo supiera, pero que se habrá de enterar por fuerza y sin evitación posible? Es que en una isla como ésta, no de las más grandes y de lenguas de víbora habitada, no hay nada que antes o después no se acabe por saber.

Lo que habrá de hacer será tratar de pasar como sea los siete días que faltan para que llegue su novio Cucufate lo más desapercibida posible, que no se fijen mucho en ella, hoy en este barrio, mañana en aquél, a ver si puede disimular su aspecto desaliñado, arrugado y sucio el brial rojo de tela rica, el otro que tenía de respeto, más dos camisas, una larga y otra corta, que todavía le quedaban, los ha malvendido para comer dos hogazas de pan de centeno con seis huevos duros y tres sardinas arenque, a beber a la fuente municipal, que es de balde.

A comer la sopa boba ya no puede ir, como queda dicho, pues ya no la hay. ¡Bah! Para lo que daban, y para lo que mandaban esperar y se lo hacían desear... En las largas esperas, en la cola con el cazo en la mano, los galloferos no se privaban de andar de palique, antes al contrario, como siempre pasa en estos casos, y un día un pordiosero viejo andaba diciendo que en una ocasión, muchos años hace, quién sabe si siglos, el mismísimo diablo en persona se metió fraile en este mismo convento precisamente.

—Sí, ¿no habéis visto en la sala capitular en la pared pintados unos retratos de unos frailes antiguos?

Como quiera que nadie entre los estantes había jamás entrado en la sala capitular, ni siquiera en el pasillo ni en parte interior alguna del convento entero, seguía el bellaco con su cuento, quién sabe si cuento tan sólo e invención, o no, sino historia verdadera. Por las pintas que traía, desde luego, mucho caso no se le podía hacer.

—Un fraile aparece allí en la pared figurado con el pelo corto, a diferencia de todos los demás, el flequillo redondeado y la frente en forma de media luna, como si dijéramos, la tez enrojecida, o rojiza de por sí, y la expresión alelada, como todos los demás. Pero es el caso que, cuando no se le mira, el retratado en su retrato dicen que se vuelve hosco y adusto de semblante y se muestra terrible y aterrador, que daría pavor a quien le viera, lo que pasa es que ya digo que cuando se le mira no se manifiesta en esta figura que acabo de describir.

—Y si no se ve cuando se mira, ¿cómo se sabe...?

—Se sabe porque se dice, rubia impertinente, y se dice porque se sabe. Así ha sido siempre y será. Las cosas en la vida son como son, y no como a ti te parece que tendrían que ser. ¿O te crees tú que vas a poder enmendar la plana al orden aceptado y a la sabiduría del pueblo?

—Estas niñas de ahora, hay que ver qué descaradas salen.

—Con ese pelo tan rubicundo, ¿de dónde habrá salido?

Una mendiga negra, rara avis en estas islas, no se quiso privar de declarar un chiste fácil que se le acababa de ocurrir.

—¿Eres rubia, o te han roto en la cabeza una botella de lejía?

La contestación de Rosamunda no es para repetida aquí. O sí, ya puestos al asunto, ¿por qué no?

—Y tú, ¿eres negra, o te han untado la cara con mierda?

Finalmente no hubo pendencia porque se impuso el buen sentido, y por la cuenta que les tenía, porque es que si arman gresca los echan a todos sin darles la sopa boba tan esperada.

Como la espera continuaba y no acababan de aparecer los bellacos de los frailes con la perola, seguía el gallofero viejo con su cuento.

—Desde entonces diz que anda el hermano diablo por ahí, por donde nadie le ve, o visto y no visto, por los pasillos oscuros, por los rincones, por los desvanes. Hasta en la sacristía le han llegado a echar la vista encima.

Los galloferos que tenían el cazo cogido con la mano diestra, se le pasaban a la izquierda y se santiguaban.

—Jesús mil veces, ¡qué barbaridad!

—A veces hasta se le aparece de repente a algún fraile y le dice algo, a saber qué le dirá.

Esta vez ya sólo se santiguaban de los estantes los menos.

—Del maligno enemigo líbranos, Señor.

En el mercado de verduras se mezcla Rosamunda con los pinchaúvas, o deviene en uno más de ellos, a saber cómo se diría mejor. A veces alguna verdulera les da las manzanas picadas para que aprovechen lo que se pueda, y de paso para que no le roben las sanas, y en la marina algún pescador no se desdeña de darles algún molusco bivalvo de difícil salida y de bajo precio, tales como pueden ser almejas y ostras, que se las comen allí mismo, crudas con unas gotas de limón que no se recatan de coger de los limoneros cuyas ramas rebasan las tapias que los guardan y contienen. Langostas y bogavantes, cuando el mercado está saturado y no valen nada, no los quiere Rosamunda aunque se los den, pues no tiene dónde cocerlos y crudos no se pueden comer, lo mismo que las angulas, que se cogen con un cedazo y un farol en las orillas de las playas al amanecer en los meses con erre. Sustentarse de angulas vale lo mismo que decir que no hay más remedio que arrojarse a comer lo que no quiere nadie, puesto que tan sólo las catan los pobres, pero sólo cuando no tienen otra cosa, con ajo y aceite y un par de guindillas, por que tengan algo de sabor, porque es que si no, no hay quien se las eche al coleto de puro insípidas. Y tanto langostas como angulas ya se ha visto en la necesidad de comer, cocidas y ofrecidas por alguien que sin duda no las quería para sí. Y no sólo eso, sino que a tal extremo ha llegado su indigencia, que hasta se ha visto obligada, en dos ocasiones ya, a comer unas huevas de un pez fluvial que traen del mar Negro o de Persia y que sirven de cebo para pescar caballas, y que por lo visto se llama caviar, el colmo ya de la menesterosidad.

—En cambio —les explica Rosamunda a sus colegas—, las patatas fritas están carísimas, y todavía os digo más, es que ni siquiera las hay. Hombre, con deciros que todavía no se ha descubierto el nuevo mundo...

Por el contrario, al pollo y al puerco, y demás delicias culinarias, ya se puede decir que no ha tenido más remedio que renunciar, al menos por el momento, pues la vida da muchas vueltas y nunca se sabe lo que va a pasar.

—¡Vaya vida que llevo, voto a los ajenos de Dios! Para vivir así, vale más no morirse nunca.

De modo que, puesta a cavilarlo, rechazada se ha visto para el harén del sultán por demasiado flaca, y ahora resulta que con esta vida que lleva se estilizará todavía más, menos mal que sólo faltan unos días para que vuelva su novio Cucufate, que si tarda en volver, acaso la encuentre demasiado enjuta incluso para su gusto, cualquiera sabe, pues, si en opinión de aquel turco altanero y vanidoso no mereció Rosamunda en aquel examen obtener el aprecio en cuanto a crasicie y rubicundez, evidente resulta que su novio se mostró de otro parecer, pero sólo, o de momento, en cuanto a aquel punto de delgadez, porque es que, de seguir así, cuando vuelva Cucufate y la vea más chupada todavía, no se sabe lo que le parecerá entonces, y ya sólo la faltaría eso, que se volviere atrás aquél y que ella se tuviere que quedar sin casamiento en estas arduas circunstancias en que ahora se ve.

A mendigar no se arroja, pues lo considera algo de lo más envilecedor, y es que además, ¿quién se iba a casar con una mendiga? A robar, mucho menos, antes cualquiera otra cosa, pues esto envilece todavía mucho más, y se acaba casi siempre por ir a parar a las mazmorras del rey, o si no, a las galeras del emperador, que no se sabe qué será peor, y es que además, ¿quién se iba a querer casar con una choriza?

—Antes puta que ladrona —a la vieja Antagónica parece que la está oyendo.

Antes morir, que perder la vida, pero es que, además, ¿a quién se le iba a ocurrir casarse con una tal? No hay más remedio que guardar bien las apariencias, hasta que llegue su novio para celebrar la boda. Y después, ya veremos, que mientras dura, vida y dulzura, como se suele decir. Dentro de unos años, igual ha cobrado algo más de peso y merece entonces la estima propicia de los emisarios del sultán, si es que vuelven buscando personal fino para el harén. Ya se verá lo que se habrá de hacer, que no hay por qué desdeñar de antemano ninguna posibilidad ni cerrarse a sí misma ninguna puerta.

Anda por la plaza del mercado un día, entre los puestos de pescados con sus toldos de lona, en compañía de tres o cuatro pinchaúvas, cuando aparecen de pronto, como dioses de máquina, entre la copia del concurso dos esbirros del rey, que la cogen uno de cada brazo de repente y sin preámbulos, la atan una mano con otra, se conoce que es el procedimiento del caso, y se la llevan por la calle adelante.

—Tenemos orden —se ven en la precisión de explicar ante las protestas de la detenida —del mismísimo rey en persona de prender a todos los galloferos de la ínsula entera.

Contra órdenes reales no valen disputas, pero no se quiere quedar sin saber por qué, entre cuatro o cinco golfantes callejeros, la han tenido que ir a prender precisamente a ella sola y a nadie más.

—Ésos otros tampoco se apartan de la categoría infame de azotacalles y truhanes, pero por lo menos tienen padres, otros que tal bailan, y domicilio fijo.

—No se les puede, por lo tanto, considerar vagabundos —puntualiza el esbirro segundo.

—O sea, que a mí, como punición por no tener casa...

—El rey te va a proporcionar una gratis, y encima vas y te quejas —se conoce que el esbirro primero está de buen talante.

—El rey, valiente hijo de la gran puta, primero me deja en la calle con lo puesto, un año de salario a deber, y no contento con eso, ahora va y me manda llevar prendida entre dos fieros esbirros por toda la ciudad, como si fuese una réproba.

Camina Rosamunda con la vista baja entre los sus dos captores, altos como torres, abriéndose paso entre el concurso, la gente mirándola con asombro y no sin conmiseración.

—Pobre niña, ¿qué habrá hecho para que se la lleven así?

—Es una pena, tan guapa y tan joven, y al mismo tiempo tan malhechora.

—¿Cuánto tiempo me tendrán en el calabozo?

—Eso no lo hemos de determinar nosotros, sino que el juez lo dirá.

—Un caso así —aclara el esbirro segundo —se suele ventilar con seis días de arresto, una semana calculo yo a todo tirar.

—Pero a continuación —no se quiere quedar el esbirro primero sin dejarlo todo asaz claro—, expulsión inmediata de la ínsula, que el rey no quiere vagabundos aquí, ni yo tampoco.

Dentro de una semana ya habrá vuelto Cucufate el salvador, con él se casará, y entonces ya no la podrán echar de la isla, a ver si hay suerte y todo sale bien.

En una de las calles más concurridas están las mazmorras reales, fábrica de sillería de piedra gris con ventanas angostas y enrejadas, nadie a las puertas, bien se conoce que el rey está reduciendo personal por motivos económicos. La bajan por unas escaleras de piedra, y a través de un pasillo oscuro y estrecho la llevan hasta una celda, donde la desatan, la dejan, y se van.

No se han alejado lo suficiente por el pasillo adelante, cuando los llama Rosamunda justo a tiempo cuando ya se iban a transponer por el recodo.

—¿Pero qué haces ahí en el pasillo? Métete en la celda ahora mismo.

—Es que la puerta está abierta.

—Ese cuidado no es tuyo. Tú, a la celda, como es de obligación para ti.

—¿Pero por qué no cierran la puerta?

—¿Y a ti qué más te da? Si lo quieres saber, se lo preguntas a los carceleros.

—No, si yo lo pregunto sólo por curiosidad... ¿Y dónde están esos carceleros?

—A nosotros nos da igual que estén o que no estén. Nosotros, con prender a los indignos y traerlos aquí, de sobra tenemos cumplido.

—¡Hay que joderse...! No hay carceleros porque no hay cumquibus con que pagarlos. ¿Y ahora qué hago yo en una cárcel sin carceleros y con las puertas abiertas?

—Quedas obligada a considerarte detenida, tal como lo vamos a hacer constar en el libro de registro. Pero por nosotros, puedes hacer lo que quieras, con tal de que no se te olvide comparecer ante el juez en el lugar y el día y a la hora señalados.

—¿Y cómo sabré qué día me señala el juez?

—No lo sabrás porque no le hay. Se marchó a trabajar para el rey de Laconia, porque aquí por lo visto no cobraba.

—¡Esto sí que tiene...! Una cárcel sin carceleros, un juzgado sin juez... Igual vale más que la echen a una de esta malhadada ínsula ya de una puta vez. Claro, como se le marchan las personas de calidad, ese badana del rey ahora quiere echar a los mendigos y a toda esa canalla humana, se conoce que para subir la media, porque es que si no, esto sería ya el puerto de arrebatacapas.

Y se sale a la calle tranquilamente, nadie la ha visto entrar, si no han sido los dos que la metieron, y nadie la ve salir, como no sea algún viandante a quien el asunto ni le va ni le viene.

Ruando ahora por la parte vieja de la ciudad se topa de repente con Focas, el piloto de altura en cuya embarcación partió Cucufate, por el cual le pregunta ansiosa en cuanto le echa la vista encima.

—¿Ése? Se le llevaron las sirenas en la costa de la isla de Samos, benéficas o perversas, que eso nunca se sabe. Aunque, tal como le arrebataron, de improviso y por fuerza, muy benéficas no parecían.

—¿Y te crees tú que yo me voy a creer ese cuento tan ridículo, te crees que alguien que no padezca retraso mental agudo se va a creer que se le llevaron las sirenas con sus colas de pez espada?

—Ésas que tú dices son las nereidas, a ver si te enteras, las sirenas tienen cola y alas de pájaro, con plumas y todo.

—Tú sí que estás hecho un pájaro de cuenta. No tardes en decirme cómo haré ahora para con él encontrarme.

Quédase Focas mirándola y sin saber qué decir, ni qué hacer ni adónde ir, y por no saber no sabe ya si marcharse, o quedarse todavía.

—Lo único que se me ocurre es que, al próximo viaje que hagamos por allí, vengas con nosotros si te place y te desembarques en la isla, a ver si consigues llegar a dar con él.

Es ahora Rosamunda la que se queda mirándole con ojos extraviados, como sin saber por dónde salir.

—Comprenderás —añade ahora Focas —que yo no te puedo hacer otra cosa, bastante hago con ofrecerte un pasaje gratis en mi barco, en atención a mi cliente perdido. Por cierto, que esta desventurada desaparición me ha servido para quedarme sin cobrar el pasaje.

—Pues no esperes que te le pague yo. No tengo nada, estoy en cueros, como aquél que dice. Primero, al novio que tuve se le comieron los lobos, o las águilas pescadoras, o los calamares devoradores de ahogados, cualquiera sabe, y al siguiente que tengo, se le llevan las sirenas, o los demonios, maldita sea mi estampa, ahora precisamente que tanto le necesitaba...

—Vaya por Dios, hombre, pero no hagas pucheros. Al próximo viaje, te llevamos con nosotros, a ver si le encontramos.

No es Focas lo que se dice dichoso de estatura, más bien al contrario, trae hoy un pañuelo amarillo a la cabeza, camiseta blanca y azul en listas horizontales y sin mangas, mostrando los tatuajes y la musculatura de los brazos al completo.

—¿Cuándo navegaréis por la ruta de la isla de Samos?

—Preséntate mañana con el hato en la marina antes de las seis.

—¿De la tarde?

—¿Qué de la tarde, ni qué ocho cuartos? ¡De la mañana!

Esto se lo ha tenido que gritar Focas, que ya se ha alejado y se sigue alejando por la calle adelante, plena de sol y de las sombras móviles del personal transeúnte.

—¡Joder, qué madrugadores!

Y allí está ya, clavada, al día siguiente muy de mañana, presentándose al patrón.

—¿Y el hato?

—¿Qué hato?

Que no tiene sino lo puesto le dijo ayer, ahora se acuerda Focas y compone un gesto que no se sabe si es de contrariedad, o de forzada anuencia.

El sol rojo y fulgente todavía no se ha levantado del horizonte marino e impreciso.

—Mujeres a bordo, barco perdido.

—No digas despropósitos ni inconveniencias —le reprende Focas al impertinente.

—Yo no soy una mujer, soy una marinera.

—¿Cuándo —se sorprende Focas —has navegado tú?

—Ahora mismo —asegura Rosamunda, al tiempo que de un salto se sube a la cubierta por la popa desde la orilla, mojándose los pies y los bajos de la falda roja en el intento.

A favor del primer terral de la mañana, la vela cangreja desplegada, se aleja de la playa la barca de pesca, y al mediodía ya no se divisa la costa, ni la que se ha dejado atrás, ni la que se pretende alcanzar. Lenta y apacible corre la barca sobre una superficie ácuea e infinita, de un azul intenso y uniforme, agua salada y en calma por doquier, que no parece sino que se hallen perdidos en medio de ningún lugar, o que el mundo se haya acabado allí mismo. Pero cuando el sol quiere empezar a declinar, a proa se divisa la raya del monte de la costa lejana.

—La isla de Samos.

Vista de águila tiene que gastar el marinero que antes que nadie entreví la costa apenas perceptible allá en las brumas del horizonte. Se acuerda ahora Rosamunda de una calle en cuesta allá en su ciudad, por donde solía andar vagando sin nada que hacer ni cosa alguna en qué pensar. Calle arriba se volvía para mirar hacia abajo, y allá divisaba, al final de la calle, el horizonte entre dos casas fronteras entre sí, a la altura del segundo piso una raya distante que parte en dos los azules infinitos e infinitamente lejanos, el azul intenso del mar y el azul claro y fulgente del cielo, y entonces se ponía a cavilar que en aquella línea tan remota acaso se acabase el mundo como la apariencia daba a entender, pero no, sino que sabía por testimonios de marineros que desde aquel horizonte se veía otro más lejano todavía, y otro más, y así sucesivamente, hasta el infinito.

Y ahora se encuentra ella misma, hay que ver lo que son los azares de la vida, en ese horizonte acaso contemplado por algún habitante de aquella isla lejana, lo mismo que se quedaba absorta contemplando el horizonte marino desde las calles de su ciudad. Y aquí en este horizonte marino en que se encuentra con respecto al hipotético observador de aquel otro horizonte terrestre, efectivamente comprueba por sí misma que no se acaba el mundo, ni mucho menos, sino que volviendo la vista atrás se comprueba que otros horizontes hay detrás de éste.

Hoy como entonces no se excusa de cavilar que, si la tierra fuese plana y no tuviera fin, no se vería la raya del horizonte allí donde se ve, sino que mirando hacia arriba veríamos un círculo más o menos amplio de cielo azul, muy imprecisos los límites, por lo cual las horas diurnas serían menos de las que en efecto son, y más las nocturnas por consecuencia. Por lo tanto, el mundo no puede ser plano, y si lo es, sería un círculo todo lo más, nunca un plano infinito. Si nos ponemos a mirarlo, no puede estar bien fundamentada la idea de que el universo esté dividido en dos partes, una de tierra y de agua hasta lo más profundo que se pueda decir ni pensar, y otra de aire hasta más allá de lo más alto que imaginar se pueda, con esferas celestes allá en lo más alto brillando en la oscuridad, sobre todo la luna, tan grande como todas las demás juntas, que sale no se sabe de dónde para esclarecer lo tenebroso, y después se retrae, el diablo sabe adónde. Bien mirado, cabe considerar la eventualidad de que nuestro malhadado mundo no sea en realidad sino una esfera, lo mismo que los demás astros que se observan desde éste, si es que efectivamente lo es.

Llegados a las proximidades de la costa, se impacienta Rosamunda por que la desembarquen ya de una vez, pero Focas la advierte de que primero tendrán que echar las redes durante toda la noche para pescar calamares, y luego llevarlos al puerto para ponerlos a la venta muy de mañana.

—Te hemos traído para que nos ayudes, y de paso ya te ayudaremos a buscar a ese badana de novio que te has echado.

—Pues entonces, si queréis que me pase toda la puta noche con vosotros tirando de la red, me tendréis que dar una partija.

—Media se le da al grumete o al marmitón cuando le hay.

A la luz del fuego de los faroles, al pairo la barca, acuden los calamares antropófagos, de los cuales buena parte acaba a bordo, cogidos con unos reteles a propósito, y así toda la santa noche, noche toledana como si dijéramos.

—Habrá que tener cuidado de no quedar a esos alcances.

—Por eso no habrás de temer, ya que sólo te comerían ahogada, pues casos de náufragos vivos devorados por los calamares antropófagos apenas se han dado.

—Cualquier animal marino —no se priva de meter baza un marinero impertinente—, ya sea pez, crustáceo, cefalópodo, celentéreo, y demás, no se quedaría sin comerte si te viera ahogado e inerme, flotando en las olas o hundido en el fondo, por no hablar ya de serpientes de mar y de lobos marinos. Tan sólo los delfines no se arrojan a devorar piezas humanas.

Apunta el sol por detrás de la raya del monte, cuando ya los calamares se han retirado hacia las tenebrosidades del fondo. Es muy de notar que la misma fulguración que los atrae primero, después los ahuyenta, o acaso no se trate de la misma luz, se conoce que aborrecen el fulgor del día, o que la luz les fascina cuando no debería haberla, que a veces hay que violentar la naturaleza para conseguir un propósito.

Con los calamares cogidos se dirigen al puerto. En la subasta en la lonja de contratación se los pagan menos de lo que en principio era de esperar, el mercado está así y no vale sino conformarse. La mitad para Focas, que para eso es el armador, más dos partijas por ser el patrón, para los demás no llega ni a dos sólidos por barba, uno escaso para Rosamunda, que ahora comprende bien el significado de esta expresión vulgar, a tanto por barba, tan poco para las que no la tienen, pero ya sabe que de nada le van a servir las protestas.

—Te traemos de balde, y además te damos media partija; y, no contenta todavía, encima buscas motivo de queja.

Por toda la ciudad andan preguntando por el desaparecido, pero nadie le conoce, como es natural. Andan en grupos de dos, Rosamunda con el mismísimo patrón, por las calles y plazas, por los mercados, por las tabernas, por las casas de mala nota, y hasta por las oficinas del rey y por los calabozos municipales.

—¿No habéis visto a mi novio Cucufate?

—Pero, hombre, Rosamunda, no seas modorra, ésa no es manera de preguntar. Hay que decir que venimos buscando a un mancebo que se perdió en estas costas hace nueve días.

Pero nadie sabe dar razón. En una taberna se encuentran con cuatro colegas tripulantes del barco, se conoce que se han juntado dos grupos de dos, bebiendo vino muy satisfechos y alborozados al parecer.

—Claro, ¿así cómo le vamos a encontrar?

Informador hay que les asegura que se marchó en un bajel turquesco, no se sabe si de grado o por fuerza. Otro hay que asevera haberle visto a bordo de un buque mercante que hace la ruta de la isla con otras y con tierra firme, y que trafica con pieles de cordero y con barbas de ballena. En el libro de asiento de la cofradía de mareantes comprueban que el barco dicho zarpó en lastre hace cuatro días con destino a Constantinopla. No faltan quienes atestiguan que se le llevaron los marinos de guerra para servir en las galeras del emperador. Y hasta sale uno declarando, el colmo ya de la estolidez, que le ha visto marcharse montado en un hipogrifo volador. O se trataba de un grandísimo gaznápiro, o les habrá querido tomar el pelo, a saber.

No se quiere Rosamunda quedar sin saber si hay por ahí algún barco presto para zarpar rumbo a la capital del imperio, pero Focas la trata de persuadir de tal insensatez.

—¿Tú sabes cuántas almas vivientes hoy ocupan lugar en la ciudad de Constantinopla? Medio millón o más. ¿Te haces una idea de la dificultad que supondría buscar a una persona entre tantas? Una aguja en un pajar. Y eso en el caso, no del todo probable, de que efectivamente se encuentre allí aquel saltabardales. Cuanto más tardes en olvidarte de él, tanto peor para ti. Tú lo que necesitas es un hombre serio y formal, hecho y derecho, honrado y trabajador, afable y liberal, sereno y equilibrado, comprensivo y complaciente, bien situado y que goce de favorable reputación, que te supere ampliamente en experiencia de la vida y en sapiencia...

—Pero tú, por tu edad, bien podrías ser mi padre...

—¿Pero quién te habla de mí? Yo hablaba en abstracto, pensando en el tipo ideal para ti. Pero, ahora que lo dices, bien mirado, ése muy bien podría ser yo mismo, sí tal, ¿por qué no? Tienes mucha razón, acertadamente acabas de hablar, yo no me aparto ni un ápice de lo que se podría considerar lo más conveniente para ti en esta situación, claro que sí, yo tengo casa y estoy solo, y no carezco de una bolsa de sólidos bien guardados, deseando compartirlos con quien los mereciere. No me emborracho más que un par de veces al mes, tres a todo tirar, y no tengo un carácter violento, sino muy al contrario, apacible tengo el genio y bien templado. Tú ya estás en una situación en la que ya te tienes que poner a considerar la contingencia de que, o te casas este mismo año, o al siguiente se te habrá puesto un poco más difícil, y no digamos ya dentro de un par de ellos más, vale decir, que el tiempo corre en tu contra, y que, como te despreocupes y lo vayas dejando, corres el riesgo de encontrarte de repente soltera y sin proporciones, que a otras como tú ya les pasó, no creas que no, por haberse descuidado. Los mozalbetes de tu edad son desconsiderados y caprichosos, no piensan sino en sí mismos, no saben apreciar la calidad de la moza que tienen ante sí, por mucha que sea, antes se creerán que eres tú la que le tendrá que estar agradecida a uno de esos presuntuosos por condescender a casarse contigo. Son todos vanos, fatuos y superficiales. Un tipo como yo, en cambio, te tratará como te mereces y se sentirá dichoso de tenerte y agradecido en suma. Vivirá por ti, antes que por él mismo. Además, tantos años tampoco te saco.

—Dieciocho quiero llegar a cumplir este año.

—Parecida edad a la mía, ¿pues no se parecen dieciocho y treinta y ocho?

—Treinta y ocho es parecido a treinta y nueve.

—Y a cuarenta y uno, que son los últimos que cumplí. Total, por dos más...

Unos pasos más alejados, cuatro de sus marineros los oyen y se ríen con recato.

—¿Pero adónde va ése a quererse casar, si a ése no le gustan las mujeres...?

—Yo siempre he tenido entendido que lo que le gustan en realidad son los efebos, pero que lo sabe disimular a la perfección, de tal forma que nadie hasta hoy le ha podido jamás coger en un renuncio.

—¿Pero no os dais cuenta de que eso mismo también se podría decir de cualquiera? Tan sólo suposiciones de que sea o deje de ser de la acera de enfrente, pero que nunca en ese sentido se ha manifestado ni se le ha podido demostrar nada.

—Ya, pero es que, cuando suena el río, es que va bien cumplido de agua.

—En nuestra isla no hay río.

—Pero corre allá la maledicencia popular más que el agua por el mismísimo Nilo.

—¿Y para qué querrá ahora casarse con ese escuerzo?

—¡Qué va, hombre! Si es una mozancona magnífica...

—Muy buena para varear los avellanos.

—Si yo —sigue porfiando Focas —tengo el doble de edad que tú, es porque tú tienes vividos todavía la mitad de años en confrontación con los que llevo yo vividos al día de hoy. Si tú tienes la mitad que yo, yo tengo el doble de la mitad, pero sólo si confrontas un número con el otro. ¿Qué diferencia va de uno a dos? Tan sólo uno. Pues bien, tú llevas vividos cierto número de años, y yo ésos y otros tantos, es decir tan sólo dos veces ese mismo número.

Divide Rosamunda los pareceres de los marineros opinantes. De los cuatro que el asunto tratando están, a dos de ellos no les gusta la moza y a los otros dos sí.

Todavía no tiene bien formado concepto acerca del casamiento con ese tronera de Focas, valiente fantasma, que si no se ha querido casar hasta hoy, ¿por qué ahora querrá tan de repente tomar estado, ahora que ya le queda por vivir lo menos y lo peor? O acaso por esto mismo, que ya ve la vejez cercana y no se quiere quedar de non. A ver si lo que va a pretender este pájaro es fámula gratis... Por sabiduría popular tienen los ignorantes a esa ignorancia aldeana que se denomina paremiología, de la que hay que echar mano muchas veces precisamente para del refrán huir, tal como en este caso preciso, vale decir, pobre con rica casado, más que marido es criado; y que lo mismo se podría aplicar al revés, pobre casada con rico. Pero no parece que sea el caso, sino que ese fatuo de Focas se las da de muy cumplido y generoso, esperemos que no se haya manifestado asaz ponderativo de sí mismo

No sabe por dónde salir, pero sí sabe que, cuanto más lo cavile, más arrimará su parecer al de los que la aconsejan tomar estado y no quedarse otra vez en la calle, ruando por ahí y rozándose con las paredes, a ver si alguna alma compasiva la obsequia con unas angulas o un bogavante, o una manzana picada para que aproveche lo que todavía queda de sana, a dormir al campo raso o como mucho en los soportales de la casa consistorial o de la lonja de contratación, o de cualquiera de las casas que no carezcan de soportal y que no tengan vecindario, pues a nadie le gusta que frente a su puerta o bajo su ventana duerma ningún gallofero astroso.

De modo que no tendrá más remedio que aceptar la solicitud de ese zascandil de Focas, brava proporción. Constituirán la pareja más desigual de toda la isla, y aun de todas las demás y parte del continente. El uno ya pasa de los cuarenta, la otra no llega ni con mucho a los veinte. El día de la ceremonia ella se tendrá que calzar unos zapatos de altos tacones, como manda la tradición, con lo cual perfectamente podrá mirar al suelo por encima de la cabeza rapada del novio, a menos que también se ponga tacones altos él. Es una pena que no aparezca de repente por ahí su novio Teódulo, que gloria haya, o por lo menos su otro novio, Cucufate por mal nombre, que no se sabe si entre los que ocupan plaza en el mundo se le puede todavía contar.

Habita Focas en el barrio de los marineros, calles estrechas y a menudo retuertas, llanas y en cuesta, a veces atravesando arcos o pasadizos bajo las habitaciones, en los balcones las cañas de pescar que no caben dentro de casa, olor a pescado frito en los portales, salazoneros en los bajos, taberneros, comerciantes y artesanos, gárrulas rederas en la calle sentadas, otras cosiendo velas, caldereros en la puerta del taller soldando boyas, carpinteros de ribera cortando cuadernas, herreros martillando arpones al rojo, un maremágnum en fin de ruidos y de voces, gritos e idas y venidas, que en este barrio los vecinos no se aburren, ¡qué diferencia con las soledades de aquella malhadada torre lejana y silenciosa!

No le desagradó el barrio, tan vocinglero y populachero, antes al contrario. La casa de Focas no la ha visto, pues bien visto no está que en casa del novio entre la novia mientras lo sea, sobremanera si aquél vive solo, y no hay por qué dejar de guardar las apariencias.

Andando va ahora Rosamunda sobre el verde sin fin de la pradera, el cielo sin una nube, cuando a lo lejos columbra una torre de paredes de plata y tejado de oro. Un buen rato tarda en acercarse lo suficiente para comprobar que no es de oro el tejado, sino de unas tejas brillantes de cerámica amarillenta muy fina. Y cuando ya tiene la torre al alcance de un tiro de piedra, comprueba que las paredes no son de plata, sino de sillería gris muy lisa y pulida. Una sola puerta azul, sin ventanas ni balcones. Una hilera de cipreses oscuros a un lado, y en el césped un cuervo inmóvil que no la quita la vista de encima. Ahí se detiene Rosamunda y no pasa adelante, pues cavila que el cuervo en tal caso la avisaría de que no se puede pasar ni acercarse a la torre prohibida. ¿Qué habrá detrás de esa puerta azul, qué arcano tan recóndito guardará esa torre misteriosa? Se lamenta de que jamás lo llegará a saber, como tantas cosas en la vida, que con toda su juvenil vehemencia desearía saberlas pero que no hay manera de descubrir su secreto. ¿Por qué los que poseen la sabiduría la guardan con tanto celo que nadie si no son ellos mismo pueda llegar a alcanzar su conocimiento, en vez de darla a conocer a todos? Porque, vamos a ver, si se pone a mirarlo, ¿para qué vale el saber, si no se sabe? Porque es que, si los que lo saben no lo divulgan, ¿de qué sirve entonces? Es como el que sabe que tiene un jarro de monedas de oro escondido, mas no sabe dónde le tiene. ¿De qué sirve saber que saben, si se sabe también que nadie más lo puede saber? Así a la humanidad le costará mucho avanzar, como carro en barro. Tantas personas jóvenes que hay por ahí, ávidas de experiencias y de conocimientos, y se tendrán que morir de viejos sin haber llegado a los alcances de esa sapiencia tan anhelada. ¿Habrá algo más decepcionante en la vida que pasársela en la ignorancia y pereciéndose por saber?

Ahora ya no sabe si lo oyó contar como un cuento de vana invención, o como una historia supuestamente real, pues esa clase de realidades hay que suponerlas, antes que darlas por ciertas. Una torre tal como la presente, alta como un árbol alto, estrecha como el árbol más ancho del mundo, con una sola puerta misteriosa, y sin embargo aquél a quien le sea permitida la entrada se encontrará de pronto dentro de un amplísimo salón, mucho más extenso que la planta, ya circular, ya octogonal, ya cuadrada, de la torre mágica. O bien resulta que la torre recóndita no es sino la puerta de entrada a las más profundas galerías subterráneas, que dicen que van a parar hasta el mismísimo centro de la tierra, allí donde se aposenta aquel espantoso Plutón, el dios de las profundidades tenebrosas.

Ya se dispone a alejarse de la torre de plata y del cuervo que la guarda, cuando de pronto se abre la puerta azul y aparece una doncella muy pulida, tal como ella misma, con una túnica talar del mismo color que la puerta misteriosa.

—¿Buscas amo?

Tan inesperada pregunta no requiere rápida respuesta. Le ha ofrecido amo, así mismo lo ha dicho, en género gramatical masculino, luego no se trata de la misma oferente. A saber quién buscará servidumbre y para qué, si bien lo más sensato sería suponer que el buscador no fuese otro sino el mismísimo marido de la que así habla. Por una parte, se pirra Rosamunda por ver esa misteriosa torre por dentro y descubrir el arcano que guarda, pero es que por otra parte no deja de tener en cuenta la posibilidad de que se trate de una torre encantada de donde no se pueda salir después de haber entrado, y encantada se quede ahí mismo ella también para in sécula. De modo que agradece la oferta, muy por lo fino, pero la declina.

Y unas horas más tarde, ya en las calles de la ciudad, mirando está muy atenta a un botijero que pasa con el burro, cuando de pronto se da cuenta de que ante sí se ha parado un tipo muy alto, que entre la estatura natural y la longitud del gorro cónico que gasta, levanta más de cinco palmos por encima del copete dorado de ella misma; la barba negra como ala de cuervo, con un sobretodo de un azul intenso, más que el cielo despejado, y menos que el horizonte del piélago en pleno día, el mismo color de la puerta de la torre misteriosa y de la túnica de aquélla que de la torre salió.

—¿Buscas amo?

Una pregunta así, tan impensada, requiere más pensada contestación. El que calla, otorga, que dice el vulgo, y mientras se repone de la sorpresa de la repentina presencia del buscador de fámula, éste mismo se adelanta a la respuesta que él supone afirmativa, y no se priva de cogerla del brazo.

—Pues hoy estás de suerte, porque has ido a dar justo con el amo que buscabas.

Pero Rosamunda no se mueve del sitio y retrae el brazo de la mano que le sujeta. Se queda el otro mirándola sorprendido, como si le costase creer que su proposición se pudiese, no ya rechazar, sino ni tan siquiera pararse ningún considerador a considerarla. Evidente resulta que se tiene que mostrar decidida en muy breves instantes, o sí, o no, porque es que, si se queda dudándolo y sin acabar de decidirse, el de azul se decepcionará de tanta indecisión y se marchará enojado.

¿Qué hacer en tal situación? No sabe si lo mejor sería no apreciar la oferta, a saber si por segunda vez la misma, y casarse con ese badana de Focas como tiene previsto, o si por el contrario desdeñar tal casamiento y marcharse a servir a casa de tan fino caballero, que ya se impacienta y demanda con la expresión del semblante una respuesta inmediata. De modo que hay que decidirse ya, o al vado, o a la puente, que se suele decir, una respuesta hay que dar ya sin más demora.

—Mande vuesarced, caballero cuya gracia no se me alcanza.

—Don Procopio de Tirapatrás es, para tu ventura, desde ahora tu nuevo amo.

—Pues su nueva sierva de vuesarced se llama doña Rosamunda de Jutlandia, para lo que guste mandar.

Capítulo cuarto

Cuando yo era viejo

¿Qué dirá ahora ese mastuerzo de Focas? Con sus sofismas aritméticos quiere demostrar que no es ella para él demasiado joven, lo cual no deja de ser verosímil, sino que es él, que no es igual, demasiado viejo para ella, la cual no se ve capaz de determinar, ahora que se pone a acordarse, la edad que tendrá ya su señor padre, que mal haya, y que no será mayor que la de ese bergante de Focas, así se ahogue en mala hora por esos mares o se le lleven los tritones y no le devuelvan. ¿Casarse con ese mendrugo envarado, que levanta la punta de la perilla por parecer menos corto?

—Por mí, ya le pueden dar morcilla...

—Pues ya puedes tener cuidado con ése, que lleva siempre la gumía en la faja y tengo entendido que fue pirata en sus buenos tiempos.

—Ningún cuidado. Yo soy más bandida y más pirata que él.

Ha entrado Rosamunda a servir en casa de un alquimista, en el barrio de los comerciantes finos o medianos, tales como orífices, sastres, ebanistas, retratistas y pintores de iconos, embalsamadores, y otros de parecido fuste. Otro barrio hay para tenderos de poca monta, como pueden ser verduleros, pescaderos, curtidores, tejedores, tintoreros, alfareros; y otro barrio hay para la gente más principal, como por verbigracia, funcionarios, banqueros, jueces y abogados, militares de alta graduación, armadores y mercaderes de grueso.

Ni en el mejor ni en el peor de los barrios de comerciantes la ha tocado ir a parar, sino al mediocre, tanto mejor así, pues en un barrio de nota teme desentonar, y en uno demasiado vulgar se quedaría pensando que hay otros más finos, y en cambio en éste no ha de destacar ni por carta de más ni por carta de menos, sino que en su justo medio se ha de encontrar, en una especie de áurea mediocridad, ni envidiada ni envidiosa.

La casa de maese Procopio, de dos plantas bien cumplidas, rodeada está de un césped muy verde y liso, con un único árbol de frondas oscuras y copa redonda. La niña se llama Jacoba, y hay que vestirla y llevarla a diario a la escuela de la maestra Bonifacia, que enseña a algunas de las niñas de mejor abolengo de toda la isla; y al niño mayor, Gedeón es su gracia, no hay que acompañarle, sino que acude solo todos los días a casa del maestro Zenón, si no son los domingos y fiestas de guardar, en cuya clase se sientan algunos de los hijos de los más esclarecidos magnates de la isla entera. Matrona no hay en casa, pues el maestro alquimista enviudó, por lo visto, no se sabe cuándo, aunque no tenga que faltar alguna lengua de escorpión que se atreva a asegurar que su esposa en realidad se escapó con un viajante de peines de concha de tortuga marina, pero de la maledicencia popular ya se sabe que tampoco hay que hacer mucho caso.

Las tiendas de productos alimenticios, de visita diaria poco menos que obligada, vienen a constituir una especie de restringida ágora femenina, y ahí es donde las matronas y las fámulas se enteran de todo lo que no conviene ignorar, y a veces hasta de lo que por dudoso o incierto no convendría saber, vale decir, que en esos establecimientos se pone la clientela al cabo de la calle, tanto en lo referente a todo lo que es, como a mucho de lo que no es, valga decirlo así.

Y así Rosamunda alcanza a saber que su principal vino de Damasco de Siria a en esta ciudad establecerse, y que no ha podido todavía llegar al conocimiento de la piedra filosofal, aquélla que convierte el plomo en oro, pero que está en el camino y que no parará hasta dar con la maldecida piedra, así se lo ha propuesto, asegura él mismo, o dejará de llamarse con justo título el mejor alquimista de la isla entera, como si hubiera otro... En cambio, sí ha podido llegar al descubrimiento, tal dicen, del método para sacar diamantes a partir del carbón de las minas, lo que pasa es que el procedimiento no sería del todo factible en la práctica, pues ha calculado que se necesitaría el calor de la superficie del sol y una presión mayor que la existente en lo más profundo de la mar, no ya de ésta, sino de los océanos incógnitos, allí donde se acaba el mundo, y de momento no ve la manera de alcanzar tan altas temperaturas y presiones. Lo que sí dicen que consigue es doblar el oro por medio de no se sabe qué ritos secretos aprendidos de los magos del templo prohibido allá en lo más remoto del mundo conocido, pero por lo visto no le está permitido prodigar este procedimiento, sino que se tiene que atener a una cuota fija, lo mismo que todos los demás alquimistas conocedores del secreto, señalada en su día por el sumo hierofante para que no llegase nunca a sobreabundar el oro y a perder de su valor.

—Es que, si no, cualquiera se podría sentar en una silla de oro, y tampoco es eso...

—Cierto, que el oro separa y diferencia a las personas entre sí, y si llegare a desaparecer esa distinción, acaso no habría amos ni criados, no habría mando ni obediencia, ni nadie querría bajar al pozo ni subir al andamio, ni arrojarse a navegar ni a andar a la guerra. Sería un desastre para todo el género humano, no quiero ni pensarlo.

Tampoco falta quien se atreva a asegurar que el sabio alquimista está en posesión del misterioso secreto del elixir de la eterna juventud, y que hasta se lo ha a sí mismo aplicado se ha llegado a decir, con el resultado a la vista, un sujeto con una apariencia indefinida en cuanto a la edad, pues por la pinta lo mismo podría tener veinticuatro años que al revés, cuarenta y dos, pero es que se afirma que en realidad se inició en esta vida terrenal allá en la época del rey Salomón, por lo cual su edad se puede calcular en no sé cuántos siglos. Y como prueba irrefutable de tal aseveración, los que tal aseveran se basan en el comienzo de una frase oída al susodicho.

—Cuando yo era viejo...

Pero eso de que volvió de la vejez a la juventud no hay quien se lo crea, y aun así, también son capaces de sostener los más dados a los cotilleos que el tal Procopio fabrica autómatas, ya con figuras de animales, ya de personas, que andan o vuelan, según su naturaleza, van y vienen, actúan y hasta hablan, por exagerar, que no quede, de tal forma que a veces no se los distingue de sus modelos naturales, e incluso no falta quien se cree que Rosamunda no es otra cosa sino uno de esos autómatas por el amo confeccionados, de los cuales se asegura que tuvo uno muy lucido y aparente para el caso, en figura antropomorfa masculina, y que se encargaba, siempre según las mismas habladurías, de llevar a los niños a la escuela y de recogerlos y reintegrarlos a casa, pero es que se rebeló contra su dueño y artífice según una de las versiones que corren, según otra se le llevaron los cruzados que andaban levantando gente para la guerra, de paso hacia Jerusalén, o se le vendió al rey de Magnesia de Tesalia por ciento cincuenta mil sólidos si hemos de hacer caso a este tercer grupo de indagadores en vidas ajenas.

Así se lo contaban a Rosamunda en el corrillo de vecinas lenguaraces.

—Ahora que caigo en la cuenta —rememora—, aquella dama que me salió a la puerta de la torre de plata, era propiamente un autómata, y no una persona humana real, como entonces creí.

Todo eso por lo menos es lo que se dice, pero los menos crédulos sostienen que ese badana de Procopio ni sabe doblar el oro, ni nada que se le aproxime, ni mucho menos participa en el secreto del elixir de la eterna juventud, y ni siquiera sabe componer autómatas, sino que se dedica a sacar colorantes para los alfareros, mezclando diferentes sales de cromo, de cobre y de estaño, a ver si de paso descubre un color nuevo o más fácil de conseguir, y asimismo, todo el día entre redomas y retortas de cristal metido, así como serpentines y alquitaras, elabora unos purgantes a base de sulfato de magnesia en un excipiente de almíbar, mano de santo, y también saca garrafones de amoniaco para las droguerías, y agua fuerte para los artistas grabadores, e hipoclorito de sodio para desinfectar y blanquear. Y otras muchas cosas más, cuya relación puntual resultaría prolija, pero de doblar el oro, ni por aproximación.

Maese Procopio, al decir de los dicentes, está metido en la consecución del rayo de luz curvo, lo cual, según él mismo prevé, llegaría a constituir un grandísimo avance para el linaje humano, y es que no sólo habría de servir para alcanzar a ver lo que oculto queda por algún objeto interpuesto, como por verbigracia, aquello que detrás de la esquina queda, o al otro lado de los montes, sino que se podría llegar a observar el mundo antiguo desde el nuestro moderno, o el pasado desde el presente, por decirlo de este otro modo. Pero no el futuro, o al menos por el momento, pues más adelante, ya se vería.

Y para fundamentar esta teoría, por lo visto el maestro sostiene que una línea recta infinita, a partir de un cierto punto, acabaría volviendo al mismo punto de partida tras su infinito recorrido, pues una línea recta, tal sostiene el sabio, no es sino una circunferencia infinita. Por lo cual bien se podría considerar que toda línea recta, tal el rayo de luz, tiene una curvatura infinitesimal, pero que se pone de manifiesto, por lo tanto, en su infinito recorrido. No deja de ser sabido que todo número, dividido entre infinito, es cero, pero ahora se trata de sustanciar esa curvatura infinitamente pequeña para lograr su materialización, de tal forma que se pudiera delinear el proyecto de un telescopio tan gigantesco que, mirando a través de él hacia el cielo infinito, la línea visual asimismo infinita se fuese curvando hasta venir a caer sobre el mismo lugar desde donde se mira, con lo cual ver podríamos nuestro propio mundo, quién sabe cuántos años o cuántos siglos atrás en el tiempo, pues la luz puede tardar siglos en recorrer los confines del universo hasta volver al punto de partida, con lo cual bien podríamos contemplar la vida en los tiempos pasados, aquéllos tan pretéritos que ya no queda nadie que nos lo pueda contar.

Sostiene el insigne maestro, sabio entre los sabios, que las estrellas que en el cielo negro de la noche clara vemos brillar, no las vemos tal como ahora mismo son, sino como fueron hace por lo menos más de mil años, pues ese tiempo y más tarda su luz misteriosa en llegar hasta nuestros ojos. Del mismo modo, y siempre según sus cálculos incontrovertibles, si desde aquí lanzamos una mirada que llegue hasta las estrellas y conseguimos que hasta aquí de nuevo vuelva, lo que estaremos viendo, como es lógico y natural, no será lo que ahora mismo esté en este mundo ocurriendo, sino lo que ocurría hace mil y pico de años. Por medio de este invento maravilloso, todavía no completado, podremos observar a nuestro señor Jesucristo con sus doce apóstoles y todo, lo que pasa es que, como el insigne maestro por lo visto no es cristiano, lo que de verdad pretende es presenciar directamente el lance de la multiplicación de los panes y los peces, se supone que para ver cómo lo hace y con intención de tratar de cogerle el truco, a ver si él mismo se mostraría capaz de hacer otro tanto, pero aquí se trata ya de recelos o maledicencias populares.

Llega a conocimiento de Rosamunda que en el ágora se ha dicho que unos marineros han asegurado que al ajustador de clepsidras desaparecido le han visto al remo en una galera del emperador en la base naval de Corinto. Se mete en averiguaciones y se entera de que para liberar a un condenado a galeras el emperador pide de mil a tres mil sólidos de rescate, dependiendo del tiempo de condena que le falte por cumplir. Y que un viaje a Corinto sale por más de cincuenta o sesenta sólidos en un barco como es debido, de balde y la comida encima para quien se consiga emplear de marmitón en algún barco de cabotaje o de baja condición.

¿Qué transgresión habrá podido cometer Cucufate para que le echen a galeras? Como no se haya tenido que defender de algún atracador a cuchillada limpia... O sencillamente allá habrá ido a parar porque le hayan cogido vagabundeando y sin oficio ni domicilio, que allí la guardia es muy mirada para eso. De todos modos, muchos años no le habrán echado, un par de ellos a todo tirar, pues Cucufate no tiene tan malas inclinaciones como para ir a parar a dar número a la nómina de los más significativos malhechores del imperio, o acaso haya sido capturado y en esclavo convertido por los sarracenos o los turqueses, y vendido después y comprado por el emperador para sus galeras, a saber lo que ha podido pasar.

Calcula que con mil y pico sólidos tendrá suficiente para el viaje y para pagar el rescate y la libertad del rescatado, pero lo que no sabe calcular es de dónde los ha de sacar. En el tiempo que lleva en la casa ya ha tenido ocasión de sobra para conocerla entera y del todo. Llama la atención la circunstancia de que, a diferencia de todas las demás casas, en ésta no hay ni tan siquiera un solo icono, a saber de dónde habrá salido esta chusma. La planta baja la ocupa el laboratorio, y la alta las alcobas, más la cocina y demás aposentos, y en ninguno de ellos hay señal de ningún cofre ni ningún baúl ni caja alguna con llave cerrada que pudiera guardar en su interior una bolsa de sólidos como es debido. Como no los tenga enterrados en el patio... Porque es que los tiene que tener en algún lugar escondidos, tanta es la fachenda que se da.

—No tiene ni un puto sólido —les explica Rosamunda en la tienda a las atónitas parroquianas—, le van a embargar los enseres y le van a echar de casa por no pagar el alquiler, le van a meter a la ergástula y a los niños se los van a llevar al hospicio.

Exclamaciones de asombro y de conmiseración por parte de todo el concurso. Como para quererle despojar de los dineros con que emprender el viaje a Corinto...

—Y ni siquiera se denomina verdaderamente don Procopio de Tirapatrás, como se hacía llamar, ni es de Damasco ni ha visto nunca el templo prohibido. No es más que un vividor, que fue comerciante judío en Esmirna, y a saber Dios cómo se llamará en realidad este pájaro. Y a todo esto me debe el mes y pico que estuve a su servicio, y me deja en la puta calle otra vez, con el cielo arriba y la tierra abajo. Lo único que saco de todo esto es esta daga que me llevo aquí escondida bajo el brial, antes de que se la lleven los agentes judiciales encargados del embargo.

—Pues, hija, no sé para qué querrás tú una daga. Más hubieras podido sacar de otra cosa que te hubieras llevado, de más valor y de más fácil venta.

—¿Cómo que de fácil venta? Es que no la quiero para venderla, sino para metérsela a alguien entre dos costillas hasta la empuñadura, si a mano viene.

—¡Jesús, qué muchacha más belicosa y prevenida...!

Ahora no le queda otro remedio sino volver con ese primavera de Focas, ya se le ocurrirá una excusa para justificar la tardanza. ¿Pues no dice el barbián que guarda una bolsa bien cumplida llena de sólidos? Pues ésos son los que hacen falta para acudir al rescate de Heliodoro, alias Cucufate.

—Me tuvieron secuestrada en la torre de plata con chapitel de oro, habitada por el alma en pena de la viuda de un alquimista y quiromántico llamado don Procopio de Tirapatrás, menos mal que me pude escapar, no sé ni cómo.

—Lo creo —concede Focas de palabra, pues en el fondo no se lo cree, ni que fuera tonto —porque es absurdo, como dijo aquél, porque es que, si me hubieras querido engañar, te hubieras inventado otro cuento más verosímil y menos ilógico.

Y se acuerdan ahora, cada uno de los dos por su parte, de la historia del rapto de Cucufate a cargo de las sirenas voladoras de los acantilados de la isla lejana.

—Pues bien, ahora ya no hay más que hacer sino ponerse a arreglar los preparativos para la boda.

—O ponerse a preparar los arreglos.

—Lo cual viene a ser lo mismo. Pues bien, iremos a casa de la costurera a que te confeccione un vestido blanco largo, y luego a casa del orífice para que nos disponga unas coronas nupciales de alquiler, y después a casa del mesonero a que nos prepare un banquete...

—¿Y a quiénes vamos a invitar? Yo no tengo parientes cercanos, y si alguno lejano tengo, no le conozco siquiera, ni falta que hace. Mi padre no sé si vive o si descansa en paz, me gustaría tener motivos para suponer esto último.

—Yo tengo una hermana, pero se casó con un afilador de cimitarras en Éfeso, y allí se quedó viuda y ahora se dedica a recamar águilas imperiales de dos cabezas con hilos de seda de diferentes colores. Invitaremos a la boda a la tripulación completa y a alguno más, ya lo verás, invitados no han de faltar por mi parte; y por la tuya, pues a alguna amiga o colega, en fin, tú verás.

—Ninguna tengo. Como no invite a los raqueros del muelle, a los galloferos de la plaza de la iglesia, o a los pinchaúvas del mercado de abastos...

Tampoco el intrépido marinero se excusa de reír con este donaire. Ha decidido que hasta el día de la boda la alojará a sus expensas en la fonda, pues no estaría bien visto que se aposentase en casa de él, pues Focas es muy mirado para esas cosas.

—¿Pero por qué no? Yo ya he estado aposentada en casa de un caballero viudo...

—Pero eras la fámula, cosa muy diferente. Te alojarás en la posada hasta que yo vuelva del viaje, y después te casarás conmigo para siempre jamás.

Tenía Focas de antemano apalabrado un viaje, y no le podía diferir ni aplazar, ni mucho menos anular y dejar sin efecto y realización.

—No puedo contravenir —explica a modo de aclaración no pedida —las normas de la cofradía de pescadores y mareantes, me echarían una multa si no cumplo con el viaje apalabrado y me dejarían en entredicho.

—Pues entonces tómame de fámula, eso a nadie le puede parecer mal, y después con la fámula te casas, otros ya hicieron otro tanto y mal a nadie le hubo de parecer.

Por fin se allana Focas y arrima su parecer al de la bella Rosamunda, la cual se queda sola en casa mientras el marinero se echa a la mar una vez más.

Ahora lo primero que se ha de hacer es ponerse a buscar por dondequiera, a ver si hay manera de dar con la bolsa continente de sólidos. Al cabo de dos días ha Rosamunda registrado todos y cada uno de los rincones de la casa entera, menos mal que no es muy grande, ha abierto todos los cajones y todas las puertas de todos los muebles, que tampoco es que sean muchos, y ha percutido con un cucharón de madera en las losas del suelo por comprobar si hay debajo algún vano capaz de contener algo recóndito.

"¿Dónde demonios tendrá los cuartos escondidos este zascandil? A menos que se trate de un farol suyo, lo cual vendría a constituir de por sí doble infortunio para mí, es a saber, por una parte me habría de quedar sin los medios necesarios para emprender el viaje y para rescatar a Cucufate, y por otra parte, casada ya sin remedio con este tarambana, vendré a parar entonces a una casa sin un puto sólido, lo que me faltaba ya..."

Cavila también que, o los tiene muy bien guardados, o no tiene lo que se dice ni uno, pero es que, con ese barco que posee, a menos que se le deba todavía a alguna casa de banca, y con todo lo que en él se pesca, de cuya ganancia le corresponde más de la mitad para él solo, bien se podría calcular que algo de cumquibus ya tendrá que tener, es imposible malgastar tanto dinero, si es que gana tanto como se cree la gente, que los negocios a veces se ven muy limpios y florecientes desde fuera, pero vistos por dentro resulta que todo lo que reluce no es oro, ni mucho menos.

Mientras tanto Focas, en medio de la inmensidad azul e inestable, la vela hinchada y el viento en popa, cavila que en cuanto vuelva a Zalasiópolis lo primero que ha de hacer es ponerse a buscar la manera de adquirir una casa en el barrio de los armadores ricos, por que habite Rosamunda en aparente morada, digna de sí, y además considera que no se habrá de excusar de contratar una fámula o comprar una esclava, siempre le plugo más comprar que alquilar, aun cuando se tuviere que empeñar con algún banquero vecino, pues vecinos suyos habrían de ser casi todos ellos, ya que el barrio de los armadores es el mismo que el de los banqueros, tales para cuales al decir del vulgo.

Rosamunda ha dado por fin con la bolsa de los sólidos, que estaba escondida, quién lo iba a suponer, en el alero de la terraza, debajo de las tejas del borde. Media mañana se ha pasado contándolos, pasan de tres mil y pico, que casi no puede con la bolsa, un saco más bien. Con esto ya hay de sobra para sacar un viaje en primera clase a Corinto y pagarle al emperador el rescate a que tiene derecho a cambio de uno de sus galeotes, y todavía tendrá de sobra para volver a casa.

Pero, ¿a qué casa? A la del padre de Cucufate, por supuesto, es decir, a la del auténtico y verdadero Cucufate, que Dios guarde, o a quien Dios confunda, según pinten las cosas, eso ya se verá... Pero es que, en ese caso, bien se puede dar por seguro que la mataría Focas con su arma blanca, o le mataría ella con la suya, a saber lo que podría pasar, de modo que lo mejor sería quedarse a vivir en Corinto, a ver de qué, ya se verá, ya proveerá Dios, que siempre que se puso a llover, acabó por escampar sin mucha tardanza.

Ya tiene apalabrado el viaje a Corinto en un barco razonable, de carga y pasaje, que comercia con bálsamo y con canela, sesenta y cinco sólidos en un camarote sólo para sí, el viernes de la semana que viene al amanecer sale, ese morral de Focas tardará en volver por lo menos otras dos más. Y ya lo tiene todo prevenido, cuando se entera de que el barco de Focas ha naufragado en una playa de la costa de Anatolia, menos mal que ha sido en la playa y no en el acantilado, o menos bien, según cómo se quiera mirar. De acuerdo con las noticias propagadas, todos los tripulantes salieron indemnes y enteros, pero fueron a continuación capturados por los piratas berberiscos y llevados a no se sabe dónde. En estos casos el procedimiento consiste en colgar al patrón del palo mayor, o del único si no hay otro, para aviso de quien quedar avisado quiera, y al resto de la tripulación se los suele llevar en la mayoría de los casos al mercado de esclavos.

No sabe Rosamunda si alegrarse por el lance, o si conmoverse y conturbarse, por el contrario. Muerto el can, acabóse la rabia, que se suele decir. Así ya no tendrá que robar la bolsa de sólidos, pues, como no deja de ser lógico, al faltar el propietario se extingue la propiedad, y lo que no es de nadie, nadie lo puede reclamar, eso callado está dicho, y los bienes mostrencos según la ley al emperador pertenecen, vale decir, es suyo todo aquello que no sea de otro, pero esto tan sólo en el caso de que el asunto de que se trate llegue a su conocimiento o al de los gandules de sus funcionarios.

Así que ya no tendrá que robar, pues robar no se puede si no es a alguien, ni tendrá que matar encima al despojado ni ser muerta por él, ni se tendrá que exiliar en tierras lejanas sin atreverse a volver a su isla natal.

Un golpe de suerte se podría, al fin y al cabo, considerar el lance, pero es que el fallecimiento de Focas no está confirmado, pues no siempre los piratas ahorcan al patrón, y menos todavía cuando los capturados han quedado en tal condición sin haberse resistido y sin haber siquiera tratado de huir, como debió de ser el caso según se colige de lo que cuentan, vale decir, que los cogieron en la playa, exhaustos del naufragio y sin ánimos ni arrojos para resistirse, o acaso hayan precisamente naufragado huyendo de los piratas sus captores, en cuyo caso al patrón sí que ya no hay quien le salve de la soga.

En fin, ya sea de una manera, ya de otra, lo que queda por hacer es lo dicho, coger el barco para Corinto, y allí será lo que Dios fuere servido.

Pero es que al día siguiente se pone a vacilar y ya no se determina a poner por obra lo antes pensado, y cavilando decide que ya decidirá. No tiene por qué dejar de quedarse con la casa de aquel cantamañanas, que gloria haya, por lo menos hasta que la hermana se entere y venga a reclamarla, y por supuesto que no hay impedimento, supuesto o real, para quedarse con el saco de sólidos. Después de tres días completos con sus noche ha decidido que sí, que hay que acudir al rescate de su novio allá donde esté y cueste lo que cueste.

De modo que anda ahora por el muelle arreglando la partida, cuando pasa junto a un grupo de marineros que van o que vienen.

—Oye, ¿tú no eras la novia de Teódulo?

—No me digas que ha vuelto...

—No hace falta, ya lo has dicho tú.

Si eso fuera verdad, aquí se presentaría una coyuntura de resolución harto difícil y comprometida. ¿Por dónde salir en tal situación? Todo estaba claro y decidido, y ahora se presenta esta nueva circunstancia, tan inesperada, si es que fuera cierto lo oído, que esos marineros están hechos todos unos tarambanas y nunca se sabe si hablan con acierto, o si se manifiestan sin mucho fundamento.

Tanto tiempo esperándole, tanto vigilar el camino desde lo alto de la torre, por si venir le viera, hasta que se desesperó de volverle a ver, y hasta que se tuvo que echar otro novio, y ahora que con éste se disponía a reencontrarse, resulta que aparece aquél, a saber si en buena o en mala hora.

Lo primero que se ha de hacer es ponerse a comprobar la exactitud de lo dicho por aquel badana de marinero, a ver si es verdad que ha vuelto Teódulo antes que nada, y después no habrá que excusarse de saber por qué no llegó a la torre aquel día, adónde se fue y por qué, en qué estuvo ocupado hasta hoy, y por qué no volvió antes... Y a todo esto, ¿qué habrá de determinarse a hacer al respecto? Vale decir, si habrá de ir a buscar a Cucufate como tenía previsto, o si mejor sería quedarse con Teódulo como si nunca hubiera de la isla desaparecido.

Lo va cavilando mientras se dirige por la calle a la casa de Teódulo, y cuanto más lo cavila, más convencida va quedando.

"Con este cascabelero de Teódulo me he de quedar, ¡fuera dudas ya! Y a aquel badana de Cucufate, ya le pueden ir dando morcilla." Y es que esta posibilidad cierta e inmediata resulta mucho más cómoda que aquélla otra, no hay que desplazarse por esos mares, expuesta a algún naufragio o a algún navío pirata, y es que además de esta manera no hay que aflojarle al emperador mil o dos mil sólidos por aquel novio ausente, sino que éste presente le sale de balde, circunstancia ésta que no hay por qué dejar de tener en cuenta también.

Le encuentra por fin en el barrio donde vive, mirando pasar una centuria completa marcando el paso, las puntas de las lanzas en alto y las miradas levantadas.

—Me bajé a la orilla, donde estaban unos que pescaban cangrejos verdes, por coger yo también unos cuantos, que sé que te gustan rojos y con salsa mahonesa, pero resultó que no eran pescadores corrientes, sino almogávares occidentales que me capturaron y consigo me llevaron a remar en su galera. Estuve en el asalto a una ciudad que no supe cuál era, pues yo no les entiendo en ese extraño latín que hablan, y no me dejaron bajar a tierra, todo el tiempo amarrado al banco de los remeros. Cuando se hartaron de matar a toda la gente sin distinguir a nadie, cuando se cansaron de incendiarlo todo, o cuando todo lo hubieron incendiado, nos fuimos a no sabía yo dónde, mas resultó que recalamos en Nicosia, y como habían cogido tantos esclavos, allí nos pusieron a la venta a todos menos a la chusma necesaria para la boga.

Una dama muy elegante, el brial dorado con bordados de seda, los mira a unos pocos pasos de distancia, y él no deja de dirigirle la mirada a su vez y a intervalos desiguales.

—Ésa es doña Nicanora, una viuda rica de Nicosia que me compró para casarse conmigo. Y hemos vuelto tan sólo por avisar a mis padres, y para que conozcan a su nuera...

Por un momento no sabe Rosamunda qué determinación inmediata tomar, si meterle la hoja de acero hasta la empuñadura, o dejarle vivo e indemne; si reprocharle su traición, o callarse. Y ya está tocando el pomo de la daga oculta bajo la falda, cuando se despide Teódulo y se va con su esposa, quien por las trazas parece bastante mayor que él.

Ahora ya no queda sino embarcarse para Corinto en busca de su otro novio. Toma un criado a su servicio, un pinchaúvas llamado Nicéforo, conocido suyo y que tiene pinta de persona cabal, ya veremos, y ambos a dos cogen el barco en el día y el lugar señalados.

Días de travesía aburridos, en la cubierta contemplando el horizonte azul lejano, o las olas azules cercanas, siempre igual, lo mismo da mirar a un lugar que al otro, agua por doquier, que no parece sino que se ha acabado ya la tierra para siempre, menos mal que ya se sabe que la raya del monte tarde o temprano en lontananza habrá de aparecer a proa, es que si no, sería para volverse loco. Y menos mal que no han aparecido las sirenas ni las nereidas y los tritones, que con ésos vale más no tener contacto ni tan siquiera visual, ésos, cuanto más lejos, mejor, por si acaso, a ésos mejor ni verlos, aunque tampoco se suelen dar a ver, ni de ellos se suele ser visto.

Una vez que han llegado al muelle de Corinto, Nicéforo con los sólidos y demás pertenencias al hombro, preguntan por la base naval. El cabo de guardia les dice que Cucufate está embarcado y que su galera no volverá hasta dentro de un mes. Toman en alquiler una casa donde se aposentan, y se disponen a pasar un mes de espera ociosa. Por la mañana acuden al mercado con miras al abasto de la casa, y por la tarde andan paseando por el muelle, viendo los barcos que vienen y van, y por ver si se enteran de algo que no convenga ignorar. Y por la noche vienen a recalar en la taberna, a probar el vino de la tierra, que para entender bien el genio de la gente de un lugar, preciso será catar lo mismo que catan los indígenas, lo cual contribuirá de paso a identificarse con ellos e igualarse o por lo menos reducir diferencias. Los sábados por la noche, a la discoteca se ha dicho, a solazarse junto al resto del mocerío estante. Más que ama y criado, parecen un matrimonio en regla, y por tal les tienen más de cuatro ignorantes. No sirvas a quien sirvió, dice el vulgo, ¡qué sabrá el vulgo!

Al cabo de un mes vuelve a puerto la galera de Cucufate, una fila de remos por banda y dos velas latinas en otros tantos mástiles, mas él no parece que venga de remero forzado, tal como sostiene la vox pópuli, sino que salta a tierra muy ufano con arreos de soldado de infantería de marina, menuda diferencia... Viste loriga de cuero con escamas metálicas, trae espada al cinto y capa sobre los hombros, azul y muy lucida y aparente, y casco de hierro rematado en cúspide. Parece otro.

—Pero tú no tienes pinta de galeote.

—¿Eres el ayudante del cómitre?

—Yo no me rozo con la chusma, ¿por quién me tomáis? Ni siquiera pertenezco a la marinería, yo soy de artillería, estoy al servicio de los cañones que disparan el fuego griego, una arma secreta que lanza unas llamas que alcanzan las velas de las naves enemigas y las incendian.

Pero más que nada quiere saber Rosamunda qué le pasó y a través de qué recónditas vicisitudes, venturas y desventuras, a la situación presente ha llegado.

—A la embarcación la abordaron unos piratas sarracenos que exigieron seis cautivos a cambio de conformarse y no entrar en combate...

—¡Qué negociantes! ¿Eran sarracenos, o judíos?

—En la guerra se negocia todo, ¿tú qué te crees? Si no ignorases tanto, sabedora serías de que el emperador paga muy elevadas cantidades a muchos bárbaros fronterizos y muy belicosos para tenerlos a raya sin necesidad de emplear las armas contra ellos, y es que así además le sale más barato. Del mismo modo, no se desdeñan de hacer lo mismo los piratas y los marineros por ellos perseguidos, se negocia la entrega de mercancías o de personal, y así por una parte los piratas se excusan de entablar combate, que nunca se sabe lo que puede pasar, y por otra los del barco atacado, a cambio de unas pérdidas inevitables, salvan el resto, y de paso la libertad y la vida, que es en definitiva de lo que en casos tales se trata. Así es como se hace, y así se hizo en esa ocasión, y entonces el bellaco de Focas, que en cuanto le eche la vista encima le tengo de cortar el pañuelo en dos partes sin quitársele de la cabeza...

—Ya no hace falta, que le colgaron del palo mayor otros piratas, profesionales o aficionados, allá no sé dónde después de un naufragio.

—No se puede decir que los piratas a veces no hagan algo de provecho para la humanidad.

—Ya me voy dando cuenta, y Focas entonces te entregó a ti y a otros cinco pasajeros para salvarse él y el resto de la tripulación, como si lo estuviera viendo.

—Poco a los buenos, que se suele decir, hablar poco a los que buenas entendederas tienen. Pero es que luego una galera del emperador apresó el bajel pirata, menos mal que no le hundió con toda la chusma amarrada al banco, y entonces nuestros valerosos marinos, Dios los bendiga, pasaron a cuchillo a todos los piratas y liberaron a los galeotes, entre ellos a éste que lo era. Y como no tenía adónde ir ni nada que hacer, acabé por sentar plaza, y aquí me tienes.

—Aquí te tengo, ahora que te he venido a buscar desde tan lejos, ¿y dónde me tenías tú a mí a tiempo de haber vuelto a buscarme?

—¿Y cómo querías que volviera, sin dinero para el pasaje de vuelta, sin conocer a nadie, sin tener adónde ir...?

—No te creas que es fácil.

—A ti te cumple callar —le reprende el ama al impertinente del criado.

Sólo faltaría ya que este saltabardales de Cucufate se haya casado también, o se haya echado otra novia. En ese caso, prevé que le entrarían de repente unas ganas insuperables de atravesarle de una cuchillada, con cota y todo.

—Pues ya que nos hemos reencontrado, ahora no nos queda sino volver a casa, para lo cual no vengo desprovista de los necesarios sólidos en efectivo.

—¿Pero tú ya sabes lo que les hacen a los desertores?

Nicéforo quiere saber lo que les hacen en tal coyuntura.

—Nada grave, tan sólo les clavan en una lanza la cabeza cercenada, para exhibirla en el ágora.

—Pero sólo si los cogen.

—A ti —no se quiere privar Nicéforo de volver a meter su cuarto a espadas —no te puede nadie impedir que durante tu tiempo libre andes por el muelle de paseo, ni que te subas a bordo de alguna embarcación, la cual bien podría contigo dentro zarpar sin que nadie se enterase.

—Claro, hombre, si es de lo más fácil... Te compraré vestidos de paisano, sacaré los billetes, y nos largaremos sin dar un cuarto al pregonero. Cuando se den cuenta de que faltas, que te busquen si quieren y que al maestro armero reclamen.

—Eso se dice muy fácil cuando es otro el que se juega el cuello.

Convencido al fin Cucufate, o sin mucho convencimiento, el día de la partida del barco, que trafica con almizcle y con áloe, van los tres por el muelle, los fardos al hombro, cuando un guardia de los del chuzo en la mano le mira a Cucufate al pasar.

—Ese cabrón me ha conocido.

—¡Bah! No te preocupes, ya se fue.

Lleva el militar arreos civiles, pero precisamente por ese aire de misterio que trae, la cabeza embozada con la toga y mirando con desconfianza, más los dos fardos que lleva, uno de cada mano, cualquiera que le vea no tardaría en entrar en recelo y en figurarse que se quiere fugar o algo por el estilo, y si encima le conoce y sabe que es un soldado vestido de paisano, entonces mayores serán la prevención y la sospecha. Y es que a veces los medios con que se procura alcanzar un fin, si no se emplean con la debida prudencia pueden llegar a ser los que vengan a estorbar el logro de ese mismo fin precisamente.

Que si llega a ir de uniforme y andando con naturalidad y sin miradas temerosas o furtivas, acaso no hubiera venido la guardia al barco, a punto ya de zarpar, para llevársele detenido a los calabozos del cuartel.

A la mañana siguiente le sacan de la celda para llevarle a comparecer ante el almirante y su séquito. No se puede probar su intención de desertar, pues lo mismo podría haber estado a bordo vestido de paisano despidiendo a sus amigos, y es que además en el derecho romano el pensamiento no delinque, y por lo tanto no se puede a nadie punir si no es por la comisión de una infracción consumada y comprobada, que el derecho ampara a todo ciudadano del imperio y le protege de todo intento de arbitrariedad gubernativa. De modo que no le van a decapitar, sino tan sólo a cortarle una mano y a echarle del ejército, como es natural, ¿para qué quiere el emperador un soldado manco?

—¿No querías deserción? Pues ahí la tienes, pero la mano la dejas ahí, para escarmiento de quienes en cabeza ajena quieran escarmentar.

Razón no le falta al bellaco, que después del lance, libre ha de quedar para volverse a casa con Rosamunda, pero manco, eso sí, ¿qué diría aquélla entonces, acaso se volvería atrás? Si sin la mano se ha de quedar para siempre jamás, culpa de ella será, que se empeñó en convencerle para que se fugase. Esperemos que ahora no salga diciendo que para qué querría un marido manco, sólo faltaría eso ya.

De cualquier forma, tan mal no ha de salir del lance, una mano a cambio de la cabeza, contento se tiene que sentir encima y a pesar de todo, satisfecho de haber salido manco tan sólo, en vez de degollado, y luego dicen que los funcionarios del emperador son crueles y feroces, inexorables e inmisericordes.

De modo que por la tarde le llevan a la sala del cadalso y le sientan en la banqueta fatídica.

—A ver la mano. Ésa no, la derecha.

—Es que yo soy zurdo.

—Si es verdad que eres zurdo, una gran mentecatez acabas de demostrar. Y si no eres zurdo, estás hecho un caimán de siete suelas. Dame la mano que quieras, y acabemos ya, que tengo otras cosas que hacer.

Colocan un tronco vertical, con el corte transversal a mayor altura que el asiento, y le mandan poner encima la mano. El verdugo por detrás de él, que estas cosas si no se ven es mejor, con el hacha levantada ya se dispone a cercenar la mano por la muñeca. Las asistencias sanitarias, preparadas con sus vendas y sus ungüentos, pues tampoco hay que dejarle que se desangre, por muy culpable que sea. En ese momento entran en la sala Nicéforo y Rosamunda, la cual al verle le saluda en silencio con la mano, y él entonces a su vez levanta la suya en señal de saludo también, momento en que el hacha cae sobre el tronco sin encontrar mano, lo cual le sirve al verdugo de no parvo enojo.

Otra vez, a ver si ahora sale todo bien y sin contratiempo, la mano colocada en su sitio, y el verdugo por detrás con el hacha levantada, siente de repente Cucufate un cierto picor en la nariz, y sin pensarlo y de forma maquinal se pasa el dedo por el bigote, con lo cual el verdugo, al fallar el golpe por segunda vez, truena y se solivianta.

—¡Ya está bien, a ver si tenemos un poco de formalidad! Que tengo más que hacer que estarme aquí toda la mañana para cortar una puñetera mano. Tengo que ejecutar a un monedero falso en el ágora, y en el palacio de justicia a uno de cuatro esclavos búlgaros que se le escaparon a su dueño legítimo, sólo a uno por aprovechar los otros tres, porque es que encima no se va a quedar el amo sin ninguno; y ya se me está haciendo tarde.

—¿Qué hora es?

Tal se pregunta Cucufate, al mismo tiempo que retira la mano para mirarse el dorso de la muñeca. No se sabe, ni sabe él mismo, por qué ha compuesto este gesto tan extraño y maquinal, consistente en mirarse de repente la muñeca izquierda al mismo tiempo que demanda el conocimiento de la hora del día que en este preciso momento será, como si esperase ver la escala de una clepsidra a través de la propia mano. Acaso sean las cosas inexplicables que tienen los trances terribles como éste en que se ve metido.

Y a todo esto, al volver la mano a su sitio, se encuentra con el hacha que se ha quedado por tercera vez clavada sobre las vetas concéntricas del corte del tronco. El verdugo ahora se amontona y se sube por las paredes.

—Yo así no trabajo, yo soy un profesional, a mí no se me toma el pelo, yo soy un verdugo serio y honrado. La mano ahora se la van a cortar su excelencia el almirante y su señora madre, que un servidor se larga de aquí en hora mala.

Se preguntan los capitanes presentes qué hacer en un caso tal. Si se lo dicen al almirante, igual le manda ejecutar al insolente del verdugo, estaría bueno, un ejecutor ejecutado. Mejor será que no se entere, por excusarse de embrollos perfectamente excusables. ¿Le cortarían ellos mismos la mano, o le echarían de aquí antes de que venga alguien más y lo vea?

Como no se acaban de decidir, o de poner de acuerdo, se les acerca Rosamunda con una solución:

—Tengan estos trescientos sólidos, cien para cada uno, y déjennos marchar en buena hora.

—Y yo, ¿qué?

Otros cincuenta para el practicante, y asunto arreglado. A veces, no siempre, con una bolsa de sólidos se arregla todo lo que arreglo tiene.

Casi de milagro se puede decir que Cucufate sale indemne del lance y con toda su notomía completa y en su sitio.

—Ya era hora de que la diosa de la fortuna se me mostrase por una vez propicia y favorable.

—¿Qué diosa ni qué hostias? ¡Mis trescientos cincuenta sólidos!

—¿Y quién es mi diosa, sino tú? Por cierto, ¿has cobrado alguna herencia?

De sobra ya sabe que sabe él que ella no tiene parientes de quienes heredar pudiera. ¿Cómo explicarle ahora lo del frustrado casamiento con aquel zopenco de Focas, que Dios le tenga en su santa gloria, y lo del hallazgo en su misma casa del saco de sólidos?

—Ya te lo contaré. Ahora vamos sin pérdida de tiempo a buscar plaza en un barco de carga y pasaje que hace escala en nuestra isla y que trafica con marfil y con estopa, y que nos llevará de vuelta a casa. Y no vayas enseñando esa mano ilegal, escóndela bajo la toga.

Capítulo quinto

Baratillo de esclavos

A Rosamunda se la llevan en un buque celular desde su lugar de residencia en Zalasiópolis hacia las costas de Tracia, es que por lo visto más cerca no hay prisiones femeninas.

Apareció Focas de repente un día, ¡quién lo iba a decir...! En vez de haber quedado difunto y enterrado en lejanas tierra, como era de esperar y aun de desear, resulta que no le tomaron los piratas, como se dijo, ¿qué piratas, ni qué demonios, si por aquellas costas no se han visto piratas en cien años...? Sino que le metieron a picar en las minas del rey de aquella isla, si es que efectivamente de una isla se trata, pues está visto que no se puede hacer caso de todo, ni siquiera de la mitad, de lo que se anda diciendo por ahí. En las galerías subterráneas como un topo anduvo, cambió a su pesar la inmensidad de la mar abierta por la estrechez del pozo tenebroso, hasta que juntó suficiente cumquibus para el viaje de vuelta a su isla, con eso pagó y con el oro del pendiente que siempre llevaba, y así en un bajel que trafica con esclavos y con jengibre al fin en su isla de pronto se presentó, para en definitiva encontrarse a su novia casada con otro, y no es eso lo peor, sino que encima había aquélla buscado, hallado, sustraído y dilapidado todo el dineral que tenía él no tan bien guardado como creía.

Y como quiera que no la pudo matar, porque no se dejó, hecha una fiera se puso, había que verla, y aun a punto estuvo encima de matarle a él, pues sólo hubiera faltado eso ya; no le quedó otro recurso al perjudicado sino denunciarla ante la policía imperial.

Detenida y juzgada, ahora se la llevan al presidio lejano a cumplir condena.

—Ya te decía yo —dice el viejo Cucufate —que esa muchacha era una balarrasa.

Los últimos sólidos que le quedaban de la fortuna de Focas se los tuvo que gastar en un abogado que consiguió librarla por fin de la horca que pedía el bellaco del abogado del mismo Focas, que mal haya, pero de lo que no se pudo librar fue de una condena de seis años y un día, una ganga al decir del ladino del leguleyo.

—¡Cómo! ¿Seis años y un día por lo que has hecho, y todavía te parece mucho? Si supieras a cuántos defendidos míos los han ahorcado por mucho menos...

—No, si todavía me voy a tener que ir contenta a la dura prisión...

—Contenta de no estar ahora mismo criando malvas te tienes que sentir, ya lo creo que sí. Ayer mismo ahorcaron a un falsificador de abalorios de marca, no te digo más...

—Seguro que le defendió vuesarced.

Se ha quedado el joven Cucufate muy solitario y compungido. Por eso no se resiste cuando su padre le viene con una inaudita proposición.

—Aquí ya no pintamos nada, yo cada vez más viejo, y tú cada día más atolondrado, no sé hasta qué punto será esto debido a tu natural, y hasta dónde llegará la influencia maligna de aquella perdida con quien en mala hora te empeñaste en casarte. El caso es que el negocio del entretenimiento de las clepsidras va de mal en peor, en la isla ya no quedan ni cuatro, y para ajustar otras hay que coger el barco y exponerse a los peligros de costumbre, y además el coste del pasaje reduce la ganancia por el cobro del servicio, por todo lo cual he llegado a la conclusión de que se hace preciso cambiar de localización, pues en esta isla perdida ya no hay nada que hacer sino dejarla y olvidarse de que existe, y eso lo digo yo que soy el que más querencia debería mostrar hacia la ciudad de residencia de toda la vida, muy al contrario que tú, que deberías ansiar el conocimiento de nuevos horizontes, pero horizontes de tierra vamos a conocer y no sólo de mar. Al continente, ahí es adonde no hay ninguna duda de que hay que acudir, a importante ciudad populosa, llena de clientes en potencia, es cierto que también de competidores por el mismo motivo, pero es que, si no puedes competir, únete a la competencia, que dijo el otro, y eso es lo que vamos a hacer, que nos han ofrecido empleo, o nos han aceptado nuestro ofrecimiento, en los talleres de los Hermanos Menfitas, de nombres Doro, Sidoro e Isidoro, que no son entre sí hermanos, lo de hermanos es nombre comercial, sino hijo, padre y abuelo, que se llaman los tres igual y que se distinguen mediante un sistema de aféresis hipocorísticos; los más esclarecidos ajustadores de clepsidras de toda Alejandría. Ya tengo apalabrada la venta de la casa a un contrabandista de abanicos, no es que la pague muy bien del todo, pero con eso ya tendremos para instalarnos en una ciudad como es debido, donde si te descuidas te pierdes en sus calles derechas e interminables.

—Tendré que mandarle aviso a Rosamunda de nuestro nuevo paradero —es lo primero que se le ocurre contestar.

El viejo Cucufate es de otra opinión, pero tampoco se opone, aun cuando considera que mejor sería no decirle nada de esto a la nuera, que no se entere de que se han ido de la isla, y que si un mal día sale del presidio, y si allí no fenece o si no la matan por ahí, casos no del todo improbables, que no los encuentre si es que a buscarlos se pusiere.

—Mejor así —añade Heliodoro, vamos a llamarle por su verdadero nombre—, pues ese farfantón de Focas ha jurado matarla en cuanto vuelva, si es que vuelve, así hayan pasado cien años, así mismo lo tiene declarado, y si no puede él solo, tiene de contratar a cuantos sicarios hicieren falta, eso mismo es lo que ha dejado dicho.

"No fuera malo." Así iba a saltar Cucufate, pero lo piensa mejor a tiempo de callarse. "Más de una vez me he tenido que arrepentir de haber dicho algo, mas nunca de haber callado, como dijo aquél." Al fin y al cabo, no se puede dejar de considerar que, lo quiera o no, se trata de su nuera, y manifestarse de ella en esos términos no puede estar nada bien visto, se mire como se mire.

Ya están instalados en la inmensa urbe de Alejandría, ¡qué diferencia con su pueblo natal! Allí se conocen todos, como aquél que dice, y no se puede andar derecho no sé cuántos estadios de distancia sin salirse del pueblo al campo raso y verde o sin caerse al agua. Aquí, en cambio, se puede andar por las calles en la misma dirección hasta perderse en la lejanía urbana, y todavía queda otro tanto de ciudad antes de salirse de ella, aquí se pueden ver en un día a diez mil personas a las que nunca más se han de volver a ver. Aquí nadie se fija en nadie, y a nadie le importa si uno va o si viene.

En el taller de los Menfitas se fabrica, se arregla y se ajusta muy grande copia de clepsidras, de todos los tamaños y de todos los estilos, y también se sirve a domicilio. Uno de los tres Menfitas, sus patrones, es un pollo de la edad de Heliodoro.

—Yo soy Doro, ¿y tú?

—Doro también. Heliodoro por más señas y para servirte.

—Pues entonces, preciso será denominarnos respectivamente Doro y Heliodoro, por evitar posibles confusiones nominales.

—¿Y por qué no Doro e Isidoro?

—Pues porque Isidoro es mi abuelo. Y porque yo soy el amo y tú el criado.

—Ya. Y donde manda amo, no manda criado, algo de eso ya tenía yo entendido. Pero mejor todavía nos llamaríamos, salvo mejor criterio tuyo, Doro y Helio, por mejor diferenciar y abreviar de paso.

En contra de lo que hubiera podido parecer por este primer encuentro, los dos mozalbetes acaban por hacerse amigos, y como tales se tratan, más que como amo y criado. Sidoro, el padre de Doro, los manda a los dos juntos a los domicilios de los clientes a cumplir los servicios solicitados, y juntos los dos andan por ahí en sus horas libres.

El tal Doro está hecho un calavera de marca mayor, no hay sábado por la noche en que no acuda a la discoteca a relacionarse con los más acreditados azotacalles y rompesquinas de todo el barrio, los más bigardos y vividores, y no se priva de acabar hecho un cuero igual que todos ellos. Se hace acompañar de Helio, el cual acude gustoso, no faltaría más, pues es el amo quien corre con el gasto, ahí se conoce la ventaja de ser amo, como todos los amos dignos de tal nombre, que a ninguno de ellos le han de faltar los sólidos en la bolsa, otra cosa es que esté dispuesto a aflojarlos, o por mejor decir, a derrocharlos, ¿pues para qué los quiere, si no?

Y allí no se privan de entrar en mutuo conocimiento con dos mozas, Honorata y Desiderata, otras que tal bailan, y entonces Helio no se puede privar de acordarse de su esposa Rosamunda, a saber dónde estará ahora, en el penal femenino de Calcedonia, eso sí, mas a saber cómo, y qué haciendo ahora mismo estará, con lo que le gustaban la discoteca y el baile, y los licores alcohólicos no digamos... De modo que no puede dejar de considerar que, mientras él aquí se encuentra gozando en grata compañía, aquélla acaso estaría cargada de cadenas en este momento, o amarrada a la pared, o encerrada en estrecha mazmorra, y eso en el mejor de los casos, vale decir, en el caso de que todavía siga figurando en la nómina no escrita de los vivos, extremo éste por comprobar.

Y para comprobarlo, menester sería preparar un viaje hasta aquel lejano penal, para verla y a ver qué dice, y a comprobar cómo le va, si sigue bien y con vida, si se ha beneficiado, o así lo espera, de alguna amnistía real o imaginaria, o algún indulto, que los que allí están metidos no hacen más que pensar en esas eventualidades, a ver si se muere el emperador, o le matan, que casos se han dado y se darán, y entonces el nuevo acaso no se deje de acordar, en el gozo de su triunfo, de aquellos desdichados que padecen el rigor de las prisiones.

Hay que enterarse, en fin, de lo que vale un pasaje marítimo hasta aquel puerto, pues puerto hay, como no puede ser de otra manera en una ciudad en la costa, o mejor todavía, a ver si habría manera de embarcarse de marinero en algún buque que tocara aquella plaza u otra muy cercana durante la travesía, pues así el viaje le saldría de balde y encima le pagarían. O, todavía mejor, meterse pirata, y con el botín conseguido de algún rico bajel capturado, cargado de oro o de especias, en disposición pudiere él quedar de intentar algún soborno para traerse consigo a Rosamunda, su joven esposa, a la cual a los cuatro días, como si dijéramos, de casarse, se la llevaron, a saber hasta cuándo, seis años y un día en el mejor de los casos, no se sabe cuánto en el peor.

—Barcos a Constantinopla —le explica Doro —los tienes a diario, y de allí a Calcedonia no hay más que un paso, vamos al decir. Y es que además, a Calcedonia directamente no se puede llegar por mar, pues la corriente tira en otro sentido y lleva al barco hasta el Cuerno de Oro, que es donde están los muelles de la capital.

—Una corriente sabia, que te lleva directamente a los muelles.

—Al revés, hombre, no seas modorro, no es que la corriente empuje hasta los muelles, sino que éstos fueron construidos precisamente allí adonde la corriente llevaba.

—Tardaría años, con lo que me pagáis aquí, en reunir el cumquibus para pagar el pasaje. Para cuando tenga ganado lo necesario, ya habría salido aquélla de la cárcel.

—Mejor, así te saldría gratis. También podrías alcanzar aquella ciudad por tierra, pero tardarías muchísimo más y te expondrías a mayores peligros. Como no te enroles en algún barco...

—En eso había pensado, ¿no conoces tú a algún piloto de altura o a algún armador?

—Pues no sé, ya le preguntaré a mi padre.

Más tarde, acabada la jornada laboral, están los dos apoyados en las piedras verticales, del color del ocre dorado, de un contrafuerte de la muralla, gente que viene y que va, enfrente y al otro lado de la amplísima calzada de la misma piedra pavimentada se abate la escollera donde ahora mismo están rompiendo las olas grises que se quieren embravecer. Después de los calores y del sol de justicia del mediodía, ahora al atardecer se ha nublado el cielo y se ha levantado una brisa de mar que orea y que se agradece.

Aburridos ya de estar ahí sin hacer nada, siguen su paseo a orillas del mar en dirección contraria al centro de la ciudad, y andando se topan con un cadalso donde van a ahorcar a tres chorizos, las manos atadas una con otra y la soga al cuello, los semblantes serenos, como de resignación ante lo inevitable, y la vista baja.

—En mi isla a los chorizos vulgares no se les aplica la horca, la cual viene reservada a delitos de mayor fuste. Allí a los malhechores de poca monta se les arrima una buena tunda y se les devuelve a la calle.

—Eso es porque alegan que no encuentran otro modo de buscarse la vida si no es recurriendo a tan inadecuados procedimientos, pero es que aquí no les queda ni siquiera esa disculpa, si es que lo es y si así se la puede considerar.

—Aquí en la gran ciudad, por lo que se ve, se usa de un mucho mayor rigor que allá en las islas, pequeñas y lejanas.

—El rigor aplicado viene dado en cada caso por la necesidad, como todo en la vida. Yo no conozco bien esas islas perdidas en medio del piélago, pero deduzco que la delincuencia aquí en la megalópolis abunda mucho más que en las pequeñas poblaciones, por razones obvias, que no tengo tiempo ahora de explicarte.

—Ni yo te pido explicaciones —un tanto parece que se ha picado Helio.

—De todas formas, no siempre en la ciudad reside el vicio, y en el campo la virtud.

—Como dijo el otro.

—¿Qué otro antes esto mismo dijo?

—¿Y yo qué sé? Y si no lo ha dicho nadie todavía, alguien sin duda andando el tiempo lo dirá.

A uno no le place presenciar ajusticiamientos, es que tiene un genio un tanto sentimental y compasivo por naturaleza, y el otro ya está harto de verlos. De modo que siguen el paseo adelante, y ahora se encuentran con un mercado de esclavos, unos tinglados que se levantan al pie de la muralla, donde se exhibe la mercancía humana, compradores y vendedores abajo en la calzada pétrea, pocos clientes a la vista, acaso sea que no es la hora más adecuada, a saber, los esclavos con el semblante aburrido del que se ha pasado mucho tiempo ahí en el mismo sitio, se conoce que hartos ya de ver a la gente que los mira al pasar. Todavía permanecen inmóviles y de pie al fondo del tablado, junto a la muralla por quitarse de los rigores del solazo, a pesar de que ya ha quedado el cielo nublado y no se precisa buscar el amparo de la sombra gratificadora. Les está permitido de vez en cuando allegarse al caño de la fuente para meter la cabeza debajo del chorro incesante. Atados llevan los pies uno con otro, bien calculada la longitud de la cuerda para que no les impida andar, pero sí echar a correr. A Helio le llama la atención la circunstancia de que todos los esclavos se exhiban en pura naturaleza.

—Se muestran así —Doro se ve que presume de entender de todo —como el resto de los géneros a la venta, es decir, fuera de su envoltorio, pero que luego se venden embalados o envueltos como es debido.

—Bien envuelta y bien presentada, así es como hay que entregar la mercancía. O también se puede decir que con la tapa quitada se muestra, para que se vea bien el contenido, para luego entregársela al comprador debidamente tapada.

—Efectivamente así es, con cada esclavo entra por el mismo precio la túnica, aunque por lo general de poco le vale al comprador, pues muchos los quieren para luego vestirlos de ricas libreas, que a veces al esclavo casi no se le llega a distinguir del mismísimo amo.

—Dicen en mi isla que, aunque la mona de seda se vista, como tal mona será siempre vista.

—Todos los isleños os creéis que el mundo está dividido en dos partes principales y perfectamente diferenciadas, es a saber, la propia isla, y el resto. Esa patochada de la mona se dice también aquí, y en todas las islas y por todo el continente, ¿o te creías que ese refrán tan simplón le habíais sacado vosotros?

Mirando distraídamente a los esclavos al pasar, y más en concreto a un grupo de esclavas, quédase de repente pasmado Helio, y mirando y remirando no se acaba por determinar de dar por cierto lo que está viendo, que ya no alcanza a saber si le engaña la vista, o si verdaderamente contemplando está la pura realidad.

—¡Pero si es Rosamunda!

Considera Doro que son las ganas de verla las que le hacen a Helio desvariar y ver lo que no es, como en una mágica sugestión.

—¿Pero qué estás ahí diciendo, que una de ésas es tu esposa?

Alucinado se queda Helio, la mirada fija de un visionario, que ya no sabe si sueña o si vela.

—¡Sí, es ésa, ésa es! La más alta, la más blanca... Ésa es, es ésa, no me cabe ya ni la menor de las dudas.

—Pero no parece que te reconozca a ti.

—Porque no se cree que aquí conmigo se pueda topar, porque se cree que sigo todavía en aquella isla maldita.

Sigue Rosamunda de pie, con la mirada perdida e inexpresiva, el pelo muy corto, más lívida y enjuta que nunca, se le pueden contar las costillas una por una desde esta distancia.

Se acerca Doro al traficante de esclavos a interesarse por el precio. Se trata de un mozo, criado o hijo del amo, al que no es la primera vez que ve, no sabe si el otro asimismo le conocerá a él también de vista.

—¿Cuál, ésa? Te voy a decir la verdad. A ésa te la doy barata. Yo soy un traficante de esclavos cabal. Ya no esperaba venderla, ya la iba a tirar, no te digo más...

—¿Cómo —se amosca Heliodoro —que la ibas a tirar?

—Pues como se tira toda mercadería que no tiene salida ni es de provecho. A ésa ya no la vendo ni regalándola.

—¿Pues tan poco vale?

—La mercancía tuya —se pone el tratante de esclavos —vale tanto como tú digas, pero siempre y cuando venga alguien y te lo dé. Digo mejor, que cuando alguien te ha pagado lo que tú dices que vale, entonces lo ha valido, y no antes, ¿me explico bien?

—Perfectamente ha quedado entendido.

—Y a ésta por la que vosotros os interesáis no la quiere nadie ni a precio de saldo.

—Veamos —se impacienta Helio.

—¿Pero por qué —no se quiere Doro quedar sin saber —se venden todos los esclavos menos ésta?

—¿Y quién te ha dicho que se venden todos? Pero si no se vende nada...

—Hay que ajustar el mercado a la demanda —expone Doro.

—Es que ya no se vende nada por exceso de oferta. Con tantas guerras que hay por ahí, la abundancia de esclavos llega hasta tal grado, que ya no se cotizan debidamente. Si consigo venderlos de saldo, aunque sea a precio de coste, me doy con un canto en los dientes. A ésa, tal como iba diciendo, ya la iba a tirar.

—¿Y cómo se tira una esclava?

—Pues lo mismo que se tira toda mercancía que, ya porque se haya pasado o deteriorado, ya por cualquiera otra circunstancia, se estima que ya no está apta para la venta. A ésa ya estaba dispuesto a tirarla, como iba diciendo...

No quieren quedarse sin saber, tanto Doro como Helio, cómo se hace para tirar un esclavo, y de paso si no podría uno en caso tal recoger lo que otro tira.

—Pues en alta mar, como es natural, no la vas a tirar en tierra...

—No, claro.

—Ni cerca de la costa, para que luego aparezcan los despojos por cualquier marina por ahí. Eso se hace en alta mar, como es debido, se le atan las manos, y al agua.

—¡Qué barbaridad!

—Pero no la tires, hombre, antes dámela a mí.

—Si sabe mi padre que ando regalando la mercancía... ¿Sabéis lo que me pasó una vez? Teníamos no una, sino seis esclavas como ésta, rubias y todo, traídas de las costas bárbaras del septentrión, a bordo ya y preparadas para tirarlas en cuanto perdiéramos de vista la costa...

—Es que —mete baza Doro —no se debe tirar basura con la costa a la vista.

—Es que si se enteran en el cabildo, te meten una multa, y te está bien empleado encima. Pues bien, como iba diciendo, ya las seis esclavas preparadas, las manos atadas y todo, a punto ya de zarpar, me viene un rompepoyos de ésos que andan por el muelle haciendo el gandul, y se pone a meter palique conmigo, que qué pena de muchachas, y que antes que tirarlas, que por qué no se las daba a él. A mí también me dio pena tenerlas que tirar. Si es que yo en el fondo soy un pobre sentimental...

—Por la pinta se te nota.

—Y es que además se trataba de seis mozanconas de muy buen ver, y al cabo me allané y se las di, en tan mala hora, porque, ¿sabéis lo que ocurrió cuando se enteró mi padre? Pues lo que pasó fue que cogió el zurriago de flagelar a los esclavos y me arrimó una tunda que canta el credo.

—Es que tu padre se ve que es una persona muy seria y muy cabal. Pues entonces que no diga que la regalas. Te doy, vamos a ver... Yo tengo aquí hasta seis sólidos. ¿Cuánto tienes tú?

—Yo, ni tampoco uno. Con lo que me pagas...

—En esta casa, que es la vuestra, siempre se ha traficado con esclavos honradamente y cumpliendo todas las normas con total rigor y las obligaciones con absoluta seriedad. Si encuentras a alguien que te pueda decir lo contrario, te regalo todos los esclavos que tengo ahí.

—Tan sólo una queremos.

—Pero tú, que eres comerciante también, ya sabes que está prohibido vender por debajo del precio de coste. Además, ¿para qué queréis ese escuerzo?

—Tan sólo la querremos si fuere barata, y por ese mismo motivo.

—Si supierais por qué no la vendo ni a tiros...

Vivo interés muestran en saber por qué, teniéndola a la venta, no la vende con efectividad.

—Pues porque es díscola y de mala conformidad, es indócil y mal mandada. Una vez la vendí, y el comprador no tardó en volver para devolverla. Por lo visto la llevaban al presidio, pero el barco naufragó, y a los supervivientes los recogió un buque mercante que hacía la ruta de Constantinopla y que traficaba con esclavos y con cintas de seda para el pelo y botones de nácar, y de acuerdo con las leyes del mar, tuvieron derecho a quedarse con los condenados, no con el personal libre, y venderlos, y así es como los compramos nosotros, a ésta en tan mala hora.

—En suma, ¿en cuánto nos la vendes?

—Te la dejo en lo que nos costó a nosotros, veinticinco sólidos, y eso que nos hicieron buen precio por comprar el lote completo.

—Te firmo una letra a once días fecha por los otros diecinueve.

—No sé, se lo tendré que decir a mi padre.

A estos chalanes se ve que les gusta regatear, tirar y aflojar, arte en el que se dan muy buena maña y en el que algunos se llegan a manifestar como consumados maestros. El precio muchas veces varía de acuerdo con el interés que el comprador muestre, el cual a su vez tiene que fingir desinterés en la adquisición, que vea el vendedor que no está interesado en la compra si no es al precio ofrecido, y a veces tiene que hacer como que se va, para volver al cabo, bien sea porque le haya llamado el comprador, o no, sino motu proprio, el uno aparentando falta de interés en vender al precio ofrecido, falta de interés en comprar si no es a ese mismo precio por parte del otro. De modo que si ese bellaco tratante supiera que la esclava en venta es la esposa de uno de ellos, por considerarlos obligados compradores, no se la vendería hasta que no estuvieran dispuestos a aflojar por lo menos no sé cuantísimos sólidos o más.

—Tú mismo nos has dicho que no vale para nada y que nadie la quiere. Véndenosla, por tanto, por seis sólidos en efectivo más otros diecinueve en una letra de cambio, y te quitarás de encima una mercancía de difícil venta, por no decir imposible.

Parece que por fin se aviene el ladino del tratante de esclavos, después de haberse quedado pensativo, pero por las trazas no parece sino que no las tenga todas consigo todavía.

—Voy a buscar la túnica. Y una letra en blanco y recado de escribir. Os extenderé el certificado de compraventa y la cédula de manumisión, y os firmaré el vendí y el recibí. Con esto ya sabéis que tenéis que acudir a la oficina imperial de transmisiones patrimoniales para ponerla a vuestro nombre.

—No sé cómo te vamos a pagar la letra que vas a firmar.

—¡Bah! Ya hablaremos de eso —concluye Doro.

No es decible la sorpresa de Rosamunda, ni mucho menos el júbilo, al ver el cielo abierto de repente, comprada nada menos que por su marido, al que ni por asomo esperaba ver, ni aquí, ni por ahora en ninguna otra parte, y cuando se vuelve para coger la túnica que el tratante le trae, se comprueba que en la espalda le han quedado las marcas de los palos recibidos.

Y todo eso por su causa, tal da en cavilar Helio, todo esto por ponerse a buscar por medios ilícitos la manera lícita de ir a redimirle a él de su cautiverio, en la creencia de que cautivo estaba en las galeras del emperador, aunque luego tal suposición quedara por la realidad contradicha. Todas estas aflicciones y estos tormentos que ha pasado, los ha pasado por él precisamente, algo que no se podrá ya nunca dejar de tener en cuenta de ahora en adelante y para siempre jamás.

Esta cascabelera de Rosamunda resulta que se adapta muy bien, como no podía ser de otra forma, a su nueva vida en la nueva morada donde la han avecindado, a la cual mete en orden y mantiene en su justo término. Se revela, quién lo habría de decir, como una consumada ama casariega. Y tanto es así, y a tanto llega en su celo doméstico, que hasta su suegro Cucufate ya no la mira con aborrecimiento, o por lo menos ya no tanto como antes.

Ya ha mejorado de aspecto y recobrado su antigua rubicundez, y hasta le ha crecido algo el pelo rubio y brillante. Ahora viste un brial de un azul intenso y subido, como el mar al atardecer en día despejado, pero visto por la parte del oriente, la opuesta a la puesta del sol. De la espalda ya le han desaparecido las marcas dejadas por los zurriagazos que tuvieron a bien arrimarle sus antiguos amos, a quienes Dios confunda.

Salen de la basílica principal, tras haber oído la misa cantada, Helio y Doro más Rosamunda, y los tres, ya en la calle, se disponen a ir a visitar los mostradores de las tabernas, antes de marcharse a yantar a sus respectivos domicilios.

Por las altas ventanas abiertas de la basílica entra el sol que da luminosidad y realce a las paredes del todo cubiertas de pinturas al fresco de vivos colores representantes de santos que al concurso parecen mirar con grandes ojos oscuros, de mirada fija y melancólica, hieráticas figuras inexpresivas, ingrávidas en la pared polícroma, sin apoyos en los pies descalzos, en diferentes escenas bíblicas o modernas, y en la redondez de la cúpula resplandecen unos muy lucidos mosaicos en los que viene figurado el mismísimo Jesucristo nuestro señor, túnica de azul y oro, con una letra alfa a un lado y una omega al otro, ítem más, la santísima Virgen, de azul y púrpura, y un par de apóstoles, san Pedro con el pelo y la barba blancos, y san Pablo, barba negra y calvo, tal como les representa toda la iconografía tradicional, apóstol llamado también éste último, aun cuando no estuviera nunca incluido dentro de la nómina de aquéllos doce.

Dentro de la basílica ha estado Rosamunda hablando con Darío el perrero, que es un mozo de su barrio y con el que ya ha establecido mutua relación de conocimiento, el cual le ha dicho que va a dejar el cargo porque está a la espera de recibir la llamada para ir a sentar plaza en una legión de infantería del desierto, destacada allá en la frontera con los tártaros, y que si le interesa el puesto, que hable con el canónigo magistral, que es el que se encarga de estas cosas, pero ya le ha advertido de que tan sólo pagan seis sólidos al mes, no llega ni a uno y medio por semana. "Se gana poco yendo a hilar —había concluido—, pero menos a mirar."

La calle mayor tiene de anchura lo menos treinta pasos o más, ¡qué digo treinta! Y también cuarenta y uno, y no se ve el final en ninguna de las dos direcciones en que se mire. Si se descuida uno, se pierde y ya no sabe si se ha pasado, o si no ha llegado a la altura de la calle buscada entre todas aquéllas innúmeras que con la principal se cruzan, en apariencia todas iguales. Se le ocurre a Rosamunda que cada una de las calles de la ciudad debería tener su nombre propio, igual que las ciudades, islas, ríos, cordilleras, comarcas y reinos e imperios, y que dicho nombre debería estar figurado en placas clavadas en las esquinas. Que muchos nombres iban a ser ésos le responden tanto su marido como el enterado de Doro, que todo lo pretende saber, y que miles y miles de esas placas tendrían entonces que ir clavadas por todas las esquinas, menudo engorro...

—Es que, lo que no se te ocurra a ti...

—A los aldeanos —no se priva Doro de dar su autorizada opinión —es normal que les cueste orientarse entre tantas calles paralelas o perpendiculares entre sí.

—No somos aldeanos, sino que venimos de una ciudad como ésta pero menos magna y más parva. Y si me muestro partidaria de nominar las calles, es por facilitar su conocimiento y el de la ciudad en definitiva. Si una cordillera tiene cien picos, cada uno de ellos recibe su denominación correspondiente. Y ahora decidme a quiénes sirven todos esos orónimos, cuántas almas habitan en aquellas soledades. En cambio aquí, con medio millón de vecinos o más, resulta que ninguno de ellos se manifiesta capaz de ponerse a la labor de dar nombres a todas y cada una de las calles, como si fuesen cúspides orográficas. ¿Pues de dónde se habría de sacar toda esa nomenclatura viaria? Pues como las llama el vulgo bien se podrían oficialmente denominar, la calle de la cebada, la de las palomas torcaces, la de los pimientos rellenos de picadillo con pimienta, la de las anchoas en salazón... O la calle de la colegiata, la del palacio, la de la biblioteca, la de los baños termales, la de las caballerizas reales... O bien la calle de los camelleros, la de los flautistas, la de los nigromantes, la de los escribanos, la de los pintamonas... O bien la calle de los habilitados de clases pasivas, de los procuradores síndicos generales, de los recaudadores de alcabalas imperiales, de los agentes comerciales colegiados, y qué sé yo... Aunque esas denominaciones más corresponden a tramos que no a calles completas en toda su longitud. Y allí donde falten nombres, se puede echar mano de los de ciudadanos de nota o de los próceres locales, tales como guerreros, comendadores, tribunos, reyes, artistas, poetas, payasos...

—Desde luego, lo que no se te ocurra a ti...

Es que cuando se anda bebiendo vino blanco fresco por las tabernas, hay que ir hablando y discutiendo, no importa acerca de qué. Pues ambas cosas a dos, el vino y el palique, se completan y complementan de tal manera que ya no se concibe lo uno sin lo otro. Rosamunda manifiesta que al décimo vaso ya se suele empezar a sentir un poco, como si dijéramos, alumbrada.

—Pero si sólo llevamos nueve...

El resplandor solar atraviesa el techo de cañas para venir a caer en rayas fúlgidas y paralelas que se deforman sobre los odres pendientes de los ganchos en la pared. Gente que entra y sale de continuo por las puertas de par en par abiertas a la calle plena de sol. Del otro lado, por el vano abierto al patio llega algo del frescor de la sombra del emparrado y del pozo.

—Preciso será ir considerando la eventualidad de volver a casa ya, que nos estará esperando mi suegro para yantar.

Se echa al coleto Doro el último trago y se pone así:

—Pues bien, más no hagáis esperar a vuestro suegro y padre respectivo. A la tarde ya nos veremos en la discoteca, si vais.

—No faltaremos, que para eso hoy es domingo.

—Y tú —salta de pronto Rosamunda—, ¿por qué no te casas ya?

—¿Y qué hago yo entonces con todas mis amigas y admiradoras? Casarse con una vale lo mismo que prescindir de todas las demás. Aquélla con quien me casare no me sabría bien apreciar en lo que valgo, sino que se creería de sobra merecedora, mientras que las demás aspirantes no me lo perdonarían jamás. ¿Qué me quedaría de todo este hipotético casamiento? Cincuenta resentidas y una ingrata.

—Pues te metes sarraceno y montas un harén en regla y como debe ser.

—Es mejor seguir así por el momento, amigo del género humano, como dijo aquél, amigo de todos en general y de nadie en particular, amigo de todas y sin comprometerse con ninguna.

—¡Otro que tal baila! ¿Pues por qué no te quedaste soltero tú también?

—Hoy en día ya no es como antes, cuando cada uno quería a la propia esposa sólo para sí. Hoy afortunadamente ya hay mucha comprensión y manga ancha, ahora se atiende mucho a los valores humanos supremos, tales como la libertad, la igualdad, la tolerancia, la solidaridad, y todas esas monsergas. Hoy todo hay que compartirlo, como tiene que ser, ¿qué es eso de que unos han de tener de sobra aquello de lo que otros carecen?

—Pues si lo dices tú, que eres el amo del taller...

Pero Doro se refería a otra cosa.

Por la tarde se han vuelto a encontrar los tres en la discoteca frente al mercado de sandalias de suela de cáñamo, al fondo de la plaza en un edificio que primero fue aduana marítima, y depósito de cadáveres después, un amplio salón abovedado con tragaluces de colores fríos, azul de mar, celeste, marino, turquí, añil, y verde botella, que se proyectan sobre el suelo de mármol blanco, allí donde momentáneamente no se encuentre cubierto de concurrencia, más unas antorchas colgadas al sesgo en las paredes y que desprenden unas luces verdosas o rosadas, y con unos cuervos mecánicos, de diferentes tamaños y con los picos más o menos abiertos, y unos grifos metálicos, más o menos abiertas las fauces, que atruenan el aire multicolor emitiendo al respecto los sonidos graves y agudos, que provienen de los discos de pizarra que van metiendo uno tras otro dentro del aparato infernal que llaman tocadiscos. De las cuatro paredes, dos contiguas y formando escuadra detrás de otros tantos mostradores se hallan y llenas de anaqueles continentes de vasos y botellas de todas clases, vino blanco, tinto y clarete, del Peloponeso, de Tracia, de Sicilia, de Capadocia, de Apulia, cerveza del delta del Nilo, orujo, licor de guindas, de menta, de anís, de endrinas, en fin, de todo, que si nos ponemos a confeccionar el inventario de todas las bebidas que aquí se despachan, no acabamos ni para mañana.

Y ahí están ahora mismo los tres dichos, abriéndose paso entre la copia del concurso, los vasos de ginebra sobre el mostrador de madera fina de ébano de Nubia, pegándose buenos latigazos a intervalos irregulares. No han querido quedarse sin probar un licor que se elabora, por lo visto, con una especie de uvas o algo así que se sacan de los juníperos allá en aquellas tierras frías y bárbaras, y que acaba de traer un barco procedente de Britania, allá donde los bárbaros septentrionales tienen su asiento, y que a primera vista no parece sino agua del pozo, pero que cuando se bebe resulta que se descubre un sabor desconocido e indefinido, algunos lo encuentran acre y picante, otros un sí es no es acibarado, en fin, que los que mejor definen su sabor son los que se atreven a asegurar que no tiene posible definición.

Y les ha gustado, por lo que se ve, esa ginebra, invento del diantre, tanto que ya se han hartado de abrevarse, cuando advierten que otros la están libando diluida en agua con limón, azúcar y clara de huevo, y entonces cada uno de los tres por separado se pone a considerar la eventualidad de no tenerse que quedar sin probar esa nueva combinación.

Así mezclada está mucho mejor, más gratificadora y refrescante, entra que da gusto, pero no avisa, y antes de que se quiera uno dar cuenta, ya está medio alumbrado, como aquél que dice.

En el centro del círculo coreográfico destaca entre todo el concurso danzante una muñeca automática, de rojo brial vestida, que baila al son de la música que atormenta el aire penumbroso y atruena toda la estancia, con unos pasos y unos movimientos mecánicos y bien ajustados, y que originan la admiración de todo el concurso, principalmente del elemento masculino, y les incitan a ponerse a bailar junto a la muñeca mágica de tamaño natural, con lo cual no dejan de causar, pudiérase decir, un cierto sentimiento de recelo en sus acompañantes femeninas. En aquella discoteca lejana en el tiempo y en la distancia, de aquella malhadada isla, no se han visto estos adelantos, bien se conoce que estamos en lo más florido e ilustrado del mundo conocido.

Entretanto se han encontrado con Desiderata y con Honorata, dos amigas de ambos mozalbetes, del uno en un principio, y después también del otro por extensión, con quienes se ponen a departir, no sin antes haber hecho las presentaciones de rigor.

—Conque la esposa presente de Helio, ¿eh? El gusto es mío. ¿Y dónde está la tuya futura?

—Si yo me casara, dejaría de ser el soltero de oro de Alejandría.

—Es natural.

No se desdeña de pretender Rosamunda algo más saber, aparte de sus respectivas gracias, acerca de esas dos buenas mozas. Asevera Doro que son mendigas, ante las sonrisas de asentimiento a lo dicho por parte de las aludidas.

—¿Mendigas con esas pintas?

Tanto las dos citadas como el mismo citador se reafirman en lo afirmado.

—¡Voto a los ajenos de Dios! Yo ya sabía que ésta era una muy rica ciudad, pero no era sabedora de que también lo fuesen hasta los mendigos.

—Si no lo son... Lo que pasa es que aquí los gandules y los inútiles, en vez de echarse a la calle a mendigar, lo que hacen es ir a pedirle limosna al mismísimo emperador, a través de su prefecto, y a éste a su vez a través de sus muy laboriosos funcionarios, no hay más que verlos. Y entonces la autoridad imperial tiene a bien conceder al solicitante un subsidio, variable en su importe de acuerdo con unas tablas de cuentas ajustadas y previamente establecidas, de manera que el vago correspondiente pueda ir cada día primero de mes a una casa de banca a cobrar su correspondiente pensión mensual.

—Pero tienes que presentar —concluye Honorata —certificado de inutilidad, de invalidez, de ignorancia, o de mentecatez. O de aversión al trabajo, que también sirve pero cotiza menos.

"Pues entonces, conseguir esos certificados a vosotras os habrá costado poco." Tal ha pensado por un momento decir, pero lo piensa mejor a tiempo de rectificar el propósito y de callar, que vale más quedar como pavisosa prudente, que no como muy aguda e impertinente, sobre todo ante personas recién presentadas. O bien de otra manera considerado, vale más callar y parecer mentecata, que hablar y así poner en evidencia la propia mentecatez. De modo que se calla y se pega otro latigazo del combinado de ginebra, que está delicioso, sobre todo así, tan fresco.

—Claro, así que no he visto, ahora que caigo en la cuenta, ningún pordiosero por las calles...

—Así es como se organiza esta ciudad, en vez de soportar la presencia de todos esos rompepoyos inútiles, indeseables, astrosos e insolentes, les pagamos un subsidio de inutilidad para que no anden por ahí pidiendo e importunando a la gente digna y honorable. Y es que así además se reparte equitativamente el pago de las limosnas.

—Una ciudad sin mendigos, ¡qué delicia!

—Aquí no estás acertada en tu apreciación. Todo lo contrario, una ciudad es ésta de mendigos llena, querrás decir, lo que pasa es que tú no los ves. Y cada vez hay más, que ya no se sabe adónde vamos a ir a parar con tantos indignos que quieren vivir a costa de los demás. Porque es que, a cuantos más gandules tenga que mantener el emperador, más impuestos nos obligará a pagar a los trabajadores decentes, como no podría de otra forma ser.

A Honorata y a Desiderata no parece que las contraríen estos comentarios de Doro, sino que muy sonrientes se pegan sendos latigazos no se sabe de qué, pues los vasos son rojos y opacos.

—¿Y qué pasará el día en que el emperador, a quien Dios guarde, ya no pueda apoquinar más limosnas para socorrer a todos esos mendigos indignos que dices?

—Pues que ese día —sostiene Doro—, o al siguiente, veremos llena la cuidad de mendigos y de chorizos, y no sé si nos tendríamos que ir a vivir a otra, si es que la hay, más justa y equitativa.

—Es que cuando no se puede mantener el gasto, habrá que renunciar al beneficio que se deriva de ese mismo gasto, como es natural. Y cuando no se pueda pagar a los pedigüeños para que no pidan, ni a los chorizos para que no trinquen, nos tendremos que quedar sin la actual ausencia de maleantes y de mendigos indigentes.

—Como vosotras —remata Doro.

Lejos de incomodarse, Desiderata sonríe y se pega otro latigazo del vaso rojo.

Llega Helio a su casa no sabe ni cómo, ya de noche intempesta, y se acuesta por inercia y como por máquina, igual que una caballería resabiada, mas a la mañana siguiente al despertarle temprano su padre, de repente el sobresalto y la angustia se apoderan de su ánimo al comprobar que Rosamunda no está en el lecho, ni en toda la casa. Tiene la cabeza a las once en estos momentos, y no se acuerda de nada de ayer.

Acude al trabajo como siempre, y como siempre se encuentra con Doro y con su pedantería y su petulancia habituales y consuetudinarias. Los mandan a los dos a arreglar una clepsidra en el palacio arzobispal adjunto a la iglesia metropolitana, es que por lo visto el agua con los años había criado un sarro alrededor del orificio de salida, lo cual provocaba un retraso en la indicación de las horas, pues el líquido así no sale en la exacta medida como para elevar con la precisión debida el flotador que a su vez levanta la regla dentada que mueve los dientes de la rueda que hace girar la aguja que marca la hora sobre una circunferencia graduada convenientemente.

Como quiera que el cumplimiento de este recado les lleva toda la mañana, excepto el rato que se pasaron en la taberna pegándose un par de latigazos de vino blanco de la costa del delta, que es un poco bajo y muy afrutado y que no sabe a nada si no se bebe bien frío, al regreso al taller ya es la hora de volver a casa a yantar, y allí se topa su esposo con Rosamunda, que anda de acá para allá trajinando, yendo y viniendo, como siempre y como si nada, y hasta contenta y todo, y sonriente, parece encontrarse. No quiere Helio hacer preguntas delante del padre, que no se ha enterado de nada, o hace como que de nada se entera.

Capítulo sexto

Do ut des

Están un día, como suelen, Doro y Helio juntos en el taller, echando unos cálculos aritméticos y limpiando el fondo de un depósito de latón, cuando éste último no se priva de expresar de viva voz sus cuitas, verdaderas o supuestas.

—Todavía las doce, maldita sea, una hora y media falta para la salida, ¡qué aburrimiento! Esto no hay quien lo aguante.

Le quiere Doro llevar la contraria, como siempre que hablan por hablar.

—¿Las doce ya? Hay que ver cómo pasa el tiempo.

—Los que dicen que el tiempo huye son los que llevan una vida grata y placentera. A los que están pasando la pena negra, las horas se les hacen interminables. Una hora y media todavía para salir, maldita sea mi estampa. Y de aquí, a casa, y de casa, vuelta otra vez al taller, y así un día y otro, ¡qué vida tan tediosa, vive Dios! Para vivir así, vale más no morirse nunca.

—Yo soy un cínico, y no lo disimulo ni lo encubro, antes al contrario.

—Claro, es que si no lo quisieras reconocer, ya no serías cínico.

—Yo no me privo de arrojarme a coger de la vida lo que la vida me ofrece, sin entrar en ulteriores consideraciones y sin pararme a meterme en otras miras. Yo voy por ahí en actitud de vividor y de valentón, dando cédulas de vida a todos los que se me cruzan, y si alguno me sale al camino, una de dos, o me mata, o le mato. Yo llevo la vida con toda la máxima intensidad posible, hasta que dure, prefiero treinta años ardientes, antes que sesenta apacibles.

Aquí no se priva Helio de meter su cuarto a espadas.

—Si a temprana edad experimentas los placeres que te ofrece la vida, de la vida pronto te aburrirás y te hastiarás, dejarás de encontrar alicientes y acicates, y te cansarás de vivir. Antes de que te quieras dar cuenta pasarás de una vida apasionante a otra anodina y trivial. Hay que sentir nuevas sensaciones para no perder el gozo y las ganas de vivir, de modo que, cuando esas sensaciones las hayas vivido ya todas y no te quede nada nuevo y emocionante que probar, dejarás de amar la vida.

—Aquél a quien los dioses aman, muere joven, que decían los griegos antiguos. Antes un año de vida airada, que dos, y hasta tres, de vida virtuosa y recogida. Cada persona, animal o cosa, debe servir al mundo de acuerdo con su propia naturaleza, velis nolis. Mi lema en la vida es éste que sigue: ave que vuela, a la cazuela.

Se lleva a los labios el extremo de un tubo de cobre, sopla con fuerza, y le vuelve a colocar en su sitio. Sigue con su discurso.

—Mala la hubo mi padre, ¡vive Dios! Le tocó pertenecer a una generación y vivir en un tiempo en que al padre había que obedecerle y venerarle como si se tratase mismamente de un dios pagano de aquéllos de la antigüedad, cuando se adoraban dioses y semidioses humanos o humanoides; y que no se podía, no ya llevarle la contraria al padre, sino ni tan siquiera levantarle la vista. Y luego le tocó tener un hijo atinente a la generación rebelde y transgresora, de ésos que no respetan ni a su mismísimo padre, tal como un servidor.

—Y encima, uno de los principales y más preclaros y eminentes en su género.

—Eso encima y además de todo. Mi padre ahí no tuvo suerte, se equivocó de época para nacer.

—Lo malo de nacer es que no te dan a escoger fecha ni lugar. Mejor así, bien mirado, pues esos cuidados hay que dejárselos al Altísimo. Y en cuanto a los padres, que se jodan, que para eso son padres.

—Así me gusta oírte hablar, ya veo que vas aprendiendo. Claro, con tan insigne maestro como yo en el arte de la indocilidad, enseguida se aprende.

—Es que lo malo, está visto y comprobado, antes y mejor se aprende que lo bueno. Se conoce que es así la humana condición.

Y otro día, en la misma situación, va Doro y se pone:

—Oye, ¿ya encontró Rosamunda trabajo?

—Estuvo de ayudante de un aldeano de la ribera que venía vendiendo melones en un puesto en un mercado, pero ya los vendió todos. Antes estuvo de perrera, pero para no tener que estar todo el rato persiguiendo perros y echándolos de la basílica, se le ocurrió darles morcilla a todos, pero es que entonces, a falta de perros, el canónigo magistral le dijo que ya no necesitaban perrero. ¡Bah, qué más da! Para lo que pagaban... Ahora está esperando a ver si la llama un judío que tiene una cuadra para aposentar caballos percherones.

—Los empresarios judíos sólo emplean a criados judíos, salvo excepciones; si lo sabré yo... ¿Y qué sabe hacer?

—Es aprendiza de todo y maestra en nada.

—¿Y por qué no la traes por aquí? La podríamos emplear ahí con ésas, para barrer el taller y limpiar las mesas, para destilar agua, para tirar la basura, para encender y apagar las lámparas de aceite, para lavar los trapos de secar los cristales, para hacer lumbre, y para todas esas cosas menores.

—Hombre, pues no sabes cómo te lo agradecemos, porque es que, aparte de la correspondiente remuneración, último fin de todo trabajo por cuenta ajena, a mi esposa, por su genio y por su natural, no la gusta quedarse en casa sola y ociosa o con poco que hacer, sino que se pirra por salir de allí y ponerse a la labor, la que sea, y relacionarse con la gente, y todo lo demás.

Y aquí en el taller se ve Rosamunda al día siguiente, haciendo algo y no haciendo nada, a ratos ocupada, que esta clase de trabajo es muy desigual, y lo mismo se presenta mucho que hacer de repente, que nada o casi nada. Para lo que pagan, tampoco van a exigir tanto, o es que precisamente, debido al menor grado de exigencia, es por lo que no se puede mucho pagar, a saber cuál será la causa y cuál el efecto. Quince sólidos al mes, medio al día, un sueldo de miseria, pero más es esto que nada; con lo que no tendrá ni siquiera para pagar al cabo del primer mes a ese jactancioso de Doro, que aflojó veinticinco al tratante de esclavos para comprar la manumisión, sino que casi se necesitarán dos meses de sueldo para cancelar la deuda, lo cual la da que cavilar, a ver si sería la primera, o si ya ha habido otros antes, que pagó el importe de la propia compra de sí misma.

A los pocos días declara Doro su pretensión de que Rosamunda aprenda algo, no se puede aprender mucho para empezar, del oficio, para lo cual se atribuye a sí mismo la idoneidad magistral, y como maestro según él mismo idóneo, se la lleva consigo a cumplir ciertos encargos domiciliarios, lo cual a Helio no le place lo que se dice nada, pues se tiene que quedar en el taller a arreglar las clepsidras aquí traídas, o se tiene que ir solo o acompañado de un colega poco menos que desconocido a cumplir las encomiendas a domicilio.

—Yo la pagué y el vendedor me la puso a mi nombre, pero yo nunca la consideré mía, nada de eso, sino que me hago la cuenta de que le presté el importe de la compra a ella misma, la cual ahora me devolverá el adelanto trabajando precisamente para mí.

—O sea, que se compró a sí misma pero al mismo tiempo se pignoró, y tú ahora, en cuanto cobres el principal más los intereses...

—Que no, mi abuelo, que no es eso, sino que yo lo que hice fue ayudar desinteresadamente, única manera que él tenía de rescatar a su esposa, a un criado y amigo.

—¿A un criado, o a un amigo?

—No me venga diciendo que esos dos conceptos son antagónicos y contradictorios, mi abuelo, que ya no estamos en el siglo pasado y ahora avanzamos en tan buena hora hacia una sociedad más justa e igualitaria.

—¿Una sociedad justa, o igualitaria? Porque es que resulta que la justicia no consiste en dar a todos igual, sino a cada uno lo suyo. Si prevalece la justicia, nunca podrá haber igualdad; y si, por el contrario, queremos igualarnos todos, tendremos que empezar por dejar que se ahorque la justicia.

—No se quede anclado en el pasado, mi abuelo, y dé un salto hasta el presente.

—No tengo años ya para saltar tanto. Dicen que los negocios familiares no suelen pasar de la tercera generación. Y viéndote a ti con esas tus ideas tan modernas y atrevidas, y tan extravagantes, mucho estoy temiendo que no constituyamos la excepción, menos mal que yo ya no lo veré.

—Que no es eso, mi abuelo, que el tiempo pasa y el mundo avanza.

—El mundo no se mueve, el que avanza eres tú. Pero ten cuidado y no corras tanto, no te vayas a pasar y tengas que volverte atrás, si es que puedes, con premura y precipitación.

—Ya sabía yo que lo que hacía no les iba a gustar ni a mi padre ni mucho menos a mi abuelo, pero aun así lo hice con todo el convencimiento.

Vase Doro mientras se queda su abuelo Isidoro rutando.

—Amos y criados entre sí amigos, ¿habráse visto despropósito mayor? Esto pudiera ser el principio del fin de la civilización, menos mal que yo no lo he de presenciar. Después de mí, ya puede venir el fin del mundo, como dijo aquél.

Hay que organizar una expedición para cruzar el desierto en busca de maderas finas meridionales para la construcción de las cajas de las clepsidras, pues el abasto de material se está agotando y quedan muchos encargos por realizar.

Tras varios días de preparativos diversos, al final Doro consigue que manden a Helio con la expedición, con los camelleros contratados para el fin. Lo menos dos meses de ausencia, uno para ir, y otro, como es natural, para volver, sin contar con los días que tarden allá en tierra de negros en buscar, negociar, mercar, y cargar los troncos de ébano y de caoba necesarios para la buena marcha.

Como quiera que no ha podido, por más que lo ha procurado, contrariar la decisión de sus principales, Helio se pone a las órdenes de Leónidas, el maestro camellero, y la marcha emprende al amanecer, en una mañana fresca invernal, en una caravana de camellos con sus andares lentos sobre las arenas ardientes del desierto que no se acaban nunca.

Mientras tanto Rosamunda en casa va y viene, entra y sale, y con su suegro se relaciona lo menos posible, tan sólo lo justo. En el taller se la suele llevar de ayudante el mismísimo amo, o uno de ellos por mejor decir, el cual la enseña el oficio o trata de enseñárselo al menos, sobre todo los complicados cálculos aritméticos, y hasta en hacer raíces cuadradas la ha instruido ya, lo que siempre quiso saber mas no encontró hasta ahora maestro aparente, acaso porque no se le ocurrió preguntarle a su marido, o no se acordó más del asunto.

—A ver si un día —así se expresa su maestro y principal —llegas a la disposición de atreverte a concurrir a los exámenes para acceder al gremio en su grado de aprendiz.

—Yo creí que para aprendiza no se necesitaba examen de ingreso.

—Hoy todo está reglamentado y nada se deja ya a la discreción o al albedrío. Para todo hay que sacar licencia, hasta para barrer el taller. Te tienes que presentar a los exámenes y demostrar que sabes barrer, encender el fuego, limpiar los cristales, y todo eso. Y el que no sepa o no quiera saber, a cobrar el subsidio de inutilidad, ¡hay que joderse!

—Ése no le quiero yo.

—Sólo los inútiles le quieren, y lo malo es que se le dan. Se le damos, por mejor decir. Hoy en día, para ejercer un oficio, aunque sea de aprendiz, hay que estar acreditado en el gremio correspondiente, sólo en uno, pues no está permitida la pertenencia a dos. Los zapateros no pueden ser al mismo tiempo curtidores, dicen que por favorecer la especialización. Los tablajeros no pueden ser matarifes, no pueden los sastres ser tejedores ni tundidores, ni éstos hilanderos. No sé si darme por convencido de la utilidad y la conveniencia de tales disposiciones. Y además, hay que establecerse en las calles o plazas al efecto predeterminadas, no se puede abrir cualquier negocio en cualquier parte, a excepción de las tiendas de productos perecederos, pues sólo faltaría eso ya, tales como carniceros, verduleros, pescaderos, abaceros, y asimilados.

Días hay en los que llega a casa al amanecer, sin que se sepa de dónde viene, y sin que ni siquiera su suegro Cucufate llegue al conocimiento de esta particularidad, el cual duerme arriba, en el palomar que da a la azotea, vacío de volatería, por supuesto, y no se entera de nada, o nada quiere saber.

Vuelve por fin su marido tras casi tres meses de ausencia, y la encuentra dándole con el plectro a las cuerdas de una cítara nueva, de un azul pintada muy subido y brillante, unas flores bajo el cordaje blancas y amarillas, tallo y hojas verdes, todo pintado por mano maestra, tan lucida y aparente que ya no hay más que pedir. Y al respecto no se quiere abstener de acordarse de su vieja cítara roja, aquélla con la que se quedaron aquellos bellacos que en mala hora le embargaron la torre al rey, valiente cantamañanas, pero que en el pecado llevaron la penitencia, como si dijéramos, pues sus buenos palos le costó al villano su villanía, confúndale Dios. Se quedó la doncella sin la cítara y sin todo lo demás, pero le arrimó una cumplida somanta al bellaco, ¡pues vaya un consuelo!

—Es un regalo —aclara —del amo, señal de que están satisfechos conmigo, figúrate.

—Prefiero no figurarme nada.

Se quita Helio el manto azul que le envuelve la cabeza y se sacude la arena de las pestañas.

—La toga tiene que ser azul y bien cumplida, por ser éste el color que mejor cuadra para repeler el calor, y el más ávido de frescura y frialdad, pero lo que pasa es que, si bien de día te asas de calor, de noche a veces se hiela el agua de las cantimploras.

—Mal lo debiste de pasar, pero no hay mal que por bien no venga, que se suele decir, pues no hay mal absoluto, sino que se tiene que mirar también el lado bueno de las cosas malas, y a este respecto no tenemos que dejar de tener en cuenta asimismo las dietas y las comisiones que vamos a cobrar por tan largo y espacioso viaje.

—Eso sí.

Entra en la sala el viejo Cucufate, quien le pregunta qué tal el viaje, y todo eso que preguntar se suele en estos casos.

—Días y más días andando, o montado en el camello, que no sé lo que será peor, sobre un arenal que no se acaba nunca, horizontes de arena alrededor, como una playa sin fin y sin orilla, y por supuesto sin el frescor de la brisa de mar, que no sé cómo los guías se pueden así orientar, tendrá que ser por medio de los astros, como los marineros, digo yo, porque es que si no, no se explica. Es como estar metido en un plano infinito amarillento, en el centro de una semiesfera azul infinita. Y al cabo de no sé cuántos días de andar o cabalgar sobre el suelo arenoso, que no parece sino que todo el mundo se haya vuelto de arena, de repente se entra en un pedregal cuyos confines no se alcanzan a ver, y así durante una semana, y hasta dos, que si los pies se te hundían antes en la arena maldita, ahora tienes que ir con cuidado de dónde ponerlos, por evitar las aristas o las cúspides de las piedras más eminentes.

—¿Y no era mejor ir caballero sobre un camello?

—Es que ir caballero sobre un camello es lo mismo que poner un gallinero de patos o un palomar de codornices.

—Pero a los camellos sí se les puede montar.

—Ya os lo he dicho, lo que pasa es que se va muy incómodo ahí, tan en alto, la montura mucho se blandea y oscila al andar, a veces pega unas sacudidas y unos bandazos que canta el credo, y hay que ir con mucho cuidado de no caerse. Con deciros que yo muchas veces prefería andar a pie...

Le ha sacado Rosamunda, para que se refresque, unos huevos cocidos de tórtola con salsa tártara, y medio cuartillo de vino fino de la ribera del delta.

—Vaya rumbo, ¿habéis prosperado en mi ausencia? Pues al cabo de un mes de cielo arriba y piedras o arena abajo, llegamos por fin a tierra verde, allí donde residen los salvajes, pero salvajes negros, que si no nos comieron vivos fue porque no nos topamos con un grupo de ellos tan numeroso como para atreverse con nosotros. Allí fuimos en busca de un tirano de poco fuste que comercia con los mercaderes de las caravanas, el cual nos facilitó la adquisición de las maderas preciosas que buscábamos y que trajimos. Nos quería asimismo vender una punta de esclavos, que por lo visto se trataba de enemigos cautivados en combate, pero no íbamos buscando esa clase de mercadería, y es que además los negros se suelen revelar como muy inadecuados para la travesía del desierto, sobre todo si les quieres cargar con algún fardo, que se te mueren aproximadamente dos de cada cinco durante el viaje, es que les pintan muy mal las heladas de las noches, por lo que se ve, y encima resulta que luego aquí no tienen buena salida, no se venden ya ni los blancos, no os digo más...

—Dímelo a mí, que no me vendían ni a la de tres, hasta que me compró Doro, Dios le bendiga.

—Te compré yo, lo que pasa es que él me prestó el cumquibus que yo no tenía, pero ya se lo devolvimos, y ahora sólo perteneces a Dios y a ti misma, o, por mejor decir, nos pertenecemos ambos a dos el uno al otro, no dejes de tenerlo en cuenta.

—En cuenta se tendrá. ¿Y no te han dado un par de días de vacaciones, después de tan larga travesía, esos déspotas explotadores?

—Ni por pensamiento.

—¡Qué canallas!

—Pues a ti no te va tan mal, por lo menos con uno de ellos.

—Es que —salta Cucufate —no van a ser los tres iguales... El viejo y el joven mayor son dos personas bastante cabales, dentro de lo que cabe de ellos esperar. El peor es el muchacho, un tronera está hecho y un descarado. No me gusta que os hagáis amigos de él.

—Es él quien se hace amigo de nosotros.

—Pues eso es lo que no me gusta. El amo tiene que permanecer en su sitio, y el criado en el suyo. Y no sólo por decoro, sino también por sentido práctico. La amistad de un amo, si es que no resulta agua en cesto, al final se habrá de volver necesariamente harto peligrosa, porque es que, vamos a ver, por una parte no se puede negar que podríais sacar ventaja de tal situación, pero es que por otra, si con tanto roce y tanta amistad, verdadera o supuesta, un día llegareis a divergir o discrepar, como se desavienen alguna vez todos los amigos, ¿quién saldría perdiendo, y quién no? Quiero decir, ¿le podríais echar vosotros del taller, o él a vosotros? De modo que él sí puede con vosotros reñir, mas no vosotros con él, con lo cual no dejaríais de ser nunca los criados, se mire como se mire, ni el amo él dejaría nunca de ser, por mucha amistad mutua que hayáis creído alcanzar.

—Pues si nosotros —Rosamunda se ve que no tiene ningún reparo en no quedarse sin contestar a los mayores —hemos de seguir de todas formas siendo los criados, y el amo él, ¿dónde está lo malo?

—Lo malo está en la excesiva llaneza. No le deis tantas confianzas ni se las toméis, por más que él os las quiera dar. Guardad las distancias, por el bien de todos. Ni de burlas ni de veras, con tu amo amistad quieras, que dice el refrán.

No se muestra conforme de recatarse y no se quiere privar de volverle a contestar a su suegro:

—Ya no se acuerda la suegra de cuando fue nuera. ¿Pues no va de refranes?

Contenta acude todos los días laborables Rosamunda al taller, donde el amo más joven la suele tomar de ayudante personal suya, lo que pasa es que, según es él de calavera, la mitad de la jornada laboral se la pasan juntos los dos en los mostradores de las tabernas, no sin la complacencia, todo hay que decirlo, de la dependiente. La cual no acaba de hacer progresos en el arte del aprendizaje del oficio, acaso porque esas menudencias la aburren, o porque se le dan un ardite las clepsidras y el tiempo sometido a medida, el agua que corre y que mueve las agujas que marcan las horas, y todas esas ridiculeces, ¡qué más dará, unos segundos de más o de menos, a quién le importa, valiente majadería!

Lo que de verdad se le da de maravilla es tañer la cítara, eso sí que le place en extremo, y lo demás es un cuento. Y hasta ha aprendido a afinarla, así de oído, ahora que ya no se puede permitir el lujo de llamar a un afinador profesional. Y hasta se ha puesto a considerar la posibilidad de decidirse a tomar unas cuantas clases en casa del eminente maestro Orestes Damasceno, el mejor afinador de cítaras de toda la ciudad al decir del mismo, lo que pasa es que, si en el gremio figuran en nómina cincuenta insignes maestros, cada uno de ellos por su parte es el primero y más principal según declaración propia, ninguno de ellos está dispuesto a ceder ventaja a ninguno de los demás colegas, sino que en cuanto tienen ocasión se vituperan y desprecian entre sí, que no es igual.

Y es que, además de acudir al gasto de las lecciones del insigne sabio Orestes, maestro de maestros según él, se precisa la adquisición de un juego de diapasones y un aparato vibrador que registra, mediante una aguja que se desplaza sobre una escala numerada, el tono de los sonidos, cuanto más agudos, más a la izquierda la aguja, y más a la derecha cuanto más graves, hasta salirse de la escala auditiva del oído humano, que dicen que los perros siguen oyendo aquello que las personas ya no alcanzan a oír, bien sea por infrasónico o por ultrasónico.

Y todo eso, echando cuentas, sale por más de cien sólidos, una fortuna, pero es que después bien podría sacar el título de afinadora en el gremio correspondiente, el de factores de instrumentos musicales de cuerda y afinadores, y emplearse en casa de algún acreditado afinador después, y cambiar de vida y dedicarse a aquello que le gusta y para lo que está capacitada por eso mismo, pues la capacidad viene dada muchas veces por la afición apasionada y el vivo deseo, aunque no siempre.

A su marido y a su suegro les comunica sus propósitos, pero, como era de esperar, uno y otro se muestran renuentes, por no decir resueltamente reacios.

—No podemos pagar ese dineral.

—No, ya —no tiene más remedio que conformarse.

El que no se muestra tan disconforme es Doro, sino muy al contrario. Se ofrece para acompañarla a casa del maestro Orestes y se compromete a correr con el gasto de las clases. Allí hay hasta diecinueve estudiantes en ese momento, mozos y mozas, cada uno con una cítara en la mesa alargada y en bancos corridos sentados, dándole al diapasón, echado una mirada a un vibrador, girando la clavija, tensando la cuerda y destensando, poniendo el dedo entre dos trastes y dándole a la púa, y aplicando muy atentamente el oído. Lo cual da como resultado una bulla de mil demonios, un caos sonoro o un maremágnum de notas musicales, ya de instrumentos de cuerda, ya de diapasones vibrantes. Y a todo esto, el impertinente del maestro va de un alumno a otro, poniendo pegas y reparos a todo lo que hacen, y hasta a lo que dejan de hacer, y hablando en un lenguaje cabalístico y enigmático para el profano, que si doble bemol, que si semitono enarmónico, que si serie diatónica, y otras majaderías del mismo estilo.

—¿De verdad es esto lo que quieres hacer?

—Hombre, lo que siempre quise, desde niña, figúrate, hace tan sólo dos meses ni siquiera se me había ocurrido esta eventualidad.

Después de matricularse en la escuela del eminente maestro, acuden a la calle donde se asientan los vendedores de diapasones normales, a mercar un juego de ellos, en un estuche de fina madera lisa y brillante, que ya no se sabe qué será de más valor, si el contenido o el continente. El fonómetro vibrador no hay que adquirirle, pues ya los tiene prevenidos para ese propósito el maestro.

—Entre la matrícula, la primera mensualidad por adelantado, y el juego de diapasones, ya me debes casi cien sólidos.

—Ya me dirás cómo quieres que te los pague.

No dice nada Doro acerca de la forma de pago, sino que sonríe, como si callado estuviera dicho todo.

Do ut des, que dicen en el imperio de occidente, interesada esperanza de reciprocidad.

—En esta cuerda, con el dedo entre estos dos trastes, tienes que dar el si.

Rosamunda se creía que, todo lo que no fuese dar el si, sería en su consecuencia dar el no, con lo cual da que reír al resto del alumnado.

—No, hombre, no. En vez de dar el si neto, lo que estás dando ahora es un si bemol. Tienes que ajustar la cuerda hasta conseguir la nota precisa, para lo cual te servirá de dechado este diapasón. Trae acá, verás, le tienes que pegar así contra el borde de la mesa, después te le acercas a la oreja, pues suena muy bajo, y ahí oirás el auténtico y verdadero si, y ahora tienes que tensar o destensar la cuerda para conseguir el mismo tono.

—Hay que joderse...

—En mi clase no consiento contestaciones extemporáneas ni expresiones malsonantes o inconvenientes.

—Mil perdones, maestro.

—Que no se te olvide, o no tendré ningún reparo en pegarte una buena zurra con la palmeta.

Vase el maestro y se ríen, con mayor o menor recato, los condiscípulos más próximos.

—¿Con la palmeta me va a pegar ése a mí? Antes le mato de un cantazo.

—Así se habla, sí señor. Al maestro, cuchillada, que se suele decir.

—¿Y nos dejas a todos sin maestro?

—Maestros hay muchos en atar escobas.

—Pero no te resientas tanto, zagala, al fin y al cabo no te ha zurrado, sino sólo advertido.

—Pues que se vaya a advertirle a su señor padre, si es que le conoce.

—¡Jesús mil veces, qué doncella más belicosa y conflictiva!

Cuando cree haber llegado a igualar el sonido de la cuerda con el del diapasón, y se pone a comprobarlo por medio del vibrador, resulta que en la mayoría de las ocasiones tiene una variación de un cuarto de tono, a veces medio, por lo que recibe las reprensiones del maestro y la burla recatada del resto del alumnado, lo cual la sulfura y solivianta, de tal modo que en uno de tales casos no se desdeña de arrojarse a lanzarles a los burladores un diapasón, con tal fuerza y precisión que, de no haberse agachado a tiempo el destinatario del lanzamiento, resultaría más que seguro que no se hubiera excusado de salir descalabrado, todo esto entre el tumulto sonoro de buena parte de la concurrencia, a cuyas voces hubo de salir el maestro a poner orden, a base, como siempre en tales coyunturas, de recios palmetazos a los alborotadores, pero es que, como quiera que Rosamunda tolera muy mal la leña, se rebela y se amontona, y finalmente se tiene que salir del recinto corrida a palos por el bellaco del maestro, que de ninguna manera está dispuesto a permitir que nadie le alborote la clase, con lo cual aquélla se queda sin sus sabias enseñanzas y con los diapasones que no sabe utilizar.

—Un cuarto de tono —se lamenta —más o menos, ¿a quién le importa? ¡Pero si ni siquiera se nota...! Y para eso tantas clases y tanta majadería. Yo afino los instrumentos de oído, y tan mal no me quedan. ¿Para qué tanto tono y semitono, para qué tantas corcheas y semicorcheas, fusas y semifusas, y todas esas extravagancias?

—Al indocto —le contesta Doro —ante la sapiencia dos opciones a escoger se le ofrecen, es a saber, o aprehenderla, o despreciarla. Si no la puedes alcanzar, bien sea por falta de oportunidades o de talento, despréciala entonces, pero con un desprecio de lo más profundo y extremado, y de paso también a cuantos la cultivan, la estudian y la propagan.

—Muy acertadamente acabas de hablar. De hoy en adelante despreciaré muy profundamente todos esos pentagramas con toda su generación de signos enigmáticos, y ya de paso a todos los majaderos que los escriben, los leen y los interpretan. Y seguiré tañendo la cítara y la vihuela a mi manera, sin reglas del arte mas con esmero y delicadeza.

—Decía mi abuelo, que en paz descanse...

Dada la expresión de asombro de Rosamunda, se ve Doro en la precisión de aclarar:

—Mi otro abuelo, el materno, que falleció de fiebres tifoideas que contrajo con motivo de un viaje por el desierto.

—¿Pues entonces quién le contagió, si se fue al desierto?

Pasa por alto Doro la observación impertinente y sigue con lo que iba diciendo.

—Pues decía mi abuelo que aquello que no aprendió Paquito ya no lo aprende don Francisco. Igual resulta que tendrías que haber acudido a clase cuando eras más niña.

—Yo —no se quiere mostrar Rosamunda del mismo parecer —todavía estoy en edad escolar, ¿tú que te crees? Yo no era la mayor de la clase, ni mucho menos.

—Pero esos condiscípulos mayores que tú, no sabemos cuánto tiempo llevan de aprendizaje. En definitivas cuentas, te has quedado sin clases por tu mala cabeza —alza un poco la voz por imponerse a un conato de protesta —y has perdido el tiempo. Y el dinero, pues ya sabes que me debes noventa y tantos sólidos.

—Y tú ya sabías que yo no tengo un puto sólido. Claro, con lo que me pagas... De modo que tú dirás cuál es la manera más oportuna y arreglada que tienes de cobrarme.

—Ya sabes tú cuál es la manera que tienes de pagarme.

Aquí calla Rosamunda y ya no dice nada. Recoge el instrumental y coloca cada pieza en su estuche, y al volverse para cerrar el cofre y cogerle por el asa, compone en el semblante algo así como una sonrisa contenida, natural y espontánea pero reprimida al mismo tiempo.

Salen de la lonja de contratación, donde han estado ajustando una clepsidra, a la avenida marítima, el sol del atardecer poniendo reflejos de cobre en el cielo del poniente y sobre las aguas quietas y lejanas del horizonte.

—¿Tú nunca te has parado a pensar en el misterio de la puesta y la salida del sol? Allá en mi isla a veces me quedaba absorta contemplando cómo el sol se anega allá en alta mar. Y como quiera que la tierra es plana, no encuentro explicación a este arcano.

—Es que los arcanos, en cuanto se les encuentra explicación, lógicamente dejarán de serlo.

—¿Cómo se explica que una esfera celeste se transponga tras un plano infinito? Eso no puede ser.

—Y lo que no puede ser, es imposible, como dice el vulgo. Y sin embargo, es, ya lo estamos viendo; y lo que es, no puede ser imposible.

—¿Y cómo te lo explicas tú, entonces? Y no me digas que no tienes explicación, pues tú tienes escuela, estás mucho más cultivado que yo, y has oído las lecciones de los más insignes maestros de la ciudad.

—No tanto, no te creas. Seguro que tú tienes alguna explicación, alguna tendrás que tener, por extravagante que sea. Oigámosla.

Han abandonado la avenida marítima para seguir por la calle de dos líneas derechas de fachadas variadas, camino del taller, acabada ya la jornada.

—Hemos evitado adrede la calle de las caballerizas, al amo de las cuales el prefecto le ha tenido que echar una multa por lo sucias y desarregladas que las tiene, que no hay quien pase por la calle, de la pestilencia que sale de las cuadras.

—Le ha estado bien empleado. Mucho me complacería si el perjudicado hubiera sido el judío que me ofreció un puesto de moza de cuadra y que de mí ya no se volvió a acordar más, el muy villano.

—A los judíos que se precien y que por tal se tengan no hay quien les haga pagar multas, y no porque gocen de ningún privilegio o de inmunidad, sino porque ya se cuidan ellos muy mucho de no dar motivos para que se las echen. Las multas están hechas para que las pague la gente atolondrada, pero oigamos esa explicación que dices que tienes.

—No he dicho que la tenga, mas sí te puedo decir que yo creo, así a ojo y sin fundamento consistente ni incontrovertible, que la tierra está hecha de agua, con una corteza sólida y discontinua de islas y continente, debajo de los cuales no hay sino más agua, la cual asoma a los pozos y a las fuentes y a los ríos donde habitan las náyades, que pueden transitar, a través del agua sobre la que se yergue la tierra, de unas fuentes o ríos a otros. Y que el sol se mete en el mar y ahí se apaga, y por eso nos quedamos a oscuras hasta que pasa por debajo de la isla y vuelve a salir por el otro lado, y en contacto con el aire otra vez se seca y se enciende y vuelve a resplandecer, lo cual vendría a explicar, por otra parte, el motivo por el cual el agua del mar está más caliente de noche que de día, lo contrario que le ocurre al aire, que se enfría al quedarse sin el calor solar, el cual se transmite al agua en la que el sol se sumerge durante la noche.

—Ésa parece una explicación lógica y razonable.

—Pero es que tengo otra teoría, que si te place, te la expondré. Y aquí la hipótesis consiste en que la tierra no sea plana, sino una más de las esferas celestes, lo que pasa es que, al tener tan enorme tamaño, a nosotros en esta su superficie nos parece plana. Y por consiguiente el sol no se mete dentro de la tierra, sino que la circunda, y por eso hay momentos en los que se hace visible, y otros en los que no se deja ver porque está iluminando el otro lado de la esfera.

—Esa teoría es completamente ridícula y carente de sentido. Vamos, que lo que no se te ocurra a ti...

Han llegado ya a la esquina frente a la cual se alza la planta baja y única del taller.

—A ti, que tan dada te muestras a entregarte a todo tipo de cavilaciones, ¿no se te ha ocurrido cavilar que, si esa absurda teoría fuese cierta, todo lo que quedase por la parte de abajo de esa descomunal e hipotética bola se caería al vacío? Y hasta el agua del mar se precipitaría por los declives de la esfera y se caería asimismo.

—No, mi amigo, sino que la atracción que ejercen las materias hacia el suelo sería la misma en cualquier punto del mundo redondo.

Hasta el momento presente, siempre le llamó nuestramo, como es de rigor, pero ahora le acaba de designar su amigo, y esta muestra de excesiva llaneza, por no decir desacato, antes que incomodarle, a él hasta le complace y todo.

—Pero eso es completamente ridículo. ¿Cómo van a converger todas las gravedades en un mismo punto? El peso de la materia no puede tirar en distintas direcciones. Vamos, anda, no seas estulta. Desde luego, lo que a ti no se te ocurra...

Entra por el vano de la puerta del fondo Helio en la lejanía, que viene también con un aprendiz de cumplir un encargo.

—Es una pena que ya estés casada con ese badana, porque en esas condiciones ya no te podrías casar conmigo.

—Le matamos entre los dos —contesta como por donaire —y me quedo viuda para ti.

—O nos las arreglamos para mandarle a las cruzadas, a ver si hay suerte y no vuelve. Lo que pasa es que, mientras se decide o le obligan, mientras va, y mientras no vuelve, pasarían años.

Ya no hay lugar para que conteste Rosamunda a lo que no alcanza a saber hasta qué punto se lo dice de chanza su principal, y hasta dónde en serio, pues en esto ya se ha acercado su esposo, seguido del aprendiz que lleva la valija del instrumental.

—¿Por qué ya no vamos los dos juntos, como antes, a cumplir los encargos?

—Pues porque —le contesta Doro —nunca se ha visto que para ejecutar un trabajo a domicilio tengan que acudir dos maestros.

—Muy cierto —corrobora Rosamunda—, maestro y aprendiz en tales casos han de acudir, tales como éste y yo, o como tú y ése.

—¿Y por qué no nos mandan a ti y a mí juntos?

Doro encuentra respuesta rápida para todo, y si no la tiene, se la inventa sobre la marcha o la improvisa.

—¿Marido y mujer juntos en un trabajo por cuenta ajena? Eso sería un dislate, especialmente contraindicado y así mismo recogido en el manual del empresario contratante de personal.

—¿Y qué es lo que dice exactamente ese malvado manual?

—Pues exactamente yo tampoco lo sabría decir, sino que de los asuntos relacionados con el personal se encarga mi padre, pues mi abuelo ya no rige del todo bien, pero déjame a ver si me acuerdo, veamos... Sí, creo que dice algo así como que si en una empresa juntos prestan sus servicios, por poner unos verbigracias, padre e hijo, dos o más hermanos, un matrimonio en regla, etcétera, nunca se los debe poner a la labor juntos, sino que mejor vendría separarlos y darles diferentes cometidos. ¿Por qué? Pues muy sencillo. Porque entre ellos la relación laboral y profesional inevitablemente se vería afectada por su relación familiar, a ver si me explico mejor, vosotros dos, si aquí juntos realizaseis una misma labor, antes que colegas seríais esposos, no sé si entendéis bien lo que quiero decir. Que dos parientes en primer grado, y aun en segundo, ya lo sean por consanguinidad o por afinidad, no se privarían de disputar entre sí como si estuvieran en casa, en perjuicio de la labor si a mano viene y de la concordia de la plantilla, harían causa común frente a terceros en caso de discordia, en fin, que serían muchos más los inconvenientes que las ventajas, si es que las hay.

—Ya. Es mucho mejor para el rendimiento juntar a personas que no se lleven del todo bien entre sí, que unos a otros se reprochen y se reprendan, que se vigilen y se acusen mutuamente, y que le vayan con el cuento al amo si a mano viene.

—Te aseguro que no es así como se plantean las relaciones laborales en esta santa casa.

—Pero de todas formas lo que sí me gustaría es que mi esposa cambiase de maestro de vez en cuando, ya sabes, por mejor aprender los trucos y las mañas y los resabios de cada uno de ellos, aun cuando nunca hubiere de venir precisamente conmigo por eso mismo que acabas muy acertadamente de explicar.

—Con esos asuntos ya sabes que no corro yo, ya te lo he dicho, mas ahí no dejas de tener razón en lo que acabas de exponer, y ya lo tenemos en cuenta, que llevamos cincuenta años en el negocio, no te creas que hemos empezado ayer, y ya procuramos, no creas que no, que cada aprendiz preste asistencia a diferentes maestros, por eso precisamente, por aprender de uno lo que del otro no ha aprendido. Eso es lo que se procura y se tiene en cuenta, pero tampoco hay que cambiar la disposición del personal todos los días, sino que esos cambios requieren su tiempo, como todo en la vida.

Capítulo séptimo

Una mosca en leche

Es domingo y hoy no hay que acudir al taller, menos mal que el cristianismo obliga, bendita obligación, a vacar, u holgar, o como mejor convenga decir, todos los domingos y fiestas de guardar. Seis días de tediosa labor, siempre lo mismo, menudo aburrimiento, por uno de holganza, a menos que cuadre algún día festivo entre semana, demasiado poco según la consideración de los menos laboriosos, y no falta entre éstos quien no se quedaría conforme si no se añadiera al domingo asimismo el sábado por la tarde, qué menos que un día y medio por cinco y medio, la justa proporción, bien mirado, lo que pasa es que ni siquiera se atreven a proponerlo, habría que oír a los empresarios poner el grito en el cielo, los muy ladinos.

Han ido a misa Helio y Rosamunda, los dos juntos y solos, esta vez ya no les ha acompañado el impertinente de Doro, y no es que se hayan distanciado los dos mozos el uno del otro, sino que, como quiera que ya no operan juntos, ya entre sí no tienen el mismo trato y la misma llaneza que antes. Después de haber estado tomando unos chiquitos de vino blanco de barril, tal como establece la costumbre, ya se han reintegrado a casa.

Están a la mesa los dos dichos más su padre y suegro respectivamente, y aquí habla Rosamunda de esta manera:

—Es que le han invitado, no os vayáis a creer que invitan a cualquiera, nada menos que a la fiesta anual en el palacio del prefecto, con asistencia de todas las fuerzas vivas y todas las autoridades de la ciudad entera, tanto civiles como militares o eclesiásticas, ítem más los principales señorones y los capitostes más conspicuos, más las señoritas y señoronas más distinguidas, eso no hace falta ni decirlo, y es que todo caballero que se precie no se puede privar de aparecer acompañado de buena copia de criados ricamente uniformados, de ellos más cuanta mayor sea la entidad, la importancia, el aprecio y la consideración del amo, y por lo visto el joven caballero Isidoro ha asumido la representación de tan ilustre linaje de próceres locales, y estos días anda que se desvive por disponer el acompañamiento de criados para tan brillante acontecimiento, que dará que decir a todos los lenguaraces de la ciudad entera por lo menos hasta la celebración de la siguiente fiesta anual.

—Ya, no me digas más. Y se le ha ocurrido a ese barbilindo que entre toda la compaña de criados vistosamente uniformados hayas de ir tú precisamente.

Detrás de la silla donde se sienta Rosamunda, asiento de paja y respaldo alto de dos tiras finas de madera sostenidas en otros tantos palos enhiestos, de rojo pintado con dibujos de hojas y flores en amarillo y verde, se alza la pared blanca, dos iconos en medio colgados, en uno de los cuales viene figurado un pantocrátor de vivos colores, una virgen con manto dorado y el niño en brazos en el otro.

—Yo acudiré como parte de mi obligación de criada, a cumplir un encargo del amo, por lo cual cobraré las horas extraordinarias correspondientes, y con el plus de nocturnidad además.

—O sea, que te lleva consigo de juerga, y encima te paga.

—Que no voy de juerga, a ver si te enteras ya de una vez, iré de criada junto con el resto de la servidumbre, a acompañar al amo y a darle prestancia con nuestra presencia, tal como hacen los demás amos principales de la ciudad.

No se muestra Helio del todo convencido, por el semblante que compone, mientras que Cucufate por las trazas permanece indiferente, nada dice ni quiere saber nada.

—Yo no te voy a decir que no vayas, eso es cosa tuya...

—¡Pues hasta ahí podríamos llegar!

—Pero sí te diré que no me gusta nada que vayas a una fiesta adonde tu marido no está invitado, y mucho menos con ese calavera de Doro.

—¿Pero cómo tendré que decirlo para que te acabes de enterar? Si quieres, te lo repito en latín. O en turco, a ver si así lo entiendes mejor.

Yo no he dicho que vaya invitada, ¡qué más quisiera yo! Ni mucho menos tú, ¿adónde íbamos a ir dos pelagatos como nosotros? Y tampoco voy haciendo pareja con ese Doro ni con ningún otro calavera, sino que voy, a ver si te quieres enterar ya de una puta vez, en el séquito de criados acompañantes del invitado, que no es lo mismo. ¿Lo entiendes ya, o te lo repito otra vez?

—Desde que has empezado a divagar antes de decirlo claramente, ya lo he comprendido muy bien. Y eso es lo que no me gusta nada.

—Pues, hijo, si no te gusta, ¿qué más quieres que te diga? El sábado por la noche, no me esperes, ya lo sabes.

Entretanto Cucufate, el suegro perfecto por lo que se ve, no hace más que comer y beber, oír, ver, y sobre todo callar.

El día llega tan esperado de la fiesta conmemorativa del aniversario de la coronación del emperador, plena de gente curiosa la plaza a donde da la fachada principal del palacio del prefecto, más allá la escollera del mar, y más allá todavía el islote sobre el que se levanta la torre del faro, pirámide truncada y alta como una montaña más que mediana, rematada por otra torre ochavada, y encima otra torre más, o cuatro columnas que sostienen el remate final, allí donde de noche arde una muy luminosa hoguera que sirve de guía a los barcos que por cientos entran y salen de los muelles cada día.

Van parando los carruajes ante la puerta de la verja de hierro, y saliendo van los invitados y sus criados ante la expectación y la admiración de todo el inmenso concurso, murmullos y hasta gritos de admiración cuando se ofrecen a la vista de la plebe los invitados con sus magníficos vestidos de llamativos colores, todavía vistosos incluso a la luz del fuego de las antorchas de la iluminación municipal. Una de las carrozas que esperan en fila su turno se para justo ante la puerta de hierro, y un lacayo del palacio abre la portezuela y arrima el estribo, y a continuación salen diez criados, uno por uno, vestidos de rica túnica azul celeste y que se colocan en cinco filas de dos en fondo, para a continuación hacer su aparición la mismísima Rosamunda en persona por el vano de la puerta del carruaje, con un vestido talar de un amarillo muy subido, que haría daño a la vista si no fuera porque es de noche, con un peinado muy historiado y en punta, retuerto en forma de caracola, y con la faz pintada de polvos de albayalde, el contorno de los ojos de una línea fina de negro de tizne, y los labios de un rojo subido, más bella que nunca por lo tanto, tal como una muñeca de porcelana del extremo oriente, y a continuación y en último lugar sale a la plaza el mismísimo amo en persona, con una mano sosteniendo la correspondiente de Rosamunda, y con un traje del mismo género y color, que deslumbraría a todos cuantos lo mirasen a pleno sol, calzas hasta más arriba de las rodillas, calzones estrechos, y jubón con cuello amplio y caído, con capa y todo, más la gorra cilíndrica, vestidos igual los dos, o de la misma tela, y hechos unos pinceles, que ya no hay más que pedir.

Hacen su entrada triunfal en el inmenso salón, a medio llenar de invitados todavía, los dos figurines de amarillo y las dos hileras de cinco criados de azul celeste, una a cada lado. A los cuales despide el amo mandándolos al patio con los demás lacayos.

—Y allí me esperáis hasta que yo os precise. ¡Ah! Y al que se emborrache, le pego con...

Se pone a mirar Doro alrededor, ¿con qué le tundiría al insolente en caso de beodez?

—Con la fusta del cochero —acude Rosamunda en su apoyo.

—O con lo primero que apañe —a Doro no le gusta quedarse sin establecer la última palabra.

De la mano de Rosamunda se introduce entre el personal invitado, portadores todos ellos de vestimentas a cual más extravagante, y saludando a unos y a otros con muy finas y delicadas reverencias, quitándose la gorra y bajándola hasta la rodilla, un pie delante y otro detrás, e inclinación de cabeza, tanto más cuanto mayor sea la importancia concedida a los sujetos saludados, los cuales a su vez tampoco se excusan de saludarle a él con otras reverencias igual de ridículas e hiperbólicas y ponderativas, o así al menos es como se lo parece a Rosamunda, obligada por la etiqueta a ofrecerlas y recibirlas.

—Adonde fueres, haz como vieres, que se dice. Lo que vea hacer a los demás, haré yo también.

—Tú, tranquila ahí, que ya te diré yo lo que habrás de hacer. De momento vamos a saludar a aquellos lechuguinos de allí, y despés nos acercaremos a la barra, que lo primero en estos casos es pegarse unos buenos latigazos de aguardiente para entrar en situación.

—Buena idea.

Muchos de estos señores y señorones tan principales que acuden en calidad de invitados a la fiesta del prefecto, con sus legítimas esposas llegan, mientras que otros no se desdeñan de venir con cortesanas de alquiler, y desde luego nadie se priva de presentarse con su séquito de criados, bien escogidos, todos iguales en apariencia, que no destaque ninguno de ellos sobre los demás por más alto o por menos, o por más gordo o más enjuto, excluidos cuidadosamente para este tan delicado cometido los sirvientes más lerdos de la casa, así como los anormales y los pavisosos si es que los hubiera, todos los traídos aquí vestidos vienen de lujosas libreas o vistosas túnicas, no hace falta aclarar que todos iguales, tanto más abundante la servidumbre de acompañamiento cuanto mayor sea la importancia que a sí mismo se quiera conceder el invitado, el cual debe con sumo cuidado calcular el número de sus acompañantes, no se vaya a pasar de la raya y quedar como un petulante jactancioso, de ésos que quieren aparentar más de lo que son, o que tienen las alas más grandes que el nido, que se dice, ni se vaya a quedar corto, por el contrario, presentando un número ridículo de elegantes criados envarados y silenciosos.

A este respecto Doro ha tenido por conveniente presentarse con diez de sus criados, bien escogidos entre tantos como tiene en su taller, magníficamente vestidos como manda la ocasión.

—Ni tantos —le explica a Rosamunda —como los próceres más principales de la ciudad, ni tan pocos como los invitados de poca monta, los de relleno como si dijéramos.

Una señorona muy encopetada, vestida toda de rojo vivo, abanico del mismo género y color, la esposa de un armador de módica significación en su ámbito, los observa a distancia.

—Miren a quién han invitado esta vez, al que arregla las clepsidras a domicilio, allí está, acompañado de una pava con unas pintas de cortesana barata... Cualquier día veremos aquí al lechero o al cartero.

—¡Bah! No les hagas caso. Les faltaría gente, y habrán querido meter más de relleno.

Pasan los lacayos con las bandejas plenas de vasos llenos que van, y vacíos que vuelven por donde vinieron, mas algunos de los presentes, para no tener que esperar a que pase el impertinente del lacayo, se encaminan a la barra directamente a echarse buenos vasos al coleto,

tal como Doro y Rosamunda, que se dan muy buena maña ambos a
dos para vaciar los vasos continentes de un néctar divino compuesto
a base de naranja con un licor desconocido hasta ahora, traído de las
estepas lejanas más septentrionales, y que por lo visto allí se denomina
vodca, un verdadero hallazgo, sí tal, sobre todo en combinación con
el zumo azucarado de naranja, una delicia para los sentidos, y no sólo
el del gusto.

Se ha llenado ya el inmenso salón adecuadamente iluminado por
los millares de llamas de otras tantas velas encendidas, y no sólo el
salón principal y amplísimo de suelo de mármol blanco, tan espacioso
que desde una pared de mármol rojo no se distingue bien a quien se
halla junto a la pared opuesta y frontera; sino que también el amplísimo
pasillo interminable se halla de lo más concurrido, y hasta en los salones
secundarios que dan al pasillo no falta gente que conversa o juega entre
sí, como si prefiriesen los allí estantes apartarse de las miradas y de los
oídos de los demás.

En el salón principal han empezado a tocar los músicos, nada de discos
de pizarra y de pájaros mecánicos que reproducen los sonidos grabados,
sino músicos de verdad, instrumentos de cuerda, de viento y de percusión,
como tiene que ser. De pronto aparecen los volatineros, todos vestidos
del mismo color que los néctares combinados de naranja con vodca, un
jubón ceñido y sin mangas, de una seda tan fina y brillante que no se
nota la trama del tejido ni siquiera muy de cerca, y con unas costuras tan
precisas que no se advierten ni a la mínima distancia, más unas calzas y
unos escarpines del mismo género y color, si no es la negra que trae el
grupo, igual pero de blanco y con un faldellín sobre las calzas brillantes
como un espejo blanco.

Aparece de pronto en escena Onofre, el tratante de esclavos que
compró a Rosamunda y a la ciudad la trajo para venderla, y que viene
vestido con una túnica talar de un color morado muy subido, con
recamados de oro, y una toga dorada con bordados morados, acompañado
de una elegantísima dama, tal vez su esposa, que viste de verde limón,
un vestido de dos piezas de finísima seda y un tocado negro con un velo
muy poco tupido que le cae por delante de los ojos, el colmo ya de la
extravagancia indumentaria. Lo que se suele decir en tales casos:

—Hombre, tú también aquí...

—Nosotros —contesta poco menos que ofendido de tanta sorpresa ajena —hemos siempre figurado entre los más acreditados tratantes de esclavos de toda la ciudad y aun de toda el África entera.

—¿No conoces a ésta? Me la vendiste tú.

—¡Ah, sí, ya lo recuerdo! Lo que pasa es que ahora mismo está irreconocible. En una liquidación la vendí, claro que me acuerdo...

—Sí —mete baza la esposa, de donde se nota que lo es—, pues mi suegro alquiló en la sección correspondiente del ayuntamiento una tarima que dejó vacante un filósofo ambulante que andaba predicando extravagancias, tales como que había que desmontar los palacios para levantar las montañas de donde vinieron las piedras, que había que volver a levantar los rellenos de los terrenos ganados al mar, que no hay que talar los bosques ni se deben roturar las tierras incultas, que a los animales domésticos hay dejarlos libres para que vuelvan a su estado salvaje, y otras memeces por el estilo. Y a todo esto, el colmo ya, que a los esclavos hay que manumitirlos inmediatamente a todos, preconizaba el muy majadero, figuraos.

—Desde luego, cada cosa hay que oír... ¿Y ya había quien escuchase tales dislates?

—Los policías municipales le oyeron, y por eso el prefecto le dio veinticuatro horas de plazo para abandonar la ciudad.

—Hay que ver qué caso tan curioso y extraordinario. ¿Y la abandonó?

—No, sino que fue a parar al calabozo, por su mala cabeza. Y de ahí, a saber Dios adónde, al patíbulo, ¡ojalá, amén!

—No siempre, ni mucho menos —aquí es Doro quien vuelve a tomar la palabra—, pero a veces, ahorcando al que pregona el problema es como se acaba el problema mismo, si es que verdaderamente le hay.

—Claro, y si no le hay verdaderamente, antes y mejor se acabará —aquí no se ha querido Rosamunda quedar sin expresar este donaire que se le acaba de ocurrir.

—¡Pero qué diferencia, vive Dios! Toda astrosa y macilenta te entregué, escueta y con el pelo al rape, y en cambio ahora, ¡quién te ha visto, y quién te ve! Tan vistosa y ufana, tan espléndidamente compuesta, tan magníficamente vestida...

—El vestido es prestado —le interrumpe a su antiguo dueño.

—Y con ese pelo tan rubio y tan largo y tan primorosamente peinado, pareces otra, en tan buena hora te topaste con tan generoso y benefactor caballero.

—Tampoco tú saliste mal, que conseguiste realizar una venta.

—Pero a precio de saldo. Algo es algo, dirás tú; y que a precio de saldo también te compré, diréis...

—Y es que además ya me he enterado de que no se puede un amo desprender de un esclavo así como así, a mí no me podías abandonar y dejar mostrenca y sin pertenecer al nadie, sino que a todo esclavo no deseado se le debe dar de baja en el registro general de esclavitud, para lo cual se precisa el previo certificado de manumisión, y todos esos trámites cuestan dinero. Lo mismo que, si vale la comparación, no se puede dejar abandonado a un perro en la vía pública.

—También se pueden tirar los esclavos en alta mar, para luego darles de baja por desaparición, lo cual sale gratis.

—Ya, pero eso es ilegal.

—¿Quieres que te diga por dónde me paso yo la legalidad?

—No, mejor será que no se lo digas —le reconviene su esposa.

—Mas el caso —quiere con su discurso seguir Onofre —es que este tan liberal caballero te devolvió a la vida, como quien dice, pues estarás de acuerdo en que la vida de esclavo no es vida; al igual que aquel otro tan liberal caballero que dicen que de una estatua de barro que hizo sacó una moza viva y de verdad, no sé cómo se las arreglaría, aunque yo tengo para mí que lo más probable sería que no fuese más que puro cuento todo eso que se dijo.

—No sin acierto acabas de hablar, pues yo entonces no era, gracias a ti, más que una estatua de materia viva sin alma, tenida en pie sólo por pura inercia, y gracias a Dios ahora soy una persona de vida normal, muy viva y con alegría de vivir.

Idos Onofre y señora, así se expresa Rosamunda al oído de Doro:

—¡Maldito bellaco atroz y despiadado! Si supieras la cantidad de palos que me arreó... No sabes qué paciencia he tenido que gastar y cómo me he tenido que contener para no agarrarle por el pescuezo y ahogarle, al muy bandido. Esta vez, porque estaba contigo, pero, ¡ah, la próxima que me le tope...!

—No digas barbaridades, anda, y vamos a ver la actuación de los saltimbanquis, que están ahí haciendo el mono, y nosotros aquí hablando necedades.

Se ponen tres de los volatineros, entre otras monerías, alineados en fila, hombro con hombro, y otros dos se les suben encima, ambos pies soportados por dos hombros de distintos soportadores, y entonces la negra de blanco vestida, grácil y ligera como una gata negra de lomo blanco, se sube sobre sus colegas, como si fuesen escalones verticales y vivientes, y se pone de pie encima de los dos de más arriba, levantados los brazos en señal de triunfo, y entonces, cuando suenan los aplausos del concurso, se dejan caer los seis a un tiempo hacia adelante, gritos espontáneos y femeninos, y cuando parecía que la negra, por estar la más alta, iba a salir descalabrada o poco menos, rueda por el suelo, igual que el resto del grupo, y se levanta como si tal cosa.

Tras la actuación, a los artistas se les acercan los admiradores, como es de rigor, a verlos de cerca y a tratar con ellos de departir. Se las arregla Doro para meter conversación con la negra, quien asegura que viene de Nubia, como todos los negros, y que lleva ya no sé cuántos años con el grupo internacional de acróbatas, y que vienen actuando en no sé qué importantísimos palacios, en todos los cuales alcanzan señaladísimos éxitos, pues no faltaría más, que hasta el mismísimo emperador en persona dicen que los quiere mandar llamar a su palacio imperial, allí donde sólo actúa lo más selecto del arte vivo, lo mejor de lo mejor. Lo mismo que dicen todos los artistas, más o menos, pero lo que no dice es cómo vino a parar de tierra de salvajes a la civilización más acabada que ha conocido la historia de la humanidad, cómo la capturaron los cazadores de esclavos y cómo la trajeron y la vendieron, y todas esas cosas que vale más no meterse a contarlas.

—Es curioso —se pone de pronto Rosamunda—, estamos hablando con payasos de circo, cuando nosotros los asistentes a la fiesta, tanto los más graves y principales señores como sus acompañantes plebeyos, parecemos ir vestidos de payasos de circo mismamente.

Doro no la hace caso y sigue de palique con la negra.

—Es que tú fíjate qué vestidos tan excéntricos, qué colores más vivos y chillones, que turban la vista y ofuscan, qué peinados grotescos, y encima nos creeremos que vamos elegantes. Fíjate qué vestido me has endilgado a mí, y qué maquillaje, no me digas que no parezco una payasa.

Acabado de decir, piensa que para qué lo habrá dicho, no vaya a ser que salga Doro contestando que, si no le gusta el vestido, que se le quite, que le devuelva, y que se vaya en mala hora, pero lo que contesta es esto otro:

—Viéndoos juntas a ti y a la negra, bien se conoce a primera vista quién es la saltimbanqui y quién la invitada a la más elegante fiesta de todo el continente.

—En mi isla, ¿sabes cómo llaman a una negra, o blanca muy morena, vestida de blanco?

—Una mosca en leche, igual que aquí. ¿Por qué os creéis todos los isleños que vuestra isla es especial y diferente del resto del mundo?

—¿Y por qué te crees tú que nosotros nos creemos esa simpleza?

—Sabedora ya eres de que yo acudir suelo a las diferentes islas, a cumplir encargos.

Está por contestarle que a las islas a cumplir los encargos manda siempre a su marido, a saber con qué propósito, pero al cabo se calla, ¿para qué decírselo?

No se aparta Doro de seguir de palique con la negra, la cabeza y los brazos, pues lo demás no lo tiene a la vista, de un negro profundo, como la noche más oscura, de una piel en apariencia delicada y brillante, tal como el azabache, que casi daría reparo tocarla por no exponerse a deslustrarla, lo mismo que no se debe tocar la superficie lisa y bruñida de un espejo.

Ni los negros son negros, ni somos blancos los blancos, tal solía decir en clase uno de los muchos maestros que tuvo Doro en su infancia todavía cercana. Y el cielo azul, completaba el bellaco, ni es cielo ni es azul. Y no será él quien se atreva a llevar la contraria a aquel tan sabio e insigne maestro, de cuya gracia no se acuerda ni hace por acordarse, pero es que, efectivamente, negros hay que lo son más por las otras señas, chatos y bezudos, que por el color propiamente, casi tan blancos como los mismos blancos, y a partir de ahí los hay para ir subiendo por la escala cromática hasta llegar al negro total, como el ala del cuervo, tal como esta saltimbanqui, a la cual todavía no ha preguntado por su gracia, omisión a la que se precisa meter en orden sin más tardanza.

—Negra soy pero hermosa, como dijo el otro. Hilaria me llamo, para servirte.

—Nombre latino has adoptado, y dejado, es de suponer por lo tanto, tu nombre original, bárbaro y salvaje.

—Los nubios —no se quiere Doro quedar sin corregir, o por lo menos sin rebajar, la opinión tajante y despectiva de su acompañante de hoy —no son tan bárbaros ni tan salvajes, sino poseedores de una civilización antiquísima.

—Ya sabes lo que en este imperio opinamos de las civilizaciones de salvajes.

—Si son civilizaciones, ya no serán de salvajes, digo yo. Eso es de cajón, no seas estulta ni impertinente, y no pretendas menospreciar a esta muchacha sólo porque no sea de tu raza, eso no está bien.

—Mil perdones, afrentar queda lejos de mi intención a negros y a negrófilos.

No la hace caso Doro, sino que sigue metiendo palique con la negra, la cara tersa y brillante, como el charol de Catay, el pelo muy corto, crespo y mate, enmarañado y ensortijado, como los corderos negros neonatos. Lo cual a Rosamunda la deja en una situación un tanto desairada, tanto que la acaba por incomodar, y para que no se le note del todo la decepción, lo que hace es apartarse un par de pasos y ponerse a mirar para otro lado, como adrede desentendiéndose de la conversación, a un grupo de bailarines tártaros que se disponen a ponerse en movimiento al son de los panderos y los laúdes y los flautines.

Hay un bailarín con una larga coleta negra que le sale del centro de lo más alto de la cabeza, el resto afeitada al rape, y que da unos saltos, unas volteretas y unas cabriolas y unas piruetas en el aire, que es muy de ver y de admirar, mas cuando vuelve Rosamunda la vista hacia su principal y acompañante, no le ve, ni a él ni a la negra Hilaria. Los busca con la mirada por todo el inmenso salón y entre el copioso concurso, pero no los ve por ninguna parte. "¿Adónde se habrá ido ese grandísimo calavera con esa maldecida salvaje exótica?" A Rosamunda es que se la llevan todos los demonios.

Nada, que no hay manera de dar con ese tronera, por más que le busca por los salones y por los pasillos en cuesta pero tan ligera que apenas la pendiente se nota, y que circundan una y otra vez el amplísimo perímetro del palacio interminable, en ascensión fantástica, espiral y sin fin, que por más que se ascienda por el pasillo mágico, nunca se alcanza a divisar el final, ventanas a la calle a un lado, y al otro los vanos, generalmente abiertos y más o menos amplios, que dan a los diferentes salones, los cuales se encuentran por este motivo a diferente nivel el uno del otro, y a algunos al fondo no les falta una puerta, evidente a veces, excusada otras, que da al salón contiguo tras cuatro o cinco peldaños.

Se conoce que arriba del todo habitan el prefecto y su mayordomo y los demás criados más principales de la casa, tales como los amanuenses, el secretario y la gobernanta, así como las camareras de la esposa y los pedagogos de los hijos, mientras que la planta baja y el semisótano quedan para las caballerías, el cuerpo de guardia, y la servidumbre más rastrera y abatida.

Visita Rosamunda los diferentes salones por ver si en alguno de ellos consigue dar con Doro siquiera de lejos, y a este propósito va subiendo por el pasillo anchuroso y luengo sin fin, mas a medida que sube, se va encontrando con salones menos concurridos e iluminados. En el último al que se atreve a asomarse se encuentra un solo candelabro alumbrando sobre el tablero verde de una mesa grande, alrededor de la cual se sientan unas damas y unos caballeros que sostienen en la mano unos cuantos naipes en abanico, el anverso hacia sí, monedas de oro en montones irregulares por encima de la mesa, y una bulla del demonio. Levanta la vista uno de los jugadores y le pregunta a la intrusa si se quiere juntar a la partida de cartas.

Inicia Rosamunda el viaje de vuelta, ahora cuesta abajo, por el pasillo interminable, y a otro de los salones llega donde se está el baile arreglando, con independencia de las diversiones que tengan lugar en los otros diferentes salones, los músicos ya dispuestos a cumplir con su obligación, el concurso a la espera, cuando se la acerca un sujeto que lo mismo por las trazas podría ser uno de los más principales invitados, que uno de los más ramplones criados acompañantes, alto y enjuto, la barba negra y partida, el gorro negro y cilíndrico al estilo eclesiástico, túnica talar de un verde prieto con bordados anaranjados, altanero y soberbio, y que la ofrece, más que la ruega, con él nada menos que ponerse a bailar, pues se trata de una de esas danzas en las cuales los danzantes se agrupan en parejas, y el que se queda de non, sin bailar se queda.

Cubiertas están de espejos las paredes del salón, lo cual le confiere una apariencia fantástica de infinitud, pues los espejos de una pared reflejan su propio reflejo en los espejos de la pared opuesta, y así una y otra vez hasta el infinito. Profusa iluminación a la veneciana, las luces de las luminarias y de los faroles de diversos colores dobladas y cuadruplicadas, y así sucesivamente hasta perderse en la lejanía irreal, en las paredes especulares.

Como quiera que ya está cansada de buscar sin hallar, y ya se está empezando a sentir sola y aburrida, acepta el ofrecimiento y se pone a bailar a lo agarrado con Emerenciano, pues así se llama el pollo, más que pollo ya, para los cuarenta poco le habrá de faltar, si es que no los tiene cumplidos y los sobrepasa.

El tal Emerenciano resultó ser uno de los palafreneros de la hija del pretor de Heliópolis, casada con un centurión de la caballería imperial, presentes en la fiesta y cuyos criados quedan libres durante lo que les dure a sus amos la juerga, pero que tienen vedado el acercamiento al salón principal donde sus principales se solazan o se procuran el correspondiente solaz, cada uno a su manera y por su cuenta.

A Rosamunda, que sigue bailando a lo agarrado con tan engolado lacayo, tieso como una escoba, y por la pinta uno de los más principales de su casa, aunque ya sería menos, se la acercan, al parecer muy indignados, tres de los saltimbanquis de anaranjado vestidos, los cuales demandan airados la localización inmediata de la negra Hilaria, pues por lo visto no acaba de aparecer por ninguna parte y se acerca la hora de su próxima actuación.

—¿Pero dónde está tu marido?

—¿Dónde está tu cliente?

—¿Mi cliente dices? ¡Serás hijo de puta, tomarme a mí por una...!

Y se lanza furibunda contra el juglar insolente, quien muy mal lo hubiera llegado a pasar si no se la llegan a quitar de encima.

—Cuando los encontréis, me lo decís, que yo también le busco.

Vanse chasqueados, y Emerenciano quiere saber más acerca de esos tres payasos, su aparición tan súbita como impertinente, y su búsqueda tan desesperada y ansiosa.

—Es que mi marido —aquí se permite una licencia en la seguridad de que no ha de trascender al conocimiento público —ha desaparecido con una payasa del grupo, y por lo visto no la encuentran y tienen que empezar ya otra actuación.

—¡Pero qué cinismo! Retirarse —el enojo de Emerenciano ya se sabe que es más fingido que real —de la vista de la esposa con una artista de circo, no sé adónde vamos a ir a parar con tanto relajo.

—Y que lo digas.

—Lo último que debe hacer una persona casada es eso precisamente, irse con otro o con otra, según el caso...

—Eso mismo digo yo.

—Es que ya se está perdiendo la decencia en esta ciudad, ¿dónde quedan el respeto y el decoro, dónde la moral y las buenas costumbres?

—¡Pero qué razón tienes!

Ya casi quiere empezar a clarear el alba en las cristaleras del gran pasillo circundante, ¡vaya por Dios! Otra vez que va a volver a casa de día y borracha, ¿qué dirán los vecinos, qué los de casa? Cuando de pronto aparece Doro en el salón principal preguntando por su acompañante, y cuando consigue dar con quienes información darle pueden, le informan de que la han visto salir por el pasillo abajo con un tipo alto con pinta de macarra, así mismo se lo dicen, muy probablemente con la intención de fastidiarle.

—En esta sociedad depravada de hoy —no se sabe si esto que le dicen le ha de servir de consuelo, o de fastidio—, el que quiere a su esposa sólo para sí viene a estar considerado como un perturbador del orden social.

—No es mía, es de alquiler. Por mí, como si se embarca y no vuelve más.

Un buen rato más tarde, después de haber presenciado actuaciones de bailarines y cantantes, de funámbulos y prestidigitadores, de acróbatas y faranduleros, de titiriteros y payasos, en el gran salón principal se vuelven a encontrar Doro y Rosamunda, mirándose frente a frente ya están, ceñudos y contrariados ambos a dos.

—¿No me presentas a tu amigo macarra?

—¿Y tú dónde has dejado a tu amiga negra? Que por tu culpa casi me tengo que engarrar con toda esa pandilla de saltimbanquis.

Doro la coge de la mano, el enfado mutuo se ha desvanecido en el aire, y se van los dos muy contentos hacia el centro del enorme salón, allá donde se congrega la mayor parte del personal concurrente, a ver qué hay allí.

—¿Pero dónde se habrán metido esos impertinentes camareros, que no veo ni uno?

—Déjalos a esos inconscientes y vayamos a la barra.

La copia de la gente en el centro del salón congregada se desplaza de pronto en dirección más o menos a la barra donde los dos dichos se están pegando sendos latigazos de un néctar verdoso contenido en vasos altos y estrechos, con una bola de hielo en cada uno flotando.

—¿Pero qué clase de actuación es ésa, una carrera de sacos acaso?

—No —le aclara Rosamunda—, sino que ahí está nada menos que el mismísimo prefecto en persona, fuera gorros, que anda por ahí haciendo el ridículo y saludando muy por lo fino y sin distinción a todo el que se le pone por delante, hasta a los lacayos si a mano viene.

—Ningún gran señor que por tal sea tenido se puede quedar sin saludar a su excelencia el prefecto y sin de él mismo ser saludado.

—Pues allá no tardes en ir corriendo a ponerte a la cola para presentarte a él, cumplimentarle y rendirle acatamiento, igual que todos esos gilipollas.

—Desde luego, yo es que me quedo pasmado de la lengua que gastas, figúrate, con decirlo yo, que soy el caballero más deslenguado de la ciudad, sólo superado por los carreteros y los mozos de cuadra...

—Y las criadas de los ajustadores de clepsidras.

No se sabe si Doro alcanza a oír bien estos últimos términos, pues se ha ido presuroso a acercarse a la muchedumbre de gente que rodea al mandamás de la ciudad.

Alrededor del prefecto y su séquito bien se pueden distinguir, entre los próceres locales, a otros muy principales caballeros y muy distinguidas damas exóticos, ricos mercaderes y diplomáticos de lejanos países procedentes, chinos con barbas de chivo, cara redonda como una torta, gorro cónico obtuso de alas amplias y túnica talar bordada de dragones y serpientes, indios de tez renegrida, turbante granate y falda blanca transparente sobre los calzones verdes, turcos de muy negros cabellos, fez rojo y borla negra, amplísimos calzones rojos hasta los tobillos, tan holgados que bien pudieran parecer faldamentas desde lejos, en fin, y otros más que por las pintas bien se echa de ver que no son de aquí, a saber de dónde, de allá donde Dios es servido.

—Las criadas no tenemos tratos con los gerifaltes. Como no venga él aquí... Sácame otro vaso, anda, que éste ya se me ha quedado obsoleto.

Hay que ver lo que son las cosas, nada más decir eso, se sobresaltan los camareros tras la barra al comprobar que la copiosa comitiva se les viene acercando despacio, y que en breves momentos alcanzará las posiciones ocupadas por el mostrador con los bebedores a un lado y los servidores al otro.

Destaca entre todo el concurso la figura eminente del prefecto, no sólo por su enorme estatura, sino también por el gorro que gasta, altísimo y en forma de cono truncado, con el águila bicéfala en negro bordada, tan liso y reluciente que diríase que no está hecho sino de puro oro fino. Se acerca toda la multitud a la barra, y el mismísimo prefecto en persona viene a caer justo delante de Rosamunda, quien se queda mirándole como pasmada cuando frente a él se encuentra.

—Vaya, qué doncella más pulida y bien plantada...

—Doña Rosamunda de Jutlandia, para servir a vuecencia.

Y le hace una muy graciosa genuflexión, ligeramente levantándose la falda amarilla con los dedos pulgar e índice de cada mano, la rodilla adelantada, y mirando al suelo.

—Yo a ti te conozco.

Alelada levanta los grandes ojos verdosos, que más grandes todavía parecen, y se tiene que poner la mano ante la boca por mejor contener un grito incontenible de sorpresa.

—¡Pero si es don Procopio de Tirapatrás...!

—¿Pero —salta muy arrebatado uno del séquito, a saber quién será —qué estás ahí diciendo, desdichada? Te hallas en presencia del excelentísimo señor don Andrónico de Nicosia, vicario en esta ciudad del rey de reyes que reina sobre los que reinan.

El prefecto se adelanta a coger a Rosamunda por el hombro y le acerca la barba negra al oído.

—Yo entonces no empleaba mi verdadero nombre.

"¿Y ahora sí?" Tal dice para sí su antigua fámula, mas no lo expresa por medio de palabras audibles.

Doro casi se cae del sobresalto cuando ve al mismísimo prefecto hablar con esa llaneza a Rosamunda, criada y acompañante de aquél, mientas que ésta se queda completamente turulata de ver en tan sublime posición a tal pájaro de cuenta. ¿Cómo se las habrá arreglado en tan poco tiempo para salir de la cárcel y subir hasta la prefectura de esta lejana ciudad? Acaso haya dado al fin con la piedra filosofal o con el elixir de la eterna juventud y se los haya vendido, a cambio del puesto que ahora ocupa, al mismísimo emperador, o haya conseguido al fin la realización del rayo de luz curvo, a saber cómo habrá sido y qué habrá pasado. O quién sabe si tal vez se haya simplemente metido en política, dejado el poco lucrativo negocio de la alquimia, y haya tenido suerte y prosperado tanto haya, con esa labia y con ese cuento que gasta. Hay cosas en la vida que no se pueden acabar de comprender bien, y una de ellas es ésta, que mañana cuando se acuerde, ya no sabrá si estos eventos los ha vivido en realidad, o si soñado todo lo ha.

—Serví en su casa —le explica a Doro—, y por lo visto no se le ha olvidado, pero de lo que no se acuerda el bellaco es de lo que me dejó a deber, y como quiera que yo tampoco me he atrevido a recordárselo...

—Pues habérmelo dicho a mí. Yo ya estoy acostumbrado a discutir hasta con reyes a consecuencia de lo que me deben y se quieren desentender de pagar a su tiempo.

Idos su excelencia y su séquito, a Rosamunda todos la quieren hablar y conocer, se conoce que la atribuyen buenas aldabas en tan alta casa, los lindos más acreditados y los más consumados castigadores de la ciudad entera guardan turno para con ella bailar, y a Doro entretanto se le llevan los demonios, como aquél que dice. Cavila que acaso esté aquélla cavilando en solicitarle al prefecto plaza para entrar a su servicio, y de paso para abandonarle a él y de él olvidarse y de sus calaveradas, como ésta de hoy, ¡mira que retirarse con una artista, y encima negra, y dejarla sola y plantada a la bella Rosamunda...! ¿Cómo se le habrá podido ocurrir? ¡Qué lamentable desatino!

Y ahora siente que acaso la haya de perder, ¿mas cómo perder se puede lo antes no ganado? Porque, ahora que se detiene a considerarlo, Rosamunda no es suya, como no sea en calidad de empleada laboral, casada con otro está, con uno además que goza de buena salud y que todavía, tal como él mismo, en los mejores años de la edad se encuentra.

Si no se queda viuda de repente, lo cual no se presenta nada probable, o como no se fugue con ella a la manera folletinesca, no se ve la forma de tenerla para sí, como sería de justicia natural, porque bien mirado, ¿hay en la ciudad entera moza y caballero con más cumplidas prendas naturales y tan dignos el uno de la otra, tales como ellos dos? Dicen, y dicen bien, que la naturaleza es injusta, que en unos prodiga los dones que a otros escatima, pero es que también es injusta la sociedad, tanto o más que aquélla, pues descompone las situaciones naturales más ajustadas a lo racional y conveniente, tal como en el caso presente. ¿Qué es un casamiento, sino una ceremonia y un papel? Mas la naturaleza, ¿qué sabe de papeles ni qué se le importan? Si la más bella moza y el más acendrado caballero mutuamente se corresponden por sus naturales respectivos, ¿por qué lo tienen que impedir artificiales papeles? Y es que ahora presiente que, o consigue a Rosamunda para sí y para siempre jamás, o para siempre jamás se sentirá infeliz y desdichado, incapaz además de fijarse en ninguna otra.

"¿Dónde otras, si hay ésta? Mala la hube cuando la conocí, en tan mala hora la encontró su marido y se la compré, ¡ojalá la hubiera allí dejado en poder de ese malvado tratante de esclavos, para que la tirase a la mar por invendible, maldita sea mi estampa...!"

Capítulo ochavo

La puerta del averno

Ha salido Rosamunda del taller a la hora acostumbrada, pero en vez de dirigirse a casa directamente como siempre, esta vez se ha puesto en camino hacia la biblioteca municipal, ante cuyas columnas jónicas ha quedado en verse con un nigromante que se hace llamar Porfirogénito de Babilonia, aunque en realidad se llama Porfirio y es de aquí de la ciudad.

Le ha conocido con ocasión de una visita a su casa para ajustar una clepsidra, y entonces le estuvo contando que él suele convocar, por encargo de sus clientes, unas cenas a las que muy diversos y señalados invitados acuden, tanto vivos como difuntos.

—Pero los difuntos no comen —había ella opuesto esta razón a lo por él declarado.

—Pues claro que no, no seas primaria, y aun muchos de los vivos tampoco, del susto de verse junto a difuntos animados, o sea, dotados de movimiento, y hablantes o vivientes, o como lo queramos decir.

—Es que no es nada de admirar que se les quiten las ganas de comer en tal coyuntura. ¿Y qué dicen los difuntos?

—Eso depende de lo que se les pregunte.

Mientras tanto Doro hacía un gesto como de incredulidad, y componía un semblante como de concesión ante tanta estolidez, como queriendo dar a entender que, si querían seguir hablando de frivolidades y despropósitos, podían seguir por lo que a él respectaba.

—A veces no te contestan —seguía Porfirio con lo que iba diciendo—, pero otras veces sí. Y de éstas últimas, las hay en las que con acierto responden, mas en otras ocasiones no es así. A mí una vez un difunto me estuvo contando...

Y aquí hacía una pausa para ver qué semblante de espanto componía Rosamunda, mientras que Doro indiferente seguía con sus cálculos aritméticos.

—¿Y qué aspecto ofrecen los difuntos?

—Te lo puedes figurar. ¿Tú nunca has visto a ninguno? Sí, claro, pero recientes, así da gusto verlos, pero, ¿tú te imaginas lo que es ver aparecer a la luz tenue desde la oscuridad a un bellaco que lleva treinta años fallecido y enterrado? Menos mal que van cubiertos con la mortaja.

—¡Pero qué horror! Yo si los veo, salgo corriendo espantada. ¿Y qué te dijo el bellaco difunto?

—Las invocaciones a los difuntos las hago por encargo, y todo aquello que digan o dejen de decir pertenece al cliente que lo paga, lo cual para mí, como es justo y natural, constituye sigilo profesional.

—Mil perdones, maestro, creí que me ibas a contar algo que algún difunto te contara.

—¡Ah, ya! Lo que me contó aquel zascandil difunto te iba yo a contar, sí tal, aquél no fue invocado por encargo de nadie, y a nadie pertenece el secreto de lo que dijo sino a mí mismo. Mas si quieres que te lo cuente, habrá de ser otro día y en otro lugar, y, por supuesto, a solas.

—De ése no te fíes —la advertía más tarde Doro aparte—, ése ya sé yo lo que busca, no es más que un cuentista, un chulo barato y un castigador de vía estrecha

—Si tú lo dices...

A pesar de las advertencias, o de ellas a favor, quedó Rosamunda citada con el tal Porfirio, tal día a tal hora ante las escalinatas de la que se reputa como la mayor biblioteca del mundo, continente según es fama de toda la sabiduría antigua y moderna de la humanidad entera, o por lo menos eso es lo que se dice, aunque ya será menos.

Y aquí se encuentran ambos a dos, en los escalones de piedra. Lo primero que hace Rosamunda al echarle la vista encima es fijarse en la sombra, y se complace de verla y comprobar que de sombra no carece ese cuentista de nigromante, pues ya se sabe que los que pactan con el diablo se quedan sin sombra, los cuales por ese motivo, y como no puede ser de otra forma, se tienen que privar de salir a la calle en días de sol, que en estos climas africanos son casi todos los del año, y aun de noche obligados se ven a tener cuidado con la iluminación de las farolas municipales, no hace falta aclarar que para que nadie se entere de que tienen trato firme con el mismísimo demonio en persona. Por lo menos este zascandil de Porfirio no es de ésos, menos mal.

Saludos muy finos y ceremoniosos, y es Porfirio el que primero se pone a hablar.

—Ahora vamos a entrar en la biblioteca y a buscar la sala en cuyos anaqueles se guardan los libros de toda la historia de la humanidad, desde la creación del mundo hasta nuestros días, a partir de la era cristiana un volumen por año, y cada año que vence, otro volumen que sale, de manera que podremos hallar noticias de todo lo ocurrido hasta el último día del último año. Para poder leer lo que pase hoy, habremos de esperar al día primero del año que viene. ¿Vas comprendiendo lo que te voy diciendo?

—No soy lerda, por lo cual también voy comprendiendo que según tú habremos de entrar los dos juntos y solos a un lugar muy recóndito y reservado.

—Es que de otra manera no podría ser, pero si no quieres...

Y se queda mirándola con ojos un tanto suplicantes, pero brillan de satisfacción al cabo con la respuesta.

—¿Por qué no voy a querer?

—Sea, allá nos iremos, pero antes tienes que saber que de esto no tienes que hablar ni una sola palabra con nadie, ni siquiera le tienes que decir nada a tu marido cuando le tengas y si es que le tuvieres...

—Le tengo.

—¡Bah, es igual! Yo no soy celoso. Pues como te iba diciendo, lo primero que haremos será acceder al salón de la historia general, y allí, con tal de que no haya nadie más...

—Ya. Pero a mí no me tomes el pelo ni de mí te burles, no me engañes como a un chino, porque tengo buena pegada y mal genio.

—¿Pero cómo te puedes conmigo mostrar tan desconfiada y recelosa? Yo te quiero enseñar un secreto gratis, el cual eres tú quien ha querido venir a conocer precisamente.

—Lo cual no te creas que te dejo de agradecer y de estimar en lo que vale. Te pido disculpas.

Atravesando la columnata tras subir la escalinata se entra, a través de un enorme portón de madera ahora abierto, a un atrio inmenso de suelo de mármol blanco, una clepsidra en el centro que da a conocer la hora a quienes saberla quieran, las seis y cuarto, y multitud de puertas al fondo y de frente.

—En esta biblioteca hay más de medio millón de libros, sin contar los rollos, los pergaminos y los papiros sueltos.

—¿Y cuántos están ahora mismo abiertos, ante los ojos de algún intonso de ésos que presumen de eruditos?

—Pues no sé, vaya pregunta. Yo no soy tan curioso como tú, ¿para qué lo quieres saber?

—Es que libro cerrado no hace letrado, que se dice. Si tenemos en esta malhadada ciudad la mejor biblioteca del mundo, y si sólo hay cuatro vejancones ahí aburridos leyendo otros tantos libracos...

—Aquí acuden las más sabias personas de todo el mundo a ilustrarse con nuestros libros. No creo que haya ninguno que no haya sido leído nunca.

—Algunos sólo los leen sus mismos autores, bien se podría decir que por fortuna o afortunadamente. Libros sobran en el mundo, ¿para qué tantos, si es imposible leerlos todos? Mejor pocos y definitivos, que no tantos y tan hueros la gran mayoría de ellos.

—Ahí bien se puede dar la posibilidad cierta de que no dejes de tener algo de razón. Yo mismo he tenido que consultar muchos libros para entre todos ellos sacar algo en claro.

Atravesando una de las puertas entran ambos a dos en un amplio pasillo con puertas a entrambos lados, y a través de una de éstas bajan por unas escaleras de piedra hasta un extenso salón abovedado de techo bajo y de muy anchas columnas lleno. Hubiera Rosamunda preferido subir, en vez de bajar, hasta las terrazas ajardinadas que se ven desde la calle, sobre las que se divisan mozos paseantes o estudiosos, sin que falten las mozas, estudiantes acaso, o sin duda, mas en actitud de otra cosa cualquiera menos de estudiar, y allí se querría ahora encontrar Rosamunda, con su joven acompañante, en ese agradable ambiente que se intuye mediante la contemplación desde fuera y desde abajo, mucho mejor allí, que no en estos sótanos o criptas, pues esos espacios aéreos que desde abajo se divisan, de jóvenes y de luz llenos, de paliques y alegría, señal de vida le parecen; mientras que aquí abajo, estas criptas umbrías y sigilosas, de graves ancianos concurrida, de tedio y de tristeza, de languidez y silencio, se le antojan, no sabe por qué, sombra de muerte. A los difuntos se les entierra en las criptas y en las bóvedas subterráneas, da en reflexionar, no se les sube a los balcones ni a las azoteas.

Repletas las paredes de multitud de papiros antiguos en rollos contenidos en aparentes armarios y estanterías, unos cuantos sabios, por las pintas, hablando con descaro ante algunos de tales rollos sobre una mesa desplegados, y eso que no se puede hablar en voz alta dentro del recinto, según las normas de la casa. Al pasar los dos dichos cabe los sabios, los miran éstos con desdén, o con recelo, a saber, y con tanta desfachatez que no lo deja Rosamunda de notar.

—¿Qué les pasa a ésos, la biblioteca no es pública?

—Ciertamente, pero es que suele ocurrir que en aquello que es de dominio público, o particular pero de muchos, a veces una camarilla se apodera de su uso, se podría decir, y éstos aquí son los fijos, por lo que se ve, los enterados, como si dijéramos, los que creen haber adquirido derechos porque están aquí todo el santo día metidos, y se conoce que les molesta que otros hagan uso también del mismo derecho que a ellos les asiste. Pero no te quedes ahí mirándolos así, y no hagas caso de toda esa caterva de pedantes que se tienen por sabios. A lo que íbamos vayamos.

Habla ahora Rosamunda, por hablar, más que nada, se conoce que aborrece el silencio, sobre todo el propio.

—Desde luego, esta biblioteca es magnífica, bellísima esta arquitectura y muy útil para la difusión y el fomento de la sapiencia.

—¿Bella, o útil?

—Es que belleza sin utilidad no es tal.

—Al decir de algunas escuelas filosóficas, lo contrario según otras.

—¡Ah! ¿Sí? No me digas...

Y se queda Rosamunda mirándole con media sonrisa forzada, entre irónica y festiva, el cabello rubio más rubio todavía brillando a la luz de las palmatorias, la tez pálida más encendida, casi translúcida, que casi quiere penetrar dentro la mirada de su contemplador, como en una figura de cristal rosado que quisiera contradecir la teoría filosófica de la contraposición de lo útil y lo bello.

—La belleza por la belleza, tal sostienen los filósofos de la escuela alejandrina, en oposición a los peripatéticos. Desprovisto de toda utilidad se debe exponer y fundamentar lo bello, pues en otro caso dejaría de serlo. Esa clepsidra que acabamos de ver a la entrada, por poner un verbigracia...

—Y que, por cierto, no sé si la habrán encargado en nuestra casa, o en la competencia.

—Ese maldito aparato lleva aquí por lo menos no sé cuántos años, por supuesto que desde antes de que tú nacieras.

—No, si a mí me importa un bledo a quién se la hayan comprado... ¿Será por deformación profesional acaso? O es que no me gusta estar mucho tiempo callada, ya me puedes disculpar.

—No tienes de qué disculparte. Pues como te iba diciendo, y si me quieres escuchar, lo bello dejará de serlo cuando se le busque utilidad. Esa clepsidra, aun cuando no procede de vuestra casa, cualquiera que la vea la admirará como muy lucida y delicada cual sin duda es, pero vosotros de diferente manera la miraríais, es decir, como el medio de cobrar un estipendio, algo muy distinto. Para vosotros una clepsidra supone ganancia, con independencia de su belleza.

—Y al que no quiere más que saber la hora, le da igual si el reloj es de oro y marfil, o si es de barro cocido.

—Lo mismo que el aldeano que a la vista del campo sembrado de cereal no contempla belleza alguna, sino que no verá más que trigo, harina, pan, y lucro en definitiva, que es de lo que se trata, mientras que la contemplación de la belleza del campo, si es que la tiene, se quedará para los que no tengan ahí ningún interés, nada que ganar o perder. No sé si acierto a explicarme de la manera conveniente. Una escultura es bella porque no sirve para nada, o para nada más que para ser bella y admirada como tal.

—Y para llegar a esas profundas conclusiones habrás tenido sin duda que acudir a escuelas de pago.

—No te burles, no seas enemiga del saber.

—Los que tanto como tú no hemos aprendido, no se lo debemos a ninguna enemistad con el saber, sino a la falta de ocasión, y acaso también de curiosidad y de aplicación.

Bien mirada, Rosamunda constituye un magnífico ejemplar en su género, mas, ¿qué formas de belleza humana vienen hoy consideradas como tal, y por qué? Dicho de otro modo, no sabe Porfirio en sus apresuradas cavilaciones si habrá habido algún filósofo que haya explicado las razones por las cuales determinados rasgos humanos se consideran paradigma de belleza, y no sabe si habrá habido quien se haya mostrado capaz de explicar por qué una figura humana alta y delgada, tal la moza aquí presente, se considera ajustada al ideal estético, y desviada de ese mismo ideal la forma achaparrada y repolluda, por el contrario y por poner ese otro verbigracia. Del mismo modo le parecen, ahora que se pone a meditarlo, arbitrarios todos los gustos en materia de hermosura corporal, tal como pueden ser el rostro ovalado, la nariz pequeña, la tez tersa y clara, los labios rúbeos y los dientes prietos, los ojos grandes, y demás características que confieren a toda moza una consideración inequívoca de belleza, al revés en los casos contrarios. ¿Cómo es que esto es así, y no de otra manera? Nadie, que él sepa, lo ha sabido explicar; no se sabe ni por qué sí, ni por qué no. Ni se sabe si en otro tiempo, pasado o futuro, esas consideraciones estéticas fueron o serán las mismas, o distintas y aun contrarias. No se sabe si se consideraron o se considerarán bellas las mozas rechonchas por serlo, siguiendo con el mismo ejemplo, e indignas de tal consideración las más altiriconas y enjutas, por el contrario. La belleza es proporción, en suma, pero, ¿proporción con respecto a qué? Y como no se sabe dónde está el canon ideal, resultará que la belleza humana sólo es relativa, no se sabe si variable, pero sí caprichosa, o por lo menos arbitraria. La belleza física, concluye, es bien poca cosa, lo que importa de verdad es la belleza espiritual del sujeto de que se trate.

Una persona bella de estampa mas no de alma, no sirve más que para contemplarla y admirarla por fuera, igual que una obra de arte carente de otra utilidad. Tal como esta Rosamunda, un objeto de gran belleza pero de poca aplicación, por lo que se está viendo.

Y aquí están los dos, en un salón bajo y abovedado, efectivamente sobre la pared de piedra se elevan unos anaqueles hasta el techo, que no es que sea muy alto, antes al contrario, continentes de innúmeros volúmenes encuadernados en cuero de su color natural, manuscritos algunos en papiro antiguo, los más recientes en moderno papel.

—Aquí —se pone Porfirio —acaba el último volumen de la historia de la humanidad, tal como te había dicho, el correspondiente al año pasado. El que corresponda al presente, ¿dónde te parece a ti que estará?

—Le estarán ahora manuscribiendo. Ocupará sitio aquí, a continuación de éste, a partir del primer día del año que viene.

—Eso es lo que os creéis tú y todos los demás indoctos de la ciudad.

Se quiere un tanto amoscar Rosamunda de que la llamen indocta, pero se contiene, se conoce que no considera que sea el momento de presentar reparos al respecto.

—El libro del año que viene está ya escrito, lo mismo que todos los demás. Ya sé que no me vas a creer mientras no lo veas, mas lo verás cuando no quede nadie en el salón, cuando se hayan ido aquellos pedantes y no haya entrado ningún pedante más.

Idos tres o cuatro que estaban al otro lado del salón, justo en ese momento entran dos o tres más. Uno de ellos escoge un libro, le lleva a una mesa de tablero inclinado, le abre, y a la luz de una palmatoria se pone a leer.

—¡Vaya! Ya nos fastidió. Ahora ya no podremos entrar en la galería secreta.

—¿Y me has traído hasta aquí —se lamenta Rosamunda —para decirme que no se puede entrar?

—Es que si entramos en público al recinto secreto, entonces ya no sería secreto.

—Lógicamente. Igual es que no hemos venido a la hora más adecuada por menos concurrida.

—Es la hora que has establecido tú, aquélla en la que quedas libre, precisamente la que tiene libre la mayor parte de los demás lectores de la biblioteca. Precisaríamos venir a hora más inusual, cuando la gente está ocupada en su labor, pero es que a esas horas también laborando estás tú, de modo que no sé qué haríamos para poder entrar en el recinto secreto. Hay una puerta excusada que va a dar a una galería subterránea en donde se encuentra, a volumen por año, completa toda la historia futura de la humanidad entera, desde nuestros días hasta la consumación de los tiempos, hasta el fin del mundo si es que el mundo tiene fin, o hasta el infinito si es que no le tiene. Vamos a sentarnos ahí, en ese rincón penumbroso, allí donde nadie nos ve, o donde en nosotros nadie se habrá de fijar, y allí esperemos...

—¡Huy, como se entere mi marido...!

—Si tú no se lo dices, no sé cómo se habrá de enterar, porque yo tampoco tengo intención de decírselo. Esperemos, como iba diciendo, a que se hayan ido esos ignorantes que buscando libros están y leyéndolos.

—Si buscan libros y los leen, ya no serán tan ignorantes, tal me atrevo a conceptuar salvo mejor opinión tuya.

—¿Ves cómo tú tampoco estás bien instruida? Son ignorantes precisamente porque se creen sabios.

—Y si saben tanto como se creen, ¿no pueden ser reputados de sabios?

—No, pues siempre habrá de ser mucho más lo que ignoran, que lo que saben. Nadie en el mundo hay que con justo título pueda denominarse sabio. ¿Tú no has acudido a las clases de algún reputado maestro filósofo?

Como quiera que no tiene más remedio Rosamunda que reconocer que no, sigue Porfirio con su discurso.

—Yo a las clases asistí, entre otros, del maestro filósofo Hermógenes Dalmático, quien no concedía la nota de aprobado al alumno que sacase cinco puntos sobre diez, pues decía que en tal caso demostraría ignorar la mitad de todo lo que debería saber.

Como quiera que Rosamunda no tiene ni vaga noticia de lo que son los aprobados y los puntos, se ve precisado Porfirio a aclarar:

—El maestro examinador puntúa al discípulo examinado más o menos a ojo y según una escala numérica que va del cero al diez inclusive, cuanto mejor demuestre haber aprovechado tan sabias enseñanzas, mayor será el número asignado al alumno correspondiente, y por el contrario, cuanto más zote se muestre, menor tendrá que ser el número que le señalen, eso es de cajón. Pues bien, tradicionalmente siempre se ha venido considerando que hasta el cinco exclusive se considera suspenso, ¿hasta aquí queda claro?

—Clarísimo. Pero aquel bellaco, que mal haya, no consideraba suficiente un cinco, ya lo voy entendiendo. Si a mí me hace eso, igual le arreo con la banqueta en la cabeza.

—Eso es lo que hacen los mayores enemigos de la sapiencia, de los que nos guarde Dios. Pues si al más sabio del mundo le examinásemos de toda la sabiduría hasta hoy sabida, ¿qué nota te crees que sacaría?

—¿Un cinco acaso?

—Ni tampoco un dos y medio.

—Pues sí que estaría hecho un zote y un garrulo.

—No, sino que queda fuera de los límites de lo posible el conocimiento, por parte de un mismo sujeto, de todo lo cognoscible, o de otro modo dicho, es imposible saberlo todo, ¿qué digo todo? Ni tan siquiera la mitad de todo lo que se puede saber. El que sabe la mitad de la mitad, si es que hay alguien que lo sepa, bien se podría considerar sabio entre los sabios, pero lo sería tan sólo en parangón con el resto, o por contraste con la ignorancia de los demás.

—Ya, algo así como el tuerto en el país de los ciegos, que se dice. Entonces, para ser sabio basta con saber una cuarta parte e ignorar tres.

—Para poderse considerar sabio hay que empezar por saber que no se sabe. Ningún sabio verdadero se tiene por tal, y es que ahí no deja de tener toda la razón. Los sabios verdaderos no existen. Esos pedantes que se dicen sabios no saben que es mucho más lo que ignoran, que lo que saben. Se creen que saben todo lo que se puede saber, pero no saben que son ignorantes precisamente porque no saben que no saben.

—O sea, que lo primero que uno tiene que saber es que no sabe. ¿Y eso te lo contaron los difuntos?

—Esas deducciones son el resultado de mis propias cavilaciones. Lo que los difuntos me contaron fue el secreto de la puerta excusada que da a la galería del futuro misterioso.

—¿La puerta del cielo es, o la del averno?

—Eso no me lo dijeron, ni a mí se me ocurrió preguntarlo. Hombre, digo yo que, si da a una galería subterránea... Pero no, sino que no tiene por qué tratarse de la puerta de ninguna morada de difuntos, sino la entrada a la revelación del arcano de los tiempos por venir. Se desciende, ya lo verás, por una muy larga escalera de piedra que nos lleva hasta un pasillo tenebroso donde no se divisa el fin.

—Es natural.

—Pero es que aunque estuviera convenientemente iluminado tampoco se alcanzaría a columbrar el fin de la galería porque no le tiene. Hay que bajar con una antorcha cada uno, eso no hace falta ni decirlo, y a ese propósito ya has visto que tengo ahí prevenidas ésas dos. Y no se puede dejar de precisar que nada natural hay ahí, sino que todo es sobrenatural. Unos anaqueles continentes de libros que se pueden contar por miles, cada uno a un año correspondiente de la historia de la humanidad, el del año en curso presto a salir de las tinieblas a la luz y venir a parar aquí arriba en su lugar colocado, junto al del año pasado, y así sucesivamente año tras año.

—¿Y dices que todos los libros de todos los años escritos están ya? Habrás leído lo que dicen, es decir, si es que has ahí efectivamente estado...

—Pues claro que estuve, ¿no te lo estoy diciendo? Si vas sacando libros a bulto y leyendo al azar, descubrirás cosas terribles. Nuestra ciudad caerá en poder de los sarracenos y será saqueada, esta biblioteca destruida y todo el país arrasado, en poder de los turcos caerá Constantinopla, menos mal que nosotros no lo alcanzaremos a presenciar, y poco más adelante los marinos de las costas más occidentales atravesarán el mar ignoto y proceloso que queda más allá de las columnas de Hércules y descubrirán otras tierras nuevas, allá al otro lado del mundo.

—Algo de eso ya tenía entendido yo. Jamás me podré dar por satisfecha en esta vida si no consigo abrir esos libros maravillosos de historia futura.

—Porque es que resulta, por lo visto, que el mundo no es plano, como se creen los ignorantes que se tienen por sabios, sino redondo como una bola de proporciones inconmensurables.

En extremo maravillada se queda Rosamunda y del todo suspensa con todo esto que oye.

—Pues eso no es nada —continúa Porfirio—, si te pones a leer lo que pasará dentro de varios siglos, verás cosas verdaderamente maravillosas. Habrá naves voladoras que atravesarán los aires como si fueran gigantescas aves de metal, y no es eso lo más sorprendente, fíjate, una de esas naves tripuladas, pásmate, volará hasta salirse de este mundo y llegar a la luna.

—¡Ah, quién esos tiempos tan maravillosos pudiera vivir!

—Y si a alguien le fallare el corazón, no tendría de qué preocuparse. Los médicos se le quitarán y le colocarán en su lugar otro nuevo y sano.

No sabe Rosamunda si creerse lo que oyendo está, o si tomarlo por chanza y tomadura de pelo.

—¿Y de dónde sacarán un corazón nuevo?

—Pues de algún esclavo, digo yo, ¿de dónde, si no?

En extremo contrariada se muestra Rosamunda con esto que oyendo está.

—¿Y ésa es la justicia humana del futuro? Los que no tengan esclavos ni con qué comprar uno para la ocasión, se tendrán que morir por falta de un corazón de repuesto.

—Es que tú se nota que eres muy mirada con estas cosas de la justicia social, pero siempre tendrá que haber pobres y ricos, lo da la naturaleza humana. Allá en el porvenir, pues no sé, ¿qué quieres que te diga? Yo no he vivido esos tiempos futuros, tan sólo he leído las crónicas, y unas pocas nada más.

—¡Qué maravilloso mundo futuro, quién lo pudiera alcanzar! ¿Y todo eso lo escriben los muertos?

—O los que aún no viven porque no han nacido todavía, a saber. Si nosotros no alcanzaremos aquellos tiempos futuros, es porque, para nuestra dicha o nuestra desventura, hemos alcanzado a vivir éstos, los cuales no habrán vivido quienes alcancen aquéllos.

—Eso es de justicia. ¿Y qué más me cuentas?

—El pasillo subterráneo y las estanterías se prolongan hasta un final adonde nadie ha llegado nunca. Ya hubo quienes se adentraron tanto por la galería adelante, que ya no pudieron volver, se les consumió la antorcha, el camino de vuelta no fueron capaces de hallar, y allí para in sécula se quedaron. Por eso no conviene alejarse mucho de la escalera. En la lejanía veces hay en las que se oyen los lamentos de los que allí se quedaron atrapados y, no se sabe por qué, ahora no encuentran la manera de salir. Y como tampoco se pueden morir, pues se encuentran en el reino de los muertos...

—¡Qué cosa tan horrible...! Vivos para siempre jamás bajo tierra y en medio de las tinieblas, y siempre con esa desesperación de no poder hallar nunca más la manera de salir a la luz. Enterrados en vida, algo terrorífico de verdad, ya estoy deseando bajar.

—Tan sólo se podrán morir como Dios manda y pasar a la otra vida cuando llegue el fin del mundo, si es que el mundo tiene fin, extremo éste a cuya indagación precisamente se entregaron los dichos, que por eso se metieron tan adentro, en busca de la averiguación del final del mundo futuro, hasta que allí quedaron atrapados y no pudieron volver. Si alcanzaron a ver el libro en el que se anuncia el fin del mundo, o si no llegaron a tanto, sólo ellos mismos lo saben, si bien lo más probable creo yo que será que allí se hayan quedado para siempre jamás sin luz y sin saber adónde ir, y sin saber tampoco si algún día el mundo tendrá fin, al cabo acaso de millones de años, y si se llegarán a liberar de tan terrorífica situación en que se encuentran.

—¡Pero qué horror! Ansiosa estoy por bajar a ese lugar tan aterrador.

Y se quedan esperando, a ver si por fin se van los lectores ya de una vez y les dejan bajar a la galería misteriosa, tétrica y sin fin. Tiene tiempo Rosamunda de cavilar acerca del asunto, y se pone a expresar de palabra lo cavilado.

—Se me ocurre pensar que acaso ésos que atrapados quedaron ahí abajo, o parte de ellos al menos, sean los que han pactado con el diablo y se han quedado sin sombra, y que ahí metidos están por no atreverse a salir a la luz y delatarse.

—No es ése el caso, sino que escogerían entonces otros lugares donde esconderse.

—¿Y qué me dices de estos otros casos? Los cuales ya habrás oído contar, esto es, cuando un rico mancebo se casa con una desconocida y misteriosa dama, bellísima, por su puesto, y que le pone como condición que jamás la habrá de ver los pies descalzos. Y al cabo de algunos años, al marido le vence la curiosidad y no se quiere privar ya por más tiempo de mirarla a los pies, los cuales resulta que no son humanos, sino semejantes más bien a los de una cabra u otro animal ungulado, y en ese momento la dama se disipa en el aire y desaparece de pronto para no volver a reaparecer jamás. ¿Adónde van a parar todas esas bellísimas damas desaparecidas? Pues calculo yo que acaso a esta galería recóndita y tenebrosa o a otra por el estilo.

—No, tampoco es eso, sino que desaparecen de verdad y para siempre jamás, se vuelven aire y no vienen a parar a ningún otro lugar, por arcano y sombrío que sea o esté.

No se acaban de ir esos impertinentes lectores, antes bien, son otros nuevos los que llegan y dan número a los ya estantes. Y aquí se pone otra vez a hablar Porfirio, acaso para amenizar la espera.

—Otro día, hoy ya no, te enseñaré otra puerta secreta, es que por lo visto estas bóvedas subterráneas están de ellas llenas, atravesando la cual se entra, según tengo entendido, pues yo nunca lo vi, en un paraje especialmente delicioso y ameno, un pensil de lo más florido, de árboles frutales abundante, de las más exquisitas frutas en sazón plenos, con sonoras fuentes de aguas frescas que da gusto beberlas...

—¿Y no hay vino?

—No, sino que se trata de un paraje natural y desprovisto de presencia humana, pero no faltan uvas que revientan de dulces y sabrosas, lo mismo que todo lo demás, ubérrimas selvas rebosantes de las más exquisitas frutas por doquier, siempre en su óptima sazón.

—Ya. Una frutería fina.

—Yo ya no sé si es que no eres capaz de acertar a decir más que simplezas, o si me quieres tomar el pelo.

—¿Pero por qué te pones así? Ya sabes que yo nunca me atrevería...

—Pues no seas bachillera y no me interrumpas con tus patochadas. En fin, como te iba diciendo, se trata de una especie de espléndido edén, sin parangón con ningún otro paraje que hayas jamás podido ver, ni que hayas podido imaginar siquiera, sin frío ni calor sino en el justo término, con una suave brisa que orea el rostro, y con pájaros canoros y de mil colores en las ramas floridas de los árboles...

—No me sentiré complacida de la vida hasta que no haya visitado tan excelente paraje y tan maravilloso.

—Te tengo que pedir disculpas por haber excitado en ti unas falsas expectativas. Bien te puedo señalar la puerta mágica, pero al mismo tiempo te tendré que impedir que la traspases. Los que ahí entraron se sintieron encantados en tan maravilloso paraje, pero es que esa puerta sólo tiene salida, mas no entrada. Vale decir, se puede pasar, mas no volver, puesto que se abre desde aquí hacia afuera, hacia adentro desde el otro lado, como es de cajón, pero es que, como no tiene tiradores ni picaportes, sino que se abre desde aquí empujándola, desde el otro lado no hay forma humana de abrirla una vez cerrada, de tal modo que como mucho estará permitido abrir y asomarse, pero si se deja que la puerta se cierre, pues se cierra sola si no se la aguanta, los que al otro lado queden, allí se quedarán para siempre jamás.

—¿Y no pueden esperar a que otro abra la puerta desde aquí?

—Sí, lo cual viene a ocurrir aproximadamente dos veces, tres a todo tirar, cada diez años, cada nueve como mucho, y no vas a estar todo ese tiempo ahí frente a la puerta, en espera de que alguien la abra, pues en todo caso se cerrará casi inmediatamente y a continuación. Y es que además, si te alejas de la puerta y la pierdes de vista, ya nunca la podrás volver a encontrar, según tengo entendido.

—¿Y quedándose al pie del muro, en espera de que alguien la puerta abra desde el lado de acá, de allá si nos ponemos en el hipotético caso?

—Lo cual valdría tanto como una venturosa decisión, si no fuera porque el muro ahí afuera es tan largo, que no se alcanza a ver un extremo desde el otro, y la puerta está tan disimulada entre las juntas de los sillares, que es absolutamente imposible reconocerla. Y en el caso de que alguien desde aquí la puerta abra, y alguien desde allí venga gritando que quiere la puerta repasar, el intrépido abridor, está comprobado, cobra tal sobresalto, y tal espanto de repente le acomete, que presto la cierra y no osa volverla a abrir ya nunca jamás.

—Y en ese caso, ¿no se puede volver dando un rodeo?

—Sí, si supieras por dónde se vuelve y si tuvieras tantos años de vida como se necesitarían para volver andando hasta aquí. ¿Que si tan lejos cae? Tanto, como que no se sabe dónde está o estuvo el paraíso terrenal, pues eso es y no otra cosa el paraje adonde se llega a través de la puerta maldita. Se dice que acaso pudiera quedar allá por la ruta de la seda, pero fuera de camino, en una meseta en lo alto de la más alta cordillera, o en un valle, pero cualquiera sabe...

Maravillada se queda Rosamunda con todo esto que está oyendo, maravillada pero escéptica.

—¿Y cómo sabes tú todo esto, si dices que los que van no vuelven?

Sorprendido la mira Porfirio, tan estupefacto como si acabase de oír la cosa más extraordinaria que oír se pudiera.

—¡Mira ésta...! Como si no fuera yo un nigromante...

—Ya. El mejor de la ciudad entera y alrededores.

—No seas lenguaraz, yo no soy el mejor nigromante de Alejandría. Yo tan sólo ocupo el segundo puesto.

—¿Y cuántos sois en total? ¿Más de dos?

—No seas mordaz. Somos muchos los nigromantes en esta maldecida ciudad.

Reitera Porfirio, por si bien claro no hubiera quedado, que él ocupa en estos momentos el segundo de los lugares entre los más esclarecidos nigromantes de la ciudad, con lo cual no se puede ahora quedar Rosamunda sin preguntar por la gracia del primero en consideración, aprecio e importancia.

—El puesto número uno —así suele contestar Porfirio en estos casos —está vacante.

A este fantasma de Porfirio se ve que le gusta llevar la conversación hasta este punto, para que el interlocutor entonces no tenga más remedio que preguntar que quién según él ocupa el primer puesto entre los nigromantes de la ciudad, para poder él en tal caso dar esta contestación lapidaria, y cuantos más sean los presentes que a sus alcances auditivos queden, tanto mejor.

—Además —salta ahora—, ¿quién te ha dicho a ti que nadie haya vuelto después de transponer esa puerta misteriosa y fatal? De allá adonde se sale por esa puerta maldita, sólo se puede volver volando a hombros del diablo.

Se escandaliza Rosamunda y se santigua.

—¡Jesús mil veces!

—¿Tú te figuras lo horrible que sería vivir así? En completa soledad, o muy poco acompañada, ¿tú eres capaz de imaginarte en esas condiciones, en ese ambiente metida? Todo verdor y frescura, todo exuberancia y generosidad, el lugar ideal, allí donde toda complacencia y todo deleite tienen su asiento, donde nada te incomoda y donde todo te halaga. Y así todo el día, un día y otro, un año entero y veinte más... ¿No sería para volverte loca? No es de extrañar que aquéllos acabasen por hartarse y dejaran el paraíso terrenal, es que eso no hay quien lo aguante, y huyeran al mundo actual, aquí donde la vida es combate y es lid, donde hay esperanzas y anhelos, y triunfos y satisfacciones, y frustraciones y fracasos también, pues no se conciben aquéllos sin éstos. Porque allí donde todo es agradable, ya no hay agrado, llega un momento en que ya no hay belleza donde todo es bello. Una vida de lo más regalada, pero por eso mismo anodina e insípida, nada que hacer, nada en qué pensar, nadie o casi nadie con quien hablar, una vida absolutamente falta de alicientes y de aspiraciones, no hay nada que mejorar porque todo es óptimo. Figúrate, qué vida más horrible. Eso no es vivir, eso es vegetar, es como si te convirtieras en una flor indolente e insensible, bien plantada en buena tierra y bien regada y cuidada. Y lo peor de todo es que de salir de aquel ignoto paraíso no hay más que una manera, pues rodeado está de áspero desierto montañoso que no tiene fin. Así que no hay más remedio que ponerse a considerar la terrible coyuntura, o quedarse allí para in sécula, o ajustarse con el mismísimo demonio para que te traiga hasta aquí volando por los aires de noche, para que no aprendas el camino.

—¡Pues vaya un horrible dilema! Y es que además, si pactas con el diablo te quedas sin sombra y luego todos te lo notan, a menos que no salgas de casa sino de noche, ¡por vida de tal!

—No jures. También tengo entendido que hay otra forma de salir, es a saber, a horcajadas en un caballo de madera por los aires volando, o de un brinco hasta aquí desde allí, que es lo mismo, y que se maneja por medio de una especie de palanca que lleva en la frente, a la manera del cuerno de los unicornios, lo cual da lugar a que algunos inadvertidos confundan este caballo artificial con uno de aquellos animales fabulosos, tan sólo existentes en la imaginación de la gente crédula e indocta. Pero es que no resulta nada fácil dar con este artilugio infernal, hay quienes llevan cien años buscándole, si es que de verdad existe, y es que además, se me figura a mí, ese maldito caballo y el mismísimo demonio en persona no son sino lo mismo.

En este mismo momento los sabios que de leer no paraban cierran los libros y los reintegran a sus anaqueles.

—Mira, ya se van esos ignorantes lectores, ahora es la nuestra.

Pero los lectores se van porque ya la hora del cierre de la biblioteca es llegada, y un conserje viene apagando los candiles y demandando la salida de los que menos presteza muestran por salir del salón, lo cual a Rosamunda la sirve de pesadumbre. Al salir por el atrio comprueban la hora en la gran clepsidra que se yergue soberbia en el centro del amplio recinto sobre las losas de mármol blanco, y resulta que todavía faltan doce minutos para la hora verdadera del cierre.

—Ese tarambana conserje, como todos, echa al público unos minutos antes de la hora para no tenerse que quedar él unos minutos después. ¡Bah, funcionario tenía que ser!

—Eso lo hace —se figura Rosamunda —porque quiere que nos acordemos de su señor padre, pues se conoce que él ya no se acuerda. Claro, ¿cómo se va a acordar, si ni siquiera le conoce?

Cuanto más cavila acerca de todo este asunto, menos claro lo ve. Las cosas a veces se contemplan de manera diferente al día siguiente, después de haber dormido y de haberlo considerado en sueños de inconsciente manera, y en el taller al día siguiente contesta a la pregunta que le formula Doro, su colega y principal.

—¿Quién, ese Porfirio? Un cuentista y un cantamañanas, ¡qué razón tenías! ¿Cómo me pude dejar engañar así?

—Es que tú estás hecha una primavera y una alma de cántaro. Ya te decía yo que si le hacías caso te iba a engañar como a un chino. ¿Sabes lo que anda por ahí diciendo? Pues que él ha estudiado en la escuela del diablo, que hay en esa biblioteca donde estuvisteis una puerta esotérica o excusada que da a un gran recinto subterráneo, iluminado a pesar de que no tiene candiles ni antorchas ni velas ni nada, y que en el centro se alza una escultura de piedra roja representante de una cabeza humana, más alta que el doble de un hombre alto, y que esa piedra es la que les habla a los discípulos, once, ni uno más ni uno menos, y les enseña todos los secretos del reino de las tinieblas. ¿Que por qué han de ser once precisamente? Pues, según ese petulante de Porfirio, valiente fantasma está hecho, se debe a que el once es un número enigmático y misterioso, que no se puede repartir en partes iguales, si no es en otras once, claro está, número diabólico y cabalístico, y tal y cual.

—¿Y qué estipendio cobra tan sapientísimo maestro?

—De balde les sale a diez de cada once alumnos, el otro se quedará en lo más profundo del averno para siempre jamás. Tal es el pago, uno por todos corre con el gasto, aquél a quien le toque por sorteo, una vez acabado el curso. El pesar que yo tengo es que no le tocase allí quedarse a ese grandísimo farsante, del cual, en vez de haberme hecho caso a mí, antes preferiste fiarte, y al cabo se burló de ti y se aprovechó.

—Y encima gratis, el muy hijo de la gran... Verás en cuanto le eche la vista encima.

—A un cliente, ni se te ocurra reprenderle. Además, te engañó porque tú quisiste dejarte engañar. Nunca dejes de considerar que él es el amo mientras pague, y nosotros sus atentos y seguros servidores mientras cobremos.

—Eso mismo decía un amo judío que tuve el desagrado de conocer.

Entonces Doro se declara judío, ante el visible asombro de Rosamunda.

—Sí —abunda en lo dicho—, somos judíos, ¿es que no lo sabías?

—Por vida mía que no. Ni te caigas al río, ni sirvas a judío.

—Ése es un refrán tonto, para dicho de tontos.

—Como todos los refranes. Sin embargo, yo te he visto asistir a misa...

—Por acompañarte a ti. Es que yo no tengo manías. Los judíos somos así. Yo al criado que me echa a perder un cliente, le mando atar a la columna y dar de zurriagazos.

—Así aprenderá a comportarse con los clientes. ¿Y a mí te tendría cuenta hacerme eso mismo? Si lo cavilas bien, llegarás a la conclusión de que no te convendría de ninguna de las maneras.

—Contigo no valen eclecticismos ni términos medios. A ti, nada de palos; o matarte, o dejarte. Pero no te vayas a creer que a mí me asustan tus amenazas veladas.

—Pero —se apresura Rosamunda a cambiar de conversación —a ese criado impertinente que dices, digo yo que le echarás después a la puta calle...

—No hace falta. Después de apaleado, se queda tan contrariado y resentido que se marcha él solo sin necesidad de que nadie le eche.

—Mejor. Así no tiene derecho a indemnización por despido improcedente.

—Es que sólo faltaría eso ya. Me priva de un cliente, y encima le tengo que indemnizar yo a él. Por ese sistema, cada vez que alguien quiera dejar el empleo, riñe con un cliente, y encima se lleva un premio, eso ya es el colmo. Menos mal que ellos solos se van, y bien servidos además.

—¿Y no tienes miedo de que alguno se quiera vengar?

—Ya hubo quien lo intentó, y ahora descansa en paz.

—No te vayas a creer que a mí me dan miedo esas bravatas tuyas. Tengo una daga así de larga, que suelo llevar oculta bajo la falda, y no temo a nadie que venga de frente.

—No digas despropósitos, yo me he tenido que enfrentar, y no salí mal del todo, con valentones que a ti te podrían comer cruda.

—¿Y dónde dices que están esos matasietes? A mí también me gustaría enfrentarme a ellos, uno por uno, a cuchillada limpia.

Se ríe Doro de tal ocurrencia, como sin ganas y sin mirarla, y al cabo ella misma acaba por reírse también de su propia ponderación.

A su marido le han mandado dirigirse a la isla de Rodas por vía marítima, como es natural, pues esos aparatos voladores de que hablaba ese badulaque de Porfirio no se han inventado ni es de esperar que se lleguen a inventar jamás, pues el modo no existe de contravenir las leyes de la naturaleza, sobremanera ésa llamada de la gravedad, por la cual resulta que todo en el mundo sin excepción, vale decir, todo aquello que se pueda tocar y ocupe lugar, queda sujeto a una atracción hacia abajo proporcionada al volumen y a la densidad del objeto atraído, por lo visto, todo incluso el aire mismo, que no se cae al suelo porque en el mismo suelo está ya, y que si no fuera porque la ley de la gravedad actúa sobre él, el aire se escaparía hacia las alturas en dirección a las estrellas y nos quedaríamos sin poder respirar. Y no es posible de ninguna de las maneras que un objeto metálico se sostenga en el aire lo mismo que un colibrí o una libélula, que se ve que son de naturaleza etérea. Por lo menos eso es lo que a Doro le decía uno de aquellos sapientísimos maestros que dice que tuvo allá cuando su padre Sidoro no le permitía excusarse de acudir a las clases de tan preclaros maestros a quienes a tal efecto pagaba.

De modo que a la isla de Rodas se embarcó Helio en compañía de dos aprendices, a llevar dos clepsidras encargadas por los freires y a instalarlas en sus palacios y castillos almenados, de sillería pardusca. Y aquí en la ciudad mientras tanto Rosamunda había días enteros en los que no aparecía por casa. Su suegro Cucufate se calla y hace como que no sabe nada, o como si nada quisiera saber o todo lo supiera sin querer, y la habla lo menos posible, tan sólo cuando no hay más remedio, lo mismo ella hacia su suegro, sólo le habla cuando no puede evitar decirle algo, y aun así, empleando el mínimo discurso y desde la distancia máxima.

Los viajes de ida y vuelta acaban siempre en el punto de partida, eso es de cajón, y así Helio al cabo de los días vuelve a casa. Su padre no le dice nada porque, como todo lo sabe, no deja de saber asimismo que nada se debe decir en casos tales, y lo que más desea ya es que le dejen vivir en paz lo que por vivir le quede, lo menos ya y lo peor según propia estimación, pero es que todo el barrio y todos en el taller están al cabo de la calle, y la vox pópuli es la fuente de información de todo lo que pasa y aun de mucho de lo que no pasa, de modo que al cabo vino a enterarse Helio de lo que barruntaba mas de lo cual enterarse no quería, como si con esa falta de conocimiento quisiera espantar la adversidad de la realidad.

—No te queríamos decir nada, pero ya que lo has llegado a saber, ahora te lo debemos confirmar y corroborar, pues se trata de algo tan notorio y tan público que lo saben ya hasta los negros, valga decirlo así, de tan inapropiada manera, pero es que yo no tengo erudición y hablo así de llano.

—Efectivamente, amigo y colega, mucho lamentamos tenértelo que certificar así, pero es que así son los hechos, y no por ocultarlos los podríamos cambiar ni atenuar.

—Una gran adversidad y una fuerte desdicha, mi amigo. Las desgracias nunca vienen solas, pues ahora la tendrás que matar.

No se muestra del todo conforme Helio, en su turbación, con la solución propuesta.

—Ya sabemos que no es plato del gusto de nadie, amigo Helio, pero has de comprender que no te queda otra salida. La ley del emperador, y la de Dios, dirán lo que quieran, pero la ley consuetudinaria del honor ya sabes lo que a este respecto establece.

—Nosotros bien creas que estimamos a Rosamunda como amiga y colega, o colega y sin embargo amiga, como dijo el otro, pero comprendemos que las cosas son así y no pueden ser de otra manera.

—Mátala —le recomiendan incluso las colegas —y no lo pienses más.

Helio no dice nada, ni sí ni no, y se queda sombrío y meditabundo, la cabeza gacha y la mirada perdida. Todo el día de cavilaciones, tan pronto se resuelve efectivamente a matarla, como se vuelve atrás de su resolución y se pone a estimar la procedencia de dejarla viva e indemne, pues a ese respecto no se deja de acordar de cuando la ingrata traidora se arrojó a cometer un delito por él, para con el importe del botín acudir a su rescate cuando tuvo noticia de que se encontraba recluido en galeras en la base naval de Corinto, y que por aquellos hechos padeció condena a dura prisión, y que acabó vendida como esclava, y todos esas tribulaciones las pasó por él precisamente, por quererle asistir y acudir en su auxilio. Después de todo aquello, considera a ratos que ahora no le cumple matarla, a ratos que sí y a pesar de todo ello.

Un día duerme con el cuchillo bajo la almohada, con la intención de matarla mientras esté dormida, pero se duerme él antes y se despierta después. Al día siguiente, el mismo intento, se queda despierto adrede, pero cuando es llegado el momento de actuar, se vuelve atrás, o pospone la decisión para otro día, pues la ocasión de volver sobre lo mismo no queda cancelada, ni mucho menos, sino que eso siempre se puede volver a intentar.

Mas un día se planta delante de él en el pasillo de casa la pretendida interfecta Rosamunda con la daga en la mano. Al principio Helio se lleva un susto de muerte porque se cree que su esposa le ha calado y se quiere adelantar a matarle a él, por lo cual se alarma y se retrae.

—No tengas miedo, que yo jamás estaría dispuesta a levantar mi acero contra ti, ni siquiera habiéndome enterado de que me quieres matar tú a mí.

Dicho esto, se coloca la punta de la daga a la altura del corazón y avanza dos pasos hacia su marido, le coge la mano y se la coloca en el pomo.

—Si te parece que me lo tengo merecido, adelante. Mátame si consideras que ésa es tu facultad y ése tu cargo.

Ni por un momento Helio se siente inclinado a matarla, sino que coge la daga por la empuñadura y la arroja de punta sobre el suelo de tablas, donde se queda clavada y oscilante. Si hasta ahora albergaba dudas acerca de si la debería matar o dejar, ahora ya no le queda ninguna al respecto. "Mira que llegar a pensar en matarla... ¿Cómo habré sido tan bárbaro y sanguinario?"

—¿Quién te ha contado ese cuento, cómo has podido pensar que yo puedo ser tan bárbaro y sanguinario como para llegar a pensar en matarte a ti? Total, porque me has engañado un par de veces...

—Yo no engaño a nadie, yo siempre tiro por derecho, a mí enseguida se me ve venir. Y es que ya sabes cómo son algunos. Los hay que no aguantan nada.

—Algunos, porque les ponen los cuernos, van y se lo toman a mal.

—Yo no pongo cuernos, no seas mordaz. Yo ando por ahí, trato con la gente, yo soy muy conversable, en fin, ya me conoces. Te tengo que rogar que no dejes de aceptar mis disculpas, ¿cómo he podido ser tan desconfiada y suspicaz, cómo prestar oídos he podido a los maldicientes y llegar a pensar que tú me querrías matar?

—Antes yo mismo me mataría por mi propia mano.

No bien ha acabado de expresarse así, cuando ya está cavilando que no resultaría del todo improbable que lo dicho se llegara a cumplir algún día y si esto sigue así.

Al mismo tiempo Doro, en sus momentos de soledad y aburrimiento, tal como en las noches de mal dormir, en ese duermevela cuando cambian de forma las ideas, ha pensado, pensar por pensar nada más, que, si no la mata su marido, acaso la tuviere que matar él, para quitársela del pensamiento y liberarse ya de una vez de esa tortura cruel, consistente en tenerla todo el día ahí a sus alcances y no poderla nunca considerar como verdaderamente suya. Ya que no se puede volver el tiempo atrás y no la puede ya dejar allí donde en mala hora la encontró, ya que no se puede arreglar el pasado, sí se puede ponerse al intento de arreglar el futuro, y si se muere el can, acabaráse la rabia, que se suele decir. O si no, también se podría tener en cuenta otra posibilidad, es a saber, en vez de matarla, matarle, ya que de matar se trata, dejarla viuda, y ahí sí que quedaría ya definitivamente abierto el camino del cumplimiento cierto de sus inciertos deseos.

Pero luego, cuando se despierta por la mañana, ya se le han desvanecido los convencimientos de tan inconsistentes cavilaciones.

Cuando se lo cuenta todo Rosamunda a su amo y colega, éste le formula al cabo la siguiente pregunta:

—Pero tú ya estabas segura de que él no iba a ser capaz de matarte, ¿no?

—Hombre, claro, es que si no, ¿de qué iba yo a poner la empuñadura en su mano y la punta en mi corpiño? Yo ya le conozco.

—Pues yo en tu caso no me hubiera atrevido a hacer otro tanto, por si acaso.

—Pero es que así quedó todo arreglado. Yo me ofrecí a su daga, y él no quiso tomar mi vida, tal como lo tenía yo previsto.

—De todas formas me parece a mí que fuiste muy valerosa, y que no dejaste de correr un cierto riesgo.

—En la vida a todas horas estamos en riesgo.

—A veces más de lo que nos creemos.

Doro no ha dejado de considerar la imprecisa posibilidad de envenenar, bien a uno, bien a otra, o a entrambos a dos si a mano viene, lo que pasa es que lo tiene todavía en proyecto nebuloso y en fase de deliberación e incertidumbre. No se decide por ahora a poner en ejecución lo pensado, pero tampoco lo descarta del todo, mas lo cierto es que cuanto más lo piensa, o a medida que el tiempo avanza, menos claro lo ve. Considera que hay que tomar una decisión, pero no se decide a decidirse.

—Pero los judíos —le dice su dependiente y amiga en otra ocasión —no os casáis con gentiles.

—¿Y qué más te da, si tú ya estás casada? Si no te hubieras precipitado y hubieras esperado a conocerme a mí...

—¿Y cómo iba yo a saber que me habría de topar con un mozo tan rico y tan galán? Y es que además, si no me hubiera casado con ese bodoque de Heliodoro, a parar aquí venido no hubiera, o sí, mejor dicho, pero no me hubieras comprado ni nos hubiéramos tú y yo conocido de no haber sido por él. Pero igual hubiera dado, pues a fin de cuentas somos antagónicos.

—No, sino que toda regla contiene en sí misma alguna excepción, y judíos hay que no se han desdeñado de casarse con mozas gentiles.

—Como una servidora.

—En los dos sentidos gentil. En una ocasión te dije que los judíos no toman a su servicio sino a otros judíos, te acordarás, y sorprendido te habrás por lo tanto de que nosotros tengamos criados que no lo son, tales como tu marido y tu suegro y tú misma, pero es que los judíos somos consumados maestros en el arte de tirar y aflojar, sin perjuicio de nadie, claro está, y no queremos parecer acaparadores y excluyentes, para lo cual no tenemos ningún impedimento para contratar criados de fuera de nuestra casta, por el qué dirán más que por otra cosa. Ya sabrás, y si no lo sabías te lo digo yo ahora, que hace un par de siglos, debido a los continuos enfrentamientos entre judíos y cristianos, en esta misma ciudad aquéllos, hartos de soportar a éstos y sus abusos, se alzaron en armas contra el prefecto y el emperador a quien representaba.

—¿De veras? No me digas... ¿Y qué pasó?

—Pues que fue aplastada nuestra rebelión y entonces el emperador mandó que no quedase vivo un solo judío, ni grande ni pequeño, lo cual aquellos infames se arrojaron a cumplir de muy buena gana.

—¿Pero no dices que eso fue hace doscientos años, y todavía estáis resentidos? Pues si yo te contara las persecuciones padecidas por los cristianos...

—Figúrate lo que me importarán a mí las persecuciones a los cristianos.

—No nos importan ya ni a nosotros mismos, conque menos a ti.

Capítulo nono

Noche de farándula

La ladera verde de la montaña rocosa de pronto se vuelve hemiciclo gris en su parte más baja, con el centro hacia abajo y afuera, las peñas salientes entre la espesura de repente quedan convertidas, llegando a cierta altura, en graderíos de piedra, delante y abajo un amplio círculo de losas.

Hoy es domingo, y Doro los ha invitado a los dos, a Rosamunda y a Helio, a acudir al teatro, a presenciar una función que por lo visto no se deja de representar, desde hace ni se sabe ya cuántos años, en la época de las carnestolendas, un martes de febrero, el próximo precisamente, anterior al miércoles de ceniza, tal como se celebra esta fiesta pagana en todo el mundo cristiano.

De forma paulatina todas las gradas, desde las más altas hasta las que al mismo ras del escenario quedan, se han ido llenando de espectadores endomingados, con un rozagante vestido azul intenso Rosamunda, la trenza rubia recién peinada, más una capa de piel de perro, que estamos en invierno y se está haciendo de noche, y no vaya a ser que encima se ponga a llover.

—Dice mi padre que en sus tiempos las mujeres en el teatro se tenían que sentar aparte, allá en las últimas filas de arriba.

—Increíble parece que hayan podido existir tiempos así. ¿Y qué dice tu abuelo a ese mismo respecto?

—Ése no andaba por los teatros, yo creo que no ha visto uno en toda su vida. No gozaría de la función pensando en lo que le habría costado la entrada. Para él la asistencia a una representación teatral valdría lo mismo que perder el tiempo, y encima el dinero, el colmo ya de la estolidez humana. Y si se hubieran derrumbado de pronto todos los techos de todas las tabernas de la ciudad, a él seguro que los derrumbes no le hubieran cogido debajo.

—Se ve que tampoco le gusta entregarse al inefable placer de empinar el codo.

—Ni a nada que suponga gasto superfluo y evitable o infructífera pérdida de tiempo.

Al escenario salen unos payasos vestidos de peces marinos, unos indumentos de telas polícromas y brillantes, muy vistosas y lucidas, pisciformes y erguidos, con las cúspides de las cabezas apuntando hacia las estrellas que ya quieren empezar a mostrar su brillo trémulo en el cielo de un azul subido y luminoso tirando a morado.

Refulgentes antorchas alrededor del escenario suplen la ausencia del sol que ya decae y se retira. Los cómicos de tan grotesca manera disfrazados se retraen al foro, y se disponen a dar comienzo a la función, que se representa todos los años por estas fechas, y que Helio y Rosamunda nunca antes habían presenciado, pues ni siquiera estaban aquí, por lo menos ésta última, hace justamente un año.

A punto ya de empezar el sainete, de subirse el telón se podría decir si le hubiera, el personal espectador se muestra locuaz, como para hacer acopio de palique ante una hora de obligado silencio que les espera.

—Ya sabéis que se dice —salta Doro de pronto —que los judíos no comemos huevos por no tirar la cáscara...

—Pues entonces, ¿por qué no coméis puercos, si se aprovecha todo?

—Pero no seas importuna, y déjale que hable.

—No, si yo sólo iba diciendo, con el permiso de la aquí presente, que asegura la maledicencia popular que los judíos hilamos muy delgado y no damos puntada sin hilo...

—Muy cierto. Es muy cierto que lo dicen, quiero decir. Pero ahí tú resultas más bien un judío atípico, eso es lo que quieres dar a entender, que nos invitas al teatro sin otras miras sino las puramente afectuosas y desinteresadas, ¿no es así?

—Es que si no, con lo que nos pagas, a ver cómo vamos a poder sacar las entradas en la taquilla.

—Yo soy un judío fino, y no os quejéis, porque os va a dar igual.

—Ni tires piedras al río, ni te quejes a judío.

—Ese refrán te le acabas de inventar tú misma.

—Si no es auténtico, por lo menos no me dirás que no está bien inventado. Además, todos los refranes son auténticos, incluso los nuevos y recién inventados, y hasta los que todavía están por inventarse.

—Una vez más —concede Doro, muy en contra de su costumbre —no tengo más remedio que darte por acertada en tus conclusiones. Los viejos refranes alguien los tuvo que inventar alguna vez.

—Lo que pasa —también Helio tiene derecho a hablar —es que un refrán no es tal si no alcanza difusión y se vulgariza. Éste tan recientemente inventado, para mañana ya se le habrá olvidado hasta a su misma inventora.

Ahora sí empieza ya de una vez la función, ya no hay lugar para más palique por el momento. Entran dos de los histriones, cesa al punto toda la bulla, el uno por lo visto va disfrazado de chicharro, de verdel el otro, uno por cada lado del escenario. Empieza la representación. Los nombres de los farsantes a nadie le interesan, el del autor para nada cuenta, el título de la farsa ya se sabe, pues así está anunciado, "Juicio en el fondo del mar", siempre el mismo, año tras año.

– ¿A ti también te han citado?

– Citado estoy yo también.

– Pues si ten han citado, ven.

– ¿Acaso no he ya llegado?

– Los primeros en venir
hemos sido, pues, tú y yo.

– Nunca, si se me llamó,
he dejado de acudir.

– Pero no sé de qué va
la cuestión.

– Muy mal asunto.
juicio sumario, y al punto
sabremos qué pasará.

– ¿Y quién es el acusado?

– El besugo.

– Lo sabía.

Es decir, lo suponía.

¡Pues vaya, la que han armado!

– Y el juez, como es natural,
para tan grande ocasión,
es el mismo Poseidón,
por ser el juez más cabal.

– Creí que fuera Neptuno,
y no ese Poseidón.

– Ambos a dos uno son,
son entrambos sólo uno.

– A verlo claro no atino,
y a comprenderlo no llego.

– Poseidón es nombre griego;
Neptuno, nombre latino.

– Pues decirlo da lo mismo,
bien en griego o en latín,
vamos a ver si por fin,
en el fondo de este abismo
del Mediterráneo mar,
sabremos ya lo que ocurre.

– Hoy aquí nadie se aburre,
todo ya se ha de aclarar.

Todo el respetable atento a la función, silencio absoluto en las gradas. Los tres dichos han venido provistos, más o menos como todos los demás, de unos bocadillos de anchoas en salazón y una bota de vino bien holgada, que va pasando de mano en mano hasta quedar enjuta, vacía del todo dentro de poco.

Salen al escenario otros payasos vestidos de peces y de moluscos y cefalópodos, más una payasa caracterizada de nereida, con larga cola de pez, y otro ataviado a la manera del dios de los mares, el tridente que no falte en la mano, y que se planta muy hierático en una eminencia del terreno, que se supone que se trata del fondo marino, en el foro a tal fin dispuesta, y a cuyos lados se sitúan los payasos que representan a la sardina y al bocarte de manera respectiva. Salen por tanto a escena los personajes denominados en el sainete, y que en este orden intervienen pero de manera irregular, el Aligote, la Pintalacola, el Durdo, el Cachalote, el dios Neptuno ya dicho, la Dorada, la Sardina, el Besugo, la Sirena, el Bocarte, la Almeja, el Pulpo, la Sula y la Lubina; y otros peces que no hablan. Más los dichos, que siguen con su plática.

– Van llegando más testigos:
el Bocarte, la Sardina,
la Dorada, la Lubina,
caras de pocos amigos.

– El Bocarte, leguleyo
defensor del reo es.
Y la Sardina, al revés;
la que le acusa. Por ello
el semblante trae serio.
Secretaria es la Dorada.
La Lubina, allí sentada,
representa al ministerio
fiscal.

– ¡Ah, y el Aligote!
La Pintalacola, el Durdo.
¡Cuántos peces…! ¿No es absurdo?
Y también el Cachalote.

– Y la Almeja. ¡Cuántos peces…!

– Nadie se queda hoy en casa,
todos quieren ver qué pasa.

– ¿Tú también aquí apareces,
Verdel?

– ¡Aligote, hola!

– ¡Pero si aquí está el Verdel…!

– Y el Chicharro está con él.

– ¡Anda, la Pintalacola…!

En esto se suben a la tarima la Sardina, el Bocarte, la Dorada y la Lubina, más el mismísimo dios Neptuno, rey de los mares.

– Aquí estamos, pero… ¡Calla!
Que ya sale el tribunal.

Abogados, juez, fiscal…
Y el Besugo, que mal haya.

Aquí habla ahora el payaso caracterizado de Cachalote, que no es que se trate de ningún pez, por cierto, sino de un cetáceo, algo muy diferente. Es de notar que en la representación teatral abulta lo mismo un cachalote, que mal cabría atravesado en la calle más ancha de la ciudad, que una sula, cuyo tamaño real viene a ser el de un dedo de la mano. Pero el teatro es así, aquí todo es posible por imaginario, pues la imaginación no conoce límites. En el teatro, de repente se pasa de la noche al día, o viceversa, o se da un salto de varios años, tanto hacia delante como hacia atrás; o se pasa de pronto de un lugar a otro, no importa cuán alejado esté, aquí se puede pasar, de un acto al siguiente, del continente a la isla más lejana, y aun al otro extremo del mundo, si es que el mundo tiene extremos; aquí a los más remotos salvajes se les hace hablar el idioma del imperio, e incluso a los animales se les da voz y discurso, a los peces se los saca del agua, o por mejor decir, a los espectadores se los sumerge hasta lo más profundo de los abismos marinos; pues para eso estamos en el teatro. Pero no confundamos, que una cosa es la ficción, y otra la realidad, de diferenciar no se debe prescindir lo vivo de lo pintado.

– Mal haya, infame traidor.
Cáigale dura condena.
– Aquí sale la Sirena.
Va con su procurador,
compungida y desdichada.
– Callad, habla Poseidón.
– Da comienzo la sesión.
Oigamos a la Dorada.
– Pues yo, como secretaria,
me dispongo a dar inicio
al presente y oral juicio.
Actor y parte contraria
en el acto comparecen.
De una parte, la Sirena.
Serán de aplicación plena,
si es que su venia merecen,
las leyes propias del mar,

según las cuales, delito
cometido y no prescrito,
se habrá siempre de juzgar
en esta fosa marina.
De otra parte, al otro lado,
el Besugo, el acusado.
        – Hable ahora la Sardina,
pues es la representante
del ministerio fiscal.
Abra, pues, la vista oral.
        – Con la venia, y al instante.
Antecedentes de hecho
tengo de exponer primero.
Luego, en discurso postrero,
fundamentos de derecho.
El caso es bien conocido.
Aquel día el acusado
pasó de pez a pescado,
pues en una red prendido,
como tantos otros, cae.
Y después de haber caído,
y a cubierta ya traído,
al pescador que le trae
va y le dice: "¿Para qué
querrías otro besugo?
¿Cuándo un besugo te plugo
más que una sirena, eh?"
Respondióle el pescador:
"¿Que si una sirena quiero?
¡Qué más quisiera yo, pero…!
Eso sería mejor
que ciento cincuenta peces.
Sí, pero, ¿dónde encontrarla?
Ayúdame tú a pescarla,
y entonces, si lo mereces,
te devolveré a la mar."

– Quiero oír al acusado,
pues aún no ha declarado
y debe ya declarar
antes de seguir avante
con toda la acusación.
Preste, pues, declaración
el acusado al instante.
Y conteste, ¿es eso cierto,
lo que dice la fiscal?

    – Más o menos. Al final,
por no volverme pez yerto,
con el pescador quedé
de acuerdo en cumplir el pacto
que me ofreció. Y en el acto
así yo le contesté:
"¿Cómo quieres que te ayude
a la sirena pescar,
si no me tiras al mar
previamente?" En cuanto pude,
libre en la mar otra vez,
me puse a buscar sirenas.
Que, si de ellas están llenas
estas aguas, para un pez
harto difícil resulta
con ellas migas hacer;
tan difícil como ver
lo que a los ojos se oculta.

    Aquí sigue el juez Neptuno con su interrogatorio, y contestando el Besugo como encausado. Ya se ha hecho de noche, brillan con mayor fulgor las antorchas que rodean el escenario. El público que llena las gradas de piedra se mantiene curioso y muy atento y en silencio.

    – ¿Cómo, pues, ha conseguido
el acusado encontrar
una sirena?

    – La mar
he toda ya recorrido.

Conozco todos los fondos,
de fango, de arena, roca.
De la bahía la boca
hasta los fondos más hondos;
la barra, el acantilado...
No hay escollera ni playa
que el que suscribe no haya
mil veces ya visitado.

    – ¿Conque con sirenas diste?
    – Al fin con sirenas di.
    – ¿Y a una raptaste?
    – Sí.
    – Mas, ¿cómo lo conseguiste?
    – La engañé. Creer la hice
que de teatro era agente,
que andaba buscando gente...
    – Quiero saber lo que dice
al respecto la Sirena.
Que siga con el relato.

    – Pues yo, sin ningún recato,
y de vano orgullo llena,
quería ser una estrella
de teatro, ¿por qué no?
Pero el truhán me engañó
como a un chino.
    – Mas ella...
    – ¡El acusado conteste
sólo cuando yo pregunto!
Vayamos punto por punto,
y sigamos, pues, con éste.
La Sirena siga hablando.

    – Pues, como iba diciendo,
y con esto no pretendo
a nadie estar acusando,
fui sobre las suaves olas
del Besugo acompañada,

hasta entrar en la ensenada
y pasar el rompeolas.
Que en tierra me esperaría,
me había dicho el bribón,
una representación
teatral en plena vía.
　　－ ¿Cómo se dejó engañar
por tan ignorante pez?
　　－ ¡Sin faltar…!
　　－ Como otra vez
ose usted volver a hablar
cuando hablar no le permito,
sin más consideración
le constituiré en prisión.
La pregunta yo repito:
¿cómo embaucar se ha dejado
por un pez tan ignorante?
　　－ La vanidad va delante.
Detrás, recelo y cuidado.
　　Tras estas últimas palabras, por ahora, de la Sirena, le toca al turno
al Bocarte, el abogado defensor del acusado. Algunos espectadores ya
se quieren poner a buscar un cambio de postura sobre el duro asiento de
piedra.
　　－ Con la venia, señoría.
　　－ Le toca hablar al Bocarte.
　　－ ¿No es menos cierto que, aparte
del engaño, ya sabía
la Sirena adónde iba,
vale decir, hacia tierra?
　　－ Una sirena que yerra,
es una sirena viva.
Es decir, consustanciales
la vida y el error son.
Y ésa es nuestra condición,
cometer fallos fatales.
Si toda persona humana

mucho más yerra que acierta,
¿qué no hará sirena incierta,
fabulosa, irreal, vana…?
De otro modo no estaría
nunca molusco ni pez
atrapado en una red,
ni en una pescadería.
    – Ni estaríamos ahora
considerando este juicio.
Al menos, desde su inicio,
llevamos ya media hora.
    – Pues el tiempo no perdamos
y sigamos con la vista.
    – No es necesario que insista,
con la vista continuamos.
    – Antes aclarar quisiera
que una sirena no soy,
pues volando yo no voy,
ni tengo plumas siquiera.
Las que sirenas llamáis,
lo que somos realmente,
pese al decir de la gente,
son nereidas. Ahí estáis
todos muy equivocados
en la denominación,
y aprovecho la ocasión
para corregir…
    – ¡Callados
permanecer deberán
en el juicio los presentes,
los curiosos asistentes,
y todos los que aquí están,
si no les pregunto yo!
A las nereidas, sirenas
la gente, así por las buenas,
siempre las denominó.

Mas en la escuela no estamos,
no es éste tiempo y lugar
de aprender a bien hablar.
Con el juicio prosigamos.
     – Que hay ninfas todos sabemos
acuáticas y terrestres,
nadadoras y pedestres.
Lo saben listos y memos.
La sirena es voladora,
cantadora y emplumada,
y confundirla es bobada
con sirena nadadora.
     – ¡Basta ya de divagar,
y al juicio nos atengamos!
Es que, si no, no acabamos,
y tenemos que acabar.
     – Pues a las declaraciones
de los testigos pasemos.
En primer lugar tenemos,
para tales ocasiones,
prevenida esa tribuna.
Los llamados subirán,
desde allí responderán
las preguntas, una a una.
Suba primero el Chicharro.
Diga qué sabe del caso.
     – Pues yo, que el día me paso
rebuscando por el barro…
     – Eso es el fango.
     – ¡Se calle,
y no interrumpa al testigo!
     – No, si yo tan sólo digo…
     – Como culpable le halle
de otra falta o desacato,
será dos los acusados,
en vez de uno. Callados,

guardando todos recato,
mientras yo no les requiera.
Siga su declaración.
    – Después de la interrupción,
no sé qué pregunta era…
    – ¡Otro testigo al estrado!
    – ¿Me podrían repetir…?
    – No le quiero más oír.
Váyase, ya ha contestado.
    – Es que yo no soy gramático,
ni soy un polifacético.
No soy ningún aritmético,
ni tampoco diplomático.
    – Es usted un ignorante,
obtuso, sandio, nesciente,
zote, patán, insolente,
zafio, lerdo y petulante.
    – Un respeto, señoría.
    – ¿Quién osa pedir respeto?
Mire que a prisión le meto…
Pues ya sólo faltaría…
Otro a la palestra ya.
Es que, si no, no acabamos.
    – La Almeja al estrado, vamos.
    – En el estrado ya está,
presente en este momento,
y de ustedes servidora.
    – Lo que sepa diga ahora,
sin más dilación.
    – Lamento
tener que comparecer
en estos lances, los cuales
traen penas y otros males,
mas, ¡qué le vamos a hacer…!
    – Redicho salió el molusco.
Que calle mejor será,

pues vamos sin tiempo ya,
y yo ganar tiempo busco.
   – De testigo está en venir.
Pondré recurso de queja
si decir no se la deja
lo que tenga que decir.
   – Razón tiene la Sardina.
Aunque pronto me impaciento,
no quiero que descontento
quede nadie.
   – Cosa fina
voy aquí a declarar yo.
Catorce mariscadoras,
cada veinticuatro horas,
si en domingo no cayó,
a la hora matutina
vienen por la bajamar,
dispuestas a no dejar
rastro de vida marina.
Yo, que las veo venir,
pues no era domingo el día,
en cuanto yo las veía
andar por el fango, ir
de acá para allá, buscando,
me metí lo más abajo
que pude, por un atajo,
y allí me quedé hasta cuando
se hubieron ya todas ido.
O sea, ni me enteré;
es decir, que nada sé,
pues nada he visto ni oído.
   – ¿Y para decir que nada
sabes, me sales ahora,
al cabo de un cuarto de hora…?
   – Aquí he sido yo emplazada,
y aquí yo me he presentado.

– ¡Ya está bien! Otro testigo.
A ver si por fin consigo
ver el juicio terminado.
   – Suba a declarar el Pulpo.
   – Yo a nadie culpar quisiera,
pero es que ni tan siquiera
culpo a nadie, ni disculpo…
   – Para culpar está ya
la abogada acusadora.
Contestará usted ahora
las preguntas que le hará.
   – Recuerde bien y nos diga
lo ocurrido el día de autos.
   – Los pulpos somos tan cautos
que no hay ninguno que siga
lo que no le importa nada.
Que una sirena a la vía
salió desde la bahía,
de un besugo acompañada,
se dijo, ¿pero a mí qué
me importaba aquel asunto?
Yo estoy a ver si un conjunto
de conchas hallo, y no sé
ni quiero saber…
   – ¡Ya está!
¿Para decir, tanto cuento,
que nada dice…? Lo siento,
mas tengo que acabar ya.
   – ¡Protesto, su señoría!
   – ¿Cómo a protestar se atreve?
   – Por declarar faltan nueve.
Nueve faltan todavía.
   – Si todos son igual que éste,
de los nueve, ¡vive Dios,
me sobran siete más dos!
   – Alguno no es que conteste

con acierto, que digamos,
mas resulta necesario,
por cumplir con el sumario,
que a los testigos oigamos.

    – ¡Ah, no sabéis qué paciencia
hay que tener por ser rey!
Mas, si lo dice la ley,
y lo manda la prudencia…
En fin, que pase el siguiente.

    – La Pintalacola venga
y a las preguntas se atenga
que le formulen.

    – ¡Presente!
A disposición de ustedes.
Pero advierto que de nada
servidora está enterada.
Ese día echaron redes
en mitad de la bahía,
y todos sus habitantes
estuvimos vigilantes,
esquivando todo el día
el traidor arte de pesca,
trampa mortal para el pez.
Sepan que está cada vez
más cara la pesca fresca.

    – ¡Ay, qué harto estoy de oír
decir que no dicen nada!
Que declare el pez espada.

    – Es que no puede venir.

    – ¿No dije que, al que llamares,
obligado quedaría…?

    – Peces no hay, señoría,
espada por estos mares.

    – ¿Y qué se me importa a mí?
Si yo quiero un pez espada,
lo demás no importa nada.

Pez espada quiero aquí.
¿Pues no soy el dios Neptuno?
   – Aquí estoy, su señoría.
   – ¿Cómo hasta aquí llegaría?
   – Pues llega muy oportuno.
Acaba de aparecer de pronto, como un dios de máquina, un payaso
disfrazado de pez espada, el pico apuntando a las estrellas imprecisas de
la noche clara.
   – Desde mares tropicales,
y a favor de la corriente,
me vine inmediatamente
por que escuchen mis cabales
relaciones.
   – Si se hallaba
en los piélagos lejanos,
en los mares antillanos,
¿cómo es que hasta aquí llegaba
en unos breves instantes?
   – Eso yo a contestar voy.
¿Es que no sabéis que soy
el dios de los mares?
   – Antes
de que el testigo al estrado
venga al fin a declarar,
permítanme preguntar
a los presentes: ¿ha estado
acaso este pez espada
en estas proximidades?
¿O en otras profundidades
pasó toda la jornada?
Entonces, y en ese caso,
¿de qué su declaración
nos servirá? Poseidón,
dios de los mares, ¿acaso
nos sacará de la duda
la lengua tan convincente

de quien no estuvo presente;
lengua, por lo tanto, muda?
     – Razón tiene aquí el Bocarte.
Sí, señor, tiene razón.
Por tanto, en esta ocasión,
la razón habré de darte.
La Sula ahora declara.
     – Las sulas somos maniáticas.
Si se ven aves acuáticas,
en una mañana clara,
por los aires… Es decir,
en cuanto ve una gaviota,
toda sula se alborota.
En fin, para concluir,
os diré que desde el aire,
si peces han divisado,
cayendo al agua en picado,
se los llevan con donaire.
Para mantenerse viva,
toda la fauna de mar
debe vigilante estar.
Hay mayor peligro arriba
que en el agua, y ocasión
es de nadar a destajo
y meterse más abajo.
De modo que, en conclusión…
     – Ya sé. Lo que yo recelo:
dices que no viste nada
porque había una bandada
de gaviotas en el cielo.
¿Quién queda por declarar?
¿Quién más queda por decir
que no pudo ver ni oír
nada que pueda importar?
     – ¿Y si a declarar llamamos
a la gaviota? La cual

hubo de ver…
　　– No está mal.
esa idea, aunque vamos
mal de tiempo. Pero es que
yo soy el dios de los mares,
y en tierra no tengo altares.
En todo lo que se pesque
tengo yo jurisdicción,
pero no en lo que se cace.
Así se hizo y se hace
en toda igual ocasión.
　　　– Pues sí, mas es una pena.
Desde el aire, cualquier ave
lo ve todo, luego sabe
lo ocurrido a la Sirena.
　　　– Sería de desear
oírla, pero ya dije
que en tierra y aire no rige
el poder del dios del mar.
　　　– Pues ya sólo faltan diez.
El Porretano, el Cangrejo,
el Luciato, el Abadejo,
el Delfín, el Sapopez,
los que habitan en la rada,
el Verdel, el Aligote,
el Congrio y el Cachalote.
　　　– ¡Basta ya! Basta, Dorada.
　　　– ¿Por qué me llama usted basta?
　　　– Que pase ahora el Verdel,
y concluiremos con él.
　　　– Pero faltan…
　　　– Ya estoy hasta
la coronilla divina.
La declaración postrera
es ésta que nos espera.
Después hable la Sardina,

ya que para eso es
la que acusa en el proceso.
Y el Bocarte, para eso
es abogado. Después
la Lubina nos dará
a saber sus conclusiones.
Tras las deliberaciones,
sentencia se dictará.

Aquí sube a la tarima el payaso que va disfrazado de verdel. El
concurso sigue atento a la función, con la vista fija en el escenario
iluminado por el fuego de cien antorchas. Empieza a salir un fresco
húmedo y nocturno, se agradece la abundancia de público y la proximidad
y el contacto.

— Yo soy pez poco apreciado,
muy bajo se me cotiza.
No suelo entrar en la liza
por el precio del pescado.
No soy el pez preferido
para los asentadores.
Quieren los peces mejores,
como les he referido.
Porque es que, generalmente,
verdeles no son pescados
que acaben en los mercados.
Sólo la mísera gente
se arroja a comer verdeles.
¿Quién verdeles ha comido?
Nunca los han contenido
mesas de finos manteles.

— ¿Pero qué tendrá que ver
lo que dices con aquello
que te preguntan?

— Pues ello
el preludio habrá de ser
del discurso muy ameno
que escucharán de mi parte…

– La Sardina y el Bocarte,
cada uno en su terreno,
defensa y acusación,
defensa en lugar primero,
la acusación el postrero,
pondrán fin a la cuestión.
  – Protesto, su señoría.
  – La protesta no ha lugar.
  – Falta aún por declarar
el testigo que daría
razón a mis argumentos.
  – Testigo tan importante
no ha de quedar sin que cante.
  – Pero es que en estos momentos…
  – ¡Vive Dios! ¿Qué pasa ahora?
  – Todavía no ha llegado.
  – ¿Es que no le han avisado?
  – Le avisó esta avisadora
en tiempo y forma precisos.
  – Si se le avisó y no viene,
o nada que decir tiene,
o no hace caso de avisos.
Doy por no comparecido
al grandísimo pendejo.
Por cierto, ¿quién…?
  – El Cangrejo.
  – ¿Le citan y no ha venido?
Ya le arreglaré yo a ése.
Pues, si el Cangrejo no acude…
  – Yo ya hice cuanto pude.
Seguimos, mal que le pese.
Abogado defensor,
es su turno.
  – Señoría,
con la venia. Cierto día,
en la red de un pescador

mi cliente hubo caído.
Sea como fuere, el caso
fue que, como primer paso
del hecho, como es sabido,
quedó libre de momento.
Pero es que al siguiente día,
acusado se veía
de un crimen. ¡Vaya elemento!
Diríamos, si no fuera
porque nada de eso es cierto.
¿No es clamar en el desierto
acusar sin verdadera
causa ni razón? Pues bien,
eso mismo, exactamente,
es lo que hace mucha gente,
que incluso lo que no ven,
después de no ver, han visto.
Puesto en esa tesitura,
buscando la verdad pura,
yo no creo, ¡voto a Cristo…!
    – Pero no jure, abogado.
    – Disculpen. Como decía,
nadie creerse podría
que aquel día el acusado
pudiera comprometerse
a pescar una sirena,
a llevarla hasta la arena,
y por la arena meterse,
para que así el pescador
pudiera cobrar su pieza,
en la absoluta certeza
de que al Besugo el favor
de dejarle libre hiciera,
a cambio de su traición.
¡Pero qué imaginación!
Al alcance de cualquiera,

lanzar infundios está,
pero, después de lanzarlos,
se necesita probarlos,
y eso no es posible ya,
pues probar es imposible
lo que nunca es ocurrido.
Sólo traer se ha podido
la explicación increíble,
incompleta y farragosa,
de una sirena liviana,
presumida y casquivana,
más fatua que donairosa.
    – ¡Protesto, su señoría!
    – Ha lugar esta protesta.
La declaración ya puesta
en el acta está. Tendría
usted que tener cuidado,
no llegar tan adelante,
respetar al declarante,
respetar lo declarado.
    – Mil perdones. Mas, sigamos
con la venia, señoría.
¿A quién no sorprendería
que el abogado, digamos,
de la acusación, supiera
cómo fue, punto por punto,
de los hechos el conjunto,
y que encima hacernos quiera
creer que toda sabía
la conversación que hablaron,
y todo lo que acordaron,
mi cliente y el que habría
de ser su libertador,
cómplice, ilícito socio,
en tan criminal negocio,
inductor y encubridor…?

¿Cómo se atreve, Sardina,
a mostrarse así enterada,
si usted no presenció nada
de todo lo que origina
el caso que estamos viendo?
Pero si hasta ha colocado
en boca del acusado
ciertas palabras… No entiendo
cómo asegurar se puede
lo que el acusado dijo,
cabalmente, a punto fijo,
literalmente. Se quede
en duda, pues, razonable,
el diálogo recitado
por la acusadora. Y dado
que no se da por culpable
a nadie nunca ni a nada
si la culpabilidad,
a base de la verdad,
no resulta demostrada;
por tanto, y en conclusión,
pido para mi cliente
sentencia, por consiguiente,
de la libre absolución.
    – Pues bien. Estamos llegando
de este proceso al final.
El ministerio fiscal
puede manifestar cuando
quiera ya sus conclusiones.
    – Con la venia, señoría.
aquí decir se podría
que aquellas demostraciones
que se presentan, no tienen
suficiente consistencia.
Según la jurisprudencia,
si bien probadas no vienen,

no se pueden admitir.
Como admitir no es viable
que uno por otro hable,
viniendo, pues, a decir
aquello que el otro dijo,
delante del decidor,
y también del pescador
las respuestas; me dirijo
del mar al supremo juez,
a todo ilustre abogado,
al público congregado,
y a todo molusco y pez,
aquí presentes, que creo
que no hay pruebas suficientes
ni evidencias fehacientes.
Por tanto, en duda, pro reo,
cual decían los latinos
antiguos, y significa,
si la culpa no se indica
bien claro, que desatinos
serán todos los intentos
para condenar al reo.

En este momento aparece en escena el payaso que representa al
Cangrejo, muy rojo el disfraz y muy resplandeciente, que no parece sino
que venga ya cocido.

– ¡Vive Dios! ¿Pero qué veo?
El Cangrejo. Por momentos,
creí que no llegaría
a tiempo, o nunca jamás.

– ¿Es que, como a los demás,
llamado no se le había?

– Pues sí, rey Neptuno, pero
los demás vienen nadando,
mas yo me vengo arrastrando
por el fondo. Pero espero
que no sea mi tardanza

causa de ningún quebranto.

    – Quiero que nos diga cuanto
sepa, si es que se le alcanza
a saber algo del caso.

    – Su señoría, protesto.
¿Más declaración? ¿Qué es esto?
¿No ha pasado el turno, acaso,
de tales declaraciones?

    – Un ruego, su señoría:
que se admita todavía…

    – Basta de divagaciones.
Me entró la curiosidad,
y yo mando que declare,
y, si es que puede, que aclare,
si no todo, la mitad
de este enigmático caso.

    – Yo estaba sobre la arena
de la playa. La Sirena
llegaba con el ocaso,
del Besugo acompañada,
el cual, como no respira
en el aire, al mar se tira
y desaparece y nada.

    – Ya cumplió su felonía.
¿Qué es lo que pasó después?

    – Pues nada, pasó al revés
de lo que previsto había
el Besugo. La Sirena,
viéndose en la playa sola,
no se oía ni una ola,
la mar estaba serena,
y no viendo cosa alguna
que pudiese dar indicio
de que allí se diera inicio,
por tanto, a función ninguna…

    – ¿Pero cómo sabe usted

la farsa farandulera?
    – Voz común la farsa era.
La sabía cada pez,
cada molusco la había
oído ya relatar,
si no por toda la mar,
sí por toda la bahía.
    – Su señoría, protesto.
La causa ya está juzgada,
y la sentencia dictada
no puede variar por esto.
Non bis in ídem, se dijo
siempre y a este respecto.
Tal causa por tal efecto,
lo cual es cabal y es fijo.
    – ¿Quién dice que está dictada,
que la sentencia varía?
Que yo sepa, todavía
no he llegado a dictar nada.
Siga usted con su relato.
    – La sirena, que se halla
sola en medio de la playa,
al cabo de breve rato,
a pasar más adelante
parece que no se atreve.
Y tras un instante breve,
o después de un breve instante,
retrocede y ya no avanza,
pega un par de coletazos,
y se ayuda con los brazos
hasta que la orilla alcanza.
Llega a destiempo y jurando,
con redaya y con tridente,
un pescador que, paciente
y oculto, estaba esperando.
    – Ahora no cabe duda.

Ahora duda no cabe.
Ahora todo se sabe.
Este testimonio ayuda
a la comprensión total
de la causa que seguimos
contra el reo, como vimos.
El ministerio fiscal,
al cual aquí represento,
considera bien probado
que el Besugo ha quebrantado
la ley en todo momento.
Las sirenas fabulosas,
dice el código marino,
pertenecen al divino
rey de médanos y fosas.
Por tanto, enajenación
de una sirena, sería,
y más con alevosía
y con premeditación,
un gravísimo delito,
merecedor de la plena
y la máxima condena,
y a las leyes me remito.
Para el que la ley conoce:
artículo ciento diez
del actual fuero del pez.
También, artículo doce
de la ley de las honduras,
a consecuencia del cual,
cabe pena capital.
Dura ley, sí, son muy duras.
Mas las leyes, leyes son,
y están para ser cumplidas.
Y termino, en resumidas
cuentas, y ya en conclusión,
el ministerio fiscal,

en base a lo aquí juzgado,
pide para el acusado
esta pena capital:
en asador de carbón,
sobre las brasas ardientes,
pase las horas siguientes
a las de la ejecución.
En alguna bien nombrada
casa de comidas, pero
vale cualquier merendero
o figón también, pues nada
mejor hay que un buen besugo
en fiestas de carnavales,
las fiestas más principales.
Cualquier pescado en su jugo
para después de la fiesta,
un besugo sobre todo.
De celebrar es el modo
una fiesta como ésta.
    – ¡Si no hay crimen cometido…!
Ningún quebranto ni daño,
ninguna estafa ni engaño,
ni nadie leso ha salido…
La víctima no es cautiva,
indemne y libre quedó…
    – El crimen se cometió
en grado de tentativa.
    – El juicio siga su curso.
    – No lo veo nada claro.
Pondré recurso de amparo.
    – No cabe ningún recurso.
    – Si le parece oportuno…
    – ¡Pondré recurso de alzada!
    – Usted no recurre nada,
no cabe recurso alguno.
    – De acuerdo con la fiscal

estoy. En una parrilla,
pues se celebra en la villa
la fiesta de carnaval,
habrá de acabar el reo,
pues todo tiempo de fiesta
a mejor yantar se presta.

     – Pues yo, en cambio, lo que creo
es que sólo haber pensado
la comisión de un delito,
no es ningún crimen, repito,
no lo es, si consumado
no resultó. ¿Por ventura
fue la víctima atrapada
por el pescador, o nada
de eso ocurrió? ¿No perdura
la Sirena todavía?
No delinque el pensamiento,
sino sólo el movimiento,
pues esto ya se sabía
desde tiempo de romanos.

     – ¿A mí, que soy rey Neptuno,
me dice, yo que soy uno
de sus cien dioses paganos?
¿Con romanos, pues, me viene?

       – Si yo sólo pretendía…

       – ¡No más charlatanería!
La sentencia ya se tiene
que dictar y ejecutar.
Y aquí está ya. Se condena
al reo, última pena.
Cúmplase la ley del mar.

     – Dictada ya la sentencia,
y señalada la pena,
cúmplase, pues la condena,
según mejor conveniencia.

     – Pues que se cumpla lo dicho.

Que sea el besugo asado,
una vez por cada lado.
De sibaritas capricho
sirva, y pase adelante.
Y así, buen provecho haga
al que le come y le paga,
en algún buen restaurante.
Que en esta localidad,
del comedor más ramplón
al más elegante, son
todos de gran calidad.
Hay lo menos doce o trece,
y todos a cuál mejor,
pues de ellos hasta el menor
muy justa fama merece.
   – Sea como dicho queda.
El Besugo, al asador,
y, del fuego, al comedor.
Y así, de paso, que pueda
servir de placer a alguno,
natural o forastero,
por las fiestas de febrero,
de parte del dios Neptuno.

Hace su aparición ahora el narrador, un payaso muy propiamente ataviado, con vestimentas extravagantes y abigarradas, gorro de muchos picos, la cara de blanco pintada, la nariz de rojo.

   – Juicio en el fondo del mar.
En el fondo del mar juicio.
Al final desde el inicio,
del comienzo hasta acabar.
¿Cómo es posible, dirán
ustedes, que hablen los peces?
Digo yo que algunas veces
los peces hablar podrán.
Permítannos la licencia.
Que, con licencia o sin ella,

se llama prosopopeya.
Y gracias por su paciencia.
Bien, señoras y señores,
y niños, y militares
sin graduación… De los mares
señores espectadores,
y de todas las edades…
Vieron la tragicomedia
que se eleva en hora y media
desde las profundidades
hasta las cumbres más altas.
Aquí viene a terminar
"Juicio en el fondo del mar."
Disculpen sus muchas faltas.

Capítulo deceno

A la guerra me voy

Se viene por ahí diciendo, rumores todavía nada más, que hay o va a haber guerra allá por los lejanos desiertos del oriente, otra vez se conoce que los sarracenos se han puesto en actitud levantisca, la guerra sempiterna contra los de siempre, está visto que hasta que no se acabe con ellos ya de una vez no vamos a conseguir vivir en la paz a que toda ciudad y todo imperio tiene derecho natural, el cual sólo se alcanzará a ejercer, está comprobado, cuando el último sarraceno cuelgue de una palmera o sirva de provecho a los crustáceos carnívoros del fondo del mar.

En el taller el personal a veces no se priva de estar de tertulia, como si dijéramos, espontáneamente y sobre la marcha, sin perder de vista la labor, eso sí, y allí van a parar todos los rumores y todas las habladurías que corren por la ciudad, y de ahí vuelven a salir debidamente corregidos, deformados o aumentados, a veces de un puñado de arena sale un arenal, o a un montón de tierra queda reducida una montaña entera.

—¿Para qué querrá Doro ahora aprender a tocar la corneta?

—¿Qué me dices, que se ha puesto a tocar la corneta?

—¿Pero cómo, es que no lo sabías, así estás tú?

Es el personal femenino el que mayormente se entrega a esta manera de meterse en dimes y diretes.

—¿Y para qué querrá saber tocar ese instrumento tan ordinario? Si me dijeras que se ha puesto a aprender solfeo y a tañer la lira o tocar la flauta...

—Diz que anda con un suboficial militar, maestro de cornetas y tambores por lo visto, aprendiendo a tocar diana, fajina, retreta, y todas esas tabarras, ¡hay que joderse, cada cosa hay que oír...!

—Está hecho un tarambana, ¡qué distinto es de su padre y de su abuelo! Mira que ponerse ahora a tocar la corneta... ¿En qué nueva ocurrencia dará después de esta última extravagancia?

—Él mismo no ha dejado de reconocer que, si por una desgracia, Dios no lo quiera, ahora mismo se viese único dueño del negocio, en poco tiempo dilapidaría toda su fortuna.

—Sería muy capaz. Apañados estaríamos todos nosotros en sus manos, no lo permita Dios.

En la superficie serena del agua del muelle se refleja un espléndido palacio de mármol blanco, altas columnas estriadas soportantes de un frontón rematado por una lejana figura alada que se destaca blanca sobre el azul del cielo vespertino, un ángel o un hipogrifo, desde aquí no se alcanza a distinguir bien. Del lado de acá, más gradas marmóreas que se sumergen en las aguas tranquilas, brillantes al sol, por donde pasan silentes los botes de vela y serenas las barcas de remos suntuosas con baldaquino de seda roja y cortinas, portadoras sin duda de damas principales y altas doncellas que van y vienen. Un puente de arco de medio punto, también de mármol blanco, como todo lo demás, une las dos orillas en la parte más interna y estrecha del canal. En la lejanía y más allá de la orilla frontera se levantan, yuxtapuestos o superpuestos, magníficos edificios, todos de mármol blanco, amarillentos de sol vespertino, con sus cúpulas y sus torres y sus chapiteles rematados en figuras escultóricas, y que en su conjunto componen una visión real y una apariencia idealizada y fantástica de la ciudad de las maravillas. Al pie de cuatro muy altas columnas abiertas que sostienen una cúpula piramidal rematada por una estatua de un ángel, la túnica al viento y las alas desplegadas, en actitud de tocar la trompeta de mármol y de ponerse a echar a volar; pasan Doro y Rosamunda, que vienen sin prisas de cumplir un encargo.

—¿No te has fijado? El ángel es el único animal vertebrado que tiene seis extremidades, que no se sabe cómo será capaz de someterlas a control y coordinarlas todas a un tiempo.

—Muy observadora y perspicaz.

—No te burles y repara bien en lo que voy diciendo, que si carente no está de alas, por pura lógica natural no tendría que estar provisto de brazos, ¿pues dónde se han visto pájaros de cuatro patas?

—Los pájaros de cuenta que yo conozco no tienen sino dos, más otros tantos brazos. Y un pico, las más de las veces de oro.

—Mismamente igual que tú.

Aquí bien se echa de ver que Rosamunda trata a su principal con mucha camaradería y confianza, impropias del caso.

—Aparte dejemos a los ciempiés, octópodos, y demás bichos raros, y notemos que no se dan en la naturaleza viva los animales superiores con seis extremidades, sino tan sólo en la fantasía humana, vale decir, en los animales fabulosos, tales como el centauro, el grifo, el dragón, el endriago, el basilisco, el ángel, y demás.

—Los ángeles no son fabulosos ni son animales, no seas atrevido ni lenguaraz. Ni tampoco personas humanas, sino espíritus celestes.

Aquí no procura Doro evitar una sonrisa burlona.

—Conque espíritus, ¿eh?

Unos soldados, casco redondo con orejeras rematado en cúspide roma, sin armamento andan por la calle repleta de gente, de acá para allá, fijando en las paredes y en las puertas de tiendas y tabernas unos papelones continentes de unas letras muy lucidas y de razonable caligrafía que vienen a dar a conocer al vulgo un edicto del mismísimo emperador en persona, según el cual todos los mozos, excepción hecha de los incapacitados naturales, entre diecisiete y veintisiete años, ambos inclusive, once quintas de la tirada nada menos, deberán hacer acto de presencia, sic, en el palacio del prefecto al efecto de su inmediata incorporación a filas. Así de claro, ahí queda eso, sépalo el que leer sepa, y el que no, que aprenda, que la ignorancia no exime del cumplimiento de los mandatos de los edictos imperiales.

—Sí —explica Doro—, es que se está armando un ejército para ir a contener el levantamiento de los sarracenos contra la autoridad imperial.

—Y tú ya lo sabías, por lo que se ve. Y no te has de librar de acudir, pues ya sabemos que comprendido quedas entre los límites de edad indicados.

—Yo soy de la misma quinta que tu marido, el cual tampoco se verá libre de coger la lanza y el escudo.

—Ahora comprendo para qué te has puesto a aprender a tocar el cornetín de órdenes. Está visto que de ti nunca se sabe si vienes o si vas, pero tú ya sabes muy bien lo que haces, tú no das puntada sin hilo. Lo sabías y no has dicho nada a los amigos.

—Me revelaron un riguroso secreto bajo juramento solemne de no divulgarlo en ningún caso y bajo ningún pretexto. No se lo pude a nadie decir, ni siquiera a mi padre.

—Por lo menos podías haber tratado de convencer al pánfilo de mi marido para que fuese contigo a aprender a tocar ese maldito instrumento, aunque sin revelarle el verdadero propósito.

—¿Y quién te ha dicho que no traté de llevarle conmigo?

—No hace falta que me lo diga nadie. No sé si a veces te lo puedo parecer, pero te aseguro que de estulta no tengo nada.

—Ni nadie te tiene por tal. Anda, no te arrebates y vamos a la taberna del Lacedemonio a tomar un chiquito de vino tinto del Peloponeso.

—Y ahora tendrás por ahí algún comandante amigo o correligionario, o incluso algún estratego, que te llevará consigo para que toques la corneta mientras los demás se baten el cobre en primera línea de combate.

—Ya le hablaré de tu marido, no te creas que yo no pienso en los amigos.

—Es lo menos que esperamos de ti.

Lo más que esperaba Doro, mucho esperar sería eso, era que Rosamunda no hubiese mostrado tanta preocupación por la suerte de su marido en la batalla, sino que se hubiese resignado a asumir la alta proporción del riesgo de no volver que corre todo soldado en toda guerra, y todavía más, que no le importase nada, antes al contrario, a su esposa que no volviere de la batalla y que en ella feneciere, pues los duelos de la viudedad al punto se concederían remedio dando paso al gozo de unas nuevas nupcias, hipotéticas y a un mismo tiempo seguras o poco menos. Pero así no ha resultado, sino que ésta se ha portado como una esposa en regla y se ha inquietado, al menos por el momento, y se ha preocupado por la suerte futura de su marido en el azar terrible de la batalla que ya se anuncia. Esto es lo que dice hoy, habrá que ver qué dice mañana. Acaso en el fondo de su alma indescifrable esté deseando quedar libre, de la única manera que las posibilidades presentes ofrecen, para poderse casar con el que así lo cavila, pero lo que pasa es que estos recónditos anhelos, por muy vehementes que se manifiesten, no conviene de ninguna manera darlos a conocer, sino que hay que aparentar ante el mundo unos deseos fervientes de que el marido vuelva de la guerra salvo e indemne, como es de obligación para toda esposa que por tal sea tenida.

Acuden juntos Doro, Helio, Rosamunda, y otras dos colegas del taller, Iluminada y Exuperancia son sus gracias respectivas, a la explanada del palacio del prefecto, abarrotada de gente que acude a la llamada a filas, más los acompañantes, los curiosos, y los desocupados que nunca faltan. Entre todo el concurso se abre paso una fanfarria de timbaleros y clarineros que desfila atronando la plaza, deteniéndose de vez en cuando para marcar el paso, sin dejar de tocar los instrumentos, y para reanudar el desfile a continuación, entre la expectación admirada de todo el concurso.

Se acercan los cinco a unas mesas alargadas convenientemente instaladas donde los quintos llevan a cabo los trámites para sentar plaza en el ejército del emperador. Como quiera que se juntan más reclutas que amanuenses hay para registrarlos en los libros maestros, tienen que guardar turno en espera de que asienten a los que antes que ellos esperando también están, y mientras tanto declara Rosamunda su propósito de ir a pedir audiencia al mismísimo prefecto en persona, el excelentísimo señor don Andrónico de Nicosia, antes don Procopio de Tirapatrás, antiguo amo suyo, pues el palacio le tiene ahí mismo, en este lado de la plaza, la orilla del mar al otro.

—Voy a ver si consigo verle, por pedirle para mi marido un puesto de menor riesgo y fatiga. No me lo podrá negar, si es que me dejan llegar a su presencia.

—No hace falta —expresa Doro su parecer—, yo hablaré con el general Nicolás Paleólogo, que es judío y ya lo tenemos hablado con él, y que ha dejado dicho que en cuanto yo siente plaza, a él me presente, y de paso ya le hablaré de Helio también.

—Pero es que una cosa no excluye la otra, y nunca por mucho trigo fue mal año, que decimos en mi isla. Pero si este pollo es judío, como tú dices, ¿cómo puede ser pariente del emperador, como se dice?

—¿Y qué sé yo? Tendrá de las dos ramas.

—Pues mientras tú te presentas a ese fantoche, yo voy a ver si veo a mi antiguo amo. Otro fantoche.

Vase Rosamunda y les toca su turno a estos dos mozos llamados a filas. El amanuense anota sus nombres en el libro maestro, Isidoro, hijo de Isidoro, y Heliodoro, de Cucufate hijo, con domicilio en ésta, profesión, edad, nombre de los amos si los hay, etcétera. A continuación otro amanuense militar los coloca ante un palo graduado y vertical, tallar llaman a esa operación, y anota en el libro sus estaturas correspondientes, se conoce que no quieren gorgojos en sus filas. Ahora con una cuerda graduada les miden el perímetro torácico y la cintura, se conoce que no los quieren atocinados ni escuálidos. A cada uno le entregan una boleta que tendrán que entregar a su vez en el lugar, el día y a la hora, en el mismo papel indicados.

Ya pertenecen al glorioso ejército imperial, ya sólo les queda incorporarse a filas efectivamente. El general Nicolás Paleólogo no acaba de aparecer, y los cuatro dichos andan por ahí, de acá para allá, mirando a la gente y observando el ambiente, y esperando a ver si reaparece Rosamunda. Y si no la encuentran, o no los encuentra ella, pues más fácil es que uno encuentre a cuatro entre la multitud, que no cuatro a uno solo; pues entonces ya volverá sola a casa, de ahí no se infiere ningún quebranto. Al que conviene encontrar es al general, lo que pasa es que, entre tanta gente, dar con él no va a resultar realizable, aun en el caso de que aquí se encuentre, a saber dónde andará ahora ese pájaro. Y si no, otro día ya habrá ocasión de acceder a tan preclaro general, el rayo de la guerra.

Preguntando a diferentes soldados, aciertan por fin a verle de lejos entre la multitud distante, caballero sobre lucido corcel engualdrapado. Se acercan a él dificultados por la abundancia del concurso, y en llegando a su presencia, el caballo se encabrita y los que a sus alcances quedan se intimidan y se retraen. Por fin Doro se atreve a acercarse al estribo y le declara su identidad.

—Preséntate a mí en cuanto tengas ocasión —le dice el general sin mirarle, y sigue con la vista alta, como queriendo revisar todo cuanto tiene a su alrededor.

—¡Pero qué fantasma! ¿Pues no dice que te presentes a él, cuando a él te estás precisamente presentando?

—¡Qué manera de pasearse por ahí, exhibiéndose a caballo, abrillantada la coraza, las plumas de la cimera al viento, para que le vean...!

—No seáis murmuradoras ni lenguaraces, igual resulta que ahora mismo no es el momento, y para eso me remite a otra mejor ocasión.

—Pues bien, ya os han anotado, tallado y registrado, ya habéis sentado plaza y ya sois valerosos soldados. Ahora vayamos a lo nuestro.

Y se allegan a una mesa alargada, parecida a la anterior, los dos nuevos reclutas y las dos buenas mozas ya dichas, que no se sabe por qué, pero el caso es que todas las empleadas del taller son unas mozanconas de muy buen ver, extraña coincidencia si se pone uno a cavilarlo, o bien se echa de ver que de las contrataciones, al menos de éstas, se encarga el amo más joven de la casa.

—Mirad, ahí viene Rosamunda.

—Ya es casualidad, dar con nosotros entre tanta gente. ¿Ya has visto a tu ex amo?

—¡Qué va! Hoy, no sé lo que pasa, que todos quieren ver al prefecto. Otro día de más calma ya volveré y ya le formularé la petición, la cual no podrá dejar de tomar en consideración. Y ya de paso, a ver si me paga el mes que me dejó a deber.

—Si quieres pedirle algo de su grado, no le reclames lo obligado.

A un lado de la mesa alargada se sitúan los funcionarios, pluma en mano y tintero en el tablero, y al otro las buenas mozas que a inscribirse acuden. Sobre las mesas, también algunas muestras de lo que parecen unos arreos militares de latón muy pulido y brillante, como de opereta.

—Ésta es la vestimenta que han de llevar las participantes en el desfile de despedida de las tropas que han de partir hacia el frente.

Es que Exuperancia e Iluminada por lo visto han acudido a apuntarse al desfile. Rosamunda se queda muy atenta y curiosa mirando los arreos de latón bruñido, un calzado de suela de corcho de casi un palmo de altura, espinilleras, casco con penacho rojo, muy historiado, una clámide roja, hombreras, brazaletes, muñequeras, y poco más.

—¿Y con esto —se admira —se han de vestir esas inverecundas? Si van a ir casi en cueros... ¡Qué ridículas!

—No lo hacemos de balde —aclara Exuperancia, un sí es no es amoscada.

—Tres sólidos —precisa Iluminada —a cada participante.

—Eso ya es otra cosa. ¿Y puedo participar yo también?

—Si te admiten...

—¡Ah! Pues yo también me quiero apuntar.

—¿Y ya te lo permite tu marido?

—Yo le permito que me lo permita.

Helio no dice nada, como si no tuviera que ver con el asunto. Las tres mozas, previo examen visual, vienen a quedar admitidas. Hay que pagar tres sólidos por cada una, al decir del escribiente.

—¡Pero cómo! ¿Te pagan, o tienes que pagar encima?

—Se trata —aclara el chupatintas —de una fianza. Después del desfile, cuando entreguéis el uniforme, se os hará entrega de la cantidad de seis sólidos a cada una.

—No hay contrariedad —se ofrece Doro—, yo aflojo de momento los nueve sólidos, y después arreglaremos cuentas.

Inscritas para el desfile, inscritos para la guerra, se pasean los cinco entre el concurso bullicioso, a disfrutar de la libertad ellos, a saber hasta cuándo. Doro no deja de mirar por encima de las cabezas, por ver si da con ese badana de general, a ver si hay manera de hablar con él antes de que sea tarde.

—No te olvides de hablarle de mi marido también.

—Descuida, no se me olvidará.

Y no se le olvida, en efecto, hablar de Helio cuando por fin con el general consigue audiencia. Después de declararle su identidad, de parte de quién viene y con qué propósito, y después de haberle solicitado, y de haberle sido concedido, un puesto en el estado mayor del mismo general como transmisor de órdenes y enlace, por fin se atreve a hablarle de su amigo.

—Y para terminar, y con el permiso de vuecencia, quisiera hablarle de un camarada y amigo. Se trata de Helidoro, hijo de Cucufate, aquí traigo el nombre anotado para mayor claridad, criados de casa ambos a dos, y que se quiere atrever a solicitar, con el permiso de vuecencia, un puesto en el sector del frente más peligroso, pues, al contrario de este humilde servidor, aquél es un guerrero poseedor de un valor y de un ardimiento tales que no soporta los destinos tranquilos mientras los demás participan, en primera línea de combate, de la gloria militar que él no quiere dejar de reclamar para sí.

—Cuando nos atacan y combatimos a la defensiva, en primera línea de combate ponemos a los peores, a los que no sirven para matar, para que así al menos puedan servir para que los maten, y de esta forma, mientras matan a esos inútiles, no estarán matando a los buenos, y es que además, para cuando lleguen las vanguardias enemigas a alcanzar las líneas ocupadas por los mejores, ya estarán los atacantes más o menos cansados de tanto matar ineptos, algunos de aquéllos acaso vulnerados lleguen o por lo menos magullados. En cambio, cuando somos nosotros los atacantes, en las primeras filas situamos a los mejores, para abrir brecha entre las defensas enemigas. En la misma batalla se pueden dar las dos diferentes situaciones, a la defensiva unas veces, al ataque otras. Ésta será una expedición de castigo, iremos al ataque desde el primer momento. A tu amigo ya le complaceremos poniéndole en primera fila, junto a los más bizarros y belicosos.

—Justamente lo que él espera alcanzar del recto proceder de vuestra excelencia.

Llega el día del gran desfile por las más principales calles de la ciudad, desde todos los cuarteles hasta confluir en la plaza del palacio de la prefectura, un día magnífico de sol primaveral, florecidos los jardines y adornadas las ventanas y los balcones con banderas imperiales, negra águila bicéfala sobre fondo amarillo. Desde lo alto de los balcones y terrazas, y desde las ramas de los árboles adonde se han tenido que subir para ver pasar el desfile, los espectadores les tiran pétalos de flores, que acaban poniendo retazos de vivos colores sobre el gris de los adoquines.

En la plaza mayor esperando está levantada una tribuna engalanada con ramos de laurel y palmas trenzadas, donde aguardan las fuerzas vivas de la ciudad, entre las que no faltan el mismísimo prefecto en persona, que a tal efecto ha dejado de manera momentánea su palacio cercano, y el general Nicolás Paleólogo, con su más brillante coraza dorada y sus plumas rojas más rozagantes en el casco, todos ellos muy envarados y engreídos, mirando a los que se apretujan abajo, por comprobar si éstos a ellos los miran.

Los que primero llegan a la plaza desfilando, entre el multitudinario público que abarrota las aceras para verlos pasar, son los de infantería, con sus cascos férreos con orejeras y sus cotas de mallas de hierro entrelazadas, escudo ovalado al brazo izquierdo, de diferentes colores según las distintas legiones, y en mano larga pica, o alta, pues la llevan enhiesta, un bosque de apretadas astas móviles y acompasadas, en punta rematadas de hierro negra, más altas que la suma de dos de sus portadores, y poco menos que de tres. En tan pocos días, es muy de ver cómo los soldados han aprendido a desfilar y a llevar el paso. Con una infantería tan formidable, tal consideran los espectadores, la seguridad del imperio está de sobra garantizada.

Como quiera que son tantos que no cabrían en una plaza que, aun de considerable extensión, abarrotada de público se encuentra; está previsto que pasen ante la tribuna presidencial, rindan armas, reciban el saludo de sus adalides, así como las aclamaciones del respetable, y continúen por la calle adelante hasta volver al cuartel de donde salieran. Es que todo está muy bien organizado, por lo que se ve, como cumple a todo ejército bien mandado y dirigido.

Entre toda la tropa que desfila pasan Helio y Doro, cada uno en su legión, con su pica en alto y su escudo, pero quien los haya querido reconocer observando el desfile se habrá mareado de ver pasar tantos palos tiesos, capas amarillas al viento, y cascos grises, todos iguales, irreconocibles sus portadores, y mucho más pasando así, a paso largo, y en apretadas filas de doce en fondo.

Tras los batallones de piqueros, desfilan otros de ballesteros, y otro de maceros, más una compañía de gastadores, que no llevan armamento, sino picos y palas.

En último lugar está previsto que desfile la caballería, que es la que suscita mayores pasiones y fervores patrióticos, y la que más ovaciones y aplausos se lleva del respetable. Se diferencian en el atuendo poco de los de a pie, tan sólo en el escudo, redondo y de menor tamaño, y en el casco, que no va desprovisto de plumaje rojo. Los de a caballo llevan espada, o bien lanza, o hacha, o ballesta y aljaba, según sus distintos escuadrones.

Los aficionados a los espectáculos gratuitos lamentan que no pueda desfilar también la armada, pero es que las galeras no pueden navegar sobre el empedrado, sino que tan sólo la marinería bien podría por aquí desfilar, pero a fin de cuentas, ¿para qué, si la batalla se va a dar tierra adentro, y la armada aquí no podrá intervenir...?

Entre uno y otro desfile de las dos distintas armas, infantería y caballería, viene el desfile femenino, a paso de maniobra, pues no saben marchar en orden y formación, ni han ensayado lo suficiente como para saber llevar el paso, sino que andan a su manera, como de paseo, saludando a la gente que grita y se ríe, muy divertidas y alegres todas, lo mismo que el público asistente, por algunos tenido este desfile por cómico o festivo, consideradas las participantes como las bacantes de la fiesta o algo por el estilo, o como figurantes de la función, o meramente como payasas, nada más que para divertir al respetable. Algunas, hasta se quieren poner a bailar, al son de los tambores, otras se ponen a moverse sin son y sin concierto, que parecen abanico de tonta, para desagrado de los más serios y regocijo de los más festivos. Entre toda la tropa femenina pasante, Rosamunda y sus dos colegas van, Exuperancia e Iluminada, irreconocibles entre tantas otras igualmente uniformadas y bajo sus yelmos dorados y resplandecientes.

Muchos se ríen de verlas pasar, algunos hasta se burlan y todo, mas no faltan aquéllos a quienes lo que están viendo no les hace nada de gracia, los más circunspectos y graves entre la muy numerosa concurrencia.

—Así cayó el imperio de occidente, cuando el elemento masculino se afeminó y el femenino se volvió varonil. Aquellas antiguas romanas abandonaron el hogar y las funciones asignadas por la naturaleza, y se quisieron meter en los cometidos hasta entonces exclusivamente masculinos, con los hombres pretendieron en todo competir, hasta en los juegos atléticos, el colmo ya de la insensatez y de lo antinatural. Se echó abajo la institución familiar, se toleró hasta lo más intolerable, se pervirtió el gusto, y se relajaron las costumbres. Los divorcios, así como las segundas, terceras, y hasta cuartas nupcias, a la orden del día estaban, y los niños ya no conocían a sus verdaderos padres. La virtud quedó abatida y exaltado el vicio. Los imperios se levantan a base de abnegación y sacrificio, y se derrumban a causa del hedonismo y de la licencia. En una situación así, el imperio no se podía sostener. Llegaron del septentrión los bárbaros, que nada sabían de derechos y mucho de deberes, y acabaron con aquel imperio tan culto y refinado. Y nosotros ahora en éste ya estamos volviendo a las andadas de aquél, que bien mirado no somos sino uno ambos a dos, y no nos libraremos de acabar cayendo también si seguimos avanzando por el camino de los placeres y retrocediendo por el de los sacrificios.

—¿Pero por qué no se calla vuesarced? Estamos en una fiesta, no por más patriótica menos divertida; y no en la escuela ni en el senado. Ni en el púlpito.

Para que la fiesta fuese completa, por la mañana antes del desfile en la plaza mayor no han faltado las atracciones, tales como pasacalles, malabaristas, juglares, músicos ambulantes, murgas callejeras, payasos, sainetes, ejecuciones públicas de delincuentes, en fin, de todo para entretener al personal y divertir al público. En principio se pensó en degollar a cuatro chorizos a la última pena condenados, pero después se estimó como de mejor criterio el ahorcamiento, por más espectacular y duradero, pues el golpe del hacha tan sólo dura un momento, y a continuación se acabó la diversión, y en cambio la horca ofrece más vistosidad y mayor fundamento y persistencia. Con decir que colgados en el patíbulo siguen ahí los cuatro todavía, ya está reafirmado lo que afirmar se pretendía. En realidad se trata de cuatro chorizos baratos o de poca monta, que no merecían tanto como el ahorcamiento, pero lo que pasa es que no se encontraron otros más a propósito, y había que ofrecer diversión al personal, y como ni siquiera eran de buena familia, ¿pues qué chorizo lo es en realidad...? Pues el caso es que acabaron colgados para esparcimiento y solaz, lo mismo que las demás atracciones, del respetable público asistente.

Lo que pasa es que se comenta por ahí que, a falta de chorizos auténticos y dignos de este nombre, han tenido que ahorcar a los que tenían más a mano y más a propósito para el caso, los cuales ni siquiera alcanzaban la categoría de chorizos en toda regla, unos vivales redomados todo lo más, pero es que, debido a la política represora de la delincuencia llevada a término por las autoridades imperiales, a tal extremo de seguridad ciudadana se ha llegado, que, cuando se necesitan cuatro malhechores para proceder a su pública exhibición en el patíbulo, a veces cuesta encontrarlos. De donde se deduce que, si bien se puede decir, y se dice, que no hay mal que por bien no venga, del mismo modo también se podría expresar lo mismo pero al revés, que del mayor de los bienes también se puede derivar algún mal minúsculo, tal como en el presente caso queda expuesto.

Un día memorable, en fin, de exaltación patriótica y de recta diversión, que lo uno no quita lo otro.

En cambio ya no hay gente mirona el día de la partida, un amanecer primaveral en la misma plaza mayor. Los primeros en partir, en formación y a paso de maniobra, son los de infantería, sin ninguna clase de impedimenta, a pie por las calles desiertas de la ciudad hasta salir a los caminos verdes y llegar al puente sobre uno de los brazos del delta del río, para seguir el camino hasta el próximo puente y así sucesivamente hasta salir de la tierra fértil y culta para entrar en el desierto, la llanura árida y sin fin.

Tras el paso interminable de la infantería pasa la intendencia, carretas llenas de provisiones y pertrechos, armamentos y municiones, catapultas, cocinas de campaña, carros cisterna, rebaños de carneros y hatos de bueyes. Justo a continuación parte la plana mayor, el general Nicolás Paleólogo y su séquito de legados, capitanes y ayudantes de campo, más los médicos militares, los ingenieros, los albéitares, los cabos furrieles, los maestros armeros, los capellanes castrenses y los cronistas.

Y por último sale la caballería, los escuadrones en formación, las cabalgaduras al paso, y sin armamento ni bagaje, que van aparte en los carros. Estos bravos guerreros, si quieren en la caballería ir, tienen que poner ellos mismos el caballo, y si no, a pie como los pobres y como está mandado. Dicho está con esto que en caballería no puede ir cualquiera, motivo por el cual los caballeros no se excusan de tener en poco a los infantes y mirarlos con un bien fundado desdén.

Desde los que abren la marcha de la expedición hasta los que la cierran, por lo menos habrá no sé cuantísimos estadios de distancia. Cuando el último de los caballos llegue hasta donde ahora mismo camina el primero de los infantes, habrá de pasar por lo menos no sé cuantísimo tiempo. Un ejército tan formidable no puede ser vencible de ningún otro, la victoria no cabe duda de que está más que asegurada, si es que en estas cosas de la guerra se puede asegurar algo de antemano.

Rosamunda ha pretendido venir de cantinera, o ha querido al menos ponerse a considerar la posibilidad de apuntarse, pero en este cuerpo de ejército no hay cantineras, no las quiere ni ver el general, él sabrá por qué.

Con su casco de hierro y su capa amarilla camina Helio junto a desconocidos camaradas de la misma guisa vestidos, menuda caminata que les espera, días y días de andar por caminos llanos y despejados, hacia allá donde sale el sol, mas en llegando al horizonte, se encontrarán con que el sol sale tras otro horizonte todavía más lejano, y así sucesivamente, que dicen que los confines del mundo todavía están por descubrirse, a saber si estarán en tierra, o en mar, que no es lo mismo, y que quien llega hasta el fin del mundo dicen que se cae por el borde al vacío infinito, mas lo que no se sabe es cómo se sabrá, pues nadie ha llegado hasta allá, o no ha vuelto para contarlo.

Doro, por el contrario, va con otros valeroso soldados de plana mayor y servicios, las cornetas y los tambores convenientemente guardados en una carreta, conversando amigablemente entre sí van los guripas, e incluso de vez en cuando, por turnos, subiéndose a un carromato para coger las riendas del tiro de rocines.

Tres días de caminata, uno de descanso. La caballería ya ha sobrepasado a la infantería y marcha muy por delante, lo cual no deja de ser natural. El clima de la tierra verde del delta en la costa se presenta benigno y moderado, pero aquí en el desierto se manifiesta terrible. Las arenas interminables arden al mediodía y el personal se asa vivo, mas se congela de noche. Ante sus camaradas se jacta Helio de que ya conoce el desierto y ya sabe lo que es efectuar su travesía. En todos los días que llevan de marcha no se ha encontrado con Doro, lo cual no es nada de extrañar, entre tanta gente, miles y miles, ni se sabe cuántos. Es de esperar que a aquel badana no se le haya olvidado hablar con el general para que tenga en cuenta lo dicho y le proporcione a él, al que esto está ahora considerando, un destino adecuado y conveniente. Doro será un grandísimo fantasma, eso sí, un calavera y un cantamañanas, estará hecho un saltabardales y un rompesquinas, eso no hay quien lo discuta, pero un buen amigo de sus amigos por encima de todo, eso por descontado, y no hay por qué poner en duda el cumplimiento por su parte de lo por él prometido. Otra cosa es que el general tenga a bien atender las peticiones que se le formulen. Es de comprender que ningún jerarca o dignatario, ya sea civil, militar, o eclesiástico, puede conceder todo lo que se le pide.

Después del día de descanso, otros tres de marcha continuada, y otra nueva parada. Dos días llevan ya detenidos en medio de la llanura escueta y sin fin, horizontes imperceptibles en todo alrededor, sin otra ocupación que no sea la consistente en no hacer nada, excepción hecha de las guardias, las imaginarias, y las escuchas, que se cumplen por riguroso turno. A algunos jinetes les toca ir de descubierta, seis o siete al mando de algún oficial, para volver al mismo sitio el mismo día, pero por lo demás, ocio obligado y espera intranquila. Dicen que ya se acerca el terrible ejército sarraceno, terrible y espantable ahora, pues hasta este momento todo en las legiones ha sido certidumbre y confianza en la victoria y la indemnidad. Pero ahora se acerca ya el momento terrorífico de la batalla, con sus posibilidades ciertas de recibir dentro del calor interior el frío del acero cortante de una saeta, de la punta de una lanza, o de la hoja de una espada. No hay muerte más dulce, tal dijo el poeta, que la de aquél que perece por su patria, pero el bellaco nunca se dispuso a soltar la lira para coger la espada, sino que prefirió amarga vida antes que tan dulce óbito, dulcísimo, figúrense, que le traspasen a uno de parte a parte con una arma blanca, o que con una maza le hiendan el cráneo, eso en el mejor de los casos, por no hablar ya de las agonías lentas y atormentadas, ocasionadas por vulneraciones no tan limpias y categóricas.

¿Para qué habrá tenido el imperio que entrar en guerra ahora precisamente? Con lo bien que se estaba en casa, en el taller, por las calles interminables de la ciudad maravillosa... La cual nadie sabe, desde el general hasta el último guripa, si la ha de volver a ver, que aquí la alegría innata de la juventud se trueca en desazón sin término y en la angustia terrible de no saber si se habrá de salir de ésta con vida.

Allá en lo más alejado del horizonte parece que se quieren divisar unos puntos casi imperceptibles a lo largo de toda la línea amarillenta. Al cabo de unas horas, los puntos lejanos se han hecho más visibles y ciertos, y se siguen acercando. Al llegar la noche, ya se encuentra el temible ejército sarraceno cumplidamente a la vista.

Al alba, todos a formar con el armamento. A entrambos lados, otras centurias, formando con sus primeras líneas una más bien curva y cóncava, a lo lejos y en los extremos la caballería desde aquí invisible, dispuesta a atacar los flancos del ejército frontero.

Helio lo cierto es que no sabe qué pinta él aquí, en primera línea de combate y en medio de feroces y ardientes guerreros, deseosos de entrar en liza y de alancear sarracenos. "¿Pero qué hago yo aquí, si no sé ni coger la lanza? Me van a arrollar al primer envite, Dios me acoja en su santa gloria."

Los sarracenos siguen con su avance, sin detenerse. Dentro de unos minutos estarán ya al alcance de las lanzas de las primeras filas, y éstas al de las armas de ellos. Los centuriones reciben orden de recomponer las filas, y las primeras pasan a ocupar las últimas posiciones, y viceversa. Helio ahora está atrás del todo, que ni puede alcanzar a ver las primeras filas de los lanceros sarracenos que entran por fin en combate con los que han quedado ahora en las posiciones más adelantadas.

Lo que ocurre a continuación no es decible. Cuando Helio llega a ver de cerca a los torvos guerreros sarracenos y sus espantables lanzas, en medio ya han quedado cientos de combatientes, de una hueste y de la otra, más o menos vulnerados, o algo peor.

Cuando ha recobrado el sentido, se ha encontrado yaciendo sobre la arena ardiente del desierto, magullado y sanguinolento, junto a otros en parecidas condiciones, y aun peores. Unos enfermeros andan con sus angarillas, llevando y trayendo al personal vulnerado, mientras que los médicos militares determinan y certifican las defunciones y mandan que a los que todavía se pueden contar entre los vivos los echen a las carretas prestas a partir. A Helio le echan a tierra, siguiendo indicaciones superiores, y allí se disponen a dejarle.

—¡Eh! Que yo estoy vivo —acierta a exclamar, no sabe ni cómo.

Las carretas son pocas y muchos los que todavía permanecen con vida, a saber hasta cuánto, más de los que en un principio parecía, y no tantos por ahora los caídos. Cuanto antes se pongan en camino tras la batalla, antes a su destino llegarán, como es de cajón y como no puede ser de otra forma.

—Que yo no estoy difunto...

—A ver si vas a saber tú más que el médico...

Y se van dejándole allí, en medio de la inmensidad del desierto, junto a los caídos en combate y a los restos de la batalla.

—Ya sólo les hubiera faltado darme la puñalada de misericordia.

Capítulo onceno

De la guerra vuelvo

Torna Doro de la guerra lleno de honor sin haber visto de cerca a los sarracenos, y de gloria militar sin haberse aproximado a las primeras líneas del frente. Mas sobre todo lleno de vida y de ganas de seguir viviendo, íntegro e indemne. Los caídos allá permanecieron insepultos, pues no hubieran los gastadores dado abasto, allí se quedaron a servir de provecho a los chacales si es que los hay, o si no a las panteras del desierto, si es que allá no faltan. Le han licenciado y ha vuelto al taller como si tal cosa. A Helio le ha puesto una corona de flores en la pared, para que el personal le tenga en la memoria, que Doro es muy mirado para esas cosas, y hasta le ha pagado una misa, y todo, a la que él mismo no se ha excusado de asistir, a pesar de profesar otra religión distinta, pero es que Doro siempre ha sido muy tolerante para estas cosas.

La viuda y él siguen como antes de la guerra, como siempre anduvieron, juntos en la labor y aun en lo que no tiene nada que ver con la profesión.

Rosamunda ha recibido, en sesión solemne en el salón principal de la capitanía general, de manos del mismísimo capitán general en persona, y con asistencia de todos los demás espadones con mando en plaza, la medalla de oro con distintivo amarillo, la correspondiente a los soldados sin graduación caídos en combate, pero al final ha resultado que de oro sólo tiene el baño. Y veinte sólidos le han aflojado además a cada viuda, que tampoco está nada mal. Algunas se ponían a hacer pucheros y a lamentarse de que todo el oro del mundo no sirve para que el difunto vuelva ni basta para mitigar la inefable aflicción en que han quedado los deudos, y Rosamunda entonces las llamó bachilleras y quejicosas, y les dijo que se callasen, y que, si no querían la recompensa, que la dejasen, y de paso dejasen también de hacer el ridículo; es que siempre ha sido muy estricta para estas cosas.

Con anterioridad no se había excusado de acudir a esa misma capitanía general, acompañada de Doro, a comprobar la lista de bajas o de caídos o desaparecidos en combate, y allí efectivamente figuraba Helidoro, hijo de Cucufate, de profesión ajustador de clepsidras, pero para mayor seguridad, por si fuera poca la que les ofrece la lista comprobada, otro día volvieron para verificar si en toda la expedición habría, mucha casualidad iba a ser ésa, otro guripa con el mismo nombre y cuyo padre respondiera por aquella misma gracia, y que encima se dedicara al mismo oficio, y cuando finalmente se certificaron de que no había ningún homónimo, dieron por seguro el estado de viudez de la una, y por cierta la libertad para comprometerse ambos a dos, el uno con la otra, con todas las de la ley y sin faltar a la regularidad y al decoro.

Los días van pasando monótonos y tristes, siempre igual. Rosamunda cada vez se trata menos con su suegro, si es que todavía lo es, de lo cual no está lo que se dice del todo segura. En su misma casa sigue habitando, la cual también considera suya, si considerarse puede heredera de su difunto marido, que gloria haya, y si es que a nombre de aquél estuviera inscrita la vivienda en el registro de la propiedad, en todo o en parte, o nada, extremos éstos todavía por aclarar o comprobar. Bien mirado, se le importa muy poco de quién o de quiénes pueda ser ahora mismo esta malaventurada casa.

Una tarde, a eso del atardecer, está Rosamunda en la cocina encendiendo la lumbre, y no es que haga frío en invierno, o no tanto como para tener que acudir al calor reconfortante del fuego doméstico, pero es que tampoco se deja de agradecer a estas horas un poco más de caldeamiento ígneo en la casa. La carga de leña que había traído estaba al principio un poco verde todavía y ardía mal y levantaba mucho humo, pero ahora se está quedando cada vez más seca, y es que además la chimenea tira lindamente y a plena satisfacción.

Y, ya la lumbre encendida, quédase un tanto absorta mirando las llamas contenidas dentro del arco del lar, la olla de barro encima de la trébede, el fuego fascinante de innúmeras llamas que se levantan de pronto, luminosas e inconsistentes, para al instante siguiente desaparecer y dar lugar en el mismo sitio a otras nuevas en sucesión ardorosa e incontinente. Y mirándolas cavila que una lumbre vendría a ser algo así como la representación mundana y efímera del fuego del mismísimo averno, y que estas llamas que se levantan imprecisas y fugaces serían las almas en pena que hasta el otro mundo desde éste y a través del fuego se dejan ver. Cada una de esas llamas que surgen y desaparecen bien podría representar al alma de alguien que antes que nosotros vivió, y que no supo o no pudo resistirse a apartarse de los preceptos más sagrados, y que por esa causa fue a parar al fuego sempiterno. O no, sino que esas llamas no son perpetuas, pues apenas aparecen se extinguen, como se habrá de extinguir entera la lumbre cuando se haya consumido toda la leña, hasta que al día siguiente se vuelva a encender otra vez. Y es que, tal da en cavilar en su ociosa soledad, miles de años en la vida eterna apenas representan en ésta un breve instante, y esa llama precaria que se alza y se desvanece en menos de un segundo no viene a ser sino la visión de una alma en pena que padece los rigores del fuego, pero no eterno, sino transitorio, pues la llama no prevalece, y por lo tanto se infiere de todo esto que lo que se está viendo a través del fuego no son las ánimas del infierno, sino las del purgatorio, que no es lo mismo ni muchísimo menos, y todavía se atreve a pasar más adelante en sus oscuras cavilaciones, vale decir, que infierno y purgatorio no solamente no se parecen entre sí, sino que uno y otro constituyen entre sí conceptos absolutamente contrarios, pues no se puede dejar de estar de acuerdo en que lo eterno es justamente lo contrario de lo temporal; por lo cual considera de pronto que le cumple ponerse ahora mismo a rezar un rosario, o al menos el primer misterio, el correspondiente a la oración en el huerto y así denominado, pues hoy es martes y tocan misterios dolorosos; cuando de pronto llaman a la puerta, y con unos policías imperiales, la capa negra, el jubón verde, y la mano en el pomo de la espada envainada, se encuentra cuando abre.

—¿Vive aquí Heliodoro de Zalasiópolis?

—¿Quién le busca —a su vez pregunta Rosamunda, descarada—, y para qué?

—La policía, ¿o es que no se nos nota? Y para que responda ante la justicia militar por haber desertado de la armada imperial en la base naval de Corinto.

—A buenas horas, mangas verdes. Ése ya no vive aquí ni en ninguna otra parte.

—¡Ah! ¿No?

—Cayó en combate —aclara Cucufate, que ha salido a la puerta a ver qué pasa —en la última batalla al servicio del emperador.

Quédanse por un momento los policías sorprendidos y como pensándolo y sin saber qué decir. Miran los papeles que les ha sacado Rosamunda, para que se certifiquen de cuanto se les ha dicho.

—Pues entonces los sarracenos ya nos han hecho el trabajo.

—Al fin y al cabo —es como si se quisiera Cucufate justificar—, si se marchó de un ejército, a otro vino a parar, ¿qué más da?

—¿Cómo que qué más da? A ver si se cree vuesarced que se puede uno escapar del cuartel así por las buenas, ad líbitum, como si dijéramos, independientemente de que más tarde acabe reincorporado a filas...

—Pero si le cortaron la mano y le licenciaron de la armada...

—No —la contradice el cabo de policía—, sino que se le escapó al verdugo y huyó en no se sabe qué barco ni adónde, hasta que se le localizó aquí después de meses en paradero desconocido.

¡Vaya, ésta sí que es buena! De modo que ahora viene a saber Rosamunda que aquellos tres bellacos capitanes, más el practicante, a quienes tuvo que apoquinar trescientos cincuenta sólidos en total, luego se justificaron declarando que el reo se había dado a la fuga indemne y con las dos manos en su sitio. "Valientes bergantes, ¡ay, como me los eche yo a la cara, uno a uno...!"

—¿Son la hermana y el padre, o la viuda y el suegro?

—Lo mismo podríamos ser la hermana y el suegro, pero tampoco, sino que la viuda y el padre somos, para servir a vuesarcedes.

—Pues bien, comprobaremos lo declarado y, salvo mejor fin, daremos el caso por cerrado.

Bajan de uno en uno por los escalones estrechos de madera, entre dos paredes encaladas, curvadas y entre sí próximas.

—¡Aquí dejan dos seguros servidores para lo que gusten mandar! Hay que ver lo que es la vida. Si no llega a perecer en la batalla, ahora éstos le hubieran ahorcado por desertor. Mejor así, tal como ha ocurrido efectivamente, que no como hubiera hipotéticamente podido ocurrir, ¿no le parece?

El semblante de Cucufate se torna sombrío, más todavía de lo que estaba ya. Y no dice qué le parece, pues considera que no hay una manera mejor que otra de sobrevivir a un hijo, lo peor que le puede pasar a un padre en la vida, y lo peor no tiene grados.

La boda se va a celebrar en dos veces, o tendrán lugar dos bodas, por mejor decir, una en la basílica, por el rito de la iglesia ortodoxa oriental, y otra a continuación en la sinagoga, siguiendo las ceremonias propias del judaísmo, dos celebraciones para un mismo casamiento, más un banquete por todo lo alto, como es de rigor, y una fiesta a continuación, eso que no falte, en uno de los bodegones de los muelles pesqueros, a base de pescado, según se infiere, asado sobre brasas de carbón vegetal, tampoco está mal, se conoce que lo hacen así en evitación de que los invitados no judíos no se acuerden de las morcillas y los chorizos que no catarán y que no pueden faltar en ningún gaudeamus de cristianos.

Acude Rosamunda a la basílica a hablar con el preste, a arreglar los papeles para la boda. Se necesita certificado de viudedad, más el de defunción del difunto, así mismo se lo dice, con esa redundancia y todo. Como ya se ha cumplido el plazo legal estipulado para declarar fallecidos a los desaparecidos en combate, por tal se le puede tener ya al difunto, que lo es, así mismo se expresa Rosamunda, y para lo cual aportará los correspondientes certificados expedidos por la capitanía general, firmados y sellados, y visados por la vicaría general castrense. El malaventurado Heliodoro, Dios le tenga en su santa gloria, está fallecido mas no enterrado, sino que se quedó en el campo de batalla tras la retirada de las tropas imperiales.

—La ceremonia, en tratándose de un viudo por parte de alguno de los dos contrayentes, es más breve y menos ceremoniosa, si vale decirlo así. Y no tan lucida ni solemne, por tanto.

Se encuentran entrambos en la sacristía, el tablero brillante y vacío de una mesa enorme en el centro de la estancia, un aparador de madera oscura en una de las paredes blancas, grises en la sombra, un cuadro encima, que entre la penumbra por una parte, y por otra la pátina, no se sabe ya lo que representa, algún santo hierático de grandes ojos de mirada fija, como todos.

—Vaya, pues qué contrariedad, y nosotros que queríamos una boda de mucho rumbo... Hasta tenía pensado contratar un coro de niños cantores, con cítaras y bandurrias.

—Eso de ninguna manera. En las ceremonias religiosas tan sólo se permiten cantos vocales, nada de instrumentos musicales. Esas cosas tan frívolas y festivas, propias de católicos romanos son. Aquí somos más serios.

—Ya. Pues vaya, otra contrariedad. Pero, si la liturgia es así, pues qué se le va a hacer. ¡Ah! Y otra cosa que se me olvidaba, es a saber, supongo y espero que estén permitidos los matrimonios mixtos...

—Desde luego, por eso no te tienes que preocupar.

—Pues menos mal —Rosamunda ya estaba temiendo que le salieran con algún otro impedimento o alguna impertinencia en este punto.

Y finalmente la emplaza el sacerdote para que otro día le traiga todos los papeles precisos, tanto los suyos propios como los del futuro esposo.

El cual al mismo tiempo acude a la sinagoga, a hablar con el rabino para el mismo propósito. Las paredes parecen forradas de maravillosas filigranas bordadas de hilo de oro, pero resulta que son de unos muy delicados y pulidos primores de yeso recubiertos de pan de oro. Es que Doro hacía mucho tiempo que no aparecía por la sinagoga.

Lo primero que le pregunta al rabino, no sin un vago y recóndito temor, es si se pueden celebrar matrimonios mixtos.

—¿Pero cómo me preguntas esas cosas, es que no sabes que los matrimonios mixtos están absolutamente prohibidos?

Coge un rollo de papel recogido en sus dos extremos por otros tantos ejes de madera y en los dos a la vez enrollado, y se pone a enrollar uno y a desenrollar el otro, como queriendo buscar un párrafo para dárselo a leer.

—No se moleste, ni siquiera entiendo esos extraños caracteres.

—Pues valiente judío estás hecho. Muchos más como tú, y se acaban nuestra raza y nuestra religión.

—Mejor —exclama Doro, poco menos que arrebatado cuando sale por la puerta casi con precipitación.

Días más tarde, en el taller, tratan ambos a dos de las dificultades que se les presentan para casarse como Dios manda.

—Hay que joderse, mira que no podernos casar por las dos religiones...

—Pues nos casaremos —propone Doro —sólo por la tuya, que es mucho más tolerante y abierta. Los míos son unos cernícalos excluyentes e intransigentes. Ganas me dan de cambiarme de religión.

—Pues a tiempo estás.

—El paraíso que vosotros ofrecéis, ¿en qué se diferencia del de los judíos?

—¿Y yo qué sé? A ver si te crees que yo soy teóloga o así. Pregúntale al sacerdote. Pero yo creo que te va a decir que la religión no es un negocio mercantil, como cuando comparas precios de una misma mercancía en diferentes casas proveedoras.

—No, claro.

Pues por un solo rito se casarán, en tal caso, por el cristiano, pues el judaísmo no permite matrimonios con gentiles, pero es que, cuando entran por el iconostasio y se presentan en la sacristía a aportar los documentos requeridos, y cuando el sacerdote les recuerda que, para recibir el santo sacramento de la comunión, tienen que estar en ayunas desde la medianoche anterior, contesta Rosamunda que tan sólo ella está en el caso, y no él, y entonces, al ver con más detenimiento los papeles, el sacerdote, luengas barbas negras, se lleva las manos al gorro cilíndrico negro con cogotera.

—¡Pero, hombre, por Dios! ¿Cómo es que no lo sabíais? Cuando me hablaste de matrimonio mixto, yo creí que me estabas hablando de casarte con un católico de la iglesia romana. Y eso, con la autorización del archimandrita, la cual no tiene por qué negar. ¿Pero con un judío? Eso no se puede de ninguna manera llevar a efecto. A menos, claro está, que se bautice.

—Yo no sé hasta qué punto tendría inconveniencia en bautizarme, o dejara de tenerla, pero es que el problema no consiste en lo que yo esté dispuesto a hacer al respecto. Si me bautizo, me echan de casa y me desheredan, ya sabe vuesarced cómo somos los judíos.

—Seguros de su propia fe, como todos los que la tenemos. A eso los impíos lo llaman fanatismo.

Ya en la calle, sombríos los dos y meditabundos, no saben cómo habrán de hacer en cuanto a la pretensión presente.

—¿Pero será posible? Que no nos podamos casar por seguir distintas religiones, ¿hay derecho a eso, es eso entendible y razonable?

—¿Para qué tendrá que haber tantas religiones, no sería bastante con una sola para todos?

—Así es como debería ser, pero no sólo en esto, sino en todo, un solo idioma en todo el mundo, un solo emperador, una sola ley, y una única religión, ¿pero cuál?

—¿Y qué más da una que otra? Lo preciso y favorable sería que no hubiera más que una.

—Mejor ninguna.

—No seas impío.

Y siguen andando calle adelante, la vista baja y el semblante turbado y abstraído. Andan uno cabe el otro, pero no juntos como si dijéramos, Rosamunda como siempre muy pinturera, con su vestido del color azul subido, como el horizonte del mar en una mañana despejada, ceñido por una faja roja a la cintura sutil; con un jubón granate Doro y con unos calzones hasta la rodilla, del mismo género y color, y con un capuz dorado. Así viéndolos, andando sin vinculación recíproca, del mismo tamaño y figura semejante los dos, diríase que no van juntos, sino que coinciden en la acera y en una misma dirección caminan.

—Si yo me meto cristiano, me desheredan y me echan de casa, eso lo saben hasta los negros. Y no salgo mal si no me matan además. Pero si tú te metes judía, todo arreglado. A ti, ¿quién te va a reclamar ni a reprochar nada?

Rosamunda sigue andando despacio, sin levantar la vista y sin mudar de semblante.

—Todo arreglado —insiste esperanzado Doro.

—Muy bien lo arreglas tú todo y muy pronto. Pero un cristiano no apostata así como así, porque lo digas tú. Antes escoge la muerte, y hasta el martirio si a mano viene.

Compone Doro un gesto como de decepción y sigue andando sin decir nada. Ya era de esperar una respuesta así. No se le podrá contar entre los que se conforman a la primera y se allanan ante cualquier adversidad.

—Es que, además, si te metes judía, habrás vivido de repente más de tres mil años.

Antes de que le demanden explicaciones por tan extravagante aseveración, se apresura a poner en claro lo dicho.

—Sí, tú fíjate bien en lo que te digo, tú déjame hablar y no me cortes el hilo. Vamos a ver, tú has nacido en el año mil y pico según el calendario juliano, ¿no es así? Pues bien, si te metes judía, de repente te encontrarás en el año cuatro mil y pico, de acuerdo con nuestro calendario, pues, no sé si sabrás, se empiezan a contar los años no desde el nacimiento de nadie, sino desde la mismísima creación del mundo.

—Pero, hombre, no me jodas, no seas lelo. Si de pronto me encuentro con que estoy tres mil y pico años más tarde de éste presente, resultará que esos años ya no los viviré, pues ya pasados estarán. Otra cosa sería si los tuviera por vivir, pero, ¿de qué me aprovecha a mí tenerlos pasados de repente, sin haberlos vivido siquiera? Cuando yo digo que tengo dieciocho años, estoy diciendo mal, pues ésos son precisamente los que ya no tengo, pues ya pasados quedaron, sino que los que sí tengo verdaderamente son los que me queden por vivir, Deo volente.

Aquí ya no le queda a Doro más que aceptar la realidad evidente, falto de otros argumentos.

—No tendremos más remedio que casarnos tan sólo por lo civil.

—¿Y la ceremonia religiosa, y los invitados, y la fiesta y el regocijo?

—¿Y qué quieres, si te rehúsas de meterte judía?

—¿Aceptas tú meterte cristiano?

—Ya estamos otra vez con lo mismo, ¿qué te acabo de decir?

Siguen andando por la acera, cabizbajos y en silencio. Se tienen que arrimar a la pared para dejar pasar un entierro. Un palo metálico en alto y brillante, rematado en cruz, lleva el monaguillo que de los tres en medio va, blanca la sobrepelliz y la sotana roja, abriendo el lúgubre cortejo. Tras ellos, la sotana negra del cura se destaca triste sobre el pavimento de piedras grises. Y a continuación, dos caballos negros con penachos de plumas negras como la noche tiran parsimoniosos del carruaje fúnebre, detrás del cual vienen compungidos los deudos, seguidos de los acompañantes silenciosos, lánguidos los andares y la vista baja.

Tan sólo se oyen las herraduras de los pencos y las llantas férreas de las ruedas, mientras el entierro pasa, al pisar y al rodar sobre las piedras de la calzada. Rosamunda se santigua, Doro al verla hace lo mismo, los dos dedos de la mano diestra a la frente, al inferior botón de la camisa, y de ahí a los hombros derecho e izquierdo alternativamente y por este orden, al contrario los cristianos del imperio de occidente, se nota que les cuesta ponerse de acuerdo en esto de los ritos litúrgicos.

—Me dijo una vez la vieja Antagónica, que en gloria esté, que ha habido quien ha presenciado su propio entierro. ¿Qué me dices a eso? Pues a mí me gustaría, por qué no, presenciar el mío.

—A mí también.

¿Qué con eso habrá querido decir? Que también le gustaría, se amosca Rosamunda, presenciar su propio entierro, o el de ella, pues dicho así, tal como lo acaba de expresar, no deja claro ese extremo. En el último de los casos, si es que le placería presenciar el entierro de Rosamunda, no sabe ésta si lo que quisiera ese bergante sería asistir a su óbito ya o cuanto antes, o que simplemente aspiraría a sobrevivir por encima de ella, deseo de lo más lícito y natural, por otra parte. O si lo ha dicho así por decir, sin otra intención, lo primero que se le ha ocurrido y sin ulteriores consideraciones. De cualquier forma, vale más dejar estas hueras cavilaciones y volver a reflexionar acerca de lo que ahora mismo de verdad importa.

—Maldita sea, ¿quién inventaría las religiones?

—No blasfemes —aquí es Doro quien se muestra apaciguador y moderado.

—Es que la diferencia de religión se interpone entre nosotros...

—Pocos matrimonios habrá tan igualitarios que en sí no contengan ninguna diferencia concerniente a las edades, las posiciones sociales, las mentalidades y las aspiraciones, los gustos y las inclinaciones, las riquezas o las sabidurías respectivas, y también, cómo no, las religiones.

—Todas las demás diferencias —concluye Rosamunda —que entre nosotros pueda haber, que no son pocas, de sobra las tenemos ya superadas, a base principalmente de mutua generosidad, sobre todo por tu parte, hay que reconocerlo, y de concordia recíproca. Ya sólo ésta nos falta.

—Pues en superarla estamos. Contraeremos nupcias, si no hay otra manera, solamente por lo civil.

Cuando se enteran Sidoro, el padre de Doro, e Isidoro, el padre del padre, mucho se complacen de tal circunstancia, y la esperanza entonces les asiste de que a este tarambana de hijo o de nieto, según el caso, con que Dios les ha afligido, se le pase ya ese grandísimo desvarío y ese tan injustificable desatino de quererse casar con una criada, y además cristiana, lo que faltaba ya. Y encima, sin dote, eso sí que es ya el colmo.

—Tú te tienes —le tenían dicho —que casar con una de tu condición, para lo cual tu abuelo y yo no estamos desprovistos de las convenientes relaciones sociales. Y si es más rica que tú, pues tanto mejor. Y después, si quieres tener tus amigas aparte, y mientras no se entere nadie...

Pero Doro es de otra opinión acerca de las obligaciones de todo señor casado. Y es que además, ¿cuándo ha hecho él caso de bien fundados consejos paternos?

Y cuando se entera Cucufate, tres cuartos de lo mismo, aunque por otro motivo que no acierta a determinar, vale decir, se complace de que no se casen mas no acierta a entender por qué esta circunstancia le sirve de complacencia.

Pero han decidido casarse por encima de todo, y aun de todos, por lo civil nada más, pues nada más se puede a ese mismo respecto hacer. El padre y el abuelo del contrayente han tenido finalmente que consentir, o claudicar, a ver qué remedio si no, a dar su beneplácito, y a satisfacer todos los importes de los gastos de la boda, pues no por ser civil han querido renunciar a las fiestas y a los ágapes.

La contrayente, por el contrario, como carece de deudos, no tiene que buscar la anuencia de nadie, y como quiera que de fortuna es de lo que carece sobre todo, no sólo se excusa de contribuir a los gastos, sino que ni siquiera es capaz de aportar ni un sólido de dote.

—Mejor —le dice al respecto Sidoro a su único hijo—, así cuando la repudies no tendrás que devolver nada a nadie.

—Algo así predicaba el otro día un filósofo que decía que venía del desierto. Que es mejor no tener nada, pues así vivirás sin el cuidado de no perderlo.

—Lo que quiero decir es que de esta manera la podrás repudiar cuando quieras, sin tener que perder la dote recibida.

—Pues lo mismo que decía aquél.

—No me contestes tanto ni tan a la ligera. Lo que quiero decir es que espero que no tengas inconveniencia en repudiarla en su momento, pues nada tendrás que perder, y vuelvas a tu estado civil anterior, para poderte casar como es debido.

—Si me decido a tomar estado, no va a ser para volver después a mi estado anterior...

—¡Ya está bien, te digo que no me contestes más!

Al abuelo Isidoro, tanto en esto como en todo, le hace menos caso todavía, le considera una reliquia viviente de tiempos pretéritos, y nada de lo por aquél dicho le parece de recibo, por más que no deje de estar puesto en razón, pero basta con que el abuelo lo diga, para que el nieto sienta de pronto una obligada inclinación a situarse en el parecer contrario.

—Cualquier día te voy a decir las cosas al revés, para que las hagas al derecho.

—Efectivamente —el nieto no se priva de contestarle ni al mismísimo abuelo, por lo que se ve—, pues el revés del revés es el derecho.

Un día le tiene que reconvenir Isidoro, harto ya de razonar en vano con el nieto:

—No te vayas a creer que, porque estés más instruido, has de ser más sabio que tu abuelo.

Y es que a Isidoro nunca le cumplió acudir a casa de afamados maestros, ni siquiera maestros baratos, sino que su escuela fue la calle, que se suele decir, y tanto se aplicó en la pedagogía de la vida errabunda, que acabó por aprender muy bien el oficio sin saber leer, se puso por su cuenta y prosperó, contrató a otros colegas, emprendió y salió triunfante, y ahí le tienen ahora, hecho un empresario de nota, de todos respetado, salido de la nada, como aquél que dice.

Rosamunda ha tratado del asunto con Cucufate, al que ya no sabe si seguirle considerando suegro, y ha con él hablado como nunca habían hablado antes, largo y tendido, y esta vez, lejos de tratarle con desapego como siempre, con más afecto le ha tratado y con mayor consideración. Pues si todavía es su nuera, extremo no comprobado, por cierto, en cuanto contraiga segundas nupcias, de seguro dejará de serlo, si es que no lo ha dejado de ser ya.

Cucufate declina la invitación a la boda, qué ocurrencia, miren que pretender que acuda a la ceremonia que unirá en santo matrimonio a su ex nuera con otro... Considera no obstante que se le invita más que nada por puro compromiso, sólo por quedar bien, y dado por seguro el rechazo consiguiente. Y se dispone a quedarse a vivir solo en casa, sin su ex nuera, a la que nunca, si todo hay que decirlo, consideró como una hija, sino que no le plugo lo que se dice nada el casamiento que hizo su hijo, y con la nuera, como se va diciendo, nunca tuvo un trato cordial y familiar como debe ser, sino un tanto distante, más bien frío y por encima.

Sidoro, según van pasando los días, más se va a acomodando a la idea de devenir en suegro, pues hasta ahora tan sólo padre era, y tan sólo de un único hijo, igual que él mismo, hijo único y padre por una sola vez, como debe ser, y como ya quisiera que ocurriera en el caso del más que posible y próximo nieto, vale decir, uno solo y varón, y es así como se lo explica al hijo en presencia del padre o abuelo, según se mire, en uno de los escasos momentos en los que aquel tarambana se encuentra en casa sosegado y sin prisas por marcharse.

—Las niñas no se cotizan nada, como si dijéramos, no sirven en definitiva más que para traernos el cuidado de tenerlas que casar en su día y bien dotarlas para eso mismo, pero en cambio un niño, uno solo, se constituye en heredero natural y en continuador del linaje y del apellido, y del prestigio de la casa, tanto la comercial como la puramente familiar. Pero insisto en que ha de ser niño, y uno solo. Nada de segundones, pues luego en este caso, o hay que partir la herencia, con lo cual lo mucho se transforma en varios pocos, para provecho de competidores más que nada; o hay que establecer un primogénito y dejar a los demás en cueros, lo que tampoco resulta de conveniencia y utilidad. Si tú hubieras tenido hermanos y yo también, igual ahora te tendrías que buscar la vida aparte del negocio, o en él emplearte por un jornal de miseria, como todos los jornales. Un solo niño se ha de tener, tal como aconteció a tu padre, ahí estás tú, y a tu abuelo aquí presente, ahí me tenéis.

—Eso es —corrobora Isidoro —lo correcto, un solo descendiente, y niño.

—Sí tal, como vuesarcedes manden.

Se amoscan un tanto su padre y su abuelo, o con el recelo se quedan de considerar que acaso haya querido el insolente, si no de ellos furtivamente burlarse, sí al menos indirectamente faltarles al respeto debido, con esa tan impertinente contestación.

Ido ya el nieto, se quedan padre e hijo considerando la situación.

—Si es que no se puede hablar con él... Enseguida se te sale por la tangente. O le entran unas prisas de repente y se marcha corriendo.

Y puestos a considerar, consideran que la tal Rosamunda está hecha una mozancona fuerte y dinámica, animosa y bien dispuesta para las labores. Brava adquisición, si bien se mira, capaz de proporcionarles el nieto y bisnieto, según el caso, que se precisa para heredar en su día, plegue a Dios que lo más tarde posible, el negocio y la casa.

La diferencia de edad entre padre e hijo, y entre éste y el suyo, lo mismo que la de Doro con respecto al que es de esperar, son más bien escasas, apenas unos veinte años entre una generación y la siguiente. Por lo tanto, los tiempos vividos por los progenitores con respecto a los de su descendencia, se solapan muy mucho, y el negocio le heredarán, si Dios es servido, ojalá, amén, ya de viejos, y con descendientes deseosos a su vez de recibir esa misma herencia.

—En vez de haber sido padres a los veinte, a los cuarenta hubiera sido mucho mejor.

—¿Pero qué dislates —Isidoro se muestra de otro parecer —estás diciendo ahí? Descendencia a tan avanzada edad, vaya ocurrencia la tuya... Cuando el niño, o la niña, se case, el papá ya peinará canas, menudo ridículo haría en la boda, le tomarían por el abuelo.

Aunque la madre no sea judía, tal discurren los dos dichos, el niño no tiene por qué dejar de acudir, antes al contrario, a las escuelas donde los rabinos enseñan la doctrina, y en todo habrá de ser educado e instruido de la más conveniente manera, de tal forma que en adelante nadie habrá de decir que no esté hecho un judío cabal y cumplido, como otro cualquiera del más puro estilo, linaje o generación. Eso, por descontado y sin controversia posible. La madre, que haga lo que quiera, que vaya a misa y al rosario siempre que así lo desee, pero de ninguna manera se opondrá a que el niño sea un perfecto judío, como tiene que ser.

—De todas maneras, eso conviene dejarlo bien claro de antemano, para que luego nadie se llame a engaño.

De modo que ya están arreglando la boda por lo civil, en el palacio de justicia, en ceremonia oficiada por el juez de turno, el que toque ese día, da igual uno que otro. Porque sea civil la ceremonia no hay por qué privarse de la fiesta que corresponde a toda boda de rumbo, como no puede ésta ser menos, dada la alcurnia del contrayente, como es el caso. De la prosapia de la contrayente, en cambio, mejor no hablar. Y por eso se pica.

—Tu abuelo llegó a esta ciudad descalzo, mientras que el mío tenía un barco allá en las costas atlánticas septentrionales. No era ningún marinero raso, sino patrón y armador, ¡menuda diferencia! Y no carecía de buenos tratos con el rey de Dinamarca, ¿qué te crees tú?

—¿Y qué me quieres decir con eso? A mi abuelo yo no le conocí descalzo, sino vestido con las mejores galas, dentro de lo que cabe, pues él nunca fue ningún figurín, sino muy austero en la indumentaria.

—Ya. Como que dicen que todavía lleva los mismos calzones con los que llegó a la ciudad, y que con ésos mismos le habrán de sepultar, quiera Dios que lo más tarde posible.

—Que los conserve todavía no quiere decir que los lleve siempre puestos. Es que siempre estuvo muy atento al trabajo y alejado de los demás cuidados, como buen judío, y como tal, nunca le gustó tirar nada, ni aun en estado de media vida.

—¿De media vida consideras unos calzones de casi cincuenta años? Pero si es que, para ponderar lo perdurable de una cosa material y tangible, se dice por ahí que dura más que los calzones de Isidoro...

—Conque sí, ¿eh? Y tú, ya me dirás cómo llegaste a esta ciudad...

—En cueros y a palos, tal como tú me viste. Ya lo sé, no me hace falta que me lo recuerdes.

—Bueno, pues entonces tú, por tu prosapia pasada, y yo por la mía presente...

—Anda, no me irás a decir que vamos a organizar una boda principesca, de las que dan que hablar a toda la ciudad...

—Pero poco menos.

Sidoro, el padre de Doro, y Rebeca, la madre, se entregan a otra clase de pláticas.

—Mejor si no se puede casar más que por lo civil, pues así se podrá divorciar como Dios manda y casarse otra vez, pero en regla.

Por fin el día de la boda es llegado. Un carruaje engalanado, tirado por cuatro caballos blancos vistosamente enjaezados, mandan a la puerta de la casa hasta hoy de Rosamunda, a recoger a la novia, que sale toda de blanco vestida hasta los pies, una corona de rosas blancas sobre el pelo rubio y suelto, y un ramo de crisantemos en la mano, de acuerdo con la costumbre establecida para el caso de una viuda que contraiga segundas nupcias. Va sola con el cochero, pues no tiene deudos, y ese cernícalo de Cucufate no se ha querido avenir a hacer las veces del padrino a falta de otro más propio. Cavilando va en lo acertado de su propósito de no haberse dado prisa por tener descendencia, acaso teniendo en cuenta la posibilidad, más bien entonces remota, de que pudiere llegar el día en que aconteciere esto mismo que aquí en este momento aconteciendo está.

Ante las puertas del palacio de justicia llega el carruaje, al pie de cuyas escalinatas esperando ya están los invitados, que sonrientes la reciben con complacencia y cordialidad, casi con alborozo. Baja del carruaje ante los murmullos de admiración de toda la concurrencia, y la conducen ante la presencia de Doro, todo vestido de seda púrpura, túnica y gorro cilíndrico, a quien no había visto hasta ahora, oculto entre la abundancia del concurso. Suben juntos por las gradas de mármol blanco, de todos los demás seguidos, Sidoro y Rebeca al frente de los que vienen detrás, los dos muy rozagantes con sus vestimentas de seda dorada y azul turquí respectivamente. A continuación viene Isidoro, sin nadie a su lado como viudo que es, vestido esta vez de seda granate, en lugar de sus sempiternos calzones de paño pardo. Y a continuación, todos los demás, hasta no sé cuántos por lo menos, contando los niños, que no han de faltar en ninguna boda, aun en las de nota.

Al llegar al rellano en lo alto, unas niñas vestidas de blanco y de flores coronadas, a la manera de las novias pero en pequeño, les van a los contrayentes echando sobre las cabezas unos pétalos de rosas que sacan de unos azafates que ahí mismo prevenidos tienen. Entran por una puerta altísima de jambas y dintel de mármol, a un salón inmenso y penumbroso, donde no se ve a nadie. Al cabo de unos minutos de inesperada espera aparece un ujier, y a Sidoro le cumple, como padre de uno de los próximos consortes, a él dirigirse en demanda de información o de solicitud de instrucciones.

A otro salón contiguo les mandan pasar y sentarse a esperar a su señoría el juez de paz, mas como quiera que son muchos más los pretendidos sedentes que los asientos disponibles, de pie sobre las losas de mármol hasta el vano de la puerta se tienen no pocos de ellos que quedar en incómoda espera.

—¡Pues vaya, qué contrariedad! Esto no es lo hablado.

—¡Bah, funcionarios...!

—¡Ah, si yo fuera el que manda...! Ya veríais cómo les metería yo en cintura y les pondría a todos en su sitio.

—Prefecto más bravo que tú ya lo intentó, pero con ésos no hay quien pueda.

Ahí sale un juez vestido de túnica talar negra, luenga barba, y cabeza descubierta. Todos se quedan de pronto en silencio y mirándole.

—A ver, ¿quiénes son los contrayentes?

Una pregunta sin sustancia y por demás, pues no hay más que verlos.

—Que vengan conmigo junto con los padrinos y dos testigos.

—¿Y los demás invitados?

—Que esperen por ahí.

Semblantes de decepción y contrariedad por parte de casi todo el concurso.

—Pues vaya desconsideración. Ni los sacerdotes cristianos tratan así a los asistentes a las bodas.

—¿Pues qué se habrán creído? Ni que fuéramos unos zascandiles cualesquiera, como ellos mismos...

Entran los contrayentes a un salón mucho más reducido, una mesa de mármol negro en medio. El juez que los trae aquí no es tal, sino tan sólo el escribiente. El verdadero juez de paz, de negro vestido también, les manda quitarse los gorros en su presencia, y hasta Rosamunda se tiene que quitar la corona de rosas blancas.

—Pues ni que fuera el mismísimo sursuncorda en persona...

El escribiente se sienta al extremo de la mesa y requiere la pluma, moja en el tintero, y anota en el papiro los nombres y las calidades de los presentes, junto con todo lo demás que manda el caso, que ya se lo sabe de carretilla, figúrense, después de tantos años escribiendo lo mismo. Al final lee en alta voz lo escrito y se lo entrega al juez, el cual se lo da a firmar a los contrayentes y a los testigos, para finalmente acabar por firmarlo él mismo.

—El escribano les dará copia fiel del acta, sellada y autenticada —declara, y hace mutis por la puerta del fondo.

Bajan todos por las escalinatas de mármol blanco muy complacidos y jubilosos. Tardan Doro y Rosamaunda un buen rato en recibir los parabienes y los plácemes de los invitados, y finalmente suben todos en sus carros, carretas, carruajes y carricoches, y se dirigen muy contentos a la hostería al borde del mar, donde está prevenido el banquete.

Mientras que llegan, se apean, charlan entre sí, y se deciden a entrar a ocupar sus puestos en la mesa, pasa por lo menos no sé cuánto tiempo más. En un día así nadie tiene prisa, sino que se da el día por perdido, o ganado, según se mire, o por empleado se da el día entero, dicho mejor.

Una larguísima mesa corrida, tanto que tiene que dar la vuelta sobre sí misma para formar una especie de cuadro sin uno de sus lados, si se puede decir así. Por fin ya casi todos sentados en sus puestos están, ya se va a servir la comilona, ya era hora. Platos muy variados se sirven, muy elaborados y especiados, al estilo más oriental según se infiere, y nada de vino, se conoce que es la costumbre judía.

—Yo creí que eso de no catar el vino fuese cosa de musulmanes, más que de judíos.

—Pues creías bien —le contesta su flamante marido—, pero, ¿tú sabes lo que me pedían por un barril de vino?

Y a continuación se ríe, como dando a entender que no ha hablado en serio.

—Algunos judíos —no se quiere privar Rosamunda de seguir la broma —no catáis el vino, no por vuestra religión, sino por su precio.

Se inclina hacia su flamante esposa para decirle al oído:

—No te preocupes, que cuando salgamos de aquí nos iremos a una taberna a celebrarlo y a emborracharnos como Dios manda.

—Es que no siempre acaba bien lo que bien no se empieza.

Tras la comilona, ya al atardecer, unas heteras amenizan la reunión con sus instrumentos de cuerda y con sus cantos y bailes, más tañidos de cítaras y más cantos a continuación, pero ahora para que los danzantes pasen a ser los mismos asistentes a la celebración. Hay que ver lo alegres y jubilosos que son estos judíos, qué festeros y qué amigos de la juerga cuando se juntan en una ocasión propicia como la presente, que hasta los ancianos más graves ahora se entregan al jolgorio igual que los juerguistas más jaraneros y bulliciosos. Casi tanto como la misma Rosamunda, incansable jaranera toda la tarde.

—Es que —le explica Doro al oído —el judaísmo nos manda estar siempre alegres y contentos.

No acaba de entender Rosamunda cómo la alegría puede venir dada por mandato, y no tan sólo por aparición espontánea, imprevisible e inconsistente.

Dura todavía la diversión cuando los judíos más viejos se han cansado de tanta juerga y sentado en círculo, y conversando entre ellos están con tanta gravedad, que nadie que no sea viejo como ellos a estorbar se atreve tan significativo conciliábulo, ni siquiera a acercarse por ahí y hacerse notar. Se conoce que aprovechan estas situaciones para reunirse y tratar asuntos de importancia, ya tratados sin embargo o por tratar de manera más formal.

—¿Sabéis lo que se dice de la última batalla que tuvo lugar contra los sarracenos? Pues que no nos fue tan bien en realidad como quieren las autoridades que creamos.

—Pues no, hermano Benjamín, sino que tuvimos muchas bajas, demasiadas a decir verdad. Entre ellas, el difunto de la viuda hoy vuelta a casar, menos mal que nuestro Doro consiguió un destino de lo más seguro dentro de lo que podría caber, o menos expuesto...

—Para eso, hermano Jacobo, tenemos buenas aldabas por todas partes.

—Ya me parecía a mí, hermano Elías, tanto triunfalismo... Porque, digo yo, si les hemos infligido a los sarracenos tan señalada derrota, ¿por qué inmediatamente se volvieron nuestras tropas, en vez de asentarse en el terreno conquistado?

—Pues porque, bien claro está, hermano Zacarías, esa gran victoria no lo fue tanto. Hay quien asegura que la batalla quedó indecisa, con graves pérdidas por ambos bandos.

—Fue una de esas batallas, permíteme opinar, hermano Ananías, en las que los dos bandos combatientes se atribuyen la victoria, lo cual vale lo mismo que decir que no venció ninguno, sino que ambos salieron derrotados.

—Una victoria pírrica, hermano Isaías, es como se denomina la que se obtiene con más quebranto que provecho. Otra victoria igual que ésta, como dijo no sé quién, y estamos perdidos.

—Ahora falta por saber, hermano Azarías, hasta qué punto a los sarracenos les afectó esa derrota, y si se habrán retirado de aquellas posiciones, o si, por el contrario, en ellas habrán establecido sus reales.

—Es que, en siendo así, hermano Ismael, como vencedores bien ellos se podrían considerar.

—Con lo cual, Dios no lo permita, hermano David, amenazando seguirían esta ciudad, pero esta vez desde posiciones más cercanas y peligrosas.

—Al fin y al cabo, musulmanes o cristianos, hermano Moisés, ¿a nosotros qué más nos da?

—No digas eso, hermano Ezequiel, que si aquéllos, pongámonos en esa hipótesis, a conquistar llegaren la ciudad, empezarían por destruirlo todo, como es la costumbre en tales casos. Además, bien podéis aquí aplicar el tan conocido y aceptado principio según el cual vale más lo malo conocido que lo bueno por conocer.

—Razón no te falta, hermano Efraín. La caída de la ciudad en manos extrañas no nos conviene de ninguna de las maneras. Tendremos que ayudar a su defensa, llegada la situación, pero sin que lo alcancen a notar los atacantes, por si acaso. ¿Estamos de acuerdo todos?

Hasta altas horas de la noche les dura la juerga a los más juerguistas, Rosamunda entre ellos, cansado ya Doro y deseoso de dar por concluida la fiesta y volver a casa.

—Pero no nos hemos emborrachado como quiere la ocasión, y dijiste que hoy no nos privaríamos...

—Sea, pasaremos por la taberna antes de volver a casa.

—Es que, estarás de acuerdo conmigo, una boda como Dios manda no es tal si no se puede una ni siquiera emborrachar.

—De acuerdo, buscaremos una taberna apartada y fuera de camino, donde no nos vea nadie que nos pueda conocer...

Ya están los dos como cubas cuando vuelven a casa, ya de día, o por mejor decir llegan por primera vez al domicilio que les han asignado los padres de Doro, una casa más bien en las afueras, que no en el centro, independiente y con valla y terreno alrededor, con pozo y todo, en una calle mal urbanizada y poco transitada, con otras casas del estilo y solares incultos y sin edificar.

De dos plantas dispone la vivienda, y tampoco carece de sótano, aposento ideal para guardar el vino y otros géneros que requieran lobreguez y precisen esquivar el calor, allí donde más frío todavía se nota en los más fríos días del año, que son los menos, pero que en cambio se agradecen su humedad y su frescor en los días más calurosos, que son los más del año. Arriba están las alcobas, abajo la cocina, el cuarto de estar y el escusado. Lo que no está claro es si hay pozo negro, o si está conectada a la red de alcantarillado.

Y para que nada les falte, además de amueblada de la manera conveniente, no va desprovista la casa de dos esclavas medio negras o medio blancas, a saber de dónde las habrán sacado, y que se apresuran a recibirlos, en cuanto los ven venir, y a ayudarles a llegar a la alcoba y a acostarse, se conoce que se han pasado toda la noche ahí a la puerta esperándolos.

No se quiere quedar Rosamunda en casa igual que un pasmarote, así mismo lo declara, sino que prefiere seguir acudiendo como hasta ahora cotidianamente al taller, salvados los días de precepto, como es natural, pero es que Doro le ha concedido y se ha tomado él de paso una semana de vacaciones, como le cumple, aclara, a todo aquél que contrae nupcias, nada de extraordinario ni de especial, lo consuetudinario en estos casos, y en éste tampoco hay por qué dejar de seguir la costumbre que ya se ha hecho ley con el paso del tiempo.

Como quiera que en casa se aburre, pues para eso gasta un genio de lo más dinámico e inquieto, y Doro ha salido y no ha vuelto, manda vestirse de paseo a las dos esclavas y se viste a sí misma para la ocasión, y se echan las tres juntas por el camino adelante, en la misma dirección que el sol, y andando siguen hasta que se salen de la ciudad, tan sólo algunas pocas casas a trechos, fuera de camino o en el camino mismo que desaparece, o por mejor decir, toda la llanura verde se vuelve camino. Con un jinete se cruzan que viene solitario y al paso, y más adelante con un grupo de monjas, se conoce que por aquí cerca debe de haber algún convento. Y andando siguen, a favor de la hora temprana, sin prisa por volver, y del día espléndido, cielo azul y sol bajo de otoño.

Ante una torre pasan ahora de planta redonda, solitaria en medio de la pradera verde sin confines visibles, piedras grises y tejas rojizas, tan sólo una ventana, alta y estrecha, una tronera más bien. La puerta no se ve, se conoce que queda por la parte opuesta.

—En esa torre encantada habita desde tiempo inmemorial un misterioso gigante de fábula —avisa la esclava Baltasara.

—Tan gigante no será —observa Rosamunda—, o no se podrá mucho mover dentro de tan corto espacio.

—Pero es que esa torre, tan estrecha por fuera, es muy amplia por dentro, tanto o más que el templo más grande. Para eso está encantada.

Ya no sabe Rosamunda si dar por cierto lo oído, o tomarlo por superstición o habladurías de esclavos.

—¿Y eso quién lo ha visto?

—Nadie, pues nadie que haya entrado ha vuelto a salir. Se dice, a saber si será verdad, que el gigante devora personas humanas. Pero no hay que tener miedo, no sale nunca de su torre. Tan sólo hay que privarse de llegarse a la puerta y llamar con la aldaba. Unos recaudadores de impuestos se dice que llamaron, y de ellos ya nunca más se supo.

—¡A quién se le ocurre! Miren que quererle cobrar impuestos a un gigante de leyenda... Está visto que los funcionarios de la hacienda pública son insaciables.

Las dos esclavas no se sabe si serán mulatas, o negras de algún país de negros de poca oscuridad, que en esto de la negritud, como en todo, hay grados, y negros o negroides hay que casi por blancos pasarían si no fuera por lo chatos y hocicudos que se muestran, y los hay tan negros como ala de cuervo; con todos sus cromatismos intermedios.

Ya sea por el miedo recóndito que ocasiona la visión de tan tétrica torre desierta, ya por la inquietante historia de gigantes fabulosos devoradores de personas vivas, o bien porque considera que ya se han alejado bastante de casa, el caso es que Rosamunda manda volver atrás y desandar el camino. Durante toda la vuelta no deja de acordarse de la torre misteriosa y de su fabuloso morador, quién sabe si más imaginario que real, o al revés. Desde luego, ni sola ni de noche osaría volver a pasar por estos solitarios y arcanos parajes.

Capítulo doceno

Un fantasma que se aparece

Han pasado varios meses, y una tarde de domingo, ausente Doro como siempre, se han ido Rosamunda y las dos esclavas, Baltasara y Bartolomea, con el carro y los garrafones a traer agua de la fuente, por el camino impreciso que va, hasta que se aclara y desaparece, hacia donde se pone el sol, porque es que por lo visto el agua del pozo no es del todo potable, sino que más bien sirve para todos los demás usos.

Llegadas a la fuente en un claro del soto florido de primavera, allí se detienen y se entretienen hasta que ya la caída del sol recomienda la vuelta a casa, antes de que la noche se les eche encima. Y en eso están, cuando Rosamunda fija la mirada, sin saber por qué, en una oquedad que forma el ramaje, como una arbórea bóveda baja y natural, entenebrecida por las luces decadentes del crepúsculo. Desde lo oscuro de la espesura se quiere columbrar una figura humana que tarda en mostrarse a la luz y que por fin se deja ver en la embocadura de la abertura que forman los ramajes de los arbustos. Con la sombra de cara aparece la figura entrevista en la penumbra bajo las frondas verdes y oscuras, una figura inmóvil, de mirada fija y rostro inexpresivo, como los santos de las paredes de las iglesias, y que no continúa su parsimonioso avance, ni cambia la mirada, ni dice una palabra, ni siquiera realiza el menor movimiento. Trae en el semblante la tristeza infinita de la muerte. Se quedan las tres contemplando atónitas la aparición surgida de lo más profundo de la espesura.

—¿Pero eres tú?

La callada por afirmativa respuesta. Rosamunda se persigna, llena de estupefacción.

—Yo nunca había tenido el gusto de recibir una visita de ultratumba, la cual en mucho te agradezco. Espero que te esté yendo bien en la otra vida.

El semblante atónito de Helio más se absorta todavía con esto que oyendo está.

—Yo ya sabes que me volví a casar, con nuestro común amigo, espero que te haya parecido bien. Ya sabes que te encargamos unas misas, ¿qué más podíamos hacer por ti? Ahora, si nos dices dónde descansan tus huesos, si es que no se los han comido ya las fieras del desierto, ya nos encargaremos de darte cristiana sepultura...

—¿Pero qué insensateces estás ahí diciendo? Yo no soy ningún fantasma, ¡qué más quisieras tú!

Las dos esclavas, que se habían alejado despavoridas, sin aún despojarse del pavor que las ha poseído, ahora se han acercado unos cuantos pasos, si bien a prudente distancia todavía, eso sí, pues la curiosidad está pudiendo más que el terror a los aparecidos.

—Tardo en volver a casa, y cuando llego te encuentro casada con otro, ¿cabe mayor abominación?

—En volver a casa tardaba yo cada vez que volvía de madrugada.

—¿Qué me vas a decir a mí...? Y encima volvías borracha perdida.

Pasa por alto la impertinencia y sigue Rosamunda con lo que iba diciendo.

—Eso es tardar en volver a casa. Pero tú te presentas así de repente al cabo de un año y pico, y dices que has tardado en volver. Y me formulas reproches porque, cumplidos los plazos prescritos para darte por fallecido legalmente, no he podido rechazar una irresistible propuesta de casamiento.

—Te ha faltado tiempo en cuanto te has visto libre de mí. Pero, por suerte o por desgracia, no estoy difunto, sino más vivo que nunca, y aquí estoy para impugnar ese matrimonio nulo de pleno derecho y volver a nuestra anterior situación, mal que te pese.

Rosamunda ya no sabe si echarse a llorar, o quedarse seria y digna como hasta ahora.

—Mucho te equivocas si te crees, tú sabrás en qué te fundas, que no me afligí en extremo al recibir la noticia de tu defunción, y no sabes lo que ahora me complazco de verte vivo. Pero es que las situaciones han cambiado entretanto. Lo hecho no se puede deshacer, el tiempo no se puede volver atrás. Lo que ocurrió no puede dejar de haber ocurrido. Mala o buena decisión, ya la tomé, y casada estoy ahora legalmente y a plena satisfacción por las dos partes. No puedes reaparecer tú ahora y exigir la vuelta a la situación pasada, que por pasada ya no puede de ninguna manera volver. Agua que fue río abajo, arriba nunca volvió.

—Pues mañana mismo me presentaré en la prefectura a reclamar mis derechos.

Se da media vuelta y desaparece por lo oscuro. Se queda el soto silente y sombrío, muy conturbada Rosamunda, y las esclavas, muy solícitas, junto a su principal, una por cada lado. De repente se pone a cantar el verderol invisible en lo alto de las frondas.

—Señora, no le hagas caso. Has de ver que todo se arreglará.

—Señora, no te intranquilices. Ya no le asiste ningún derecho, prescritos ya los plazos legales.

—Yo, al verle tan lívido y macilento, pensaba que esa pinta que trae sería algo de lo más natural, teniendo en cuenta que llevaría más de un año muerto, y resulta que está más vivo que yo, el muy zascandil. ¿Cómo habrá conseguido salir con vida?

—No te preocupes, señora, ya le mataremos si es menester y si llega el caso.

—¡Vaya situación! Viuda en lo mejor de la vida, otra vez casada y estabilizada, y ahora, cuando parece que tengo por fin la vida decidida y sosegada, aparece el difunto... ¿Por qué me tienen que ocurrir a mí todas estas desdichas? ¡Reniego de tal!

—Señora, no reniegues y recupera la tranquilidad.

A Doro le encuentra a la mañana siguiente en el taller, pues en toda la noche no le ha echado la vista encima, a saber por dónde habrá andado este saltabardales. Le iba a contar lo acontecido ayer, pero no hace falta, pues ahí mismo aparece, como un dios de máquina, el mismísimo Heliodoro en persona.

Doro al verle así tan de repente, si no fuera porque es de día y están en un lugar concurrido, bien hubiera creído que estaría viendo un fantasma.

—Nos aseguraron en las oficinas militares que habías caído en combate, y mucho nos holgamos ahora de comprobar lo contrario.

—Me molieron a palos en la batalla, pues me pusieron en primera línea de combate, y no como a ti, por ahí tocando el cornetín, o el violín...

—Yo hice lo que me mandaron —se amosca Doro —y estuve donde me pusieron.

—Ya. Cada uno cumple con su deber a su manera, unos cayendo destrozados a lanzadas, y otros tocando el violín.

Y al decir esto se acompaña Helio con el gesto, el brazo izquierdo en alto, inclinada la cabeza hacia la izquierda, la mano arriba, y la derecha, juntos los dedos pulgar e índice, acompasadamente acercándose al codo contrario y alejándose en horizontal. Se amosca más todavía Doro.

—Oye, tú, si has venido a buscar pendencia...

—Tan sólo he venido a buscar lo que es mío.

—Pues para solicitar tu antiguo puesto en el taller, no hacía falta que vinieras con esas guasas y esos sarcasmos que ya sabes que no me gustan.

—Pues a ver si te gusta devolverme a mi esposa.

—Anda, ponte el delantal y métete con la labor, que tenemos mucho que hacer. Y no sigas diciendo disparates, y no me entretengas al personal.

Un rato más tarde está Helio con un ayudante abriendo la caja para proceder al ajuste de un reloj de agua, cuando se le acercan dos más a preguntarle cómo es que, habiendo sido dado por difunto, haya quedado en realidad vivo y bien vivo.

—Bien vivo del todo no estaba, no os vayáis a creer, sino que llegué a estar, como si dijéramos, entre la vida y la defunción, incluso más para allá que para acá. Por lo visto había prisa por evacuar a la tropa, a saber para qué tanta prisa, y los capitanes médicos, los muy bellacos, extendían los certificados de defunción a toda prisa y a voleo, como si dijéramos, a veces sin pararse del todo a hacer las oportunas comprobaciones, y como quiera que los vulnerados éramos muchos, y pocos los carros para el transporte, muchas veces daban por muertos a los que no lo estaban todavía pero que en opinión de aquellos bribones médicos no tardarían en estarlo definitivamente, quiero decir, efectivamente, y así, en caso de duda, antes te daban por difunto que por vivo...

—Así es médico cualquiera. Y a ti, según se infiere, te dieron por muerto sin estarlo.

—Se ve que vas entendiendo. Entre los difuntos me vi, yaciendo sobre la arena del desierto, y todo magullado y ensangrentado me pude levantar, no sé ni cómo. De las provisiones abandonadas en la precipitación de la retirada hice acopio y, para mi sorpresa, sobreviví, pues lo cierto es que ya me iba dando yo mismo por difunto. Las vulneraciones se curaron al cabo de los días, hay que ver qué magnífico médico está hecho el tiempo, no hay otro igual. O te mata, o te cura, pues de una manera o de otra todo lo soluciona el tiempo. Eché a andar por el desierto siguiendo la costa, y después de muchas vicisitudes, que si me pongo a contarlas no acabo ni para mañana, llegué por fin a casa. Y heme aquí otra vez como si no hubiera pasado nada.

—Pero tú oficialmente estás fallecido, no puedes volver a vivir legalmente.

—Pero, vamos a ver, hay un papel que efectivamente dice que yo estoy fallecido, el papel aguanta todo lo que sobre él se escriba, pero ahora vengo yo y digo que estoy vivo, ¿a quién habrá que hacer caso, al papel, o a mí?

—A ti, naturalmente.

Está visto que los colegas no se ponen de acuerdo en ese particular.

—El papel es lo que vale.

El padre de Doro, así como la madre y el abuelo, ven llegada la ocasión más inesperada y propicia para apartarle de tan inconveniente casamiento.

—Aparecido el anterior marido, los siguientes casamientos son nulos, como es de ley y hasta de cajón. Por suerte, no tenéis todavía descendencia, lo cual facilita mucho más la solución del enredo y su salida regular.

—Y es que además no se puede dejar de tener en cuenta la circunstancia de que no estáis casados por la iglesia o por la sinagoga como Dios manda, sino tan sólo por el juzgado, y que ante Dios tú no eres el verdadero esposo.

—Mejor así, pues ya hablaré yo con mi amigo Isaac, que tiene una hija casadera...

—Eso no puede ser así, yo con todas las de la ley estoy casado y en paz, y porque ahora aparezca vivo de repente el difunto...

—Ahí tienes la demostración de lo que te estamos diciendo. Si aparece vivo, es que no está difunto.

—Bien claro está. Casarse con un viudo que no lo es, pues vive el consorte, sería lo mismo que casarse con un difunto. Vale decir, las nupcias en este caso no son efectivas, sino nulas de pleno derecho.

No se quiere adherir Doro a estas razones. A Helio en casa su padre le viene a decir justamente lo contrario, o lo mismo pero al revés.

—Cata que, si llevan casados ya no sé cuántos meses, no puedes aparecer tú ahora reclamando lo que te dejó de pertenecer. Además, supónte que esté grávida, lo cual sería muy posible y hasta de lo más probable y natural, menudo embrollo ahora. No ibas a pretender volver a estar casado con quien espera descendencia de otro, a ver qué se habría de hacer en tal caso con la criatura, si quedarte tú con ella, o entregársela al padre.

—Pero lo que no se puede hacer es, aprovechando la ausencia del marido, casarse con otro y desentenderse del primero.

—¡Ah! ¿No? Pues entonces, ¿qué es lo que sí se puede hacer? Igual te crees tú que está obligada a esperar toda la vida sola, a ver si al marido ausente o fallecido le da por volver a aparecer o a resucitar. Considera que estás hablando de la vida de quien tiene mucha todavía por delante, y es que además, no lo dejes de tener en cuenta, te tenía por difunto seguro, pues por tal te dieron en el ejército, con certificados de desaparición en combate, y todo. En esas condiciones, ¿qué esperabas que hiciera la pobre muchacha?

—No, si yo ahí no la reprocho nada, pero es que, una vez reaparecido yo...

—A ver si te crees que van a tener que vivir condicionados los dos a que a ti se te ocurra aparecer, o no aparezcas más... Por esa misma regla, podrías haber aparecido cuando tuvierais ochenta años, para reclamar tus derechos conyugales, a ver qué iba a pasar con el marido si todavía le tuviere, con los hijos, los nietos, y hasta los bisnietos. ¿No ves que el tiempo cambia todas las circunstancias de la vida?

—Pues yo no tengo intención de renunciar, haré valer mis derechos hasta donde alcancen, que de menos nos hizo Dios.

—No seas modorro y renuncia, será lo mejor para todos. Porque es que además, en el caso, del todo improbable, de que consiguieras lo que te propones, los Isidoros te echarían del taller, y de paso a ella y a mí. ¿Adónde íbamos a ir entonces, sobre todo yo a mi edad?

—A vuesarced, por lo que se ve, sólo le interesa conservar su puesto en ese maldito taller. Y no quiere ver más a su nuera, a la que nunca quiso aceptar como tal. Me voy ahora mismo al palacio de justicia, a informarme sobre el asunto.

—Interesado estoy, claro que sí, en conservar mi empleo, pero no sólo eso me interesa de estos tus asuntos. Y a mi ex nuera, ¿por qué no la preguntas por qué no me quiso nunca aceptar a mí como suegro?

—Pues por lo mismo. La inaceptación fue recíproca.

—Y a todo esto, ¿qué dice la propia interesada? Me parece a mí que algo le cumplirá al respecto decir, lo cual convendría saberlo.

—De sobra sabe vuesarced que la muy fementida prefiere quedarse con aquél.

—¡Pues entonces...!

Se pone Helio el jubón para salir a la calle.

—Déjalo como está, que eso es lo cabal. Ya encontrarás nueva esposa, que proporciones no te han de faltar. Al gozo inefable de haber visto volver a un hijo que creía difunto, ya sólo en la vida anhelo añadir el consistente en tener una nuera que sea la hija que nunca tuve, y sobremanera lo que a un tipo longevo como yo nunca tiene que faltar, es decir, un nieto. Después de eso, ya me podré morir satisfecho y en paz.

Pero Helio no admite de ninguna de las maneras la posibilidad de renunciar a Rosamunda, antes morir que perder la vida. En el mostrador oficinesco del palacio de justicia habla con el funcionario que consulta un libro de anotaciones.

—Vamos a ver. Heliodoro de Zalasiópolis, hijo de Cucufate, vecino de Alejandría. Muerto en combate con fecha...

—Pero a la vista está que muerto no estoy.

Levanta el chupatintas la vista del libro para mirar, admirado de tanta impertinencia, al que le acaba de interrumpir.

—Oiga, yo le estoy diciendo lo que está registrado en los libros oficiales. Si no está muerto, yo no tengo la culpa.

—Pero es que lo que yo pretendo, con el permiso de vuesarced, es hacer valer mi condición de vivo.

—Pero es que además aquí al margen viene registrado otro dato, y es que se expidieron en su momento certificados de defunción a petición de su señora viuda.

—Mi señora no está viuda, ¿cómo se lo tengo que decir?

—Oiga, conmigo menos humos, ¿eh?

—Vuesarced disculpe mi impaciencia, pero es que tengo que rectificar ese padrón municipal para reincorporarme a la nómina de los vivos.

—Pues la verdad es que no sé cómo. Los certificados de defunción están firmados por el ilustrísimo señor vicesecretario general de la oficina consular de la subsecretaría de justicia, y ya me dirá cómo enmiendo yo ahora la plana a tan alta autoridad.

—¿Y eso se lo tengo que decir yo?

—Oiga, pollo, ya está bien, a ver si se ha creído que yo estoy aquí para tener que aguantar impertinencias.

—Mil perdones, pero es que yo lo único que pretendo, si no es mucho pedir, es que me saquen del registro de los difuntos, pues ya ve que no lo estoy, y me restituyan al de los vivos, pues sí lo estoy, no hay más que verme.

—Si yo le entiendo, pero es que no sé si va a ser posible. Contra lo firmado por una alta autoridad sólo puede actuar, o la misma autoridad firmante, u otra más alta todavía. Y el mismo firmante no va a reconocer que metió la pata, vamos, digo yo, y otra más alta autoridad no es probable que le quiera hacer quedar en ridículo al que firmó en falso.

—¡Pues vaya, ésta sí que es buena...! ¿Pues qué me queda por hacer entonces, morirme efectivamente?

—Sería una buena solución. La muerte a todos iguala y lo pone todo en su sitio, nunca más a propósito en este caso.

Cuando ya se va Helio, pesiando y dándose a todos los diablos, le llama el chupatintas desde el mostrador de mármol negro para proporcionarle una última recomendación, levantando la voz desde la distancia.

—Vaya a ver a un abogado. Además de doscientos sólidos, le pedirá testigos, cuantos más, mejor.

Todo se le vuelve en contra, el padre, el marido de su esposa, si se puede decir así, ésta misma, y hasta la función pública. Y encima, la única salida, incierta además, consistiría en acudir a un abogado que le cobraría una cantidad de dinero que no tiene, y además preciso sería aportar testigos que dieran fe de su propia identidad, como es natural, porque en caso contrario, o si la ley no fuese así, cualquiera podría falsamente para sí reclamar la identidad de determinado difunto, así considerado por un pretendido error, para con posterioridad su personalidad suplantar, a saber con qué ilícitos fines.

Supuesto, y es mucho suponer, que estuviera vencida la dificultad consistente en aportar el cumquibus para el caso exigido, todavía quedaría otra dificultad añadida y no menos invencible, vale decir, la de encontrar los testigos debidos, porque es que, a poco que se pare a considerarlo, ¿a quién podría presentar de testigo que le certificase la identidad? A quien bien le conozca, eso no hace falta ni decirlo, pero, ¿quién bien le conoce que esté dispuesto a testificar? Su padre no parece dispuesto a que permanezca casado, sino que desearía otro matrimonio para su hijo, y sobre todo conservar quisiera el empleo en casa del adversario en estas lides legales. ¿Los mismos esposos unidos en matrimonio cuya validez quiere impugnar? Sólo faltaría eso ya. Aparte de los dichos, ¿quiénes quedan? A vivir a esta ciudad se trasladó desde la suya hace relativamente poco tiempo, la gente del barrio le conoce de vista más que nada, no es probable que sepan siquiera su nombre, y en cuanto a los colegas del taller, no se van a poner a declarar a favor de él y en contra del amo, eso sí que está bien claro. De modo que ni testigos a favor de su propia identidad puede aportar. Ni mucho menos, para qué pensar lo contrario, los doscientos sólidos.

Por intentarlo, que no quede, de modo que se determina de acudir a la capitanía general. De ventanilla en ventanilla anda hoy, vaya día, menos mal que vive en la capital, ¿qué dirán al respecto los bucólicos amantes de la naturaleza y de la vida campestre?

Entra por la puerta abierta, entre los dos reclutas de guardia, y se dirige al mostrador, a ver qué se puede aquí en relación al caso hacer. Explica el asunto y le mandan al despacho del capitán amanuense, acaso por quitarse de encima el embolado, a saber. El capitán está hoy muy ocupado, figúrense, pero le atiende, menos mal, el cabo, algo es algo.

—Te anoto nombre y domicilio para darte de alta en el libro de registro de los reservistas, y de baja en el de las bajas, si se puede decir así, pero esto tan sólo regirá a efectos militares, pues a efectos civiles lo tendrás que arreglar en el juzgado de paz.

Pues peor se le pone todavía la situación, pues dejándola tal como antes estaba, por lo menos, si hubiere que movilizar su quinta ya no le llamarían, pues figuraba como fallecido, y en cambio ahora le quitarán de las listas de difuntos y le pondrán en la de los vivos, menos mal que no se espera ninguna guerra inmediata, o sí, que eso nunca se sabe. Y en cambio, en cuanto a su situación civil, que era lo que convenía resolver al fin y al cabo, se queda como estaba.

—Pero si esta situación irregular viene dada por un error cometido por el ejército, ese mismo ejército no estaría haciendo nada de más si me ayudase a arreglarla. ¿Cómo? Pues expidiendo los certificados correspondientes.

—Pero es que resulta que los médicos militares están autorizados a expedir certificados de defunción, pero no de vida y estado.

—Pues vaya situación absurda. Un médico ignorante me diagnosticó la defunción, me incluyó en la lista de bajas mortales, y ahora no puedo volver a la vida legal, ¿cabe mayor dislate? A ver cuándo se ha visto mayor despropósito, estoy vivo en el ámbito militar, y difunto en el civil.

—Eso lo tendrás que arreglar en el registro civil, ya te lo he dicho. Yo aquí no te puedo hacer nada más.

Ya se le echó encima la hora de cerrar las oficinas públicas. Es que, desde la hora de salida del taller a la del cierre de las covachuelas, va poca diferencia y hay que aprovechar bien el tiempo. Mañana será otro día, amanecerá Dios y medraremos, que se suele decir.

Y al día siguiente, otra vez lo mismo, salida del taller, y vuelta al palacio de justicia, pero esta vez sube al primer piso, al negociado de matrimonios civiles, con una consulta que nadie se atreve a resolver, sino que le mandan de una ventanilla a otra hasta que da finalmente con el enterado del departamento, aquél a quien todos consultan sus dudas y a quien endilgan todos los embolados.

—Me he permitido venir a abusar de la amabilidad de vuesarced porque tengo que plantearle una consulta de vital importancia para mí.

Con su permiso paso a explicárselo de la manera más breve que me sea posible. Fui dado por muerto por error, a la vista está, con expedición de los correspondientes certificados y todo, y transcurridos los plazos preceptivos, aparezco de nuevo y me encuentro con que mi esposa entretanto se ha vuelto a casar, al creerse viuda. Y ahora a mí la duda que me cabe es la siguiente: si yo sigo siendo legalmente el marido, espero y supongo que sí, o si por el contrario el matrimonio posterior es, como no sería lo lógico ni lo natural, el único legalmente válido.

El funcionario se quita la gorra negra, por el pelo negro se pasa la mano, y se vuelve a tocar.

—El asunto no está nada claro, sino más bien todo lo contrario, se trata de algo de lo más complejo. Yo veo circunstancias favorables a su pretensión, si es que vuesarced pretende la nulidad del último matrimonio, y otras, en cambio, más bien contrarias me parecen. Entre las primeras tendríamos, siempre a mi modo de ver y salvo más autorizada opinión, la primacía, por una parte, pues siempre es más fácil anular el segundo matrimonio, que no el primero. Y el error cometido por las autoridades médicas, en ningún modo a vuesarced imputable. Y si la esposa en disputa ha tenido descendencia, ya con el uno, ya con el otro, esa circunstancia también habría que tenerla en cuenta.

—Con ninguno por ahora.

—Pues entonces ahí en ese punto no hay nada que considerar. ¿En contra? Pues el tiempo transcurrido, tanto el de la desaparición certificada de vuesarced hasta las nuevas nupcias, como asimismo desde éstas hasta el momento presente. Cuanto más extensos hayan esos tiempos sido, como es natural, más favorable se presentará el caso para el actual marido. En fin, un caso bastante embrollado, un caso para abogados. Porque es que si vuesarced solicita la anulación de ese matrimonio y la actualización del suyo, la otra parte se opondrá, es de suponer, y entonces habrá que comparecer ante el juez, para lo cual sería de lo más conveniente solicitar los servicios de algún abogado.

—Pero es que yo no tengo adónde volver los ojos.

—¿La otra parte sí dispone de posibles? Porque es que, siendo así, dése por perdido, se lo digo yo.

En casa el padre le acaba por convencer del todo, si es que no estaba ya de sobra convencido.

—Déjalo así, te estoy diciendo. Así es como está bien la situación. Se mire como se mire, tienes todas las de perder, si no es de una manera, de otra. En cuenta no dejes de tener que ellos son gente de capa negra, de capa parda nosotros. Si sigues adelante con ese desatino, no conseguirás más que dar coces contra el aguijón.

—¡Bueno, pues qué se le va a hacer...! De Dios venga el remedio.

Y aquí se resigna definitivamente a perder lo que más se le importaba en esta vida. A Rosamunda más la añora a partir de ahora y la echa de menos, como más se echa en falta y se lamenta todo bien perdido, que dicen que a veces no se aprecia bien lo bueno que se tiene sino cuando se pierde. Pero trata de consolarse a sí mismo considerando que al menos ha salvado la pelleja, la cual llegó a dar por entregada, y es que no siempre se puede recuperar todo lo perdido. Por contento se puede dar, puesto a considerarlo, de haber conservado la vida por lo menos. Joven sigue siendo, de sobra está todavía en edad de merecer, libre otra vez y sin obligaciones familiares, abierto a toda suerte de pretensiones y galanteos. Las mozas dignas de un mancebo de mérito, como él mismo, se cuentan en esta ciudad por docenas de millares. "Pero otra tan magnífica como Rosamunda... ¡Para qué nos vamos a engañar!" Y además, o por lo menos, la va a tener que ver, o la va a poder ver, todos los días en el taller, como colega. O como ama, que es peor.

Los suegros actuales de Rosamunda, lo mismo que el anterior y que ya no lo es, o que lo ha vuelto a ser, a saber cómo hay que considerarlo, tanto aquéllos dos como éste, deseando están que no siga siendo en adelante su nuera, los unos por tratarse de una cristiana y encima sin un sólido de dote, y el otro por lo de siempre, pues nunca le plugo para esposa del hijo, antes bien, la consideró siempre demasiado suelta y liviana, bulliciosa y cascabelera, tarambana y saltabardales, libertina y disipada, hecha una tronera, y poco apegada a sus obligaciones de casada, y muy desapegada además con él mismo, y consecuentemente a la recíproca.

De modo que Cucufate mucho se complace de perderla de vista y de no tenerla más por nuera, la misma circunstancia, al revés, que a Sidoro y a Rebeca les sirve de disgusto y adversidad.

Pero al mismo Helio todo esto le conturba y le desazona, o se aflige y se apena pensando en la esposa perdida, a la que jamás pretendió cambiar por ninguna otra en ningún momento, ni siquiera por pensamiento, ni aun cuando, en su vuelta del campo de batalla, todo roto y astroso, se encontró en un pozo con una pastora que le proporcionó agua y queso de cabra, y piltrafas para el perro que él traía. Pero lo que pasó fue que, ante la aparición de tan fiero can, todas las cabras de repente cobraron tan repentino pavor, que se echaron a correr y se desmandaron, y costó mucho volverlas a reunir y a apriscar como es debido, por lo cual, antes de ponerse a buscar el ganado perdido, la pastora con el cayado le corrió a palos al perro impertinente hasta que aquél se perdió de vista para no volver a aparecer jamás en presencia de bichos vivientes de dos pies.

—Maldecidos animales, nunca así se habían espantado de ver a un can.

Pero es que resulta que el perro que traía Helio no era tal, sino un lobo joven que se encontró por el camino y que acabó por venirse con él, cuando llevaba ya dos días siguiéndole por el desierto y acechándole, el lobo a Helio, conviene aclarar, hasta que éste, un día en que se había sentado al pie de una palmera y dispuesto se había a comerse una tajada de cecina que traía consigo procedente de los víveres de su legión, y como advirtiera la presencia del lobo observándole a medias escondido, pues no había manera mejor de esconderse, le tendió un cacho de fiambre, y la fiera, se conoce que debido a la gazuza que por una parte arrastraba, y por otra a la confianza y la llaneza con que Helio le ofrecía de comer, el caso fue que se acercó, al principio todavía recatado y siempre receloso, y al final acabó por allegarse del todo, con más miedo que precaución, a despachar la mojama ofrecida.

Y a partir de ese momento se salió de lobo y se metió perro, y así vino acompañando a su flamante amo hasta que se toparon con personas humanas, al contacto con las cuales el lobo recobró su condición primigenia y natural y se echó al monte otra vez, pues esa clase de animalias aborrece la presencia humana y la rehúye, y ya constituye de por sí cosa de admiración digna, que si se cuenta no se cree, que un lobo se avenga por las buenas a devenir en animal doméstico o de compañía, siquiera por unos pocos días. Y por eso las cabras, al notar la presencia de un lobo, al monte despavoridas se echaron, pues no entienden de mansedumbres ni domesticaciones de fieras.

Llegó al pozo y se topó, como se iba diciendo, con la bella pastora Arcadia, que le acogió como en el desierto acogen los aldeanos aburridos a todo aquél que se presente, hartos ya de la vida solitaria y sin ver a nadie, aparte de los allegados, en años enteros, y sobre todo si se trata de un mozo tan pulido, uniformado y todo, si bien un poco astroso y derrengado, y mucho más si se tiene en cuenta que en no sé cuántas leguas a la redonda no viven más que, aparte de los animales domésticos, el padre de Arcadia, Arcadio también de nombre, más cinco hermanos, a saber, Asclepiodoro, Austregisilo, Teofilacto, Feologildo, y Dorimedonte, y nadie más si no es el ganado menor y el gato, más la volatería del corral y dos camellos en la cuadra.

De los cinco hermanos de Arcadia, tres de ellos ya dispuestos estaban entonces a echarse al camino cualquier día de aquéllos y no parar hasta recalar por el mercado semanal de esclavos para mercar otras tantas esclavas, no hace falta ni decir que una para cada uno, esclavas o esposas, que la diferencia no parecía que supieran muy bien, si es que la había. Los otros dos, los más pequeños, lo mismo se proponían hacer en cuanto el momento fuese llegado. En cuanto a Arcadia, y como quiera que tan sólo las esposas se pueden comprar, mas de ninguna manera los maridos, pocas, por no decir ninguna, posibilidades de encontrarle se le ofrecían en aquel desierto, de modo que en cuanto acertó a aterrizar Helio por allí, vio el cielo abierto, como si dijéramos, y no sólo la misma interesada, sino toda la familia completa de paso.

Gallinas tenían primeramente de las blancas, que son más ponedoras pero más delicadas, y que requieren mayores cuidados y más especial alimentación, y es que además dan unos huevos de cáscara blanca, la yema de un amarillo un tanto desmayado, de peor venta que los otros, los de las gallinas rojas que ponen menos pero, eso sí, las cáscaras las sacan bien pardas y las yemas de un amarillo rúbeo subido que da gusto verlas, y es que además no requieren de tantos cuidados y no encuentran mayores dificultades para buscarse la vida por los suelos del corral infinito y sin empalizadas que limiten el ámbito vital. Un gato no ha de faltar si se quiere tener a raya a las sabandijas y demás bichos inconvenientes. Y sin un par de camellos tampoco se hace vida en el desierto, que vienen a ser, como si dijéramos, una especie de caballos alazanes grandillones y desgarbados, de larguísimas patas y cuello longuísimo, y de lomo en punta, más andariegos y resistentes que las caballerías pero más lerdos también.

Tan bien le acogieron todos, y tan a gusto se llegó a encontrar Helio, que hasta lo tuvo que pensar cuando le propusieron matrimonio con la bella Arcadia, antes de decidirse a ponerse de nuevo en camino, pues ni por pensamiento se llegó a sentir inclinado a renunciar a su esposa la sin par Rosamunda.

—Ya me hubiera gustado, ya, no te vayas a creer que no, pero es que, por suerte o por desgracia, ya casado estoy para siempre jamás, hasta que la muerte nos separe, como dijo aquél en la ceremonia de casamiento.

Pero lo que no podía saber entonces el muy cándido es que la muerte, precisamente la suya, ya los había separado, al menos desde el punto de vista legal, aun cuando se tratase de un óbito supuesto y dado por cierto, pero de ninguna manera, eso no hace falta ni decirlo, fundado en la realidad.

De modo que con la pesadumbre de tener que dejar a la bella Arcadia, mas con el gozo inefable de seguir ruta en busca de la bella Rosamunda, se echó otra vez a aquellas soledades desoladas y peligrosas, dejando a su derecha la línea de la costa, con la esperanza de llegar a alcanzar la desembocadura del río lejano.

Comiendo dátiles anduvo de los oasis, y mariscos crudos de las playas interminables y desiertas, y de vez en cuando algún mercader de alguna caravana con las que se topaba no se descuidaba de suministrarle alguna torta de trigo o alguna tajada de queso, y hasta algún trago de la bota, pues al verle vestido de militar, se sentían en cierto modo obligados, qué menos se ha de hacer por contribuir a la defensa de la patria.

Mas como quiera que con las caravanas se cruzaba, vale decir, no traían su misma dirección, al cabo tenía que continuar el viaje solo, tal como venía, pero eso sí, provisto de algo de matalotaje para el camino.

Y así llegó, al cabo de un par de meses de caminatas cotidianas, a la orilla del delta del río, tan ancho en su desembocadura que casi no se alcanza a divisar la opuesta orilla. Llena de aldeanos y pescadores está la comarca, fértil y verde la ribera, todo lo contrario del desierto de arenas ardientes, que no parece sino que el mundo llega a su término en una línea muy precisa, y a partir de ahí empieza otro mundo totalmente distinto.

Ahora sólo faltaba buscar la manera de pasar a la otra orilla lejana, pero es que una vez allí enfrente, tras haber conseguido el propósito, y después de haber andado sin parar unos cuantos días más, se ha de encontrar con otro ramal del delta, y tras éste otro igual, y así sucesivamente hasta no se sabe cuántos, pues aquella maldecida ciudad se encuentra al otro lado de todos los brazos del río que se bifurca muy lejos de allí.

A la vista está que al cabo consiguió llegar a casa, para lo cual mucho le valió su condición militar y su espadín al cinto.

—¿Qué queréis —se ponía farruco ante unos barqueros renuentes—, que no llegue a tiempo a mi cita con el general, y que le tenga que decir que unos infames traidores me negaron el paso?

—Que venga ese general, que afloje el importe del pasaje, y entonces te pasaremos.

—Cállate, anda, cállate —recomendaba u ordenaba el barquero más viejo —y déjale que suba a bordo ya de una puta vez, que no tengo ganas de buscarme desavenencias con los militares, y menos todavía por medio sólido que vale un puto pasaje.

Otro tanto le ocurrió con ocasión del próximo paso del siguiente río.

—Pues si no quieres pagar o no tienes un puto sólido, sigues la margen del río por el mediodía hasta veinte leguas adelante, que allí tienes un puente, sin pontazgo ni nada, enteramente libre para ti.

—Brava solución. Y llego tarde a presentarme al general, que me está esperando. Y me manda ahorcar por no llegar a tiempo. Y de paso a ti, por no dejarme pasar.

—¡Ah, conque sí, eh, no me digas...! ¿Sabes por dónde me paso yo a todos esos fanfarrones generales y almirantes?

Un colega se le acercó entonces y al oído le hizo al barquero impertinente alguna recomendación que le aquietó y le indujo a avenirse finalmente.

En el siguiente brazo del delta, otra dificultad semejante, y así sucesivamente hasta llegar a casa al cabo de varios meses de solitario viaje. Lo primero que hizo al llegar fue echarse una palangana de agua por encima, y cortarse el pelo y afeitarse la barba, y cambiarse de ropa, por supuesto, no se iba a presentar con esas pintas, antes de preguntar por Rosamunda, y cuando le dijeron que se había vuelto a casar, no se desdeñó de arrojarse a tal desfachatez de acudir en su busca, a pedir y recabar explicaciones.

Capítulo treceno

Torre de marfil

Los días pasando van monótonos y grises en casa de Rosamunda, siempre lo mismo, sin apenas variaciones de unos con respecto a los otros, las dos esclavas negras o cuando menos mulatas, Baltasara y Bartolomea, por ahí trajinando, lo mismo se aplican en atizar el fuego con un ventalle, que en sacar agua del pozo con un balde y una soga, o se quedan ahí sin hacer nada, o haciendo como que hacen algo, que no siempre hay algo que hacer en casa.

Las trajeron de tierra adentro, o se escaparon, a saber, pues por lo visto pertenecían a una señorona veterana, lerda y gordinflona, que se pasaba el día sentada a la sombra en el patio, y había que estar abanicándola de continuo, para lo cual las dos dichas se turnaban, pues con una sola esclava para ese menester no basta, no se puede estar todo el santo día ahí de pie dándole al abanico de mango largo, eso no hay quien lo aguante, por muy bienmandado que uno sea y por mucha sumisión y conformidad que se tenga. Y cuando recibía visita, las dos negras al canto con sendos abanicos se ha dicho, oreando tanto a la visitada como a la visitante, pues el ama era muy cumplida y muy mirada para esas cosas de la cortesía y la hospitalidad.

La fachada principal de la casa de dos plantas mira al septentrión, como es de conveniencia en estos climas meridionales, y se veía el mar desde las ventanas superiores si no fuese por unas casas fronteras, y aun así se dejaría ver una estrecha franja de mar azul entre dos esquinas de no ser por una acacia frondosa que estorba la visión. Rosamunda tiene ganas de subir al tejado algún día por comprobar si desde tan alta posición, tal como intuye y desea, se ve efectivamente el mar cercano con sus playas sin fin, adonde no se priva de acudir de vez en cuando a bañarse en compañía de sus dos esclavas, a eso del mediodía, que es cuando menos mirones impertinentes suelen pasar por las orillas.

En la playa pero más allá se encuentran los astilleros, allí donde los carpinteros de rivera están todo el día dándole a la azuela y a la sierra, y más todavía últimamente, que se traen un trajín y un ajetreo como nunca antes se había visto, más personal que nunca, y encima buscando más maestros de aja andan y más calafates, carros de troncos cargados continuamente llegando, como si estuvieran construyendo una flota para no se sabe qué, pues no se entiende para qué se necesitarán tantas embarcaciones de repente. Como no quieran reconquistar las costas occidentales...

Y a la vera de la playa se encuentra el cementerio, abierto y sin tapias, buenas vistas tendrían los difuntos estantes si pudieran ver, muy ameno lugar para descansar en paz, ciertamente, si no fuera porque a los aquí yacentes lo mismo les da ya, que en tan ameno paraje se les sepulte, o que se les tire a la mar cercana para que sirvan de provecho a las anguilas carnívoras. Un extenso laberinto de lápidas grabadas y de cruces enhiestas, de mármol blanco las más rumbosas, y montones de tierra alargados bajo los cuales se conoce que yace algún pobretón, a veces una cruz de madera, o dos palos cruzados, carcomidos por el tiempo y el olvido. Cavila Rosamunda que ni siquiera la muerte a todos nos iguala, en contra de lo que se dice, al menos en el aspecto externo y terrenal.

A veces, por las noches, en la soledad y el silencio de su aposento, da en cavilar que, si lo mismo que desde su ventana el camposanto no se ve, se alcanzara a ver, en medio de la oscuridad acaso vislumbrar se pudieran lejanos los fuegos fatuos que dicen que salen de las sepulturas de los condenados al fuego eterno. Y a veces de noche, cuando desde alguna de las ventanas de la casa, a alguien acierta a divisar que por la calle pasa, da en cavilar que acaso se trate de alguna alma en pena del cercano camposanto salida, y con esa vaga inquietud se acuesta y se duerme temerosa, hasta que a la mañana siguiente se despierta y piensa que cómo ha podido pensar esas simplezas, más bien de gaznápiros propias. Pero es que luego llega la noche otra vez, y otra vez da en cavilar

que, si no todos ni mucho menos, alguno de los misteriosos paseantes
nocturnos no dejará en realidad de tratarse de alguna aparición del
purgatorio salida a través del hoyo del sepulcro y autorizada a volver,
a saber a qué y hasta cuándo, al mundo de los vivos otra vez. Y es que
estas cosas arcanas y tremebundas, no se sabe por qué, no se ven igual
de noche que de día.

Y no se quiere privar de acordarse de unas coplas que cantaba, con
muy poca gracia, por cierto, la vieja Antagónica allá arriba en la torre, a
saber si para meterle miedo a la misma recordadora de ahora, pues otra
persona no había además de la propia cantora, o tan sólo por darse el
gusto, si es que lo tenía, de ponerse a cantar, siempre de noche, a saber
por qué no asimismo de día.

Noche misteriosa,
noche de las ánimas,
cuando, plañideras,
suenan las campanas;
cuando los difuntos
se vuelven fantasmas,
y abandonan, tristes,
sus frías moradas.

Por sendas oscuras,
taciturnos vagan,
todos en silencio,
en santa compaña;
embozados todos
en negras mortajas,
llevando consigo
luminosas hachas.

Andan por los montes,
por las puentes pasan,
y a su paso, el río
detiene sus aguas.

Al fin amanece,
la noche se acaba,
de nuevo a sus tumbas
se vuelven las almas.

El día ya llega,
misterios aclara.
La luz ilumina
llanos y montañas,
y es que ya ha pasado
la noche de ánimas.

Cotidianamente acude al taller, pero sin horas fijas, no tiene prisa por llegar, ni nadie se la mete, ni se le presenta impedimento para salir antes de la hora si a mano viene. Ya no va de ayudante de ningún maestro llevando las cajas del instrumental, sino que más bien se ocupa de impartir las oportunas órdenes a las colegas encargadas de las labores más bajas y fáciles del negocio. Vida regalada, en fin, falta de aventuras y de emociones, así como también de aprietos y de incertidumbres. Vive en una especie de áurea mediocridad, como si dijéramos, dejando pasar los días con indolencia y sin inquietudes ni desvelos.

Ya no la lleva su marido, como se va diciendo, de ayudante a cumplir los encargos, sino que se hace acompañar de los colegas más disolutos y licenciosos, tales como él mismo, o bien de muy reales mozas en ocasiones y si se tercia, que a tanto se atreve pues para eso es el amo.

A Helio le ve Rosamunda por el taller, pero no a todas horas, puesto que suele él acudir a cumplir encargos a domicilio acompañado de algún aprendiz. Lo mismo que a Cucufate, a quien suele ver por ahí, como no deja de ser lógico y natural cuando se trata de colegas en un mismo centro laboral.

Hay que acudir a la isla de Lesbos a arreglar unas clepsidras y a instalar otra, mas esta vez Doro no manda ir a Helio, ya no hace falta alejarle de aquí adrede durante lo que dure la misión, sino que es él mismo quien se dispone a coger el barco en compañía de un ayudante, valiente calavera está hecho, el más libertino, aparte del mismo amo, de toda la nómina completa de todo el personal.

—No me esperes —avisa a la hora de partir —hasta dentro de por lo menos un mes.

Se ha corrido por toda la vecindad una habladuría, entre otras mil más, según la cual las dos esclavas negras de Rosamunda se han echado sendos novios, un par de reclutas de un batallón de negros que se ha incorporado, procedente por lo visto de Nubia, últimamente al ejército imperial.

—¿Para qué querrá nuestro emperador un batallón de negros? Como si no tuviera ya bastantes guripas ineptos. Ni que estuviera preparando otra guerra...

Las ágoras femeninas vienen a constituirse en los mercados de las plazas, o las plazas de los mercados, y los mostradores llenos de pimientos morrones y de berzas, bajo el toldo tirante, son improvisadas tribunas de oradoras espontáneas.

—A los negros, como de noche no se les ve, se conoce que los quiere para los combates nocturnos.

Otras parroquianas no se muestran de tan buen humor.

—Pues no quiera Dios que se esté preparando otra guerra.

Las hay que no se quieren dejar vencer por el pesimismo.

—¿Es que siempre nos tenemos que poner en lo peor?

En esas espontáneas ágoras de portanuevas y correveidiles incluso se ha llegado a decir, hay que ver hasta dónde puede llegar la maledicencia popular, que se han visto, no ya dos negros llegarse a la puerta de Rosamunda, sino a tres.

—Pero ahora no lo vayas por ahí divulgando, ¿eh?

—Descuida.

"Descuida, que a quien yo se lo diga, ya la advertiré que no hay que dar un cuarto al pregonero." Para que, a la siguiente a quien a su vez ésta le cuente el secreto, no deje de indicarle esta particularidad consistente en que no se debe divulgarlo, y así sucesivamente, hasta que se convierte en un secreto a voces.

—Como se enteren los judíos, la matan.

—Anda allá, eso es mentira, nada más que habladurías sin fundamento, y las ganas que tienen muchas de que sea verdad —así es como sale alguna diciendo de vez en cuando, las menos a decir verdad.

En el taller coinciden en una misma labor Helio, Doro y Rosamunda, otra vez los tres juntos, mas en distinta posición, pues ahora el que está de non es Helio, el anterior esposo.

—Hay que ver las vueltas que da la vida.

—Y hasta dónde pueden llegar las mudanzas de la fortuna, como se suele decir en estos casos.

—En cuanto acabemos —salta Doro de repente —con esto, nos vamos a la taberna los tres, como en los viejos tiempos, a casa del Tesalonicense, que dicen que ha traído un vino clarete que arde en un candil.

—Ya será menos —dice Helio, por decir algo.

Y un rato más tarde, helos ahí a los tres dichos, ante el mostrador, otros tantos vasos sobre el tablero de roble.

—Toma, bebe, para que veas que no te guardo rencor.

—¡Lo que me faltaba por oír! Te quedas con mi esposa aprovechando mi ausencia...

—Tu óbito, querrás decir.

—Es igual para el caso. Y encima te tengo que agradecer que no me guardes rencor, es el colmo del cinismo.

—No nos pongamos en esa tesitura, yo nunca quise dejar de contar con tu amistad. Pero no vas a dejar de reconocer que en cuanto volviste me quisiste quitar a la que era y es mi legítima esposa para siempre jamás.

—Si era y es tu legítima esposa, como aseguras, ¿cómo te la iba nadie a quitar? Al contrario, querrás decir, yo tenía mis derechos, no sé hasta qué punto discutibles, a los cuales renuncié en tu favor. ¿Y tú así me lo agradeces?

—¡Ya está bien —salta Rosamunda un tanto arrebatada —de discutir acerca de mí, como si yo fuera una propiedad o una posesión dudosa y en disputa! A mí no se me posee ni a mí se renuncia. Como si yo fuera una yegua o una gallina, a ver qué os habéis creído vosotros... O cambiáis de tema, u os quedáis ahí los dos solos.

—Mil perdones, no era —aquí es Doro el que habla —nuestra intención. ¿No es verdad, tú, que nuestra intención no era ésa? Pero sí se me permitirá considerar que así como están las cosas, y con esto no quiero tratar a nadie de cosa, es como quedan cabalmente y en su justa compostura. Mi esposa y yo nos compenetramos y acompasamos a la perfección, somos tal para cual. Sí, ya sé que estarás pensando que somos un par de troneras, digno el uno de la otra y viceversa, pero yo lo que estoy pensando es que entrambos a dos somos de la misma condición rebelde, como si dijéramos, e irreverente y contestataria, como se dice ahora, apartados del camino que sigue el común de la gente.

—Tú te crees que eres un tipo original porque te apartas del camino, mientras que yo, según tú, vendría a ser un borrego que sigo al rebaño porque no tengo la imaginación o el valor para rebelarme como tú. Pues te voy a decir una cosa, con permiso de la superioridad. En estos tiempos de rebeldía juvenil, la actitud borreguil es precisamente ésa, la de apartarse del rebaño que lleva el camino recto, para ir a juntarse a otro rebaño mayor todavía y extraviarse del camino general. Algunos, a fuerza de querer ser originales, caen en el vicio contrario, el que consiste en unirse al rebaño de los originales y rebeldes, con lo cual sin saberlo están perdiendo hasta lo último de su tan estimada originalidad. Pues yo no quiero apartarme del camino recto, yo me rebelo contra la rebeldía, y por lo tanto bien se puede decir que soy mucho más rebelde que cualquiera de vosotros.

—Tanto tiempo de trato directo conmigo —no se le ocurre a Doro contestar de otra manera—, y no has aprendido nada. O se te ha olvidado allá en el desierto.

Y a continuación, y como para demostrar lo irrefutable de su aseveración, va y se pega un latigazo de clarete.

—En la vida —opina Rosamunda —todos tenemos que aprender de todos, pero vosotros dos sois tan dispares, y aun opuestos, que no tenéis nada que enseñarle el uno al otro.

Por toda la ciudad se ha instalado una especie de ligera inquietud, o un vago recelo, rumores nada más, que si vienen los turcos, que si vienen los persas, que si vienen los asirios, que si vienen no sé quiénes...

—Al final, ya verás cómo no vienen nadie, como siempre que corren rumores de guerra.

—Pues menos mal que corren más los rumores que la caballería atacante.

Lo cierto es que, si se pone uno a mirarlo, sí se nota algo más de movimiento en torno a los cuarteles, ir y venir de carretas y mayor admisión de aspirantes a sentar plaza. Pero otras veces ya se ha visto lo mismo, un reforzamiento del ejército, y no pasó nada.

—Lo que sí que es bien cierto, y eso lo tengo yo comprobado, es que de las forjas imperiales no paran de salir escudos y corazas, así como hojas de espadas y puntas de lanzas y de saetas, talmente como si se preparase una guerra.

—Pero es que la mejor manera de evitar la guerra, como dijo aquél, es precisamente prepararla.

Doro se embarca con Diógenes, otro que tal baila, junto con el instrumental y demás avíos, con destino a la isla de Lesbos, a cumplir ciertos encargos. El día de la salida, muy de mañana, se levanta un viento terral que hincha la vela latina y sin dificultad aleja la embarcación de los bordes pétreos del muelle. Un rato más tarde se desvanece lo poco de una bruma mañanera que quedaba y se calma un ligero oleaje que había, mar rizada nada más, y se queda el velero en medio de una superficie acuosa infinita, horizontes por todo alrededor, azul intenso en el mar en calma, azul claro en el cielo despejado, azul arriba y azul abajo, como si todo el mundo de repente se hubiera vuelto azul. Hasta los delfines lejanos que saltan sobre las crestas blancas de las olas azules, azules asimismo se exhiben en la distancia, pero de un azul más oscuro y algo grisáceo, lo que pasa es que si se acercan se vuelven grises más bien, pero de un gris azulado. Tal como los ojos de Rosamunda, ausente en estas soledades marinas, y evocada a causa de esa misma ausencia en la ensoñación delirante del ajustador de clepsidras Isidoro, tercero de este nombre, quien, ahora que se encuentra lejos de su esposa, no se puede quedar sin acordarse de aquellos ojos marineros, de un azul exótico y misterioso, un azul de mar, pero no de éstos cálidos y serenos de aquí, sino de aquéllos otros septentrionales y álgidos, borrascosos y recónditos, un azul más frío y más subido. Como los ojos de aquélla, de mirada fría.

Falta por saber si las nereidas y los tritones y las oceánidas serán azules también, en mayor o en menor medida, en todo o en parte. O tan sólo en los ojos, de donde cabría llegar a ponerse a considerar la eventualidad, incierta o contingente, de que Rosamunda fuese en realidad una oceánida, pues ésas, según dicen quienes las vieron, no tienen cola de pez, sino que en nada desmerecen ni se diferencian de las mozas de verdad. Siendo pequeña, tal especula Doro en su fantasía exaltada, se perdió y llevada por las olas a la orilla fue a parar de la playa, de donde la recogieron, y ese cuento de que es hija de un pirata normando se le tuvieron que inventar para justificar las trazas de la hija en parangón y en contraste con las de la madre. Aun no conceptuando del todo como ciertos sus propios desvaríos, no deja Doro de admitir que su gentil y flamante esposa efectivamente observa un comportamiento un tanto apartado de lo que se podría considerar normal entre las mozas de su género, de modo que bien se podría tratar de una persona, vamos al decir, muy poco común, o por lo menos un tanto especial. Pero no tanto, bien mirado, como para poner en duda su naturaleza humana y suponerla tanto como una semidiosa o una ninfa de los mares.

De todos aquellos pedantes que no se privan de hablar de esas deidades marinas, ¿cuántos verdaderamente las habrán alguna vez visto? Marineros viejos hay que llevan toda la vida en la mar, como si dijéramos, y que, mal que les pese, no tienen más remedio que reconocer, no sin ciertos asomos de rubor, que jamás han llegado a ver a ninguno de estos espíritus elementales de las aguas saladas.

Por cierto, ¿a qué se deberá la curiosa circunstancia de que el agua de mar esté salada, al contrario de las aguas de ríos y lagos? Una criada de lejanas tierras procedente que hubo en casa de Doro cuando él era pequeño, le contó una leyenda asiria o persa, según la cual el mismísimo diablo en persona les proporcionó a unos marineros, ya no se acuerda Doro a cambio de qué, un cajón maravilloso que les habría de proporcionar lo que quisieran tan sólo con pedírselo, así de fácil y de cómodo. Y efectivamente, navegando iban en su barco, sobre aguas que entonces no estaban saladas, cuando de pronto se vieron en la precisión de pedirle sal para el matalotaje de la cocina al cajón diabólico, el cual por el tubo mágico se puso a surtirles gran cantidad de sal que salía como un chorro blanco e incontenible. Pero, como quiera que el bellaco del diablo no les había instruido en el modo de pararla, y de la caja fantástica no dejaba de brotar sal, la tuvieron que tirar al agua, con lo cual, a consecuencia de la enorme copia de sal recibida, todas las aguas de los siete mares acabaron por salarse, y saladas quedaron desde entonces y para siempre jamás.

Dicen que en los mares exteriores, lejanos e ignotos, las mareas alcanzan a descubrir buena parte del fondo más próximo a la costa, el cual vuelven a cubrir otra vez, y así todos los días, dos veces por día, lo que hay que tener muy en cuenta a la hora de atracar o zarpar. Eso por lo menos es lo que dicen los más audaces marineros que aseguran haberlo visto, pero ya será menos.

Noche de luna llena y en calma, mar en bonanza, avanza poco el velero pero la estancia agradable a bordo quita prisas y modera impaciencias, no quema el sol de día, pues para eso estamos todavía en primavera, no hace frío ni siquiera de noche, los pasajeros durmiendo en cubierta, en la manta envueltos, reflejos argentinos en los contornos, al trasluz del resplandor lunar.

Amanece y el frescor de la mañana se va lentamente atenuando, y al mediodía los pasajeros buscan la sombra del toldo a ese propósito extendido sobre la cubierta. En el horizonte y a proa los marineros más clarividentes creen columbrar una vela lejana, y tan lejana, como que no la distinguen los que no disponen de vista de águila o no tienen costumbre de avizorar velas en lontananza.

Sigue el barco avanzando, o es el mundo el que se desplaza, a saber, y el barco el que se queda quieto y en su sitio, no se sabe si el agua bajo la quilla se mueve sobre el casco inmóvil, o si es la embarcación la que se desliza sobre el suelo acuoso e inconsistente. Da igual que el barco se resista al movimiento de la parte líquida del mundo, o que sobre esa misma superficie avance, pues de una forma o de otra la costa todavía lejana e invisible previsiblemente se estará acercando, el patrón sabrá lo que hace, que lleva ya no sé cuantísimas travesías, y siempre llegó a sus puertos de destino.

Lo mismo se podrá decir del barco que viene, la vela también desplegada, justo en dirección contraria, que no se alcanza bien a comprender cómo es que, si el viento en una misma dirección sopla, dos veleros pueden navegar, aprovechando el mismo viento, en direcciones completamente opuestas, que de seguir así los dos, y si ninguno de los patrones respectivos manda meter caña a estribor, acabarán colisionando uno con otro, igual que si padecieran retraso mental los dos patrones. Uno de los dos, o ambos a dos, deberá virar un tanto a estribor, por evitar una colisión que en alta mar tendría consecuencias fatales, y un poco en efecto se tienen que echar a su derecha, y no a babor, porque precisamente son éstas las normas de navegación, hasta todos los confines marítimos conocidos aceptadas en evitación de accidentes evitables.

Presto debes maniobrar
si proa enfrente has de ver.
A estribor debes virar,
y el abordaje evitar.
El otro igual ha de hacer.

Así es como se enseñan en la escuela de náutica, en verso por que mejor queden en el recuerdo, las más básicas normas del código de navegación.

Pero cuando el patrón manda meter algo de caña hacia estribor, el del barco que de frente se acerca manda ejecutar la maniobra contraria y vira otro tanto hacia su babor.

—¡Es un barco pirata!

Parece por las trazas que se trata de piratas cenetes, los más despiadados de toda la mar. De una tribu berberisca vienen tan bárbara y salvaje, que allá en su tierra todo individuo que haya tenido un nieto debe entregar el cuello al hacha del verdugo, pues por lo visto allí aquellas inhóspitas montañas no son capaces de proporcionar abasto para todos, y antes hay que prescindir de los que ya no tienen nada que aportar a la sociedad, que no de los todavía útiles, ni mucho menos de los niños de hoy, adultos de mañana. Pero es que algunos de estos flamantes abuelos, muchos de ellos todavía jóvenes relativamente, no se conforman y se rebelan, y se echan al monte para formar bandas de forajidos, o a la mar se echan si tienen en qué, para tripular embarcaciones de piratas, como los del caso presente.

Al taller de construcción y arreglo y ajuste de clepsidras llega un funcionario de la prefectura preguntando por el dueño, y a Sidoro le emplaza para una reunión misteriosa, pues no le aclara nada más al respecto, en el palacio esa misma tarde, a tal hora.

Y a la hora y en el lugar fijados se encuentra con otros asistentes a la misma reunión citados, y que tan en la inopia están como él mismo. En un salón de suelo brillante y vacío de mobiliario, con las ventanas abiertas, todos de pie, los recibe por fin un sujeto muy principal, se le nota por la pinta, que lo primero que hace es leer una lista de nombres que trae enrollada, entre los cuales figuran Isidoro, de padre del mismo nombre, y Diógenes, hijo de un tal Teodosio. Y a continuación les comunica a todos los atónitos estantes que los citados han caído en poder de unos piratas que a sus bases los han trasladado en la isla de Los Alcatraces, así llamada por estar tan sólo habitada por aves marinas hasta que allí se asentaron en mala hora los piratas, los cuales ahora exigen un rescate de cuatrocientos sólidos por persona pagaderos en un plazo de noventa días a contar desde el de la fecha de la comunicación entregada a las autoridades marítimas de la ciudad.

Todos los asistentes se arrebatan y claman cada uno a su manera, si no es Sidoro, que en silencio se ausenta de la reunión y de la confusión de gritos y de exigencias de imposible satisfacción y de preguntas de imposible contestación, y se encamina sin pérdida de tiempo al sanedrín, a ver si hay manera de hablar con el supremo rabino que preside el gran consejo rabínico de la ciudad.

Al cual consigue al cabo ver, no sin antes haber tenido que hacer antesala durante horas, tanto como que ya es de noche.

—No te preocupes, hermano Sidoro, aflojaremos los cuatrocientos sólidos del rescate, que para eso tenemos un fondo constituido por las aportaciones de todos los hermanos judíos de la ciudad. Pagaremos, rescataremos a uno de nuestros hermanos, y después volveremos a la isla para colgar a todos los piratas. La expedición se financiará sola, pues al gasto del aparejo de cuatro embarcaciones y al de los doscientos mercenarios habrá que restar el importe de los botines que allí sin duda tendrán guardados los que allí mismo queden ahorcados.

Del otro empleado de la casa, también en poder de los piratas caído, nada dicen, pues por lo visto no les incumbe, lo mismo que los demás que ahora mismo están en espera de acabar ahorcados, pues ya se sabe que no se va a pagar ni un sólido por ellos, así como tampoco son de su cuidado los otros que por el contrario esperan la liquidación de la deuda y la liberación consiguiente de los deudores.

—Con el importe del barco —se queja el patrón y armador —ya tenéis de sobra cobrado el rescate, y hasta me debéis dinero encima.

—El barco y su cargamento —le contradice el pirata más principal —nos pertenece por derecho de conquista, el importe del rescate es aparte.

—¡Vaya! Pues si me quitáis el barco y me dejáis en la ruina, no sé de dónde voy a sacar ahora para el rescate.

—Pues entonces ya te puedes ir dando por ahorcado.

Estas gestiones de los rescates las coordina un oficial de la armada encargado del caso a estos efectos, que en contacto está con un intermediario que está a su vez en contacto directo con la dirección de los piratas por una parte, y por otra, como es natural, con los representantes de los secuestrados, entre los cuales hay, pues de todo tiene que haber, quienes se ponen a la labor de reunir el cumquibus necesario, y quienes renuncian a pagar, o bien porque no tienen posibles, o porque no están dispuestos a aflojarlos así por las buenas.

—La armada imperial —se pone el encargado de llevar a cabo las gestiones —bastante hace ya con ponerles a este servidor a su disposición de vuesarcedes, que no se diga que se dejan abandonados y sin amparo a unos vasallos del emperador, del cual no vamos a esperar, pues sólo faltaría eso ya, que emplee sus naves de combate y sus infantes de marina para ir a aquella maldecida isla a rescatar a cuatro pelagatos, como si los ejércitos imperiales no estuvieran para asuntos de mayor fuste.

—Ya, y es que además —admite uno de los protestones—, si se ven perdidos aquellos piratas, matarían a todos los rehenes antes de entregar sus propios cuellos al lazo del verdugo.

—Como es natural. Antes sería peor la solución que el mismo problema por resolver.

Mientras tanto en el taller la vida sigue como siempre. Rosamunda entra y sale, va y viene, no para mucho tiempo en una misma labor. Tranquila está, si bien un sí es no es impaciente, por la solución del secuestro de su marido, pues ya saben todos que las gestiones van por buen camino y que el importe del rescate preparado está y en espera, sin ninguna dificultad. Le acuden algunos a contar casos similares, en los que se pagó el importe señalado y el asunto acabó con la liberación del secuestrado sin mayores apuros. Entre el personal del taller no faltan quienes están deseando volver a ver al amo, ni tampoco los que se darían por contentos de no verle más, como es lo natural entre tantos opinantes al respecto, lo que pasa es que éstos últimos se rehúsan de expresar abiertamente tan inconvenientes opiniones. Al que ya saben que no verán más es a Diógenes, que en paz haya de descansar, pues nadie hay dispuesto a apoquinar por él la cantidad exigida, una fortuna para cualquier pobre proletario.

Rosamunda vive sola en la casa ya dicha, es decir, con sus dos esclavas mulatas, pero sola con respecto a su marido, ausente por un par de meses más, por lo menos. Y entretanto en las labores del taller se va haciendo amiga otra vez de su antiguo marido, para satisfacción de los dos amos mayores y para contrariedad de su antiguo suegro.

—A ver si tarda un poco más en volver aquel tarambana de hijo que tienes —habla Sidoro con su esposa Rebeca—, y a ver si entretanto esa perdida de nuera que tienes se vuelve con su antiguo marido y nos deja en paz.

—No fuera malo, no caería esa breva... Pero cata que, tanto el hijo como la nuera, son por lo menos tan tuyos como míos.

Otra contrariedad se presenta inesperada, y es que ahora el bellaco del prefecto, que mal haya, en nombre del emperador ha decretado otra vez la movilización general, motivo por el cual no va a ser posible la planeada expedición de cuatro veleros con doscientos mercenarios a la isla de Los Alcatraces para no dejar un pirata vivo y para rescatar las monedas de oro del rescate pagado, y de paso, por qué no, todos los demás tesoros asimismo, en moneda corriente o en otros efectos, que en poder de los difuntos piratas se encuentre, pero es que ahora todos los rompesquinas de la ciudad, apropiados y dispuestos a meterse mercenarios si a mano viene, quedarán movilizados e incorporados al ejército imperial, y hasta el mismo Doro queda teóricamente movilizado, en espera de su incorporación efectiva cuando fuese llegado de su cautiverio. En cambio a Helio, como quiera que oficialmente figura como difunto, no le movilizarán. O sí, cualquiera sabe, que en las oficinas de la capitanía general le dijeron que le iban a dar de alta en la nómina de los vivos, pero de la efectividad y del celo profesional de los amanuenses militares tampoco hay que fiarse del todo.

Rosamunda no es que haya quedado del todo contenta tras su casamiento, sino tan sólo a medias. Satisfecha sí está por la casa adjudicada y las dos esclavas, y por la vida regalada que lleva, pero no tanto por el trato que tiene con el tarambana de su nuevo marido, que no para en casa, que llega a veces de madrugada, a saber de dónde, o no llega en toda la noche ni en todo el día siguiente. Antes de haberse casado, juntos les cogió el amanecer en más de una juerga nocturna, y en más de tres, pero ahora, después de casados entre sí, ya no la lleva consigo. Es que una cosa, se conoce que así lo considera, es una amiga juerguista y fiestera, apta para compañías y participaciones, y otra muy distinta cosa es una esposa en regla, a la cual no está bien llevarla a tan inconvenientes diversiones, para dar que decir y venir en menoscabo de la honra del mismo marido que la acompaña. La señora casada, en casa, la misma palabra lo dice, y si alguna noche ha de salir a una fiesta decorosa, en compañía de su marido saldrá, y vuelta a casa a una hora prudencial y tempestiva. Así es como lo debe de considerar aquel badana, pero así en cuanto a la esposa, mas no en lo que a él mismo se refiere, pues para eso es él el marido y la esposa la otra, diferencia va, y al que no le parezca bien, que culpe a la naturaleza, y quien de acuerdo así y todo no esté, que vaya y reclame a quien corresponda.

Bien mirado, Helio era mucho más tolerante con estas cosas y comprensivo. La daba mejor trato, en definitiva. No tenía nada de juerguista, no está en su naturaleza esa inclinación, mas no por eso se oponía a que su esposa se entregase a ese tipo de diversiones, aun cuando tampoco le hacía lo que se dice ninguna gracia que le dejase solo para irse no sabía adónde, ni a qué, ni con quién. Bien mirado, en todo el tiempo que estuvieron casados, jamás la preguntó por estos extremos, si bien, eso sí, se mostraba muy contrariado cada vez que la veía volver alumbrada, o poco menos, ya de día o a muy avanzadas horas de la noche.

En cambio, con este otro tarambana ya no tiene la libertad que antes tuvo, sino que se ve a sí misma poco menos que como un objeto, algo así como una alhaja o una presea viviente, propiedad del marido en exclusiva, o del amo, si así se puede también decir, como un pájaro exótico de vistosos plumajes en una jaula de oro.

—No me queda nada de mí que yo pueda considerar absolutamente mío.

—Sí, tú quéjate, ¿pues qué diremos nosotras?

—Razón tenéis, vaya ocurrencia la mía. Mira que venirles con esas lamentaciones a unas esclavas...

Tantas ganas que tenía de perder de vista a ese pánfilo de Helio, y ahora resulta que le echa de menos.

—Señora, pero cuando aquél volvió, preferiste quedarte con éste.

—Es que yo con este calavera congeniaba muy bien, éramos tal para cual, un par de tarambanas ambos a dos y en toda la regla. Yo lo pasaba muy bien con él, pero es que ahora se larga de juerga solo, o con otros y otras, y a mí no sólo no me lleva, sino que encima no me permite irme por mi cuenta.

—¿Y qué te parecería si no volviera más y te quedaras viuda otra vez y libre de poder volver con el señorito Heliodoro?

—Heliodoro no es vuestro señorito.

—¿Pero qué te parecería, señora?

No le ha valido su respuesta evasiva para excusarse de declarar su parecer al respecto, sino que ante la insistencia de las esclavas se ve en la precisión de contestar abiertamente y por derecho. Mira al techo y compone un gesto un tanto melindroso, la mano al pelo del moño, antes de declarar:

—Que no estaría del todo mal. ¿Queréis que os diga una cosa? Esta noche nos vamos las tres de juerga, y salga el sol por donde quiera.

Se niegan escandalizadas las dos mulatas, ¿adónde iban a ir dos esclavas, si ni siquiera se saben comportar en tales circunstancias? Cavila el ama que acaso no dejen de tener razón, ¿adónde iba a ir con ese par de negras selváticas? Se pone en el caso, y acierta a calcular que a la primera copa de licor, pues sería la primera de verdad, se volverían locas de excitación o se caerían al suelo redondas para no levantarse hasta no se sabe cuándo, y se tendría que volver a casa alumbrada y sin sus dos esclavas, con lo cual daría no poco que decir y se enterarían los suegros, lo que les faltaba ya para completar motivos suficientes para echarla de casa.

De modo que se pone a pensarlo y concluye que lo mejor será dejarlo para el sábado, día de juerga consuetudinario, y la costumbre no hay por qué dejarla de seguir, y que para tal fin ya se pondría de acuerdo con Helio, su ex marido, y del que no se descarta que pudiere llegar a ser otra vez el próximo, todo depende de la vuelta del marido actual, para lo cual tienen ya preparado el importe del rescate en monedas de oro, pero resulta que ahora se encuentran con ciertas dificultades con las que no contaban.

Los tratos, a través de los convenientes intermediarios, con los piratas de aquella isla perdida y fuera de toda ruta, están ahora mismo interrumpidos, pues parece que anda el diablo suelto, que se suele decir, y no se sabe con qué preparativos, ni para qué, andan los militares, tal como si se estuviera preparando otra guerra, siempre lo mismo, está visto que desde la creación del mundo no ha dispuesto la humanidad de un solo año sin alguna guerra en algún lugar de este desdichado orbe.

Se nota que la situación no es la normal y acostumbrada, el orden parece como si se estuviera empezando a relajar, se ven menos guardias por las calles y a la gente de mal vivir se le nota una mayor insolencia en el comportamiento y un menor temor a una autoridad que parece un tanto menos autoritaria, no se sabe por qué. Los negros de un batallón que al servicio del emperador habían venido, se dice por ahí que se han rebelado y acuchillado a sus mandos blancos, han asaltado a sangre y fuego unos cuantos palacios, no se sabe si particulares u oficiales, y se han marchado con el botín por la orilla del río hacia el mediodía, pero según la vox pópuli se han enfrentado primeramente entre ellos a cuchillada limpia, se conoce que a consecuencia del reparto, y después se han visto sorprendidos y acorralados por los sarracenos contra la orilla, y allí mismo han sido pasados todos a cuchillo, si no son los que se han ahogado tratando de cruzar el río a nado, ya se sabe que los negros no son muy dados a la natación, y es que además la anchura del río es demasiada para el intento. ¡Qué bien empleado les está! Así opinan todos los opinantes sin faltar uno, pero también son de la opinión de que no había que haber traído tropas exóticas, de preparación y lealtad dudosas cuando menos, para que al servicio se pongan de la defensa del imperio. Los que se muestran de parecer contrario argumentan para ello que, si no hay otros mejores, a falta de pan, que se dice, buenas son tortas, y que mejor serían negros, en cualquier caso, que nada.

Llega el sábado, pero lo que no llega es la diversión de costumbre en las tabernas y en las discotecas, cerradas por orden del mismísimo prefecto. Y todavía más, a medianoche, toque de queda se ha dicho. Nadie por las calles, si no son los policías y los militares de guardia.

—Está visto que se va a armar la gorda.

—Nos coja Dios confesadas, señora.

—Tampoco será para tanto, vamos, digo yo. Mi marido actual no va a la guerra porque está ausente, si es que no le han ahorcado ya los piratas puesto que ya saben que no van a cobrar ni un céntimo por él. Y mi marido anterior y primigenio tampoco va porque le dieron por difunto en el mismo ejército. Así que a mí no me afecta esta guerra directamente. Ojalá, amén, movilicen la quinta del gilipollas de mi suegro, y que vaya y no vuelva.

—Eso no, señora, mejor que no, pues llegar a movilizar tantas quintas significaría que las cosas se estarían poniendo muy mal.

—Bueno, pues entonces le dejaremos que se quede en mala hora.

En el taller cada vez más Rosamunda se trata con Helio, trato profesional, se entiende. Prevaliéndose de su posición en la casa se las arregla para con él colaborar, y así se pasan juntos buena parte de la jornada laboral.

—Ya que me puedo considerar viuda otra vez, como si dijéramos, y libre de nuevo y por consiguiente, y ya que tú libre sigues también... Bueno, a menos que tú ya no quieras saber nada conmigo, lo cual me parecería hasta razonable, si bien un tanto vengativo y extremadamente rencoroso por tu parte...

—Eso es lo que te merecerías que te contestase yo ahora, pero ya sabes, si es que de verdad me conoces, que no soy nada rencoroso, ni mucho menos vengativo, pero lo que pasa es que no eres viuda, como acaso desees, al menos todavía, sino que el resultado del asunto del rescate permanece incierto pero operable, y en la posible solución están los judíos, con todo su poder, visible y oculto. Lo que ésos no consigan... Donde ésos se pierdan, allí quisiera encontrarme yo. Así que no te des por viuda y no te hagas a la idea. En cuanto a mí, ¿qué quieres que te diga...? Ya sabes que yo nunca quise prescindir de ti.

—El sábado que viene te quiero ver en la discoteca.

Contesta Helio que no habrá discoteca este sábado, y pregunta Rosamunda, entre contrariada y embravecida, que si tampoco este próximo sábado, a lo que responde Helio que ni éste ni nunca, al menos mientras no se aclare la situación.

—Los sarracenos, por lo visto, ya están del lado de acá del río, al mediodía de la ciudad y todavía a considerable distancia, y allí nuestros ejércitos se han tenido que plantar para detener su avance.

—¿Y qué hace el emperador, que no acude con sus ejércitos desde Constantinopla en auxilio de Alejandría, la mejor y más magnífica ciudad del mundo después de aquélla?

—¿El emperador? Bastante tiene con tratar de contener el ataque de los eslavos, en las fronteras septentrionales del imperio, y el ataque de los turcos, en las fronteras más orientales. En cuanto acabemos con los sarracenos, quiere que acudamos en su ayuda, bien al frente oriental, o bien al septentrional.

—Al oriental mejor, más cerca.

—¿Y a mí que más me da, si yo no voy con ellos?

Al notar en el semblante de Rosamunda una casi imperceptible expresión de desagrado por lo que acaba de oír, o de reproche para el decidor, se apresura a añadir la aclaración siguiente:

—Me mataron ellos mismos en el papel, me dijeron que me iban a resucitar, pero ya veo que no. Tanto mejor así.

—Pues yo, si me dejasen, muy honrada me sentiría de coger un escudo y una lanza, y romperla en primera línea de combate, o que me rompiesen a mí el casco y lo que cojan dentro.

—¿Y quién te ha dicho a ti que no te dejan? Voluntarias demandando están, para ponerlas en primera línea de combate precisamente, para que las maten y así mientras tanto matando no estén a otros que importan más.

Quédasele mirando, entre admirada y escéptica, para finalmente venir a exclamar:

—Anda allá, guasón, que me quieres tomar el pelo, igual que si fuera yo una gaznápira. Mira que te pego con el flotador en la cabeza...

—No cambias. No cambies, me gustas así.

—A mi marido, suponiendo que viva, en cambio, ya no le gusto, por lo que se ve.

—En el pecado llevas la penitencia, que se suele decir.

—¿Pues sabes lo que te digo? Pues que ojalá, amén —mira a un lado y a otro y baja la voz—, le maten los piratas. Y así podrías alcanzar la inefable dicha de volverte a casar conmigo. Claro está que tendría que devolverles a estos ladinos judíos la casa y las esclavas, mas, ¡qué me importa a mí, que se queden con lo que es suyo, y con lo que no lo es, por mí también se pueden quedar!

—Un judío que vende alcachofas, jamás te dará una de más, pero de menos tampoco.

No acierta a entender Rosamunda a qué viene ahora ese cuento de las alcachofas.

—Pues quiero decir —aclara Helio —que los judíos son gente muy cabal en los tratos mercantiles, y que jamás se quedarán con algo que no les pertenezca, pero tampoco te consentirán a ti que te quedes con lo que es de ellos. Si la casa y las esclavas son suyas, muy justo y razonable será que se queden con ellas.

—¿Pues qué te acabo de decir? Que dispuesta estoy a devolverles todo lo suyo, y que sea en buena hora y de provecho les sirva. Así revienten todos menos uno, para que no desaparezca la estirpe.

Se muestran de acuerdo los dos en quedar a la espera de los acontecimientos, a ver si a ese farfante de Doro al cabo le matan los piratas, a ver si hay suerte, y libres quedan consiguientemente para volverse a casar entre sí.

—Habitaremos otra vez en casa de mi padre, si te place.

—Al que no creo que le plazca es a él.

—A él ahí le cumple callar y conformarse. La casa de mi padre también es mía. Mía más que suya, bien mirado, pues más vida me queda que a él, no permita Dios que sea al revés de como sería lo natural y lo esperado.

Capítulo catorceno y último

De lo que verá el curioso lector

Cada vez más confusas las noticias son acerca de Doro y de su rescate, que si ya está todo arreglado para ir a apoquinar el importe requerido por los apresadores, que si ya saliendo está el barco rumbo a la isla de los piratas, que si ya no hay nada que hacer, que si ya han ahorcado los captores a todos los captivos... Unos marineros que hacen la ruta de la ciudad con las islas Cícladas y las costas de la península del Peloponeso, y que andan llevando agujas para hacer punto y cordones para atarse los coturnos, y trayendo de paso yesca para encender el fuego, en la taberna se emborracharon y dieron una versión acerca de estos sucesos asegurando haberla así oído en uno de aquellos puertos lejanos. Otros vienen contando otra versión completamente distinta y aun contradictoria, que ya no se sabe qué creer ni a quién hacer caso. Opiniones, pues más que de otra cosa, de opiniones se trata, para todos los gustos por ahí corren, opiniones o deseos, inconfesados a veces, de que lo opinado se acerque finalmente a la realidad de los acaecimientos.

Los judíos de la ciudad ya estaban completando el aparejamiento de una expedición de escarmiento, después de que hubieren pagado el rescate, la cual no sólo les iba a salir de balde, sino que encima les habría de aportar copiosos beneficios comerciales, pues con la recuperación de los tesoros que en poder de los piratas esperaban hallar, no sólo pensaban pagar a la tripulación y a los armadores, sino que les iban además a quedar buenas ganancias, o al menos así es como lo tenían calculado, y ésos no hacen las cosas a bulto ni se embarcan en empresas arriesgadas o inciertas, sino que todo lo tienen muy bien previsto, y es que encima hasta tenían pensado cobrar del tesoro imperial y todo, pues para eso, valiéndose de las influencias y las buenas aldabas que por todas partes no les faltan, ya tenían arregladas las gestiones para que la autoridad imperial les concediese patente de corso, con lo cual tendrían derecho a quedarse con los botines cogidos a los enemigos del imperio, a cambio, como es natural, de darles guerra, y a cobrar además lo convenido para ese mismo fin.

Negocio redondo, que se dice, se les presentaba, lo que pasa es que, no se sabe por qué, los asuntos de palacio se han lentificado o aplazado, cuando no detenido, el personal oficinesco se empieza a alarmar de arriba abajo, vale decir, los de mayor rango son los primeros en levantar la casa y marcharse por vía marítima, a saber adónde irán esos zascandiles, y los escribientes de a pie, como aquél que dice, entran en recelo y se preparan para lo peor, aun no sabiendo qué será lo peor ni lo mejor que les pudiere pasar.

Hasta el mismísimo prefecto en persona, si hemos de hacer caso de la maledicencia popular, se ha largado en un barco flamante con todo su séquito y con todos sus familiares al completo, destacando entre todos los presentes, cuando andaban por el muelle, por su gigantesca estatura y su gorro troncocónico que levanta su figura no sé cuántos palmos más todavía por encima del resto del personal.

—¡Vaya! Ya se piró —se lamenta Rosamunda —el muy taimado, sin que me diera tiempo de pedirle algún favor, que además me le debía, el muy bribón.

—Lo malo no es que se vaya, sino que no vuelva.

—Enorme dicha para toda la ciudadanía en general sería que todos los políticos se marchasen corriendo y no volviesen jamás.

—Pero tú cata que —Helio se muestra aquí de otra opinión—, si no vuelve ese pájaro, debido será a que una gran desventura se habrá precipitado sobre la ciudad.

Las noticias del frente llegadas no tienen, sin embargo, nada de alarmantes, antes al contrario. Las columnas de la infantería imperial han conseguido romper el frente y ejecutar una maniobra envolvente que ha puesto, por lo que se dice, en jaque al ejército de los bárbaros del oriente.

Tal como en otras ocasiones, que el emperador no ha bien acabado una guerra, cuando ya otra está empezando, y no sólo éste de ahora, sino todos los anteriores, y es de suponer, y de temer es, que lo mismo les pase a los sucesivos a partir de hoy, pues hay que ver qué grande aborrecimiento e infortunio constituyen estos acaecimientos, pues hasta tal punto hemos llegado, que decir imperio romano de oriente, y decir guerra, viene a ser, como si dijéramos, lo mismo. Otras veces en igual coyuntura de perturbación e inquietud ya se vieron, según cuentan los que lo vivieron, o vivieron con quienes lo hubieron vivido y a quienes se lo oyeron contar, todo el personal muy alarmado por el peligro en que se veía la ciudad, y al final nada pasó. Falsa alarma, como si dijéramos, pues en mayores peligros e incertidumbres se vio la ciudad, y siempre hasta ahora salió bien de todos los lances y de todos los acechos.

La policía militar anda por todas las calles, y hasta registrando casas, en busca de emboscados y de ojalateros, de aquéllos principalmente que se fingen aquejados de algún impedimento físico, transitorio o definitivo, para excusarse de acudir al frente, y también de desertores o desaparecidos en combate que curiosamente aparecen días más tarde en casa, como si tal cosa.

—¡Pero qué barbaridad! Hasta subnormales se han llevado al frente, no os digo más...

—Dos pájaros de esta manera, como aquél que dice, se pretende de un solo tiro cazar, pues además de librarnos de todos los subnormales de la ciudad, al mismo tiempo servirán para darles a los sarracenos el trabajo de matarlos, que no es poco, pues mientras unos en combate caen, de caer otros se estarán librando, al menos de momento y por esa vez.

Con esto que oye Helio de labios de unas colegas en el taller, ya no sabe qué hacer, porque es que a algunos de los desertores y de los reclutas ronceros se dice que los han ahorcado sobre la marcha y sin miramientos, mientras que a otros les han ofrecido la coyuntura de pedir plaza en el sector más peligroso del frente, así mismo lo van diciendo, o entregar el cuello al lazo del verdugo, y claro está, ante dos posibilidades de elección, una pésima y la otra todavía peor, al escogedor no le dejan ocasión para la duda, porque resulta que del más aventurado de los combates pocas probabilidades se presentan de salir con vida, pero es que de la horca, ninguna en absoluto, y es que además el óbito en combate se tiene por mucho más honroso, mientras que la muerte en el cadalso se considera extremadamente vil e ignominiosa.

—Encima de que te matan los tuyos —se lamente Helio—, te deshonran. En cambio, si te matan los enemigos, te glorifican.

—Pues en ese caso, mejor —concluye Rosamunda —una muerte gloriosa, que no una deshonrosa.

—Mejor una vida, ¿qué me importa a mí la gloria de los caídos, una vez caído yo? En vez de estar hablando de proyectos y de planes para la vida, tenemos que estar considerando qué tipo de muerte sería la mejor. ¡Malditas sean las guerras y quienes las declaran y nos mandan al combate a quienes no queremos sino que nos dejen en paz...!

—No seas infame traidor, y cumple con tu deber de ciudadano, que cuando la patria está en peligro, todos sus hijos están obligados a defenderla con su sangre si fuera preciso.

—¡Qué fácilmente las hijas de la patria exponen la obligación que tienen los hijos de acudir a la guerra!

—Si te digo que yo me sentiría en extremo satisfecha de poder arrojarme al combate, lanza en mano, ahí tienes dos opciones, es a saber, te lo puedes creer, o puedes no creerlo, y en cualquiera de los dos casos, lo que tú creas al respecto, a mí me da lo mismo.

—¡Qué fácil es querer ir al combate cuando se sabe que no se puede!

—¿Pues sabes lo que te digo? Que yo no quiero emboscados a mi lado. Si es verdad que ese cantamañanas de Doro ya descansa en paz, extremo éste todavía por comprobar, pues no hay noticia sobre ese particular a pesar de que el plazo ya venció y la deuda permanece impagada, has de saber que sólo me casaré contigo si vuelves del combate.

—¡Hombre, claro! Si no vuelvo, ¿cómo conmigo te ibas a casar? Como no sea por poderes, yo desde la otra vida, tú desde ésta...

Helio se presenta voluntario antes de que se le lleven por la leva forzosa, pues en este último caso se vería en un aprieto para explicar los motivos por los cuales, no habiendo sido reclutado a tiempo, no se presentó motu proprio al no haber sido requerido aun cuando se encontrase dentro de las quintas movilizadas. Podría haber acabado en la horca por eludir la movilización aprovechando un error administrativo y oficinesco.

De esta otra forma, los oficiales del centro de reclutamiento no tienen más remedio que dar por buenas sus excusas.

Y hacia el frente se marcha de lancero de infantería, otra vez con casco y cota, y a pie, en una de las compañías formadas por los más rezagados, así denominados de esta manera vaga y un tanto eufemística. En la infantería va el personal vulgar, de a pie, como si dijéramos, los que no tienen caballo, pues, como es natural, y como no hace falta ni decirlo, en la caballería van los caballeros, eso callado está dicho, una arma mucho más fina y de mucho mayor prestigio que la infantería, no hay ni punto de comparación. Encima de tenerlo que dejar todo por acudir a dar la vida en defensa del imperio, los de caballería tienen que poner el caballo. A los infantes, por lo menos, la muerte en el combate les sale gratis.

La otra vez volvió de la batalla vivo y maltrecho, pero difunto según los libros de registro. A ver si esta vez no le ocurre al revés, es decir, que los sarracenos lo arrasen todo y se quede criando malvas como todos y sin nadie que le inscriba en el registro de los fallecidos, en el de los vivos figurando en adelante y para in sécula.

En el taller la actividad cada vez es menor, los amos no se sabe por dónde andan ni en qué manejos o enjuagues estarán metidos, pues cada día se les ve menos por el taller, los aprendices y los más jóvenes maestros han desaparecido para ir a dar número a las filas del ejército del emperador, y a los clientes ya casi ni se les ve por aquí.

Ya van por el tercer zafarrancho a falta de cosa mejor que hacer, mientras que Rosamunda hace días que ya ni aparece, ¿para qué, si ya no queda casi nada en que aplicarse? En su casa permanece aburrida y sin saber qué hacer ni qué pensar, en las gradas sentada de la puerta mirando a la gente pasar, consciente de no ser sabedora siquiera de si su marido seguirá vivo, o si por el contrario contándose ya entre los difuntos en buena o mala hora estará ya al día de hoy, y sin saber por tanto si va a seguir ocupando esta tan magnífica casa a la que ya se ha acostumbrado, hay qué ver qué pronto y con qué facilidad se acostumbra uno a lo bueno, o si por el contrario la echarán de aquí esos ladinos judíos.

—Si se enteran de que has estado aquí, me echarán de esta casa aquellos pájaros de cuenta judíos.

—Si tú no se lo dices —había contestado entonces Helio—, no creo que se vayan a enterar, pues yo tampoco se lo pienso decir.

—Pues no te creas —había ella replicado a su vez—, no te puedes fiar, ésos tienen informadores por todas partes y se enteran de todo. Has de saber que me estoy arriesgando a que me echen de casa.

—Mejor, así te tendrías que venir conmigo a la mía.

Ninguna gracia le hizo a Rosamunda contemplar la posibilidad de dejar esta deleitosa mansión por aquel cuchitril, y así mismo se lo expresó, empleando estas mismas palabras y sin más miramientos ni delicadezas. No supo qué tal le habría sentado a Helio lo dicho, pues ninguna respuesta recibió.

Es que le cuesta asaz hacerse a la idea de volver a aquella vivienda estrecha y rancia, los suelos de madera perforada de polillas, las paredes encaladas y los techos que se quieren ya empezar a combar, en un primer piso, el balcón sobre la calle alborotada, en los bajos de la casa instalado un taller estrepitoso de calderería sigue desde tiempo inmemorial, en el segundo y último piso una estanquera habita, viuda de un habilitado de clases pasivas. Llévenselos los demonios a todos ellos, propietarios, o inquilinos y caseros si los hubiere, en mala hora.

Pero ahora Helio no está, ni siquiera Doro, a saber si esos dos saltabardales seguirán vivos o si estarán ya criando malvas. Lo peor de esta situación es no saberlo, y tener que pensar lo que se habrá de hacer en cualquiera de las cuatro coyunturas posibles, es a saber, que estén ya ambos a dos fallecidos, que vivan entrambos, que uno viva y el otro no, o al revés, y tenerse que poner en cada uno de los cuatro casos dables para excogitar o barruntar lo que de esta terrible incertidumbre habrá de salir. Poniéndose a cavilarlo, a veces lamenta no poder coger la lanza y el escudo y acudir también al frente, a matar o a que la maten.

Delante de la casa está la playa, un par de estadios más allá, adonde gusta Rosamunda de acudir cuando no tiene mejor cosa que hacer, a pasear por la orilla o a pasar el rato en la arena sentada, entregándose con voluptuosidad a ese gozo inefable de dejar pasar el tiempo, contemplando las olas y alguna barca lejana que pase, y a quedarse oyendo el rumor de las olas y los cantos de las gaviotas o de las sirenas, y a sentir en el rostro el halago de la brisa de mar en los días más calurosos.

Días hay que los pasa aburridos, monótonos e indolentes, como cuando era niña y el tiempo corría a su favor, mas otros no faltan en los que por el contrario angustiada se siente sin motivo, anhelante no sabe de qué, poseída de un recóndito desasosiego, que no cabe dentro de sí, no encuentra la calma, inquieta y ansiosa por echarse a volar como los pájaros, sin saber adónde ni para qué, tan sólo por salir de los límites estrechos en que la naturaleza humana la obliga a vivir, como si huir pretendiera de allí donde se encuentre, hacia los ignotos espacios lejanos del aire o de la tierra, o como si tratar quisiera en definitiva de huir de sí misma.

—A ti lo que te ha debido de pasar, señora, es que con todos estos avatares y estas vicisitudes se te ha arrimado un poco de melancolía. A cualquiera le pasa, tómate una tila y métete en la cama, verás cómo para mañana ya se habrá pasado.

Por delante de la fachada el camino pasa, más despoblado cuanto más a la izquierda, cuanto más a la derecha más cercano al centro de la ciudad, o a los primeros arrabales, si es que éste no se puede considerar ya uno de ellos, y detrás hay unas cuantas dehesas y cabañas, algún soto, alguna cerca dentro de la cual parsimoniosos andan los caballos o los bueyes, y puede que también haya por estos andurriales alguna vivienda, muy dispersas unas con respecto a las otras, habitadas por gañanes es de suponer.

Y más atrás, aunque Rosamunda de comprobarlo no se ha ocupado, se supone que andando durante varios días enteros sobre suelo verde se entraría en la tierra árida e inhóspita del desierto, ocre amarillento por doquier, todo el suelo es camino infinito, cuyos confines meridionales nadie ha llegado a alcanzar todavía. ¿Qué habrá allá al otro lado del desierto, si es que el desierto tiene fin? Nadie lo sabe, ni sabe nadie si se llegará a saber.

Por las orillas del río hacia el mediodía hasta el más lerdo sabe que se llega al país de los negros, pero apartándose de la margen y metiéndose por el desierto, nadie sabe adónde se puede teóricamente llegar, pues en la práctica se da por imposible, tenidas en cuenta las ingentes distancias, insalvables para cualquiera, y más inalcanzables todavía a través de tan terrible desierto.

Marineros hay que, venidos de las costas más occidentales, dan en asegurar que navegantes de aquellos lejanos reinos han tenido la osadía de emprender expediciones por aquel mar incógnito y proceloso, costeando todo el continente para alcanzar, e incluso rebasar, sus extremos más meridionales, hasta llegar a otros mares todavía más lejanos e ignotos, allí donde se acaba el mundo. Con lo que vienen a demostrar, suponiendo que eso que dicen sea cierto, que el desierto sí tiene fin, si es que no fuera eso mucho suponer, y que siguiendo una línea recta y sin fin hacia el mediodía, nos llegaríamos a encontrar, al otro extremo del mundo, con el mar, que si así fuese rodearía la mayor parte de este malhadado continente.

Siguen pasando los días y no llegan noticias, ni siquiera quedan quienes pudieran traerlas, al contrario, no sólo no llega nadie a la ciudad, ni por mar ni por tierra, sino que se ven más barcos que nunca por delante de la playa pasar hacia el occidente, o en dirección al septentrión alejándose.

El taller de fabricación, reparación y ajuste de clepsidras ya ni se abre, ¿para qué, si no hay encargos? Y no sólo eso, sino que a todas las existencias en efectivo ya no se les ve salida. Mal asunto, pues a ver en tal caso de qué van a vivir los obreros en adelante, entre ellos Rosamunda, que ya está empezando a cavilar que se va a tener que arrojar otra vez a coger langostinos de la playa, así como angulas al amanecer en la orilla, o almejas y ostras, que es lo mismo que decir que tendrá que comer lo que nadie quiere, aun cuando a ella misma nunca le desplacieron esos géneros de mantenimiento, los que a nadie le apetecen si es que esos mariscos tan poco apetecidos de repente no les apetecen también a todos a falta de cosa mejor.

A casa llegan dos criados de los Isidoros Menfitas con una embajada. Nada bueno se barrunta, viniendo de aquellos ladinos. En efecto, pues vienen a darle un plazo perentorio de diez días a partir del de la fecha para que deje libre la casa, y de paso a llevarse vienen por orden de aquellos bellacos a las dos esclavas mulatas, Bartolomea y Baltasara, a ruegos de las cuales los dos lacayos se avienen finalmente a transmitir a los amos la solicitud consistente en que las deje también otros tantos días de demora antes de recobrarlas definitivamente para sí.

—¿Y ahora qué vamos a hacer, señora?

—Venderemos esta casa y compraremos otra.

—Pero si no es nuestra...

—¿Y eso qué importa, si el comprador no lo sabe? Además, la casa es mía durante los próximos diez días, ya lo habéis oído.

—Pero al undécimo, pasará a ser propiedad de los Isidoros otra vez.

—Pues allá se arreglen con el comprador.

—¿Y a nosotras también nos vas a vender?

Aquí ya no sabe Rosamunda qué contestar.

—En eso no había pensado. De momento voy a ver si busco alguna agencia inmobiliaria, si es que queda alguna abierta, que no sé lo que pasa, pero parece que por esta ciudad haya pasado una peste o un terremoto.

Las calles de la ciudad aparecen semidesérticas, donde antes había bulla y gentío a todas horas, ahora poca gente ya se ve, de las tiendas y las tabernas se puede decir que permanecen abiertas una sí y otra no, el tráfico rodado se ha visto reducido por las vías públicas más o menos a la mitad. Por fin consigue dar con una agencia inmobiliaria, no sin antes haber tenido que recorrer buena copia de calles y plazas, porque resulta que, si los establecimientos de este ramo no abundan lo mismo que las tiendas ordinarias de todo tipo, encima se da la coyuntura de que los más de aquéllos se encuentran cerrados, tan sólo unos pocos, éste entre ellos, Heraclio, agente colegiado, abren sus puertas al público.

Ha quedado el tal Heraclio en ir a ver la propiedad en venta esta misma tarde, y en la casa se presenta tal como había anunciado, y después de haberlo revisado todo de arriba abajo, desde el tejado hasta el sótano, se sienta con Rosamunda en el poyo bajo el saliente del balcón, a tratar el negocio.

—La estructura de la edificación está correcta, las tejas están enteras y en su sitio, y de los desagües nada se puede decir en contra. El terreno circundante es espacioso, y tal y cual...

—Pero...

—Pero es que el barrio no es de los más demandados. La ubicación viene a estar poco menos que en descampado, alejada del centro y de los barrios más solicitados y mejor cotizados.

Ya sabía la vendedora que el intermediario iba a sacar pegas o a poner reparos y dificultades a la realización de la venta, es su oficio.

—Además —añade Heraclio —no estamos en el mejor de los momentos, que digamos.

—Ya te veo venir. En definitiva, ¿en cuánto me la podrías vender, en esta misma semana?

—Pues así de pronto, sobre la marcha, igual podríamos sacar hasta mil y pico sólidos.

—¿Pero qué estás diciendo ahí, grandísimo bribón aprovechado, menos de dos mil sólidos por esta casa? Como coja yo la estaca, vas a ver lo que es bueno...

—Menos el dos y medio por ciento de comisión para mí. Y no te amontones, porque te va a dar igual. El mercado manda, y ahora mismo está así, ¿qué culpa tengo yo? No sabes la copia de gente que hay apresuradamente vendiendo sus propiedades, y las leyes del libre mercado establecen muy claramente que, cuando son muchos a vender y pocos a comprar...

—Los precios bajan.

—Y viceversa. Ya veo que entiendes de comercio. Y ahora mismo, como te voy diciendo, hay muchísimas casas en venta, todos los propietarios se han propuesto de repente deshacerse de sus propiedades, ellos sabrán por qué, y tan sólo algunos inversores, judíos mayormente, se arrojan a comprarlas, a muy bajo precio y en plan de inversión a largo plazo e incierta, y como tal inversión incierta que se considera, no están dispuestos a invertir un sólido si no es a muy bajo precio, y cada vez menor. El mercado manda, y las cosas están así, de modo que me vas a hacer el favor de dejar tranquila la estaca, y no te enojes conmigo, que yo no establezco los precios del mercado.

—Te pido disculpas por mi arrebato.

—Disculpada estás. Estoy acostumbrado a tratar con toda clase de gente.

—Yo no soy de esa clase de gente, ¿qué te has creído tú? Yo soy una gran señora, aunque a ti no te lo parezca.

—Ahora soy yo quien debe pedir disculpas. Pues como te iba diciendo, con un poco de suerte igual se podrían sacar mil quinientos sólidos, menos la comisión mía, naturalmente, y cuanto más lo dejemos, tanto peor, pues los precios están cayendo de un día para otro. Tengo un comprador judío que se aprovecha de las circunstancias para adquirir a precio de saldo lo que se pone a la venta, o se regala más que se vende, tal se presenta la situación.

—¡Maldito judío aprovechado...! Pero es que, digo yo, si los precios de venta están por los suelos, los de compra también.

No parece que Heraclio haya bien entendido lo dicho, o el propósito con que se dice.

—Porque he pensado —aclara Rosamunda —que, si mal está la situación para vender, bien estará en la misma medida para comprar. Y si no me dan más que una miseria por esta casa, por una miseria también otra acaso se podría adquirir.

—Ya entiendo. En vista de la situación, has decidido no vender la casa, sino comprar otra.

—No me he explicado bien. Quiero vender esta casa, y con el importe conseguido, otra comprar. Cambiar ésta por otra, vamos al decir.

—Ya voy entendiendo, vender ésta y por un poco más adquirir otra mayor y mejor situada.

—Ya veo que sigo sin explicarme bien. Lo que pretendo es vender ésta y comprar otra por el mismo importe. O por menos, si fuere posible.

—Para eso estoy yo, para comprar y vender, pero te tengo que advertir que no vas a salir ganando con el cambio. Comprar es muy fácil, tan sólo se necesita dinero, pero en cambio mucho más difícil resulta vender. Yo no quiero que nadie se llame a engaño, en este tipo de transacciones mercantiles, siempre comprarás más caro y venderás más barato, porque es que si fuera al revés, los agentes de la propiedad inmobiliaria nos arruinaríamos, eso hay que entenderlo.

—No, si yo lo comprendo muy bien, y aun así deseo vender esta casa, y por el importe conseguido comprar otra quiero.

—La verdad es que no lo acabo de entender, pero si tú lo quieres así, yo por mi parte, encantado de la vida, pues en cada contrato de compraventa me llevo mi comisión.

—Pues en ese caso ya no hay más que hablar. Búscame comprador, y al mismo tiempo me compras otra casa. Pero a ver cuál me vas a dar a cambio de ésta, no me vayas a entregar un gallinero, no te vayas a pasar de avisado y sagaz.

—Tú, tranquila, estás en manos de un profesional integérrimo, de lo más recto y cabal de toda la ciudad y alrededores.

Al día siguiente vuelve Heraclio a casa de Rosamunda muy de mañana, con noticias importantes y favorables según él.

—Ya está todo arreglado, la casa vendida está ya a un judío de nombre griego que anda comprando lo que yo le ofrezco, siempre que sea a un precio razonable y satisfactorio.

—¿Razonable, o satisfactorio para el bellaco?

—Es que, tratándose de judíos... Ya sabes cómo son.

—No sabes bien cómo lo sé. ¿Y todos tus clientes son judíos? Porque es que, por lo que tengo visto y entendido, un judío no se fía sino de otros judíos.

—Es que yo también soy judío, modestia aparte y aunque esté mal que yo lo diga. Mi nombre verdadero no es el que tú sabes, sino Jonás, para servirte. Heraclio era un socio que tuve y que dio nombre al negocio, y hasta hoy se me ha conocido más por el nombre comercial, que por el mío propio.

—Como suele ocurrir. Por cierto, ese judío cuyo nombre no es judío sino griego, ¿no será un tal Isidoro?

—No me digas que le conoces...

—Le distingo. Pero no te preocupes si el sigilo profesional te obligaba a no revelar la identidad de tu cliente. Tú no has dicho quién el comprador es, y yo no sé quién me ha comprado la casa, ¿estamos de acuerdo?

—No importa, siempre y cuando tú no le digas que te lo he dicho yo.

—¿Es que no te acabo de decir que tú no me has dicho nada y que yo nada sé ni quiero saber?

—Y yo te digo que no importa, y que no seas tan porfiadora. Vayamos al avío. En mil quinientos sólidos se ha vendido, que se quedan en mil cuatrocientos sesenta y dos con cincuenta céntimos una vez deducida mi comisión, y el notario ya tiene la escritura preparada para la firma. Yo firmaré por mi cliente, que para eso tengo un poder notarial. Los gastos del notario y del registrador de la propiedad corren por cuenta del comprador, como es de rigor, por lo cual se te quedarán a la hora de comprar en mil cuatrocientos más o menos, diez arriba o abajo. Y por ese importe te he conseguido una casa bastante razonable, sin terreno alrededor pero en un barrio mucho más cotizado, allá al otro lado de la ciudad, cerca del río, en una calle muy bien comunicada. Aquí puedes ver los planos y la ubicación, y cuando quieras puedes venir a verla.

—Ya no hay nada más que ver ni que hablar. Por los planos me place la casa y le concedo toda mi conformidad y aprobación. Necesito un par de días para organizar la mudanza. Vayamos entretanto al notario sin pérdida de tiempo.

Le indica Heraclio que se presente en casa del notario don Aristarco Tercero, es que por lo visto hay otros dos del mismo nombre más antiguos, del ilustre colegio de Alejandría, a tal hora, calle del Álamo, en el cruce con la avenida de los Hierofantes, frente a la panadería Viuda e Hijos de Anastasio Cebedeo. Y allí se presenta Rosamunda a la hora señalada, y con Heraclio, o Jonás, o como quiera que se llame ese pájaro, se encuentra en la sala de espera tal como está convenido. Aguardan su turno, y finalmente un escribiente les manda pasar al despacho del mismísimo notario en persona.

—Aquí tengo preparadas las dos escrituras de compraventa, y en la que tú actúas como vendedora firmará como comprador el señor agente de la propiedad inmobiliaria aportando un poder notarial extendido por el comprador verdadero; y en la escritura en la que tú eres compradora, igualmente, es decir, el mismo actuará de vendedor mediante poder notarial otorgado en su favor por el vendedor real. ¿De acuerdo? Pues bien, en base a los datos aportados por el señor agente aquí presente, he redactado esta escritura de compraventa según la cual, corríjanseme los datos en caso necesario de corrección, ante mí comparece Rosamunda de Jutlandia, hija de padre desconocido...

—¿Cómo que desconocido? Mi padre, que en paz descanse, y cuando digo que descanse en paz estoy expresando más un deseo que una certeza, se llamó don Canuto de Jutlandia, que en gloria esté, ¡ojalá, amén!

Con esto que oye, casi se aturulla el notario.

—Lo primero que he dicho es que se me corrija si algún dato no está correcto. Los ha sacado don Jonás, aquí presente, del registro civil.

—Es que aquí, por lo que veo, se descuida una, y la ponen de hija de puta.

—Mil perdones, pero no te amontones, que ya lo corrijo. Hija de Canuto. Mayor de edad...

—Disculpe vuesarced la interrupción, don Aristarco. ¿Cuántos años hay que tener para ser mayor de edad?

Que dieciocho son los años que se precisan, contesta el notario, para poderse alguien considerar mayor de edad legal. Se alarma un tanto Jonás, pues en el caso de que la vendedora fuese todavía menor de edad, su firma no tendría ninguna validez.

—¿No eres mayor de edad?

—En ese caso, no. Ya tengo diecinueve, y voy para veinte.

Hasta un tipo tan grave y tan serio como el notario don Aristarco Tercero no puede evitar una sonrisa sarcástica.

—Está claro que para dejar de ser menor de edad habrá que tener al menos —y aquí recalca estas dos últimas palabras —dieciocho años.

—¡Ah, ya, claro! Vuesarcedes disculpen, ¿en qué estaría yo pensando?

—No importa. Sigo. Mayor de edad, viuda... Porque eres viuda, ¿verdad? Es que, en caso contrario, ya sabes que no podrías firmar. Y en el registro civil figurabas como casada.

—¿Qué sabe el registro civil? Viuda y bien viuda, se lo digo yo. Mi marido ya descansa en paz, le tenga Dios en su santa gloria.

—Pues por viuda te tendremos según tu palabra y so responsabilidad tuya. Seguimos. Viuda, vecina de ésta, y que se declara propietaria en exclusiva y en pleno dominio de la finca urbana cuyas referencias aquí se detallan, en declaración jurada que firmarás aparte, por tu cuenta y riesgo y bajo tu entera responsabilidad y sin perjuicio de terceros...

Llega Rosamunda a casa muy contenta, enseñándoles a sus dos esclavas unas llaves y diciéndoles que hay que buscar un carro con que llevar a efecto la mudanza, para lo cual tienen hasta seis días de plazo.

—¿Has comprado otra casa, señora?

—La he cambiado por ésta, ¿qué os parece?

—Pero si ésta no era tuya...

—Pues por eso mismo la he tenido que cambiar por otra, porque ésta no era mía. Si llega a ser mía, ¿para qué iba a necesitar otra?

—Pero, señora, ¿cómo has podido vender lo que no era tuyo?

—Pues firmando una declaración jurada asegurando lo contrario. ¿Y a que no sabéis a quién se la he vendido? Pasmaos las dos. Al mismísimo dueño, a ese zascandil de Isidoro, a quien Dios confunda. Sí, no me miréis así. Tal como os lo digo. Se la he vendido a su dueño por mil quinientos sólidos. ¿No es un abuso y un robo, comprar esta casa por un precio así de ridículo?

—No, si encima va a resultar que el bandido y el chorizo va a ser él.

—Cuando se entere de que ha comprado su propia casa...

Y aquí ya no puede seguir Rosamunda porque la risa estorba las palabras e impide las locuciones.

—Pero señora, cuando se enteren del engaño, los judíos te van a matar.

—Pues si me vienen a matar, antes me llevaré por delante a más de dos de ellos. Si tengo que morir, habrá de ser matando, ¡voto a Dios!

—Pero señora, no jures y no te arrebates así. Antes ponte a pensar cómo harás para salir de este aprieto en que te has metido.

—De otros peores salí, vosotras no os desazonéis por eso.

—¡Aymé, aymé! Solas nos vamos a quedar y sin dueño, a saber Dios a qué nuevo amo vamos a ir a parar.

—No hagáis pucheros, ya os he dicho que no hay nada de que preocuparse.

Anda Rosamunda toda la tarde por ahí, y vuelve a casa al anochecer, el sol decadente poniendo cuadros fantásticos de reflejos intensos y dorados en los tabiques encalados del otro lado de las ventanas abiertas de la fachada lateral que da al occidente.

—Ya está arreglado todo. Mañana vendrá un gañán con un carro y un burro para llevar a término la mudanza.

—Pero, señora, si no tienes un sólido... ¿Cómo piensas pagar al gañán?

Justo acabado de decir, cavila Bartolomea que acaso haya formulado una pregunta un tanto indiscreta, pero de la respuesta del ama se deduce que no ha sido así.

—Pues si no tengo dinero, meteré un pufo.

—Pero, señora, las cosas no se hacen así. Si no le pagas al gañán, igual se solivianta y vete tú a saber...

—Si se pone en esa tesitura, peor para él. Ahí tengo una daga que me regaló uno, que si os digo quién, no os lo vais a creer. El mismísimo prefecto en persona me la regaló, os lo creáis o no. Claro que entonces no era prefecto ni vivía en palacio. Y si el patán carretero no quiere aceptar una letra a treinta días fecha, que se quede con una mesa o con un par de sillas. Y si aun así se arrebata y no se aviene, se encontrará con el filo de mi daga. Por cierto, habrá que afilarla, que hace mucho tiempo que no se le da filo.

Temprano las tres se recogen, con las gallinas como se suele decir, pues al día siguiente les espera una labor agotadora, sacar todos los muebles y enseres y pertrechos, acomodarlos en la carreta, y atravesar toda la ciudad, más de media mañana en camino por las calles, hasta la nueva casa, y así una vez y otra, lo menos cuatro o cinco viajes, o más, que no habrán de acabar la mudanza en un solo día, sino que tendrán que continuar pasado mañana con tan ardua labor.

De modo que, en cuanto cante el gallo, arriba las tres. Todavía está amaneciendo cuando, apaciblemente dormida Rosamunda, soñando está que el notario de ayer no era tal sino un impostor, y que el intermediario judío, ni era judío, ni agente de la propiedad era, sino que la hicieron firmar con engaño para quedarse con la casa. Los judíos ostentan barba negra y puntiaguda, igual que ese pájaro de cuenta, pero igualmente asimismo muchos otros que no lo son, eso no quiere decir nada. Víctima de una artimaña, se queda en su terrible situación onírica en la calle y con lo puesto. La engañadora, engañada, como si dijéramos. Al fin y al cabo nada habría perdido, pues la casa no era suya, sino que tan sólo perdería la eventualidad de engañar al ladino del amo y despojarle del importe de la compra de su propia casa. Pero, bien mirado, mejor así sería, pues en su duermevela da en considerar que a otros embaucadores de menor fuste los ha mandado ahorcar el prefecto, lo mismo que a ese par de estafadores los habría de mandar al cadalso en cuanto los fuese ella a denunciar al cuartel de la policía imperial.

Y en esto estando la vienen a despertar sus dos mulatas, muy alarmadas y frenéticas por lo que se ve.

—¡Señora, corre, que vienen los sarracenos!

Se levanta de un brinco, sin saber si ha llegado a entender bien lo que acaba de oír. Por la ventana abierta llegan ruidos y voces de una calle donde normalmente prevalece la más absoluta tranquilidad. En camisón y descalza baja a la puerta y se sale al camino, de las dos mulatas seguida. En mitad de la calle se planta y mira hacia la ciudad, a lo largo de la avenida ancha y sin fin, tratando de vislumbrar el final del camino que no acaba, estorbada la visión por la distancia inalcanzable y por la gente pasando a su lado, a caballo, en carro o a pie, sin detenerse nadie a decir ni palabra. A lo lejos se levantan hacia el cielo diversas humaredas negras.

—Arden la biblioteca, los palacios, el faro... Es la destrucción total. ¿Qué vamos a hacer ahora, señora?

—Vosotras quedaos en casa. A los esclavos no los matan.

—¿Y cómo sabrán que somos esclavas?

—No hay más que veros.

—¿Y tú qué vas a hacer, señora?

Aquí ya no sabe Rosamunda qué contestar. Como de manera maquinal se da media vuelta y emprende la huida a pie, pero no puede correr lo suficiente en parangón con los caballos que la adelantan hasta dejarla casi por completo sola en su huida desesperada hacia no sabe dónde, pues a ninguna parte se va por ahí, si no es al desierto vacío y sin fin, allí donde la situación exacta no existe, al no haber puntos de referencia fijos.

Como quiera que se encuentra en esa edad en la que uno todavía se cree que no se va a morir nunca, nunca hasta ahora se ha visto en el lance fatal de tenerse que poner a pensar en el tránsito final, y no es tiempo ahora de pararse a meterse en cavilaciones profundas, sino que no hay tiempo ni lugar más que para echarse a correr irreflexivamente.

Junto al camposanto pasa, y no evita la consideración de que acaso dentro de no mucho tiempo entre los difuntos se habrá de contar, plegue a Dios que en ese mismo recinto sagrado, y que no queden sus huesos tirados por ahí y a la intemperie expuestos y a merced de las aves devoradoras de fracasados, pues por momentos llega a contemplar la terrible contingencia de verse ahí derrotada a los pies de los caballos, lo cual en tal caso no habrá de haber ocurrido por no haber acometido el intento de evitarlo, pues el peor de los fracasos es aquél que viene como consecuencia de no haber intentado el logro del triunfo, y en intentarlo está hasta la última de las posibilidades, que nunca se habrá de decir que fracasó por no haberse atrevido a buscar el éxito.

Y en su alocada huida y en su desesperación no deja de acertar a cavilar que acaso le fuere concedida la venia para salir del sepulcro y echar a andar por la calle adelante para pasar por la acera y por delante de su casa, a saber si aterrorizando, u ocasionando un cierto temor, a sus futuros moradores.

Pasa ahora cabe la torre encantada, cilindro pétreo coronado de cono rojizo, donde habita un gigante devorador de personas, mas no se atreve a llamar a la puerta por esa misma circunstancia. ¿Qué será mejor, ir a parar al interior amplio de la torre estrecha para quedar en poder del ogro más terrible, o seguir corriendo por intentar escapar de las cimitarras exterminadoras de los más sanguinarios guerreros invasores?

Como no sabe qué hacer, no hace nada sino continuar la loca carrera a lo largo del camino que clarea y que se convierte en campo verde, menos verde cada vez y menos pisado, y más arenoso el suelo, todo llano y despejado. De pronto se detiene y mira hacia atrás. Allí donde se acaba el empedrado del camino ya se vislumbra en lontananza una polvareda, como si una afluencia de caballos todavía invisible estuviera transitando.

Sigue adelante en su frenética carrera hacia los infinitos espacios despejados en busca de una salvación todavía posible. La esperanza radica en que los perseguidores consideren que no les tiene cuenta alejarse tanto de la ciudad y meterse por las ardientes arenas del desierto para luego tener que volver desandando el camino, total para matar a cuatro pelagatos que huyen despavoridos.

Casi a punto de caer rendida de fatiga, sigue adelante tan deprisa como puede, cada vez menos, descalza y desarreglado el pelo, tan sólo vestida con un camisón del color del cielo, talar, holgado y sin mangas, pues consideró prudente echar a correr sin perder tiempo en subir a vestirse convenientemente y a peinarse y a ponerse las sandalias. Se para otra vez para volver a mirar atrás. Una fila de por lo menos veinte feroces jinetes sarracenos que vienen al paso todavía a considerable distancia, cascos puntiagudos destacando en la lejanía contra el cielo fúlgido del oriente crepuscular. De pronto uno de ellos, se conoce que el más principal de todos, tira de la cimitarra que se destaca curvada en lo alto, lo mismo los demás a continuación, y arrancan al galope por el camino adelante hacia el occidente, la sombra en la cara.

En su turbación y en su zozobra cree recordar haber vivido ya este terrible momento, el consistente en ver parado en la lejanía, los contornos de las figuras destacadas contra el cielo al trasluz, un escuadrón de feroces guerreros de a caballo, metiendo el terror en los ánimos de cuantos frente a ellos los contemplan, y que de pronto uno de ellos levanta la espada y se lanza hacia delante, de los demás seguido. Esta escena la ha ya presenciado, mas no tiene por el momento el sosiego y el tiempo de ponerse a cavilar dónde ni cuándo. Y hasta ha visto ya el final de la escena, los jinetes, espada en alto, se lanzan sobre el concurso aterrorizado y fúgido, indefenso y perdido. Siente como si ya hubiera visto el final, o como si esta terrible situación la hubiera ya experimentado, siquiera en sueños. Y en su desasosiego y en su congoja acierta a cavilar que acaso en otra vida pretérita la hubieran matado de igual manera y que, lo mismo que en tal caso les ocurriría a otros, y debido a sus muchos pecados, hubiera sido condenada a revivir la vida pasada, y que ahora, en este terrible lance, haya de repente, y sin saber cómo, recordado la escena que por eso mismo se le antoja repetida.

Rosamunda reemprende veloz carrera por delante y en la misma dirección que sus perseguidores, con desesperación tratando de impedir que se la aproximen, pues otro sitio no hay adonde ir, ni hay dónde esconderse ni guarecerse. Apartarse del camino sería lo mismo que acortar la distancia con sus cazadores, y a ese propósito se acuerda ahora de la teoría de la hipotenusa con respecto a los dos catetos. Hay que ver lo que son estas cosas, antes, cuando su esposo Heliodoro le explicaba las teorías de los triángulos rectángulos, no lo acababa de entender del todo bien, mientras que ahora mismo, en este terrible lance, acierta a verlo todo con excepcional clarividencia.

Sigue corriendo, atormentados ya los bofes de tan prolongada carrera, y ya oye tras de sí las espantosas pisadas de los caballos que fatalmente se acercan. Siente que aquí se acaba ya todo, hasta aquí ha llegado en la vida, y de aquí ya no ha de pasar. Ya no puede más pero sigue corriendo, por inercia más que por otra cosa, y ya sin resuello, mientras los terribles jinetes sarracenos, cimitarra en mano, ya llegando a sus alcances están, y en estos muy breves instantes, mucho menos de lo que se tarda en decir, se acuerda de cuando su marido, valiente pánfilo está hecho, le puso la punta de la daga justo a la altura del corazón, o por mejor decir, ella misma se la puso para ponerle el pomo en la mano, en la seguridad de que él no habría de pasar adelante, como así fue, y aun así, recuerda ahora en estos momentos terribles de angustia infinita, no dejó de sentir en las entrañas una inefable sensación de estremecimiento, como si la hoja fría de la daga hubiera en efecto penetrado atravesando las vísceras que se agitaban repentinamente y se sobresaltaban tan sólo de tener presente esa fatal eventualidad. Tal como ahora mismo, que lo único que se le ocurre pensar, en su desesperación y quebranto, es qué sensación sentirá con la hoja de la cimitarra en el corazón clavada.

CPSIA information can be obtained at www.ICGtesting.com
Printed in the USA
BVOW05s1227090914

365977BV00002B/137/P